ORSON SCOTT CARD obtuvo el premio Hugo 1986 y el Nebula 1985 con *El juego de Ender*, cuya continuación, *La voz de los muertos*, consiguió de nuevo dichos premios (y también el Locus), siendo la primera vez en toda la historia de la ciencia ficción que un autor los obtenía dos años consecutivos. La serie continuó con *Ender, el xenocida* e *Hijos de la mente*. En 1999 apareció un nuevo título, *La sombra de Ender*, seguido por *La sombra del Hegemón*, *Marionetas de la sombra* y *La sombra del gigante*. Finalmente, *Ender en el exilio* es una continuación directa de *El juego de Ender*.

Título original: *Speaker for the Dead*
Traducción: Rafael Marín Trechera
1.ª edición: junio 2009
3.ª reimpresión: marzo 2013

© 1986 by Orson Scott Card
© Ediciones B, S. A., 2009
  para el sello B de Bolsillo
  Consell de Cent, 425-427 - 08009 Barcelona (España)
  www.edicionesb.com

Printed in Spain
ISBN: 978-84-9872-278-9
Depósito legal: B. 2.351-2011

Impreso por LIBERDÚPLEX, S.L.U.
Ctra. BV 2249 Km 7,4 Polígono Torrentfondo
08791 - Sant Llorenç d'Hortons (Barcelona)

La voz de los muertos

ORSON SCOTT CARD

Para Gregg Keizer
que ya sabía cómo

ALGUNOS HABITANTES
DE LA COLONIA LUSITANIA

Xenólogos *(Zenadores)*
Pipo (João Figueira Álvarez)
Libo (Liberdade Graças a Deus Figueira de Medici)
Miro (Marcos Vladimir Ribeira von Hesse)
Ouanda (Ouanda Quenhatta Figueira Mucumbi)

Xenobiólogos *(Biologistas)*
Gusto (Vladimir Tiago Gussman)
Cida (Ekaterina Maria Aparecida do Norte von Hesse-Gussman)
Novinha (Ivanova Santa Catarina von Hesse)
Ela (Ekaterina Elanora Ribeira von Hesse)

Gobernadora
Bosquinha (Faria Lima Maria do Bosque)

Obispo
Peregrino (Armão Cebola)

Abad y Superiora del Monasterio
Dom Cristão (Amái a Tudomundo Para Que Deus vos Ame Cristão)
Dona Cristã (Detestai o Pecado e Fazei o Direito Cristã)

LA FAMILIA FIGUEIRA

	Pinpinho (João)	
	Maria (m. 1936)	Ouanda (n. 1951)
Pipo (m. 1948 c. e.*)	Libo (1931-1965)	China (n. 1952)
c.	c.	Prega
Conceição	Bruxinha	Zinha
	Bimba (Abençoada)	
	Patinha (Isolde)	
	Rã (Tomàs)	

LA FAMILIA DE OS VENERADOS

		Miro (n. 1951)
	Mingo (m. 1936)	Ela (n. 1952)
Gusto (m. 1936)	Novinha (n. 1931)	Quim (n. 1955)
c.	c.	(Estevão Rei)
Cida (m. 1936)	Marcão (m. 1970)	Olhado (n. 1958)
	(Marcos Maria Ribeira)	(Lauro Suleimão)
		Quara (n. 1963)
	Amado (m. 1936)	(Lembrança das
	Guti (m. 1936)	Milagres de Jesus)
		Grego (n. 1964)
		(Gerão Gregorio)

* Todas las fechas se refieren a los años transcurridos tras la adopción del Código Estelar.

NOTAS SOBRE PRONUNCIACIÓN

Tres lenguajes humanos se utilizan en este libro. El stark, que procede del inglés (se representa en castellano en la traducción). El nórdico, hablado en Trondheim, evolucionado del sueco. El portugués, la lengua nativa de Lusitania. Sin embargo, en cada mundo, los niños aprenden stark en la escuela desde el principio.

El idioma portugués, inusitadamente hermoso cuando se habla en voz alta, es muy difícil para los lectores por la peculiar pronunciación de sus fonemas. Si no piensan ustedes en leer este libro en voz alta, tal vez se sientan más cómodos si tienen una idea general de cómo se pronuncian los nombres y las frases en portugués.

Las *consonantes:* Se pronuncian más o menos tal como son, con la excepción de la ç, que suena siempre como *ss.* Algunas excepciones son la *j,* que se pronuncia como la *sh,* y como g cuando va seguida de *e* o *i.* La *r* inicial y la doble *rr,* se pronuncian aproximadamente entre la *h* americana y la *ch yiddish.*

Vocales: Las vocales se pronuncian más o menos como son. Aunque realmente hay dos sonidos distintos para la *a,* tres formas de pronunciar *e* (é, ê y la *e* rápida al final de una palabra) y otras tres de pronunciar la *o.*

Combinaciones consonantes: La combinación *lh* como la *lli* en *William*; *nh*, como la *ñ*. La combinación *ch* se pronuncia siempre como la *sh* inglesa. La combinación *qu*, cuando va seguida de *e* o de *i*, se pronuncia como *k*; cuando va seguida por *a, o, u*, suena como *qu*. Lo mismo sucede con *gu*. Por tanto, *Quara* se pronuncia *CU-A-RA*, mientras que *Figueira* se pronuncia *Fi-Ge-i-ra*.

Combinaciones vocales: Se pronuncian tal como suenan: *ou, ai, ei, eu*.

Vocales nasales: Una vocal o una combinación vocal con tilde (normalmente *ão* o *ã*), o la combinación *am* al final de una palabra son siempre nasales. Es decir, se pronuncian como si la vocal terminase con el sonido *ng*. Además, por llevar tilde, la sílaba siempre va acentuada. Por tanto, el nombre *Marcão* se pronuncia *Mar-kóung*.

Si les dijera que cuando la *t* va antes de *i* suena como la *ch*, y que la *d* sigue el mismo modelo del sonido *j* en inglés, o si les mencionara que la *x* siempre suena como *sh*, excepto cuando suena como *z*, puede que entonces renuncien por completo a leer este libro, así que no lo haré.

PRÓLOGO

En el año 1830 después de la formación del Congreso Estelar, una nave robot de exploración envió un mensaje a través del ansible: el planeta que estaba investigando encajaba en los parámetros de la vida humana. El planeta más cercano con problemas de población era Baía; así que el Congreso Estelar les concedió licencia para explorarlo.

Así pues, los primeros humanos en ver el nuevo mundo fueron portugueses por su lenguaje, brasileños por su cultura y católicos por su credo. En el año 1886 desembarcaron de su lanzadera, se establecieron allí y llamaron al planeta Lusitania, que era el antiguo nombre de Portugal. Se pusieron a catalogar la flora y la fauna. Cinco días más tarde se dieron cuenta de que los pequeños animales que habitaban los bosques, a los que habían llamado *porqui-nhos*, o cerdis, no eran realmente animales.

Por primera vez desde el Genocidio de los Insectores a manos del monstruo Ender, los humanos habían encontrado vida alienígena inteligente. Los cerdis eran tecnológicamente primitivos, pero usaban herramientas, construían casas y hablaban su propio lenguaje.

—Es otra oportunidad que Dios nos ha ofrecido

—declaró el cardenal Pío de Baía—. Podemos ser redimidos de la destrucción de los insectores.

Los miembros del Congreso Estelar adoraban a muchos dioses, o a ninguno, pero estuvieron de acuerdo con el Cardenal. Lusitania sería colonizada a partir de Baía y, por lo tanto, bajo licencia católica, como la tradición demandaba. Pero la colonia nunca podría expandirse más allá de un área limitada o exceder de una población determinada. Y debía ceñirse, sobre todo, a una ley:

Los cerdis no tenían que ser molestados.

1

PIPO

Ya que no nos sentimos completamente có-
modos con la idea de que los habitantes del
pueblo vecino son tan humanos como nosotros,
es extremadamente presuntuoso suponer que
podemos mirar alguna vez a criaturas socia-
bles que derivan de otras formas de evolución
y no verlas como bestias, sino como hermanos;
no rivales, sino compañeros peregrinos viajeros
hacia el altar de la inteligencia.

Sin embargo esto es lo que yo veo, o desea-
ría ver. La diferencia entre raman y varelse no
está en la criatura juzgada, sino en la que juz-
ga. Cuando declaramos raman a una especie
alienígena, eso no significa que haya aproba-
do un examen de madurez moral. Significa
que lo hemos hecho nosotros.

Demóstenes. *Epístola a los Framlings.*

Raíz era a la vez el más problemático y el más valioso de los pequeninos. Siempre estaba allí cada vez
que Pipo visitaba su calvero, y hacía todo lo posible

para responder a las preguntas que la ley le prohibía a Pipo formular. Pipo dependía de él —demasiado, probablemente—, y aunque Raíz tonteaba y jugaba como el joven irresponsable que era, también observaba, probaba y experimentaba. Pipo siempre tenía que estar alerta ante las trampas que Raíz le tendía.

Un momento antes, Raíz había estado escalando los árboles, agarrándose a la corteza con sólo los artejos de sus talones y sus muslos. En las manos llevaba dos palos —Los Palos Padres, los llamaban—, con los que golpeaba contra el árbol de una manera arrítmica y sañuda mientras escalaba.

El ruido hizo que Mandachuva saliera de la casa de troncos. Llamó a Raíz en el Lenguaje de los Machos, y a continuación en portugués.

—*P'ra baixo, bicho!*

Varios cerdis de los alrededores, al oír el juego de palabras en portugués, expresaron su apreciación frotando sus muslos con rudeza. Eso produjo un sonido sibilante, y Mandachuva dio un saltito en el aire agradeciendo sus aplausos.

Raíz, mientras tanto, se inclinó hacia atrás hasta que pareció que se iba a caer. Entonces se soltó, dio una voltereta en el aire, aterrizó sobre sus patas y dio unos cuantos brincos sin tropezar.

—Así que eres un acróbata —dijo Pipo.

Raíz se le acercó contoneándose. Era su manera de imitar a los humanos. Era la forma más efectiva y ridícula, porque su hocico aplastado parecía decididamente porcino. No era extraño que los habitantes de otros mundos les llamaran «cerdis». Los primeros visitantes de este mundo habían empezado a llamarles así en sus primeros informes, allá en el 86, y para cuando se fundó la Colonia Lusitania en

1925, el nombre ya era ineludible. Los xenólogos esparcidos por los Cien Mundos se referían a ellos como «los aborígenes lusitanos», aunque Pipo sabía perfectamente bien que eso era simplemente una cuestión de dignidad personal: excepto en sus papeles eruditos, los xenólogos les llamaban también sin duda cerdis. En cuanto a Pipo, les llamaba *pequeninos*, y a ellos parecía no importarles, pues se llamaban a sí mismos «Los Pequeños». Sin embargo, con dignidad o sin ella, no había forma de negarlo. En momentos como éste, Raíz parecía un cerdo sosteniéndose sobre sus patas traseras.

—Acróbata —dijo Raíz, intentando pronunciar la nueva palabra—. ¿Qué hice? ¿Tenéis una palabra para la gente que hace eso? ¿Así que hay gente que hace eso como trabajo?

Pipo suspiró suavemente y congeló la sonrisa en su cara. La ley le prohibía estrictamente divulgar información sobre la sociedad humana, pues podría contaminar la cultura porcina.

Aun así, Raíz jugaba constantemente a exprimir hasta la última gota de cuanto implicaba todo lo que Pipo decía. Esta vez, sin embargo, Pipo no podía echar la culpa a nadie, más que a sí mismo, por haber hecho una observación tonta que abría unas ventanas innecesarias hacia la vida humana. De vez en cuando se encontraba tan a gusto entre los pequeninos que hablaba de modo natural. Eso era siempre un peligro. No soy bueno en este juego constante de sacar información mientras intento no dar nada a cambio. Libo, mi silencioso hijo, ya es más discreto que yo, y sólo lleva aprendiendo de mí... ¿cuánto hace que cumplió los trece años...? Cuatro meses.

—Ojalá tuviera artejos en las piernas como vosotros —dijo Pipo—. La corteza del árbol me dejaría la piel convertida en jirones.

—Eso nos daría vergüenza a todos —Raíz continuaba en la postura expectante que Pipo suponía que era su forma de expresar una cierta ansiedad, o quizás un aviso no verbal para que otros pequeninos tuvieran cautela. También podía ser un signo de miedo extremo, pero, por lo que Pipo sabía, nunca había visto a un pequenino sentir miedo extremo.

En cualquier caso, Pipo habló rápidamente para calmarle.

—No te preocupes. Soy demasiado viejo y blando para escalar árboles de esa forma. Es mejor que lo hagan vuestros retoños.

Y funcionó. El cuerpo de Raíz se puso otra vez en movimiento.

—Me gusta subir a los árboles. Puedo verlo todo —Raíz se plantó delante de Pipo y acercó su cara a la de él—. ¿Traerás la bestia que corre sobre la hierba sin tocar el suelo? Los otros no me creen cuando les digo que he visto una cosa así.

Otra trampa. ¿Cómo? Tú, Pipo, un xenólogo, ¿vas a humillar a este individuo de la comunidad que estás estudiando? ¿O te ceñirás a la rígida ley dispuesta por el Congreso Estelar para llevar adelante este encuentro? Había pocos precedentes. Los otros únicos alienígenas inteligentes que la humanidad había conocido eran los insectores, hacía tres mil años, y al final todos los insectores acabaron muriendo. Esta vez, el Congreso Estelar quería asegurarse de que si la humanidad fracasaba, sus errores fueran en la dirección contraria. Mínima información. Mínimo contacto.

Raíz advirtió la duda y el cuidadoso silencio de Pipo.

—Nunca nos dices nada. Nos observas y nos estudias, pero nunca nos dejas pasar la verja y entrar en tu poblado para que os observemos y os estudiemos.

Pipo contestó todo lo honestamente que pudo, pero era más importante ser cuidadoso que honesto.

—Si aprendéis tan poco y nosotros aprendemos tanto, ¿por qué vosotros habláis ya stark y portugués mientras yo me esfuerzo con vuestro lenguaje?

—Somos más listos.

Entonces Raíz se dio la vuelta y giró sobre su trasero para dar la espalda a Pipo.

—Vuélvete tras tu verja —dijo.

Pipo se quedó quieto. No muy lejos, Libo intentaba aprender de tres pequeninos cómo convertían en paja las enredaderas de merdona. Libo le vio y en un momento estuvo con él, listo para marcharse. Pipo le guió sin decir una sola palabra: ya que los pequeninos hablaban con tanta fluidez el lenguaje humano, nunca discutían lo que habían aprendido hasta que estuvieran dentro de la cerca.

Les llevó media hora llegar a casa, y llovía densamente cuando pasaron la verja y caminaron a lo largo de la cara de la colina hacia la Estación Zenador. ¿Zenador? Pipo pensó en la palabra mientras miraba el pequeño letrero sobre la puerta. La palabra XENÓLOGO estaba escrita en stark. «Así es como las lenguas cambian —pensó Pipo—. Si no fuera por el ansible, que proporciona comunicación instantánea entre los Cien Mundos, posiblemente no podríamos mantener un lenguaje común. El viaje interestelar es demasiado raro y lento. El stark se fragmentaría en diez mil dialectos dentro de un siglo. Sería interesante que los ordenadores hicieran una proyección de los cambios lingüísticos en Lusitania, si se permitiera que el stark decayera y absorbiera el portugués...»

—Padre —dijo Libo.

Sólo entonces Pipo se dio cuenta de que se había detenido a diez metros de la estación. Tangentes. Las mejores partes de mi vida intelectual son tangenciales, en áreas fuera de mi experiencia. Supongo que es por causa de las regulaciones que han colocado en mi área de experiencia que me es imposible saber o comprender nada. La ciencia de la xenología contiene más misterios que la Santa Madre Iglesia.

Su huella dactilar fue suficiente para abrir la puerta. Pipo sabía lo que le esperaba el resto de la tarde nada más entrar. Pasarían varias horas de trabajo en los terminales informando de todo lo que habían hecho durante el encuentro de hoy. Después, Pipo leería los apuntes de Libo, y Libo los de Pipo, y cuando estuvieran satisfechos, Pipo escribiría un breve sumario y entonces dejaría que los ordenadores trabajaran a partir de ahí, rellenando las notas y trasmitiéndolas instantáneamente, por ansible, a los xenólogos del resto de los Cien Mundos. Más de un millar de científicos cuya carrera consiste en estudiar la única raza alienígena que conocemos, y excepto por lo poco que los satélites puedan descubrir sobre esta especie arbórea, toda la información que obtienen mis colegas es la que Libo y yo les enviamos. Esto es, definitivamente, una intervención mínima.

Pero cuando Pipo entró en la estación, vio de inmediato que no sería una tarde de trabajo firme pero relajante. Dona Cristã estaba allí, vestida con sus hábitos de monja. ¿Había problemas en la escuela con alguno de los chicos más jóvenes?

—No, no —dijo Dona Cristã—. Todos tus hijos lo hacen muy bien, excepto éste, que me parece demasiado joven para estar trabajando aquí y no en el colegio, aunque sea de aprendiz.

Libo no dijo nada. «Una sabia decisión», pensó Pipo. Dona Cristã era una mujer joven, brillante y emprendedora, quizás incluso hermosa, pero era antes que nada una monja de la orden de los *Filhos da Mente de Cristo*. No era agradable contemplarla cuando estaba enfadada por la ignorancia y la estupidez. Era sorprendente el número de personas bastante inteligentes cuya ignorancia y estupidez se habían fundido considerablemente ante el fuego de su desdén. El silencio, Libo, es una política que te hará mucho bien.

—No estoy para hablar de ninguno de tus hijos —dijo Dona Cristã—. Estoy aquí por Novinha.

Dona Cristã no tuvo que mencionar apellidos. Todo el mundo conocía a Novinha. La terrible Descolada había acabado solamente ocho años antes. La plaga había amenazado con aniquilar la colonia antes de que tuviera oportunidad de ponerse en pie; el remedio fue descubierto por el padre y la madre de Novinha, Gusto y Cida, los dos xenobiólogos. Era una trágica ironía que descubrieran la causa de la enfermedad y su tratamiento, demasiado tarde para poder salvarla. El suyo fue el último funeral de la Descolada.

Pipo recordaba claramente a la pequeña Novinha, allí de pie, agarrada de la mano de la alcaldesa Bosquinha mientras el obispo Peregrino decía la misa del funeral. No, no agarrada de la mano de la alcaldesa. La imagen volvió a su mente y, con ella, el modo en que se sintió. ¿Qué es lo que está pensando?, recordó que se preguntaba. Es el funeral de sus padres, es la última superviviente de su familia; sin embargo, puede ver a su alrededor la gran alegría de la gente de esta colonia. Joven como es, ¿comprende que nuestra alegría es el mejor tributo a sus padres? Se esforzaron al máximo y tuvieron éxito, encontraron nuestra salvación antes de morir; estamos aquí para celebrar el gran regalo que nos hicieron. Pero para ti, Novinha, es la muerte de tus padres, igual que la de tus hermanos anteriormente. Quinientos muertos, y más de quinientas misas por ellos en esta colonia, a lo largo de los últimos seis meses, y todas ellas celebradas en una atmósfera de miedo, pena y desesperación. Ahora, cuando tus padres han muerto, el miedo, la pena y la desesperación no son menores para ti de lo que fueron antes... pero nadie más comparte tu dolor. Es el alivio del dolor lo que hay en la mayoría de nuestras mentes.

Mientras la observaba y trataba de imaginar sus sentimientos, sólo consiguió rememorar su propia pena por la muerte de su hija, María, de siete años, barrida por el viento de la muerte que cubrió su cuerpo de tumores cancerosos y grandes hongos que pudrían su carne. Con un miembro nuevo, ni brazo ni pierna, surgido de su cadera, mientras la carne se le caía de los pies y la cabeza y dejaba los huesos desnudos, y su brillante mente permanecía inmisericordemente alerta, capaz de sentir todo lo que le pasaba, hasta que tuvo que gritar a Dios suplicándole que la dejara morir. Pipo recordó eso, y entonces recordó su misa de réquiem, compartida con otras cinco víctimas. Mientras permanecía allí, arrodillado con su esposa y sus hijos supervivientes, había sentido la perfecta unidad de la gente en la catedral. Sabía que su dolor era el dolor de todo el mundo, que a través de la pérdida de su hija mayor quedaba unido a su comunidad con los inseparables lazos de la pena, y para él era un consuelo, algo a lo que aferrarse. Era así cómo la pena tenía que ser, un lamento público.

La pequeña Novinha no tuvo nada de eso. Su dolor había sido, si era posible, aún peor que el de Pipo. Al menos a él no le habían dejado sin familia, y era un adulto, no una chiquilla aterrorizada por la súbita pérdida de los cimientos de su vida. En su pena no se sentía más unida a la comunidad, sino excluida de ella. Hoy todo el mundo se alegraba, excepto ella. Hoy todo el mundo alababa a sus padres; sólo ella lloraba por ellos. Hubiera sido mejor que nunca hubieran encontrado la cura para los otros con tal de que hubieran conservado la vida.

Su aislamiento era tan intenso que Pipo pudo sentirlo desde donde estaba. Novinha se soltó de la mano de la alcaldesa en cuanto pudo. Sus lágrimas se secaron a medida que la misa continuaba. Al final, permaneció en silencio, como un prisionero que rehúsa cooperar con sus captores. El corazón de Pipo sangró por ella. Sin embargo sabía que aunque lo intentara, nunca podría ocultar su propia alegría por el final de la Descolada, su regocijo, porque no le arrebataría a ninguno de sus otros hijos. Ella lo vería: su esfuerzo por reconfortarla sería una burla, la apartaría aún más.

Después de la misa, Novinha caminó en amarga soledad entre la multitud de gente llena de buenas intenciones, que cruelmente le decía que sus padres seguramente serían elevados a los altares y se sentarían a la derecha de Dios Padre. ¿Qué clase de consuelo es ése para un niño? Pipo le susurró a su esposa:

—Nunca nos perdonará por lo de hoy.

—¿Perdonar? —Conceição no era una de esas esposas que inmediatamente comprenden la cadena de pensamientos de su marido—. No hemos matado a sus padres.

—Pero todos nos alegramos hoy, ¿no? Nunca nos perdonará por esto.

—Qué tontería. Ella todavía no comprende. Es demasiado joven.

Ella comprende —pensó Pipo—. ¿No comprendía las cosas María cuando era aún más pequeña de lo que Novinha lo era ahora?

A medida que los años fueron pasando —ocho años ya— la había visto de vez en cuando. Tenía la edad de su hijo Libo, y eso quería decir que hasta que éste cumplió los trece años estuvieron juntos en muchas de las clases. La oía dar clases y charlas ocasionales, junto con otros niños. Había una elegancia en su pensamiento, una intensidad en su claridez de ideas que le sorprendió. Al mismo tiempo, ella parecía completamente fría, totalmente apartada de todos los demás. El propio hijo de Pipo, Libo, era tímido, pero aun así tenía varios amigos, y se había ganado el afecto de sus profesores. Novinha, sin embargo, no tenía ningún amigo, nadie con quien compartir una mirada después de un momento de triunfo. No había ningún profesor a quien le gustara de verdad, porque rehusaba corresponder.

—Está paralizada emocionalmente —le dijo una vez Dona Cristã cuando Pipo le preguntó por ella—. No hay manera de entrar en contacto con ella. Jura que es perfectamente feliz, y que no ve ninguna necesidad de cambio.

Ahora Dona Cristã había venido a la Estación Zenador para hablarle a Pipo de Novinha. ¿Por qué a Pipo? Sólo podía suponer una razón para que la principal responsable de la escuela viniera a hablar con él sobre esta huérfana particular.

—¿Debo entender que en todos los años que has tenido a Novinha en tu escuela soy la única persona que ha preguntado por ella?

—La única persona no —dijo ella—. Todo el mundo se interesó por ella hace un par de años, cuando el Papa beatificó a sus padres. Todo el mundo le preguntaba si la hija de Gusto y de Cida, *Os Venerados*, había advertido alguna vez algún hecho milagroso asociado con sus padres, tal como habían hecho otras muchas personas.

—¿Le preguntaban eso de verdad?

—Hubo rumores, y el obispo Peregrino tuvo que investigar —Dona se envaró un poco al hablar del joven líder espiritual de la Colonia Lusitania, pues se decía que la jerarquía nunca se había llevado bien con la orden de los *Filhos da Mente de Cristo*—. La respuesta que dio Novinha fue muy ilustrativa.

—Lo imagino.

—Dijo, más o menos, que si sus padres estuvieran escuchando de verdad sus oraciones y tuvieran de verdad alguna influencia en el cielo para que se cumplieran sus deseos, ¿por qué entonces no habían atendido a sus oraciones para que regresaran de la tumba? Dijo que eso sería un milagro útil, y hay precedentes. Si *Os Venerados* tuvieran el poder de hacer milagros, entonces esto tendría que significar que no la amaban lo bastante para responder a sus plegarias. Prefería creer que sus padres aún la amaban y que simplemente no tenían el poder para actuar.

—Una sofista nata —dijo Pipo.

—Sofista y experta en culpa: le dijo al obispo

que si el Papa declaraba a sus padres venerables, sería igual que si la Iglesia dijera que sus padres la odiaban. La petición de la canonización de sus padres probaba que Lusitania la despreciaba; si se concedía, sería la prueba de que la propia Iglesia era despreciable. El obispo Peregrino se quedó blanco.

—Veo que envió la petición de todas formas.

—Por el bien de la comunidad. Y hubo todos esos milagros.

—Alguien toca el altar y un dolor de cabeza desaparece y gritan *¡Milagre! ¡Os santos me abençoaram!* ¡Milagro! ¡Los santos me han bendecido!

—Sabes que la Santa Sede requiere milagros más sustanciales que eso. Pero no importa. El Papa graciosamente nos permitió llamar Milagro a nuestra ciudad, y ahora imagino que cada vez que alguien pronuncia ese nombre, Novinha arde un poco más con su furia interna.

—O se vuelve más fría. Uno nunca sabe qué tipo de temperatura produce una cosa como ésa.

—De todas formas, Pipo, no eres el único que ha preguntado por ella. Pero eres el único que ha preguntado por ella misma y por su propio bien, no por causa de sus santos y adorados padres.

Era triste pensar que, a excepción de los Filhos, quienes dirigían las escuelas de Lusitania, no hubiera habido más preocupación por la niña que los pequeños brotes de atención que Pipo había desperdigado a lo largo de los años.

—Tiene un amigo —dijo Libo.

Pipo había olvidado que su hijo estaba allí. Libo era tan callado que era fácil pasar por alto su presencia. Dona Cristã también parecía sorprendida.

—Creo, Libo, que somos indiscretos al hablar de

una de tus compañeras de colegio de esta manera —dijo.

—Ahora soy aprendiz de Zenador —le recordó Libo. Lo que quería decir que ya no estaba en la escuela.

—¿Quién es su amigo? —preguntó Pipo.

—Marcão.

—Marcos Ribera —explicó Dona Cristã—. El chico alto...

—Ah, sí, el que parece una cabra.

—Es un chico fuerte —dijo Dona Cristã—. Pero nunca he advertido ninguna amistad entre ellos.

—Una vez, cuando Marcão fue acusado de algo, ella lo vio y habló en su favor.

—Haces una interpretación generosa del asunto, Libo —dijo Dona Cristã—. Creo que es más apropiado decir que habló en *contra* de los chicos que lo hicieron de verdad y estaban intentando echarle la culpa a él.

—Marcão no lo ve de esa forma —respondió Libo—. Me he dado cuenta un par de veces por la forma en que la observa. No es mucho, pero hay alguien a quien le agrada.

—¿Te agrada a ti? —le preguntó Pipo.

Libo guardó silencio un momento. Pipo sabía lo que aquello quería decir. Se estaba examinando para encontrar una respuesta. No la respuesta que pensaba sería la más adecuada para atraer el favor de un adulto, ni la que provocaría su ira: los dos tipos de falacias que la mayoría de los chicos de su edad se complacían en ofrecer. Se estaba auto-examinando para descubrir la verdad.

—Creo que comprendo que no quiera agradar a la gente —dijo Libo—. Como si ella fuera un visitante que espera volver a casa algún día.

Dona Cristã asintió gravemente.

—Sí, es exactamente así. Eso es exactamente lo que parece. Pero ahora, Libo, debemos poner fin a nuestra indiscreción pidiéndote que te marches mientras nosotros...

Se marchó antes de que acabara la frase. Hizo un rápido movimiento con la cabeza y ofreció una media sonrisa que decía sí, lo comprendo, y un movimiento tan sigiloso que convirtió su salida en la prueba más elocuente de su discreción, que si hubiera argumentado que quería quedarse. Con esto, Pipo supo que estaba molesto por que le pidieran que se marchase: tenía una forma de lograr que los adultos se sintieran vagamente inmaduros en comparación con él.

—Pipo —dijo la superiora—, me ha pedido que se la examine antes de tiempo para tomar el puesto de sus padres como xenobióloga.

Pipo alzó una ceja.

—Dice que ha estado estudiando la materia intensamente desde que era una niña pequeña. Que está lista para empezar a trabajar inmediatamente, sin aprendizaje.

—Tiene trece años, ¿no?

—Hay precedentes. Muchos se han presentado a esas pruebas antes. Uno incluso aprobó siendo más joven que ella. Fue hace doscientos años, pero se permitió. El obispo Peregrino está en contra, por supuesto, pero la alcaldesa Bosquinha, bendito sea su corazón práctico, ha señalado que Lusitania necesita un xenobiólogo con urgencia. Necesitamos poner manos a la obra en el asunto de desarrollar nuevos brotes de vida vegetal, para que podamos tener un poco de variedad decente en nuestra dieta y cosechas mucho mejores. Sus propias palabras fueron: «No me importa que sea una niña, necesitamos una xenobióloga.»

—¿Y quieres que supervise su examen?

—Si fueras tan amable...

—Me encantará hacerlo.

—Les dije que te gustaría.

—Confieso que tengo mis motivos.

—¿Sí?

—Debería haber hecho más por la niña. Me gustaría ver que no es demasiado tarde para empezar.

Dona Cristã se echó a reír.

—Oh, Pipo, me alegra que lo intentes. Pero créeme, querido amigo, alcanzar su corazón es como bañarse en hielo.

—Lo imagino. Imagino que la persona que intente acercársele se sienta así. ¿Pero cómo se siente ella? Fría como es, seguramente por dentro debe arder como el fuego.

—Eres un poeta —dijo Dona Cristã. No había ironía en su voz. Quería decir eso mismo—. ¿Los cerdis comprenden que les hemos enviado al mejor de los nuestros como embajador?

—He intentado decírselo, pero se mantienen escépticos.

—Te la enviaré mañana. Te lo advierto: espera examinarse fríamente, y resistirá cualquier intento por tu parte de preexaminarla.

Pipo sonrió.

—Me preocupa mucho más lo que sucederá después de que se examine. Si suspende, tendrá problemas. Si aprueba, entonces los problemas empezarán para mí.

—¿Por qué?

—Libo me insistirá en examinarse antes de tiempo para Zenador. Y si lo hace, entonces no habrá razón para que no me vaya a casa, me haga un ovillo y muera.

—Eres un loco romántico, Pipo. Si hay alguien en Milagro capaz de aceptar a su hijo de trece años como colega, ése eres tú.

Después de que la monja se marchara, Pipo y Libo trabajaron juntos, como de costumbre, registrando los sucesos del día con los pequeninos. Pipo comparó el trabajo de Libo, su forma de pensar, sus reflexiones, sus actitudes, con las de aquellos estudiantes graduados que había conocido en la Universidad antes de unirse a la Colonia Lusitania. Podía ser pequeño, y había aún mucha teoría y muchos conocimientos que tenía que aprender, pero ya era un auténtico científico en su método, y un humanista de corazón. Cuando el trabajo de la tarde terminó y volvieron a casa juntos a la luz de la grande y resplandeciente Luna de Lusitania, Pipo había decidido que Libo ya merecía ser tratado como un colega, se examinara o no. Los tests, de todas formas, no podían medir las cosas que realmente contaban.

Y, le gustara a Novinha o no, Pipo intentaría descubrir si ella tenía las cualidades, tan difíciles de medir, propias de un científico; si no las tenía, entonces haría que no se presentara a los exámenes, por muchos hechos que hubiera memorizado.

Pipo iba a ponérselo difícil. Novinha sabía cómo actuaban los adultos cuando planeaban no hacer las cosas tal como ella quería, pero no deseaba ni una pelea ni portarse mal. Por supuesto, podía examinarse. Pero no había razón para apresurarse, «tomémonos algo de tiempo, asegurémonos de que tendrás éxito al primer intento».

Novinha no quería esperar. Novinha estaba lista.

—Saltaré todos los obstáculos que usted quiera —dijo.

La cara de él se tornó fría. Sus caras siempre lo hacían. Eso estaba bien. La frialdad no le importaba. Podría hacer que se helaran hasta la muerte.

—No quiero que saltes ningún obstáculo —exclamó él.

—Lo único que le pido es que los coloque todos en una fila para que pueda saltarlos con rapidez. No quiero que esto dure días y días.

Él la miró pensativamente durante un momento.

—Tienes mucha prisa.

—Estoy preparada. El Código Estelar me permite desafiar la prueba en cualquier momento. Es un asunto entre el Congreso Estelar y yo, y no he podido encontrar ningún sitio en donde se diga que un xenólogo no pueda intentar adivinar las intenciones de la Oficina de Exámenes Interplanetarios.

—Entonces no has leído con atención.

—La única cosa que necesito para hacer la prueba antes de tener los dieciséis años es la autorización de mi tutor legal. No tengo ninguno.

—Al contrario —dijo Pipo—. La alcaldesa Bosquinha ha sido tu tutora legal desde el día en que murieron tus padres.

—Y estuvo de acuerdo en que podría hacer la prueba.

—Siempre y cuando vinieras a mí.

Novinha vio la intensa mirada en los ojos de él. No conocía a Pipo, así que pensó que era la mirada que había visto en tantos otros ojos, el deseo de dominarla, de mandar sobre ella, el deseo de reducir su determinación y romper su independencia, el deseo de hacer que se rindiera.

Del hielo al fuego en un instante.

—¿Qué sabe usted de xenobiología? ¡Sólo sale y habla con los cerdis, ni siquiera ha empezado a comprender cómo funcionan sus genes! ¿Quién es usted para juzgarme? Lusitania necesita un xenobiólogo, y llevan ocho años sin ninguno. ¡Y quiere que esperen aún más tiempo sólo para poder tener el control!

Para su sorpresa, el hombre no se acaloró, no se batió en retirada. Ni siquiera le contestó airadamente. Fue como si ella no hubiera hablado.

—Ya veo que es por tu gran amor a la gente de Lusitania por lo que deseas ser xenobióloga —dijo él—. Al ver el interés público, te has sacrificado y preparado para dedicarte desde temprana edad a una vida de servicio altruista.

Parecía absurdo oírle decir eso. Y no era así cómo ella se sentía.

—¿No es una buena razón?

—Si fuera cierta, sería bastante buena.

—¿Me está llamando mentirosa?

—Tus propias palabras te han llamado mentirosa. Has hablado de lo mucho que ellos, la gente de Lusitania, te necesitan. Pero tú vives entre nosotros. Has vivido entre nosotros toda tu vida. Estás dispuesta a sacrificarte por nosotros, y sin embargo no te sientes parte de esta comunidad.

De modo que él no era como los adultos que siempre creían las mentiras, mientras la hicieran parecer la niña que querían que fuera.

—¿Por qué tendría que sentirme parte de la comunidad? No lo soy.

Él asintió con gravedad, como si considerara su respuesta.

—¿A qué comunidad perteneces?

—Los cerdis son la otra única comunidad de

Lusitania, y no me han enviado ahí fuera con los adoradores de árboles.

—Hay más comunidades en Lusitania. Por ejemplo, eres estudiante... Hay una comunidad de estudiantes.

—Para mí, no.

—Lo sé. No tienes amigos, no tienes ninguna relación íntima con nadie. Acudes a misa pero nunca te confiesas, estás completamente al margen de todo lo que significa estar en contacto con la vida de esta colonia en todo lo que es posible, no tocas la vida de la raza humana en ningún punto. Evidentemente, vives en un aislamiento completo.

Novinha no estaba preparada para esto. Él estaba nombrando el dolor subyacente de su vida, y ella no tenía dispuesta una estrategia para enfrentarse a eso.

—Si lo hago así, no es culpa mía.

—Lo sé. Sé dónde empezó, y sé de quién fue el fallo que continúa hasta hoy.

—¿Mío?

—Mío. Y de todos los demás. Pero mío sobre todo, porque sabía lo que te pasaba y no dije nada. Hasta hoy.

—¡Y hoy va a separarme de la única cosa que me importa en la vida! ¡Muchas gracias por su compasión!

Una vez más él asintió solemnemente, como si aceptara y reconociera la irónica gratitud.

—En un sentido, Novinha, no importa que no fuera culpa tuya. Porque la ciudad de Milagro es una comunidad, y tanto si te ha tratado mal como si no, aún debe actuar como hacen todas las comunidades, proporcionar la mayor felicidad posible para todos sus miembros.

—Lo que quiere decir, todo el mundo en Lusitania excepto yo... y los cerdis.

—El xenobiólogo es muy importante en una colonia, especialmente en una como ésta, rodeada por una cerca que limita para siempre nuestro crecimiento. Nuestro xenobiólogo debe encontrar el modo de cultivar más proteínas e hidratos de carbono por hectárea, lo que significa alterar genéticamente el trigo y las patatas traídas de la Tierra para hacer...

—Para hacer posible el uso máximo de los nutrientes disponibles en el entorno lusitano. ¿Cree que pienso presentarme al examen sin saber cuál será el trabajo de mi vida?

—El trabajo de tu vida es dedicarte a mejorar la vida de la gente a la que desprecias.

Ahora Novinha vio la trampa que él le había dispuesto. Había aparecido demasiado tarde.

—¿De modo que piensa que un xenobiólogo no puede hacer su trabajo a menos que ame a la gente que usa las cosas que una hace?

—No me importa si nos amas o no. Lo que tengo que saber es lo que quieres realmente. Por qué tienes tanto interés en hacer esto.

—Psicología básica. Mis padres murieron en este trabajo, y por tanto intento ocupar su puesto.

—Tal vez sí —dijo Pipo—. Y tal vez no. Lo que quiero saber, Novinha, lo que tengo que saber antes de dejarte hacer la prueba es a qué comunidad perteneces.

—¡Ya lo ha dicho usted antes! ¡No pertenezco a ninguna!

—Imposible. Cada persona está definida por las comunidades a las que pertenece y a las que no pertenece. Yo tengo una serie de definiciones positivas y otra negativa. Pero todas tus definiciones son negativas. Podría hacer una lista infinita de las cosas que no eres. Pero una persona que cree realmente que no pertenece a ninguna comunidad, invariablemente acaba con su vida, bien matando su cuerpo, bien perdiendo su identidad y volviéndose loca.

—Ésa soy yo. Loca hasta la raíz.

—Loca, no. Obsesionada por un sentido del propósito que es preocupante. Si haces esa prueba la aprobarás. Pero antes de dejarte que te presentes a ella, tengo que saberlo: ¿en qué te convertirás cuando la apruebes? ¿En qué crees? ¿De qué eres parte? ¿Por qué te preocupas? ¿Qué es lo que amas?

—Nada de este o de otro mundo.

—No te creo.

—¡Nunca he conocido a ningún hombre bueno o a ninguna buena mujer excepto mis padres, y están muertos! E incluso ellos. Nadie comprende nada.

—Tú.

—Soy parte de algo, ¿no? Pero nadie comprende nada, ni siquiera usted, que pretende ser tan sabio y compasivo, pero sólo me hace llorar así porque tiene el poder para impedir que haga lo que quiero hacer...

—Y eso no es la xenobiología.

—¡Sí que lo es! ¡Es una parte, al menos!

—¿Y cuál es el resto?

—Lo que usted es. Lo que hace. No sólo lo está haciendo mal, lo está haciendo de manera estúpida.

—Xenobiólogo y xenólogo.

—Cometieron un estúpido error cuando crearon una nueva ciencia para estudiar a los cerdis. Fueron un puñado de antropólogos viejos y cansados que se pusieron un sombrero nuevo y se llamaron a sí mismos xenólogos. ¡Pero no se puede comprender a los cerdis solamente observando la manera cómo se comportan! ¡Provienen de una evolución diferente! Hay que comprender sus genes, lo que hay en el interior de sus células. Y en las células de los otros animales también, porque no se les puede estudiar solos, nadie vive en aislamiento...

No me des sermones —pensó Pipo—. Dime lo que sientes. Y para provocar que fuera más emocional, susurró:

—Excepto tú.

Funcionó. Del frío desdén ella pasó a una calurosa defensiva.

—¡Nunca los comprenderá! ¡Pero yo sí!

—¿Qué te interesa de ellos? ¿Qué son los cerdis para ti?

—No podría comprenderlo nunca. Es usted un buen católico —pronunció esta palabra con desdén—. Es un libro que está en el Índice.

La cara de Pipo se iluminó de una comprensión repentina.

—La *Reina Colmena* y el *Hegemón*.

—Vivió hace tres mil años, quienquiera que fuese, el que se llamaba a sí mismo el Portavoz de los Muertos. ¡Pero comprendió a los insectores! Los aniquilamos a todos, a la única raza alienígena que conocíamos, los matamos a todos, pero él comprendió.

—Y tú quieres escribir la historia de los cerdis de la misma forma que el Portavoz original escribió la historia de los insectores.

—Por la forma en que lo dice, parece tan fácil como hacer un trabajo para la escuela. No sabe lo que costó escribir la *Reina Colmena* y el *Hegemón*. La agonía que soportó... imaginarse dentro de una mente alienígena, y salir de ella lleno de amor por la gran criatura que destruimos. Vivió en el mismo tiempo que el peor ser humano que haya vivido jamás, Ender el Genocida, el que destruyó a los insectores... e hizo todo lo posible para deshacer lo que Ender había hecho. El Portavoz de los Muertos intentó devolverlos a la vida...

—Pero no pudo.

—¡Lo hizo! ¡Logró que vivieran de nuevo, lo sabría si hubiera leído el libro! No sé mucho sobre Jesús, escucho al obispo Peregrino y no creo que tenga poder para sanar las llagas o perdonar un milígramo de culpa. Pero el Portavoz de los Muertos hizo que la reina-colmena volviera a la vida.

—¿Y entonces dónde está?

—¡Está aquí! ¡Dentro de mí!

Él asintió.

—También hay alguien más en tu interior. El Portavoz de los Muertos. Eso es lo que quieres ser.

—Es la única historia verdadera que he oído. La única que me importa. ¿Es eso lo que quería oír? ¿Que soy una hereje? ¿Y que todo el trabajo de mi vida va a ser añadir otro libro al Índice de verdades cuya lectura los buenos católicos tienen prohibida?

—Lo que quería oír —dijo Pipo con suavidad— era el nombre de lo que eres, en vez del nombre de todas las cosas que no eres. Eres la reina de la colmena. Eres la Portavoz de los Muertos. Es una comunidad muy pequeña, pequeña en número, pero grande de corazón. Así que eliges no ser parte de las bandas de chiquillos que se agrupan con el único propósito de excluir de sus filas a otros, y la gente te mira y dice, probrecita, está tan sola, pero tú conoces un secreto, sabes quién eres realmente. Eres el único ser humano capaz de comprender la mente alienígena, porque eres la mente alienígena; sabes lo que es ser inhumano porque nunca ha habido ningún grupo humano que te haya dado credenciales como homo sapiens.

—¿Ahora me dice que ni siquiera soy humana? Me hace gimotear como una niña pequeña porque no me deja presentarme a la prueba, me hace que me humille, ¿y ahora me dice que no soy humana?

—Puedes presentarte a la prueba.

Las palabras colgaron en el aire.

—¿Cuándo? —susurró ella.

—Esta noche. Mañana. Empieza cuando quieras. Detendré mi trabajo para hacer que pases por las pruebas lo más pronto posible.

—¡Gracias! ¡Gracias! Yo...

—Conviértete en Portavoz de los Muertos. Te ayudaré si puedo. La ley me prohíbe tomar a nadie bajo mi tutela excepto a mi hijo Libo para salir a estudiar a los pequeninos. Pero te dejaremos ver nuestras notas. Te mostraremos todo lo que aprendamos. Todas nuestras suposiciones y especulaciones. A cambio, tú también nos mostrarás tu trabajo, lo que descubras sobre las pautas genéticas de este mundo, que pudiera ayudarnos a comprender a los pequeninos. Y cuando hayamos aprendido suficiente, juntos, podrás escribir tu libro, podrás convertirte en Portavoz. Pero esta vez no será el Portavoz de los Muertos. Los pequeninos no están muertos.

Ella sonrió a su pesar.

—El Portavoz de los Vivos.

—También he leído la *Reina Colmena* y el *Hegemón* —dijo él—. No encuentro un nombre mejor para ti.

Pero ella aún no se fiaba de él, aún no creía en lo que él parecía prometerle.

—Querré venir aquí a menudo. Todo el tiempo.

—Cerramos esto cuando nos vamos a la cama.

—Entonces el resto del tiempo. Se cansarán de mí. Tendrán que decirme que me marche. Me ocultarán sus secretos. Me dirán que me calle y que no mencione mis ideas.

—Acabamos de empezar a hacernos amigos y ya crees que soy un mentiroso y un tramposo, zoquete impaciente.

—Pero lo hará. Todos lo hacen. Todos desean que me marche...

Pipo se encogió de hombros.

—¿Y qué? En una ocasión o en otra, todo el mundo desea que todos los demás se marchen. A veces desearé que te marches. Lo que te estoy diciendo es que incluso en esos momentos, aunque te diga que te marches, no tienes que marcharte.

Era la cosa más desconcertante que le había dicho nadie.

—Es una locura.

—Sólo una cosa más. Prométeme que nunca intentarás ir con los pequeninos. Porque no puedo dejar que lo hagas, y si lo haces de todas formas, el Congreso Estelar cerrará todo nuestro trabajo aquí, prohibirá cualquier contacto con ellos. ¿Me lo prometes? O de lo contrario, todo, mi trabajo y tu trabajo, será deshecho.

—Lo prometo.

—¿Cuándo realizaremos la prueba?

—¡Ahora! ¿Puedo empezar ahora mismo?

Él se rió con suavidad, entonces alargó una mano y sin mirar tocó el terminal. Éste cobró vida y los primeros modelos genéticos aparecieron en el aire por encima.

—Tenía el examen preparado —dijo ella—. ¡Estaba dispuesto! ¡Sabía que me dejaría hacerlo desde el principio!

Él sacudió la cabeza.

—Lo esperaba. Creía en ti. Quería ayudarte a hacer lo que soñabas hacer. Siempre y cuando fuera algo bueno.

Ella no habría sido Novinha si no hubiera encontrado otra puya que decir.

—Ya veo. Es usted el juez de los sueños.

Quizá él no sabía que era un insulto. Sonrió y dijo:

—Fe, esperanza y amor... esos tres. Pero el mayor de todos es el amor.

—Usted no me ama —dijo ella.

—Ah —contestó él—. Yo soy el juez de los sueños y tú eres la juez del amor. Bien, te encuentro culpable de soñar buenos sueños, y te sentencio a toda una vida de trabajo y sufrimiento por el bien de tus sueños. Sólo espero que algún día no me declares inocente del crimen de amarte —reflexionó un instante—. Perdí una hija en la Descolada. María. Ahora sólo sería unos pocos años mayor que tú.

—¿Y yo se la recuerdo?

—Estaba pensando que no se habría parecido a ti en nada.

Ella empezó la prueba. Le llevó tres días. La aprobó con una nota muy superior a la de muchos estudiantes graduados. Más adelante, sin embargo, ella no recordaría la prueba por haber sido el principio de su carrera, el final de su infancia, la confirmación de su vocación hacia el trabajo que ocuparía su vida. Recordaría la prueba porque sería el principio de su estancia en la Estación de Pipo, donde Pipo y Libo y Novinha formarían juntos la primera comunidad a la que perteneció desde que sus padres fueron devueltos a la Tierra.

No fue fácil, especialmente al principio. Novinha no perdió instantáneamente su costumbre de enfrentarse fríamente a los demás. Pipo lo comprendía, estaba preparado para soportar sus andanadas verbales. El desafío fue mucho mayor para Libo. La Estación del Zenador había sido un sitio donde él y su padre podían estar solos y unidos. Ahora, sin que nadie le hubiera consultado su opinión, se había añadido una tercera persona, una persona fría y exigente que le hablaba como si fuera un crío, incluso a pesar de que tenían la misma edad. Le molestaba que ella fuera una xenobióloga completa, con todos los privilegios de adulto que eso implicaba, mientras él era aún un aprendiz.

Pero intentó soportarlo con paciencia. Era de naturaleza tranquila, y la discreción era parte de su carácter. No era propenso al resentimiento. Pero Pipo conocía a su hijo, y le veía consumirse. Después de una temporada, incluso Novinha, pese a lo insensible que era, empezó a darse cuenta de que estaba provocando a Libo más de lo que ningún joven podría soportar. Pero, en lugar de dejarlo correr, empezó a considerarlo como un desafío. ¿Cómo podría forzar alguna respuesta de este joven hermoso, tranquilo y generoso?

—¿Quieres decir que habéis estado trabajando todos estos años y ni siquiera sabéis cómo se reproducen los cerdis? —le dijo un día—. ¿Cómo sabéis que todos son machos?

—Les explicamos los términos masculino y femenino al enseñarles nuestros lenguajes —explicó Libo suavemente—. Ellos eligieron el de macho. Y se refirieron a los otros, a los que nunca hemos visto, como hembras.

—Pero, por todo lo que sabéis, ¿se reproducen por apareamiento? ¡O por mitosis!

Su tono era desdeñoso, y Libo no respondió con rapidez. Pipo sintió como si pudiera oír los pensamientos de su hijo, reestructurando una y otra vez su respuesta hasta que ésta fuera amable y segura.

—Ojalá nuestro trabajo se pareciera más a la antropología física —dijo—. Entonces estaríamos más preparados para aplicar tu investigación sobre las pautas de vida subcelulares de Lusitania a lo que aprendemos de los pequeninos.

Novinha parecía horrorizada.

—¿Quieres decir que ni siquiera tomáis muestras de tejido?

Libo se sonrojó ligeramente, pero cuando contestó, su voz continuó tranquila. Pipo pensó que el muchacho no cambiaría de actitud ni ante un interrogatorio de la Inquisición.

—Supongo que es una tontería —dijo Libo—, pero tememos que los pequeninos se preguntarían por qué tomamos pedazos de su cuerpo. Si uno de ellos enfermara después por casualidad, ¿pensarían que nosotros causamos la enfermedad?

—¿Y si tomarais algo que ellos sueltan de forma natural? Se puede aprender mucho del pelo.

Libo asintió; Pipo, que observaba desde su terminal al otro extremo de la habitación, reconoció el gesto: Libo lo había aprendido de su padre.

—Muchas tribus primitivas de la Tierra creían que los despojos de sus cuerpos contenían parte de su vida y de su fuerza. ¿Y si los cerdis pensaran que estamos practicando magia contra ellos?

—¿No sabéis su lenguaje? Creía que algunos de ellos hablan también el stark —ella no hizo ningún esfuerzo para disimular su desdén—. ¿No podéis explicarles para qué son las muestras?

—Tienes razón —dijo él tranquilamente—. Pero si les explicáramos para qué usamos las muestras de tejidos, podríamos accidentalmente enseñarles los conceptos de la ciencia biológica un millar de años antes de que alcancen ese punto de manera natural. Por eso la ley nos prohíbe explicar cosas como ésa.

Finalmente, Novinha claudicó.

—No me daba cuenta de lo férreamente que estáis atados por la doctrina de la intervención mínima.

Pipo se alegró al oír que se retiraba de su arrogancia, pero su humildad era aún peor. La muchacha estaba tan aislada del contacto humano que hablaba como un libro de ciencia excesivamente formal. Pipo se preguntó si ya sería demasiado tarde para enseñarle a convertirse en un ser humano.

No lo era. En cuanto ella se dio cuenta de que eran excelentes en su trabajo científico, del que ella apenas sabía nada, desterró su agresividad y adoptó casi el extremo opuesto. Apenas le habló a Pipo y Libo durante semanas. Al contrario, estudió sus informes, intentando comprender el propósito de lo que hacían. De vez en cuando tenía una pregunta, y preguntaba; ellos contestaban amablemente y a conciencia.

La cortesía dio paso gradualmente a la familiaridad. Pipo y Libo empezaron a conversar abiertamente delante de ella, aireando sus especulaciones sobre las causas que habían llevado a los cerdis a desarrollar aquellas extrañas pautas de conducta, qué significado subyacía detrás de algunas de sus extrañas expresiones, por qué permanecían tan enervantemente impenetrables. Y como el estudio de los cerdis era una rama completamente nueva de la ciencia, no pasó mucho tiempo antes de que Novinha también fuera experta en ella, aunque lo fuera de segunda mano, y pudiera ofrecer algunas hipótesis.

—Después de todo —dijo Pipo, animándola—, todos estamos ciegos en este asunto.

Pipo había previsto lo que iba a suceder a continuación. La paciencia de Libo, cuidadosamente cultivada, le había hecho parecer frío y reservado ante los chicos de su edad, y Pipo era para él más importante que cualquier intento de socialización; el aislamiento de Novinha era más espectacular, pero no más intenso. Ahora, sin embargo, su interés común en los cerdis les acercaba; ¿con quién más podían hablar, si nadie excepto Pipo podría comprender sus conversaciones?

Descansaban juntos y se reían hasta que se les saltaban las lágrimas ante chistes que no podrían divertir a ningún otro luso. Como los cerdis parecían tener un nombre para cada árbol del bosque, Libo se dedicó a nombrar todos los muebles de la Estación Zenador, y periódicamente anunciaba que ciertos elementos estaban en mal momento y no tenían que ser molestados.

—¡No os sentéis en Silla! ¡Tiene otra vez el período!

Nunca habían visto un cerdi femenino, y los machos siempre se referían a ellas con una reverencia casi religiosa; Novinha escribió una serie de informes satíricos sobre una imaginaria mujer cerdi llamada Reverenda Madre, que era jocosamente mandona y exigente.

No todo eran risas. Había problemas, preocupaciones y en una ocasión sintieron miedo auténtico de que hubieran hecho exactamente lo que el Congreso Estelar había intentado prevenir: crear cambios radicales en la sociedad cerdi. Empezó con Raíz, naturalmente. Raíz, que insistía en hacer preguntas desafiantes e imposibles, como: «Si no tenéis ninguna otra ciudad de humanos, ¿cómo podéis ir a la guerra? No hay ningún honor en que vayáis a matar a los Pequeños.» Pipo farfulló algo referente a que los humanos nunca matarían a los pequeninos, pero sabía que ésa no era la pregunta que Raíz estaba haciéndole realmente.

Pipo sabía desde hacía años que los cerdis conocían el concepto de guerra, pero Libo y Novinha discutieron apasionadamente durante días si la pregunta de Raíz probaba que los cerdis consideraban la guerra como algo deseable o simplemente inevitable. Había otros fragmentos de información de Raíz, algunos importantes, otros no... y muchos cuya importancia era imposible de juzgar. En cierto modo, el propio Raíz era la prueba de la sabiduría de la política que prohibía a los xenólogos hacer preguntas que pudieran revelar expectativas humanas y, por tanto, prácticas humanas. Las preguntas de Raíz invariablemente les daban más respuestas que las que obtenían de sus respuestas a sus propias preguntas.

La última información que Raíz les dio, sin embargo, no iba incluida en una pregunta. Fue una suposición dicha a Libo en privado, mientras Pipo estaba con algunos otros cerdis examinando la manera en que construían la casa de troncos.

—¡Lo sé, lo sé! —dijo Raíz—. Sé por qué Pipo está aún vivo. Vuestras mujeres son demasiado estúpidas para saber que él es sabio.

Libo se esforzó en encontrar sentido en este galimatías aparente. Qué pensaba Raíz, ¿que si las mujeres humanas fueran más listas matarían a Pipo? Hablar de matar era preocupante: esto era, obviamente, un asunto importante, y Libo no sabía cómo llevarlo solo. Sin embargo, no podía pedir ayuda a Pipo, pues estaba claro que Raíz quería discutirlo donde Pipo no pudiera oír.

Al ver que Libo no contestaba, Raíz insistió.

—Vuestras mujeres son débiles y estúpidas. Se lo dije a los otros y me dijeron que debía preguntarte. Vuestras mujeres no ven la sabiduría de Pipo. ¿Es cierto?

Raíz parecía muy excitado, respiraba agitadamente y se arrancaba pelos de los brazos, a puñados de cuatro o cinco a la vez. Libo tenía que responder.

—La mayoría de las mujeres no le conocen —dijo.

—¿Entonces cómo sabrán si debe de morir? —preguntó Raíz.

De repente, se quedó muy tranquilo y añadió, en voz muy alta:

—¡Sois cabras!

Entonces apareció Pipo, preguntándose a qué venían los gritos. Vio de inmediato que Libo estaba desesperado. Sin embargo, no tenía ni idea de qué había tratado la conversación, ¿cómo podría servir de ayuda? Todo lo que sabía era que Raíz estaba diciendo que los humanos —o al menos Pipo y Libo—, eran como las grandes bestias que pastaban en manadas en la pradera. Pipo ni siquiera era capaz de decir si Raíz está enfadado o feliz.

—¡Sois cabras! ¡Vosotros decidís! —señaló a Libo y luego a Pipo—. ¡Vuestras mujeres no eligen vuestro honor, vosotros lo hacéis! ¡Igual que en la batalla, pero todo el tiempo!

Pipo no entendía de lo que hablaba Raíz, pero podía ver que todos los pequeninos estaban inmóviles como árboles, esperando que él —o Libo— contestaran. Estaba claro que Libo se sentía demasiado asustado por la extraña conducta de Raíz para que se atreviera a responder. En un caso así, Pipo no pudo sino decir la verdad; era, después de todo, una pieza de información relativamente obvia y trivial sobre la sociedad humana. Iba en contra de las leyes que el Congreso Estelar había establecido, pero no contestar sería incluso más peligroso, y por eso Pipo continuó.

—Los hombres y las mujeres deciden juntos, o deciden solos. Uno no decide por el otro.

Era, aparentemente, lo que todos los cerdis habían estado esperando.

—Cabras —dijeron, una y otra vez; corrieron hacia Raíz, riendo y silbando.

Lo cogieron y se lo llevaron rápidamente a la espesura. Pipo intentó seguirles, pero dos de los cerdis lo detuvieron y negaron con la cabeza. Era un gesto humano que habían aprendido con anterioridad, pero para los cerdis tenía un sentido aún más fuerte. A Pipo le quedaba absolutamente prohibido seguirles. Iban a ir con las hembras, y ése era el único lugar al que los cerdis les habían dicho que no podían acudir.

De vuelta a casa, Libo informó de cómo había empezado el problema.

—¿Sabes lo que dijo Raíz? Dijo que nuestras mujeres son débiles y estúpidas.

—Eso es porque no conoce a la alcaldesa Bosquinha. Ni a tu madre.

Libo se echó a reír, porque su madre, Conceiçao, dirigía los archivos como si fuera una antigua *estação* en el salvaje mato: si entrabas en sus dominios, quedabas irremediablemente sujeto a su ley. Mientras se reía, sintió que algo se le escapaba, algo que era importante... ¿de qué estaban hablando? Libo lo había olvidado, y pronto olvidó también que había olvidado.

Esa noche escucharon el sonido de los tambores que Pipo y Libo creían parte de alguna especie de celebración. No sucedía muy a menudo, era como si golpearan grandes tambores con gruesos palos. Esa noche, sin embargo, la celebración parecía que iba a durar para siempre. Pipo y Libo especularon que quizás el ejemplo humano de igualdad sexual había dado a los pequeninos machos alguna esperanza de liberación.

—Creo que podríamos catalogar esto como una seria modificación de la conducta de los cerdis —dijo gravemente Pipo—. Si resulta que hemos causado un cambio real, tendré que hacer un informe, y el Congreso probablemente ordenará que el contacto humano con los cerdis se interrumpa durante una temporada. Años, tal vez.

Era una idea preocupante: realizar su trabajo a conciencia tal vez hiciera que el Congreso Estelar les prohibiera seguir haciéndolo.

Por la mañana, Novinha fue con ellos hasta la puerta de la gran verja que separaba la ciudad humana de las colinas de los bosques donde los cerdis vivían. Como Pipo y Libo aún estaban intentando asegurarse mutuamente que ninguno de ellos podría haber hecho nada malo, Novinha se adelantó y llegó primero a la puerta. Cuando los otros llegaron, señaló una mancha fresca de tierra roja a unos treinta metros colina arriba.

—Eso es nuevo —dijo—. Y hay algo allí dentro.

Pipo abrió la puerta y Libo, por ser más joven,

corrió a investigar. Se detuvo al borde de la mancha y se quedó completamente inmóvil, mirando lo que allí había. Pipo, al verle, se detuvo, y Novinha, temiendo súbitamente por Libo, ignoró las reglas y atravesó la puerta. Libo echó la cabeza hacia atrás y se arrodilló; se llevó las manos a los rizados cabellos y exhaló un terrible grito de remordimiento.

Raíz yacía abierto en el claro. Le habían sacado las vísceras con el mayor cuidado: cada órgano había sido separado limpiamente, y las fibras y filamentos de sus miembros habían sido separados y esparcidos siguiendo un modelo simétrico en el suelo. Todo tenía aún conexión con el cuerpo: nada había sido amputado completamente.

El grito de agonía de Libo era casi histérico. Novinha se arrodilló junto a él y lo abrazó, lo meció e intentó tranquilizarlo. Pipo sacó metódicamente su cámara y tomó fotos desde todos los ángulos para que el ordenador pudiera analizarlo con detalle más tarde.

—Aún estaba vivo cuando hicieron esto —dijo Libo, cuando se calmó lo suficiente para poder hablar. Incluso así, tuvo que pronunciar las palabras despacio, con cuidado, como si fuera un extranjero que aprende a hablar—. Hay tanta sangre en el suelo... y llega hasta tan lejos... su corazón tuvo que estar latiendo cuando le abrieron.

—Ya lo discutiremos más tarde —dijo Pipo.

Ahora, el detalle que Libo había olvidado el día anterior volvió con cruel claridad.

—Es lo que Raíz dijo ayer sobre las mujeres. Deciden cuándo deben morir los hombres. Me dijo eso y que...

Se detuvo. Naturalmente que no hizo nada. La ley requería que no hiciera nada. Y en ese momento decidió que odiaba la ley. Si la ley implicaba que había que permitir que le hicieran esto a Raíz, entonces la ley era absurda. Raíz era una persona. Uno no se mantiene al margen y deja que esto le pase a una persona sólo por el hecho de que la estés estudiando.

—No le hicieron esto como deshonor —dijo Novinha—. Si hay algo claro, es el amor que sienten por los árboles. ¿Veis?

En el centro de la cavidad pectoral de Raíz, por lo demás vacía ahora, había implantada una semilla muy pequeña.

—Ahora sabemos por qué todos los árboles tienen nombre —dijo Libo amargamente—. Los plantan como lápidas para los cerdis que torturan a muerte.

—Este bosque es muy grande —dijo Pipo con suavidad—. Por favor, reduce tus hipótesis a lo que sea remotamente posible.

Se calmaron con su tono tranquilo y razonado, con su insistencia de que, incluso ahora, se comportaran como científicos.

—¿Qué hacemos? —preguntó Novinha.

—Tenemos que hacerte regresar al perímetro inmediatamente —dijo Pipo—. Tu estancia aquí está prohibida.

—Me refiero al cuerpo... ¿Qué hacemos con él?

—Nada —dijo Pipo—. Los cerdis han hecho lo que suelen hacer, por las razones que tengan.

Ayudó a Libo a ponerse en pie. El muchacho tuvo problemas para sostenerse al principio; tuvo que apoyarse en los dos para poder dar sus primeros pasos.

—¿Qué es lo que dije? —susurró—. Ni siquiera sé qué es lo que dije para que lo mataran.

—No fuiste tú —dijo Pipo—. Fui yo.

—¿Es que creéis que sois sus dueños? —demandó Novinha—. ¿Creéis que su mundo gira en torno vuestro? Los cerdis lo hicieron, por las razones que sean. Está bastante claro que no es la primera vez: la vivisección fue demasiado perfecta para que se trate de la primera vez.

Pipo lo tomó como un chiste macabro.

—Estamos quedándonos atrás, Libo. Se supone que Novinha no sabe nada de xenología.

—Tienes razón —contestó Libo—. Sea lo que sea lo que ha impulsado esto, lo han hecho antes. Una costumbre —intentaba parecer sereno.

—Pero eso es aún peor, ¿no? —dijo Novinha—. Es una costumbre suya destriparse vivos mutuamente.

Miró a los otros árboles del bosque que empezaba en la cima de la colina y se preguntó cuántos otros tenían sangre en sus raíces.

Pipo envió su informe por el ansible, y el ordenador no le dio ningún problema sobre el nivel de prioridad. Dejó la cuestión en manos del comité supervisor, para que éste decidiera si el contacto con los cerdis debería de ser detenido. El comité no pudo identificar ningún error fatal.

—Es imposible ocultar la relación existente entre nuestros sexos, ya que es posible que algún día una mujer sea xenóloga —dijo el informe—, y no encontramos ningún punto en el que no actuaran razonable y prudentemente. Nuestra conclusión es que fueron partícipes involuntarios de alguna clase de lucha por el poder, que se decidió en contra de Raíz, y que deben continuar con su contacto empleando toda la prudencia razonable.

Era una absolución completa, pero no resultó fácil aceptarla. Libo había crecido conociendo a los cerdis, o al menos oyendo a su padre hablar de ellos. Conocía mejor a Raíz que a ningún otro ser humano aparte de su familia y Novinha. Le costó días regresar a la Estación Zenador, semanas volver a los bosques.

Los cerdis no dieron muestras de que nada hubiera cambiado; si acaso, fueron aún más abiertos y amistosos que antes. Nadie habló jamás de Raíz, menos que nadie Pipo y Libo. Sin embargo, hubo cambios por parte de los humanos. Pipo y Libo nunca se separaban más que unos pocos pasos mientras estaban entre ellos.

El dolor y la desesperación de aquel día hicieron que Libo y Novinha confiaran uno en el otro más que antes, como si la oscuridad les hiciera acercarse juntos a la luz. Los cerdis parecían ahora peligrosos e impredecibles, igual que había parecido siempre la compañía humana, y entre Pipo y Libo se interponía ahora la duda de quién era el culpable, no importaba cuánto intentaran reconfortarse mutuamente.

Así que lo único bueno y seguro en la vida de Libo era Novinha, y en la vida de Novinha lo único era Libo.

Aunque Libo tenía madre y hermanos, y Pipo y Libo siempre volvían a casa, Novinha y Libo se comportaban como si la Estación Zenador fuera una isla en la que Pipo fuera una especie de amoroso, pero siempre remoto Próspero. Pipo se preguntaba si los cerdis eran como Ariel, que guiaba a los jóvenes a la felicidad, o como pequeños Caliban, apenas bajo control y siempre dispuestos a cometer asesinatos.

Después de unos cuantos meses, la muerte de Raíz se desvaneció en la memoria, y sus risas regresaron, aunque nunca llegó a ser como antes. Cuando cumplieron diecisiete años, Libo y Novinha estaban tan seguros el uno de la otra que hablaban rutinariamente de lo que harían juntos dentro de cinco, diez, veinte años. Pipo nunca se molestó en preguntarles por sus planes de matrimonio. Después de todo estudiaban biología de la mañana a la noche. Tarde o temprano, se les ocurriría explorar estrategias reproductoras estables y socialmente aceptables.

Mientras tanto, era bastante que se preguntaran incesantemente por cómo y cuándo los cerdis se apareaban, considerando que los machos no tenían ningún órgano reproductor distinguible. Sus especulaciones sobre cómo los cerdis combinaban material genético invariablemente los condujo a chistes tan picantes que Pipo tuvo que recurrir a todo su autocontrol para pretender que no los encontraba divertidos.

Así, la Estación Zenador durante aquellos pocos años fue un lugar de auténtica camaradería para dos jóvenes brillantes que, de otra manera, habrían sido condenados a una fría soledad. A ninguno se le ocurrió que aquel idilio terminaría bruscamente, y para siempre, y bajo unas circunstancias que sacudirían de temor a los Cien Mundos.

Fue tan simple, tan cotidiano... Novinha analizaba la estructura genética de los juncos infestados de moscas que había junto al río, y se dio cuenta de que el mismo cuerpo subcelular que había causado la Descolada estaba presente en las células del junco. Hizo aparecer otras varias estructuras celulares en el aire por encima del terminal del ordenador y las hizo girar. Todas contenían el agente de la Descolada.

Llamó a Pipo, que estaba enfrascado con la transcripción de la visita a los cerdis del día anterior. El ordenador mostró comparaciones de todas las otras células de las que tenían ejemplos. Ajena a la función celular, ajena a la especie de la que provenía, cada célula alienígena contenía el agente de la Descolada, y el ordenador declaró que su proporción química era absolutamente idéntica.

Novinha esperaba que Pipo asintiera, le dijera que parecía interesante, tal vez que proporcionara una hipótesis.

En vez de eso, se sentó y volvió a examinar la prueba, preguntando cómo operaba la comparación del ordenador, y después qué era lo que hacía realmente el agente de la Descolada.

—Padre y Madre no llegaron a descubrir qué la provocaba, pero el agente de la Descolada produce esta pequeña proteína, bueno, pseudo proteína, supongo, que ataca las moléculas genéticas, empezando por un extremo y deshaciendo las dos cadenas de la molécula justo hasta el centro. Por eso la llaman la descoladora... también separa el ADN de los humanos.

—Muéstrame lo que hace en las células alienígenas.

Novinha puso el simulador en movimiento.

—No, no sólo en la molécula genética... en todo el entorno de la célula.

—Es justo en el núcleo —dijo ella. Amplió el campo para incluir más variables.

El ordenador lo realizó más lentamente, ya que estaba considerando millones de enlaces aleatorios de material nuclear a cada segundo. En la célula del junco, a medida que una molécula genética se despegaba, varias grandes proteínas ambientales se pegaban a los tejidos abiertos.

—En los humanos, el ADN intenta recombinarse, pero las proteínas aleatorias se insertan de tal forma que la célula se vuelve loca. A veces experimentan una mitosis, como el cáncer, y a veces mueren. Lo que es más importante es que en los humanos los cuerpos de la Descolada se reproducen locamente, pasando de célula en célula. Por supuesto, todas las criaturas alienígenas ya las tienen.

Pero Pipo no estaba interesado en lo que decía. Cuando el descolador había terminado con las moléculas genéticas del junco, miró a una y otra células.

—No es sólo significante. Es lo mismo —dijo—. ¡Es lo mismo!

Novinha no vio lo que él había advertido. ¿Lo mismo de qué? Tampoco tuvo tiempo de preguntar. Pipo ya se había puesto en pie, había agarrado su abrigo y se encaminaba hacia la puerta. En el exterior, llovía. Pipo se detuvo solamente para llamarle.

—Dile a Libo que no se moleste en venir. Únicamente muéstrale la simulación y ve si puede darse cuenta antes de que yo regrese. Lo sabrá... Es la gran respuesta. La respuesta a todo.

—¡Dímela!

Él se echó a reír.

—No hagas trampas. Libo te la dirá si no la puedes ver sola.

—¿Adónde vas?

—A preguntarle a los cerdis si tengo razón, naturalmente. Pero sé que sí, aunque me mientan. Si no he vuelto en una hora, es que he resbalado con la lluvia y me he roto un pie.

Libo no llegó a ver las simulaciones. La reunión del comité planificador duró más de la cuenta por una discusión referente a la ampliación del ganado, y después Libo aún tuvo que recoger las compras de la semana. Cuando regresó, Pipo llevaba fuera cuatro horas, oscurecía, y la lluvia se convertía en nieve. Salieron a buscarle de inmediato, temiendo que les costaría horas localizarle en el bosque.

Lo encontraron pronto. Su cuerpo estaba casi congelado por efecto de la nieve. Los cerdis ni siquiera habían plantado un árbol en su interior.

2

TRONDHEIM

Lamento profundamente no haber podido atender su petición de más detalles referentes a las costumbres de apareamiento de los lusitanos aborígenes. Esto debe estar causándoles una angustia inimaginable o de lo contrario nunca le habrían pedido a la Sociedad Xenológica que me reprendiera por no cooperar con sus investigaciones.

Cuando los futuros xenólogos se quejan de que no estoy consiguiendo el tipo de datos adecuados de mis observaciones de los pequeninos, siempre les hago volver a leer las limitaciones que me impone la ley. No se me permite llevar a más de un ayudante en mis visitas; no debo hacer preguntas que puedan revelar expectativas humanas; no puedo quedarme con ellos más de cuatro horas seguidas; excepto mis ropas, no puedo emplear en su presencia productos derivados de la tecnología, lo que incluye cámaras, grabadoras, ordenadores o incluso bolígrafo y papel; tampoco puedo observarlos a escondidas.

En resumen: no puedo decirles cómo se reproducen los pequeninos porque ellos han elegido no hacerlo delante mío.

¡Naturalmente que nuestra investigación es incompleta! ¡Naturalmente que nuestras conclusiones sobre los cerdis son absurdas! Si tuviéramos que observar nuestra universidad bajo las mismas limitaciones que nos atan para observar a los aborígenes lusitanos, sin duda llegaríamos a la conclusión de que los humanos no se reproducen, no forman grupos afines, y dedican su ciclo vital entero a la metamorfosis de estudiante larval a profesor adulto. Podríamos incluso suponer que los profesores detentan un poder notable en la sociedad humana. Una investigación competente revelaría rápidamente lo inadecuado de tales conclusiones... pero en el caso de los cerdis, no se permite ni se contempla ninguna investigación de ese tipo.

La antropología no es nunca una ciencia exacta: el observador nunca experimenta la misma cultura que el participante. Pero éstas son limitaciones naturales a la ciencia. Son las limitaciones artificiales las que nos atan de manos, a nosotros y a ustedes a través de nosotros. Con este ritmo de progreso, lo mismo daría que les enviáramos cuestionarios por correo a los pequeninos y esperásemos que ellos entregaran trabajos eruditos como respuesta.

João Figueira Álvarez, réplica a Pietro Guataninni de la Universidad de Sicilia, Campus de Milán, Etruria, publicada póstumamente en *Estudios Xenológicos*, 22:4:49:193.

La noticia de la muerte de Pipo no tuvo solamente importancia local. Fue transmitida instantáneamente, a través del ansible, a los Cien Mundos. Los primeros alienígenas, descubiertos desde los tiempos de Ender el Genocida, habían torturado a muerte a un humano cuya misión era observarles. En cuestión de horas, eruditos, científicos, políticos y periodistas empezaron a asumir sus papeles.

Pronto se llegó a un consenso: «Un incidente, bajo circunstancias confusas, no prueba que la política del Congreso Estelar hacia los cerdis esté equivocada. Al contrario, el hecho de que sólo un hombre muriera parece demostrar la sabiduría de la presente política de inacción casi completa. Deberíamos, por tanto, no hacer nada excepto seguir observando a un ritmo ligeramente menos rápido.» El sucesor de Pipo tenía instrucciones de que no visitara a los cerdis más a menudo que de costumbre, y de no estar con ellos más de una hora seguida. No tenía que instar a los cerdis a responder preguntas referidas a su conducta con Pipo. La vieja política de inacción quedó reforzada.

También hubo mucha preocupación sobre la moral de la gente de Lusitania. Se les enviaron muchos programas de entretenimiento a través del ansible, a pesar del alto coste, para ayudarles a que distrajeran sus mentes de tan horrible asesinato.

Y después de haber hecho lo único que podía hacerse por los framlings, quienes estaban, después de todo, a años luz de Lusitania, la gente de los Cien Mundos volvió a sus preocupaciones locales.

Fuera de Lusitania, sólo un hombre del casi medio billón de seres humanos de los Cien Mundos sintió la muerte de João Figueira Álvarez, apodado Pipo, como un gran cambio en su propia vida. Andrew Wiggin era Portavoz de los Muertos en la ciudad universitaria de Reykiavik, renombrada como conservadora de la cultura nórdica y situada en las afiladas pendientes de un fiordo que taladraba el granito y el hielo del mundo helado de Trondheim justo en el ecuador. Era primavera, y por eso la nieve desaparecía, y unas cuantas flores y hierbas asomaban con todas sus fuerzas en busca de un poco de sol. Andrew estaba sentado en la cima de una colina soleada, rodeado por una docena de estudiantes que analizaban la historia de la colonización interestelar. Andrew sólo escuchaba a medias la apasionada discusión de que si la completa victoria humana en las Guerras Insectoras había sido un preludio necesario a la expansión humana. Esas discusiones siempre degeneraban rápidamente en una difamación del monstruo humano Ender, que comandaba la flota estelar que cometió el Genocidio de los Insectores. Andrew solía dejar que su mente divagara; la materia no le aburría exactamente, pero prefería que tampoco requiriera toda su atención.

Entonces, el pequeño ordenador implantado como una joya en su oído le contó la cruel muerte de Pipo, el xenólogo de Lusitania, e instantáneamente Andrew se puso alerta e interrumpió a sus estudiantes.

—¿Qué sabéis de los cerdis? —les preguntó.

—Son nuestra única esperanza de redención —contestó uno, que tomaba a Calvino mucho más en serio que a Lutero.

Andrew miró al instante a la estudiante Plikt, pues sabía que no podría soportar tal misticismo.

—No existen para ningún propósito humano, ni siquiera el de la redención —dijo Plikt con fulminante desdén—. Son auténticos ramen, como los insectores.

Andrew asintió, pero frunció el ceño.

—Usas una palabra que no es todavía koiné común.

—Debería serlo —dijo Plikt—. Todo el mundo

en Trondheim, todo norteño en los Cien Mundos debería haber leído ya *La Historia de Wutan en Trondheim* de Demóstenes.

—Deberíamos, pero no lo hemos hecho —suspiró un estudiante.

—Haz que deje de pavonearse, Portavoz —dijo otro—. Plikt es la única mujer que conozco capaz de pavonearse sentada.

Plikt cerró los ojos.

—El lenguaje nórdico reconoce cuatro tipos de extranjeros. El primero es el habitante de otras tierras, o *utlänning*, el extraño que reconocemos como humano de nuestro mundo, pero que pertenece a otro país o a otra ciudad. El segundo es el *framling*: Demóstenes simplemente cambió el acento de la palabra nórdica *främling*. Se trata del extranjero que reconocemos como humano, pero de otro mundo. El tercero es el *raman*, el extranjero que reconocemos como humano, pero de otra especie. El cuarto es el auténtico alienígena, el *varelse*, que incluye todos los animales, con los cuales no es posible la conversación. Viven, pero no podemos adivinar qué propósitos o causas les hace actuar. Puede que sean inteligentes, puede que sean conscientes de sí mismos, pero no tenemos medio de saberlo.

Andrew advirtió que varios estudiantes estaban molestos. Requirió su atención.

—Pensáis que estáis molestos por la arrogancia de Plikt, pero no es así. Plikt no es arrogante, sino simplemente precisa. Os avergonzáis con razón por no haber leído la historia de Demóstenes sobre vuestra propia gente, y por eso en vuestra vergüenza os enfadáis con Plikt, porque no es culpable.

—Creía que los Portavoces no creían en el pecado —dijo un muchacho malhumorado.

Andrew sonrió.

—Tú crees en el pecado, Styrka, y actúas siguiendo esa creencia. Por tanto, el pecado es real para ti, y al conocerte, el Portavoz debe creer en el pecado.

Styrka no quiso darse por vencido.

—¿Qué tiene que ver toda esta charla de utlannings, framlings, ramen y varelse con el Genocidio de Ender?

Andrew se volvió hacia Plikt. Ella pensó un momento.

—Tiene que ver con la estúpida discusión que manteníamos. A través de la distinción nórdica de los grados de extranjería, podemos ver que Ender no era un auténtico genocida, pues cuando destruyó a los insectores los conocía únicamente como varelse; no fue hasta años después, cuando el primer Portavoz de los Muertos escribió la *Reina Colmena* y el *Hegemón*, que la humanidad comprendió por vez primera que los insectores no eran varelse en absoluto, sino ramen. Hasta entonces, no había habido comprensión ninguna entre los insectores y los humanos.

—El genocidio es el genocidio —dijo Styrka—. El hecho de que Ender no supiera que eran ramen no hace que estén menos muertos.

Andrew suspiró ante la actitud de Styrka, incapaz de perdonar: era común entre los calvinistas de Reykiavik negar cualquier peso al motivo humano para juzgar el bien o el mal de un hecho. Los hechos son buenos o malos en sí mismos, decían; y ya que los Portavoces de los Muertos tenían por única doctrina que el bien y el mal existen enteramente en los motivos humanos y no en los hechos, los estudiantes como Styrka solían ser bastante hostiles con Andrew. Afortunadamente, Andrew no se ofendía: comprendía el motivo que había detrás.

—Styrka, Plikt, dejadme que os ponga otro ejemplo. Supongamos que nos enteramos de que los cerdis, que han aprendido a hablar stark, y cuyos lenguajes han aprendido también algunos humanos, sin provocación o explicación alguna, han torturado de repente hasta la muerte al xenólogo enviado para observarlos.

Plikt saltó inmediatamente ante la pregunta.

—¿Cómo podemos saber que no hubo provocación? Lo que a nosotros nos parece inocente podría ser insoportable para ellos.

Andrew sonrió.

—Incluso así. Pero el xenólogo no les ha hecho daño, ha dicho muy poco, no les ha costado nada... bajo ningún sistema de pensamiento que podamos concebir, merece esa muerte dolorosa. ¿No convierte a los cerdis en varelse en vez de ramen este incomprensible asesinato?

Ahora le tocaba el turno a Styrka para responder rápidamente.

—El asesinato es el asesinato. Esta charla de varelse y ramen no tiene sentido. Si los cerdis asesinan, entonces son malvados, como los insectores lo fueron. Si el acto es malvado, el actor es malvado.

Andrew asintió.

—Ése es nuestro problema. ¿El acto era malo o, de alguna manera, al menos para la comprensión de los cerdis, era bueno? ¿Son los cerdis raman o varelse? De momento, Styrka, calla la boca. Conozco los argumentos de tu calvinismo, pero incluso Juan Calvino diría que tu doctrina es estúpida.

—¿Cómo sabe que Calvino...?

—¡Porque está muerto —rugió Andrew—, y por esto tengo derecho a hablar por él!

Los estudiantes se rieron, y Styrka se encerró en

un silencio testarudo. Andrew sabía que el muchacho era brillante; su calvinismo no sobrepasaría su educación antes de que se graduara, aunque la escisión sería larga y dolorosa.

—Talman, Portavoz —dijo Plikt—. Habla usted como si esa situación hipotética fuera real, como si los cerdis hubieran matado de verdad al xenólogo.

Andrew asintió con gravedad.

—Sí, es cierta.

Fue preocupante. Despertó ecos del antiguo conflicto entre humanos e insectores.

—Reflexionad un momento —dijo Andrew—. Descubriréis que bajo vuestro odio hacia Ender el Genocida y vuestro pesar por la muerte de los insectores, también sentís algo mucho más feo. Tenéis miedo del extraño, sea utlanning o framling. Cuando pensáis que ese extraño mata a un hombre a quien conocéis y valoráis, entonces no importa qué forma tiene. Entonces es varelse, o peor... *djur*, las espantosas bestias que rondan por la noche con sus mandíbulas esclavizantes. Si tuvierais la única arma de vuestro pueblo, y las bestias que han masacrado a vuestra gente volvieran, ¿os pararíais a pensar si también tienen derecho a vivir, o actuaríais para salvar a vuestro pueblo, a la gente que conocéis, la gente que depende de vosotros?

—¡Según ese razonamiento suyo, deberíamos de matar a los cerdis ahora, por primitivos e indefensos que sean! —gritó Styrka.

—¿Mi razonamiento? He hecho una pregunta. Una pregunta no es un razonamiento, a menos que sepas que conoces mi respuesta, y te aseguro, Styrka, que no la sabes. Pensad en esto. La clase ha terminado.

—¿Hablaremos mañana sobre esto? —preguntaron.

—Si queréis... —dijo Andrew, pero sabía que si lo discutían, sería sin él.

Para ellos, el tema de Ender el Genocida era simplemente filosófico. Después de todo, las Guerras Insectoras habían sucedido más de tres mil años antes. Estaban en el año 1948 CE, contando a partir del año en que el Código Estelar fue establecido, y Ender había destruido a los insectores en el año 1180 antes del código. Pero para Andrew los hechos no eran tan remotos. Había hecho más viajes interestelares de lo que sus alumnos se atreverían a suponer: desde que tenía veinticinco años, hasta que llegó a Trondheim nunca se había quedado más de seis meses en ningún planeta. El viaje a la velocidad de la luz entre los mundos le había hecho saltar como una piedra sobre la superficie del tiempo. Sus estudiantes no sospechaban que su Portavoz de los Muertos, que seguramente no tenía más de treinta y cinco años, poseía recuerdos muy claros de los sucesos de tres mil años antes, que de hecho esos sucesos sólo le parecían alejados unos veinte años, la mitad de su edad. No tenían idea de lo profundamente que la pregunta de la antigua culpa de Ender quemaba en su interior, y cómo la había contestado en un millar de formas insatisfactorias. Conocían a su maestro solamente como Portavoz de los Muertos: no sabían que cuando era un simple chiquillo, su hermana mayor, Valentine, no podía pronunciar el nombre de Andrew y que por eso le llamaba Ender, el nombre que él mismo volvió infame antes de cumplir los quince años. Así que dejó que el severo Styrka y la analítica Plikt reflexionaran sobre la gran pregunta de la culpa de Ender; para Andrew Wiggin, Portavoz de los Muertos, la pregunta no era académica.

Y ahora, mientras caminaba por la colina bajo el aire helado, Ender —Andrew, el Portavoz—, sólo podía pensar en los cerdis, que estaban ya cometiendo crímenes inexplicables, como los insectores habían hecho descuidadamente cuando por primera vez contactaron con la raza humana. ¿Era inevitable que cuando dos extraños se encontrasen tuvieran que marcar ese encuentro con sangre? Los insectores habían matado a seres humanos, pero sólo porque tenían una mente colmenar; para ellos, la vida individual era tan preciosa como la uña de un dedo, y matar a un humano o no era simplemente su manera de hacernos ver que estaban en el vecindario. ¿Podrían tener también los cerdis una razón para matar?

Pero la voz en su oído había hablado de tortura, un ritual similar a la ejecución de uno de los propios cerdis. Los cerdis no eran una mente colectiva, no eran los insectores, y Ender Wiggin tenía que saber por qué habían hecho aquello.

—¿Cuándo se ha enterado de la muerte del xenólogo?

Ender se dio la vuelta. Era Plikt. Le había seguido en lugar de regresar a las Cuevas donde vivían los estudiantes.

—Antes, mientras estábamos hablando. —Se tocó el oído; los terminales implantados eran caros, pero no raros del todo—. Le eché un vistazo a las noticias antes de ir a clase. Entonces no se sabía nada. Si una historia de esa importancia viniera a través del ansible, habría habido una alerta. A menos que le lleguen a usted las noticias directamente del informe del ansible.

Plikt, obviamente, pensaba que tenía un misterio en las manos. Y, de hecho, lo tenía.

—Los Portavoces tienen acceso de alta prioridad a la información pública —dijo.

—¿Le ha pedido alguien que Hable en nombre de la muerte del xenólogo?

Él negó con la cabeza.

—Lusitania está bajo Licencia Católica.

—A eso me refería. No tendrán portavoz propio allí. Pero tendrán que dejar que uno vaya si alguien lo pide. Y Trondheim es el mundo más cercano a Lusitania.

—Nadie ha pedido un Portavoz.

Plikt le tiró de la manga.

—¿Por qué está usted aquí?

—Sabes por qué vine. Hablé de la muerte de Wutan.

—Sé que vino con su hermana, Valentine. Ella es una profesora mucho más popular que usted, y contesta las preguntas con respuestas; usted sólo las responde con más preguntas.

—Eso es porque ella sabe algunas respuestas.

—Portavoz, tiene que decírmelo. He intentado hacer averiguaciones sobre usted. Sentía curiosidad. Su nombre, de dónde viene. Todo está clasificado. Clasificado tan profundamente que ni siquiera puedo averiguar qué nivel de acceso tiene. El propio Dios no podría enterarse de la historia de su vida.

Ender la tomó por los hombros y la miró a los ojos.

—No es asunto tuyo cuál es el nivel de acceso.

—Es usted más importante de lo que nadie sospecha, Portavoz —dijo ella—. El ansible le informa antes que a nadie más, ¿no? Y nadie puede encontrar información sobre usted.

—Nadie lo ha intentado nunca. ¿Por qué lo has hecho tú?

—Quiero ser Portavoz.

—Continúa entonces. El ordenador te entrenará. No es como una religión. No tienes que memorizar ningún catecismo. Ahora déjame solo.

Se separó de ella con un pequeño empujón. Ella dio un paso atrás mientras él se marchaba.

—¡Quiero hablar por usted! —chilló.

—¡Todavía no estoy muerto! —replicó él.

—¡Sé que va a ir a Lusitania! ¡Lo sé!

«Entonces ya sabes más que yo», pensó Ender. Pero se echó a temblar, aunque el sol brillaba y llevaba puestos tres jerseys para protegerse del frío. No sabía que Plikt tenía tanta emoción en su interior.

Obviamente se identificaba con él. Le asustaba que la muchacha necesitara algo de él tan desesperadamente. Llevaba años sin efectuar ningún contacto real con nadie excepto con su hermana Valentine; con ella y, por supuesto, con los muertos por los que Hablaba.

Todas las otras personas que habían significado algo en su vida estaban muertas. Valentine y él les habían sobrevivido siglos, mundos.

La idea de echar raíces en el helado suelo de Trondheim le repelía. ¿Qué quería Plikt de él? No importaba. No lo daría. ¿Cómo se atrevía a demandar cosas de él, como si le perteneciera? Ender Wiggin no pertenecía a nadie. Si ella supiera quién era, le repudiaría como al Genocida; o le adoraría como al Salvador de la Humanidad.

Ender recordó que la gente también solía hacer eso, y tampoco le gustaba. Incluso ahora sólo le conocían por su papel, por el nombre de Portavoz, Talman, Falante, Spieler, o como quiera que llamaran al Portavoz de los Muertos en la lengua de su ciudad, nación o mundo.

No quería que le conocieran. No les pertenecía a ellos, a la raza humana. Tenía otra meta, pertenecía a alguien más. No a los seres humanos. Ni tampoco a los malditos cerdis. O eso pensaba.

3

LIBO

Dieta observada: Primariamente macios, los gusanos brillantes que viven entre las enredaderas de merdona en la corteza de los árboles. Se les ha visto masticar a veces hojas de capim. A veces (¿accidentalmente?) ingieran hojas de merdona con los macios.

Nunca les hemos visto comer nada más. Novinha analizó los tres alimentos (macios, hojas de capim y hojas de merdona), y los resultados fueron sorprendentes. O bien los pequeninos no necesitan muchas proteínas diferentes o tienen siempre hambre. Su dieta carece seriamente de muchos elementos básicos. Y la dosis de calcio es tan baja que nos preguntamos si sus huesos lo requieren de la misma manera que los nuestros.

Pura especulación: Ya que no podemos tomar muestras de tejido, nuestro único conocimiento de la anatomía y fisiología de los cerdis es el que hemos podido sacar de nuestras fotografías del cadáver diseccionado del cerdi llamado Raíz. Sin embargo, hay algunas anomalías obvias. Las lenguas de los cerdis, que son tan fantásticamente ágiles que pueden producir cualquier sonido de los que nosotros hacemos, y muchos otros que no podemos hacer, deben de haber evolucionado para algún propósito. Tal vez para sorber los insectos en la corteza de los árboles o en nidos en el suelo. Si algún antepasado cerdi hacía eso en el pasado, ahora sus descendientes ciertamente no lo hacen. Y los artejos de sus pies y el interior de sus tobillos les permiten escalar los árboles y colgarse de ellos por las piernas. ¿Por qué evolucionaron? ¿Para escapar de algún depredador? No hay en Lusitania ningún depredador lo suficientemente grande para lastimarles. ¿Para colgarse de los árboles mientras buscan insectos en la corteza de los árboles? Eso encaja con la forma de sus lenguas, ¿pero dónde están los insectos? Los únicos insectos son las moscas y los *pulador*, pero no anidan en los árboles y los cerdis, de todas formas, tampoco los comen. Los macios son grandes, viven en la superficie de la corteza, y se les puede coger fácilmente haciendo bajar las enredaderas de merdona; no necesitan escalar a los árboles.

Especulación de Libo: La lengua y la capacidad para escalar a los árboles evolucionaron en un entorno diferente con una dieta mucho más variada, en la que se incluían los insectos. Pero algo (¿una edad del hielo?, ¿una migración?, ¿una enfermedad?) hizo que el entorno cambiara. No más insectos en la corteza, etc. Tal vez entonces desaparecieron todos los grandes depredadores. Eso explicaría por qué hay tan pocas especies en Lusitania a pesar de las condiciones favorables. El cataclismo puede haber sido reciente (¿medio millón de años?), y por eso la evolución no ha tenido oportunidad de diferenciarse mucho todavía.

Es una hipótesis tentadora, ya que no hay ninguna razón obvia en el presente entorno para que los cerdis hayan evolucionado. No hay competición para ellos. El espacio ecológico que ocupan podría ser llenado con ardillas. ¿Por qué iba a ser la inteligencia una característica adaptada? Pero inventar un cataclismo para explicar por qué los cerdis tienen una dieta tan aburrida y poco nutritiva es probablemente demasiado. La cuchilla de Ockham corta esto en pedazos.

João Figueira Álvarez. Notas de Trabajo 14/4/1948 CE, publicado póstumamente en *Raíces Filosóficas de la Secesión Lusitana*, 2010-33-4-1090:40.

En cuanto la alcaldesa Bosquinha llegó a la Estación Zenador, el asunto escapó del control de Libo y Novinha. Bosquinha estaba acostumbrada a tomar el mando, y su actitud no dejó mucha oportunidad para protestar o ni siquiera para considerarlo.

—Esperad aquí —le dijo a Libo casi en cuanto se hizo cargo de la situación—. Cuando recibí tu llamada, envié al Juez para que se lo dijera a tu madre.

—Tenemos que traer su cuerpo —dijo Libo.

—También llamé a algunos de los hombres que viven cerca para que ayudaran a hacerlo. Y el obispo Peregrino está preparando para él un lugar en las tumbas de la catedral.

—Quiero estar allí —insistió Libo.

—Comprende, Libo, que tenemos que tomar fotografías, en detalle.

—Fui yo quien les dijo que había que hacer eso para el informe para el Comité Estelar.

—Pero no deberías de estar allí, Libo —la voz de Bosquinha era autoritaria—. Además, nos hace falta tu informe. Tenemos que notificarlo al Congreso Estelar lo antes posible. ¿Puedes hacerlo ahora, mientras está fresco en tu mente?

Tenía razón, naturalmente. Sólo Libo y Novinha podían escribir informes de primera mano, y cuanto más pronto lo hicieran, mejor.

—Lo haré —dijo Libo.

—Y tú, Novinha, pon tus observaciones también. Escribid vuestros informes por separado, sin consultaros. Los Cien Mundos esperan.

El ordenador ya había sido alertado y sus informes se enviaron por ansible mientras los escribían, con errores y correcciones incluidas. En los Cien Mundos, la gente más relacionada con la xenología leyó cada palabra a la vez que Libo y Novinha las escribían. A muchos otros se les entregaron sumarios escritos instantáneamente por el ordenador. A veintidós años-luz de distancia, Andrew Wiggin se enteró de que el xenólogo João Figueira «Pipo» Álvarez había sido asesinado por los cerdis, y se lo contó a sus estudiantes incluso antes de que los hombres de Milagro trajeran de vuelta el cuerpo de Pipo.

Una vez terminado el informe, Libo quedó inmediatamente rodeado por la Autoridad. Novinha le observó con angustia creciente a medida que veía la incapacidad de los líderes de Lusitania y cómo ellos mismos intensificaban el dolor de Libo. El obispo Peregrino fue el peor: su idea del consuelo fue decirle a Libo que, en toda su apariencia, los cerdis eran realmente animales, sin alma, y por tanto su padre había sido despedazado por bestias salvajes, no asesinado. Novinha estuvo a punto de gritarle: ¿Significaba eso que el trabajo de la vida de Pipo no consistía más que en estudiar a las bestias?

¿Y que su muerte, en vez de deberse a un asesinato, era un acto de Dios? Pero se contuvo por el bien de Libo: estaba sentado en presencia del obispo, asintiendo y, al final, se deshizo de él con su sufrimiento más rápidamente de lo que Novinha habría podido hacer con sus argumentos.

Dom Cristão, del Monasterio, fue bastante más valioso, al preguntarle cosas inteligentes sobre los hechos del día, lo que hizo que Libo y Novinha fueran analíticos y no emocionales en sus respuestas. Sin embargo, Novinha pronto dejó de contestar. La mayoría de las personas preguntaba por qué los cerdis habrían hecho una cosa así; Dom Cristão preguntaba qué había hecho Pipo recientemente para provocar su muerte. Novinha sabía perfectamente bien lo que Pipo había hecho: les había dicho a los cerdis el secreto que había descubierto en su simulación. Pero no mencionó este dato, y Libo parecía haber olvidado que ella se lo había dicho apresuradamente unas cuantas horas antes, mientras salían en busca de Pipo. Él ni siquiera había mirado la simulación. Novinha se alegraba de ello; su mayor preocupación era que lo recordara.

Las preguntas de Dom Cristão fueron interrumpidas cuando la alcaldesa volvió con varios hombres que habían ayudado a retirar el cadáver. Estaban calados hasta los huesos a pesar de sus impermeables de plástico, y llenos de barro; afortunadamente, las manchas de sangre habían sido diluidas por la lluvia. Todos parecían vagamente contritos e incluso reverentes, y hacían ademanes con la cabeza hacia Libo, casi inclinándose. Novinha pensó que su deferencia no era la cautela normal que la gente siempre muestra hacia aquellos a quienes la muerte ha tocado tan de cerca.

—Ahora eres el zenador, ¿no? —le dijo a Libo uno de los hombres.

Y allí estaba, con todas las palabras. El zenador no tenía autoridad oficial en Milagro, pero tenía prestigio: su trabajo era la razón de la existencia de la colonia, ¿no? Libo ya no era un niño; tenía decisiones que tomar, tenía prestigio, había pasado de estar en el extremo de la colonia a ser su mismo centro.

Novinha sintió que el control de su vida se le iba de las manos: «No es así como se supone que son las cosas. Tengo que continuar años aún, aprendiendo de Pipo, con Libo como mi compañero de estudios; ése es el modelo de vida.» Como ya era la zenobiologista de la colonia, también tenía un papel adulto que cumplir. No sentía envidia de Libo. Sólo quería que siguiera siendo un niño durante una temporada. Para siempre, en realidad.

Pero Libo no podía ser su compañero de estudios, no podía ser amigo de nadie. Vio con súbita claridad cómo todos en la habitación se centraban en él, en lo que decía, en lo que sentía, en lo que planeaba hacer ahora.

—No haremos daño a los cerdis —dijo—; ni siquiera lo llamaremos asesinato. No sabemos lo que hizo Padre para provocarles. Intentaré comprender eso más tarde. Lo que ahora importa es que lo que hicieron les pareció indudablemente justo. Somos extranjeros aquí, debemos haber violado algún tabú, alguna ley, pero Padre siempre estuvo preparado para esto, siempre supo que había una posibilidad. Decidles que murió con el honor de un soldado en el campo de batalla, de un piloto en su nave. Murió cumpliendo su deber.

«Ah, Libo, niño silencioso, has conseguido tanta elocuencia que ya no podrás ser un simple niño nunca más.» Novinha sintió que su pena se acrecentaba. Tenía que apartar la mirada de Libo, tenía que mirar a cualquier otro lugar...

Y miró a los ojos de la otra única persona en la habitación que no estaba mirando a Libo. El hombre era muy alto, pero muy joven, aún más joven que ella, pues le conocía: había sido estudiante en la clase que le seguía. Ella se había presentado una vez ante Dona Cristã para defenderle. Marcos Ribeira, ése era su nombre, pero siempre le habían llamado Marcão, porque era tan grande. Grande y torpe, decían, y le llamaban simplemente Cão, la cruda palabra que quería decir perro. Ella había visto la torva furia en sus ojos, y después haberle visto, empujado más allá de la tolerancia, estallar y golpear a uno de los que le atormentaban. Su víctima tuvo que llevar el hombro escayolado más de un año.

Por supuesto, acusaron a Marcão de haberlo hecho sin provocación. Eso es lo que hacen los torturadores de todas las épocas, echar la culpa a la víctima, especialmente cuando ésta contraataca. Pero Novinha no pertenecía al grupo de niños (estaba tan aislada como Marcão, aunque no tan indefensa), y por eso no había ningún tipo de lealtad que le impidiera decir la verdad. Era parte de su entrenamiento para Hablar por los cerdis, pensó. El propio Marcão no significaba nada para ella. Nunca se le ocurrió que el incidente pudiera ser importante para él, que podría haberla recordado como la única persona que se puso de su parte en su guerra continua con los otros niños. Ella no le había visto ni había vuelto a pensar en él desde que se convirtió en xenobióloga.

Ahora estaba aquí, manchado del barro del lugar

de la muerte de Pipo, con la cara aún más tosca y bestial que nunca y el pelo aplastado por la lluvia, y la cara y las orejas cubiertas de sudor. ¿Y qué es lo que miraba? Sólo tenía ojos para ella, incluso a pesar de que ella le miraba directamente. «¿Por qué me miras?», preguntó en silencio. «Porque tengo hambre», dijeron sus ojos animalescos. Pero no, no, eso era su miedo, ésa era su visión de los cerdis asesinos. «Marcão no significa nada para mí, y no importa lo que pueda pensar, yo no soy nada para él.»

Sin embargo, tuvo un destello de reflexión, sólo durante un momento. Su acción al defender a Marcão significaba para él una cosa y para ella otra; era tan diferente que ni siquiera era el mismo hecho. Su mente conectó esto con el asesinato de Pipo, y le pareció muy importante, le pareció que estaba a punto de explicar lo que había sucedido, pero entonces el pensamiento desapareció en un conjunto de conversaciones y de actividad cuando el obispo condujo a los hombres hacia el cementerio. Aquí no se utilizaban ataúdes en los funerales, pues por el bien de los cerdis estaba prohibido cortar los árboles. Por tanto, el cuerpo de Pipo tenía que ser enterrado de inmediato, aunque el funeral no tendría lugar hasta el día siguiente, y posiblemente incluso más tarde, pues mucha gente querría acudir a la misa de réquiem del zenador. Marcão y los otros hombres salieron en tropel hacia la tormenta, dejando que Novinha y Libo trataran con los que pensaban que tenían asuntos urgentes que atender tras la muerte de Pipo. Extraños con aires de importancia entraban y salían, tomando decisiones que Novinha no comprendía y que no parecían importar a Libo.

Hasta que finalmente llegó el Juez y puso la mano sobre el hombro de Libo.

—Por supuesto, te quedarás con nosotros —dijo el Juez—. Al menos esta noche.

«¿Por qué su casa, Juez? —pensó Novinha—. No es nadie para nosotros, nunca hemos llevado un caso ante usted, ¿quién es para decidir esto? ¿La muerte de Pipo significa que de pronto somos niños pequeños que no pueden decidir nada?»

—Me quedaré con mi madre —dijo Libo.

El Juez le miró con sorpresa; la sola idea de que un chiquillo resistiera a su voluntad parecía estar completamente fuera de su experiencia. Novinha sabía que no era así, por supuesto. Su hija Cleopatra, varios años más joven que ella, había trabajado duro para ganarse su mote: Bruxinha, la pequeña bruja. ¿Cómo podía no saber que los niños tenían mentes propias y que se resistían a ser domados?

Pero la sorpresa no se debía a lo que Novinha había imaginado.

—Pensé que te habías dado cuenta de que tu madre también va a quedarse con mi familia durante una temporada —dijo el Juez—. Este suceso la ha trastornado, claro, y no es conveniente que piense en las tareas de la casa, o que esté en una casa que le recuerda quién falta. Está con nosotros, junto a tus hermanos y hermanas, y te necesitan allí. Tu hermano mayor, João, está con ellos, naturalmente, pero ahora tiene una mujer e hijos propios, así que tú eres el único que puede quedarse, el único con el que se puede contar.

Libo asintió gravemente. El Juez no le estaba ofreciendo su protección: le estaba pidiendo que se convirtiera en protector.

El Juez se volvió hacia Novinha.

—Creo que deberías irte a casa.

Sólo entonces comprendió ella que su invitación

no la incluía. ¿Por qué debería hacerlo? Pipo no era su padre. Era sólo una amiga que estaba con Libo cuando descubrieron el cuerpo. ¿Qué pena podría experimentar?

¡A casa! ¿Qué era su casa sino este lugar? ¿Se suponía que tenía que ir a la Estación Biologista, donde nadie había dormido en su cama durante más de un año, excepto para echar una cabezada durante el trabajo de laboratorio? ¿Cuál era su casa? La había dejado porque estaba dolorosamente vacía sin sus padres; ahora, la Estación Zenador estaba también vacía: Pipo muerto y Libo convertido en un adulto cuyos deberes lo separaban de ella. Este lugar no era su casa, pero tampoco lo era ningún otro.

El Juez se llevó a Libo. Su madre, Conceição, le esperaba en su casa. Novinha apenas conocía a la mujer, excepto como la bibliotecaria que mantenía el archivo lusitano. Novinha nunca había estado con la esposa o los otros hijos de Pipo, ni se había preocupado por su existencia; sólo el trabajo aquí, la vida aquí había sido real. Cuando Libo traspasó la puerta pareció hacerse más pequeño, como si estuviera a una distancia muchísimo mayor, como si el viento se lo llevara alto y lejos y se encogiera en el cielo como una cometa; la puerta se cerró tras él.

Ahora sentía la magnitud de la pérdida de Pipo. El cuerpo mutilado en la falda de la colina no era su muerte, sino simplemente los despojos de su muerte. La muerte en sí era el vacío dejado en su vida. Pipo había sido la roca en la tormenta, tan sólido y fuerte que Libo y ella, protegidos por él, ni siquiera habían sabido que la tormenta existía. Ahora se había ido y la tormenta se había apoderado de ellos y los arrastraría a donde quisiera. «Pipo —gimió en silencio—. ¡No te vayas! ¡No nos dejes!» Pero naturalmente él se había marchado, y estaba tan sordo a sus oraciones como lo habían estado siempre sus padres.

La Estación Zenador aún era un lugar lleno de gente; la propia alcaldesa, Bosquinha, estaba usando un terminal para transmitir, todos los datos de la muerte de Pipo por el ansible, a los Cien Mundos, donde los expertos intentaban desesperadamente encontrar algún sentido a aquel suceso.

Pero Novinha sabía que la clave de su muerte no estaba en los ficheros de Pipo. Eran sus propios datos los que le habían matado. Estaba aún allí, en el aire sobre su terminal, las imágenes holográficas de las moléculas genéticas en el núcleo de las células cerdis. No había querido que Libo las estudiara, pero ahora las miraba y remiraba, intentando ver lo que Pipo había visto, intentando comprender lo que había en las imágenes y que le había hecho apresurarse al encuentro de los cerdis, para decir o hacer algo que había hecho que éstos le asesinasen. Inadvertidamente, ella había descubierto algún secreto por cuya conservación los cerdis eran capaces de matar, ¿pero qué era?

Cuanto más estudiaba los hologramas, menos comprendía, y después de un rato ya no vio nada, excepto una mancha borrosa a través de las lágrimas que derramaba en silencio. Ella le había matado, porque sin quererlo había descubierto el secreto de los pequeninos: «¡Si nunca hubiera venido a este sitio!¡Si yo no hubiera soñado con ser el Portavoz de la historia de los cerdis, aún estarías vivo, Pipo; Libo tendría a su padre, y sería feliz; este sitio aún sería un hogar! Llevo en mi interior las semillas de la muerte y las planto allá donde permanezco el tiempo suficiente para amar. Mis padres murieron para que otros pudieran vivir; ahora yo vivo y por tanto otros deben morir.»

Fue la alcaldesa quien se dio cuenta de sus gemidos y suspiros y advirtió, con brusca compasión, que la muchacha también estaba herida y conmocionada. Bosquinha dejó que los otros continuaran enviando los informes por el ansible y sacó a Novinha de la Estación Zenador.

—Lo siento, chiquilla —dijo la alcaldesa—. Sabía que venías aquí a menudo, debería haber supuesto que él era como un padre para ti, y te hemos tratado como a una intrusa. Eso no ha sido justo por mi parte. Ven conmigo a mi casa...

—No —contestó Novinha. Caminar bajo el aire frío y húmedo de la noche le había despejado un poco de su pena; recuperó en parte su claridad de pensamientos—. No, quiero estar sola, por favor. ¿Dónde? En mi propia Estación.

—Esta noche, sobre todo, no deberías estar sola.

Pero Novinha no podía soportar la idea de tener compañía, de la amabilidad, de la gente intentando consolarla: «Le maté —pensó—. ¿No lo ve? No merezco consuelo. Quiero sufrir todo el dolor posible. Es mi penitencia, mi restitución y, si es posible, mi absolución; ¿cómo si no podría lavar mis manos de sangre?»

Pero no tuvo fuerzas para resistir, ni siquiera para discutir. El coche de la alcaldesa sobrevoló los caminos de hierba. —Aquí está mi casa —dijo la alcaldesa—. No tengo hijos de tu edad, pero creo que te sentirás cómoda. No te preocupes, nadie te molestará, pero no es bueno estar sola.

—Lo preferiría —Novinha intentó que su voz sonara resuelta, pero fue débil y desmayada.

—Por favor —dijo Bosquinha—. No sabes lo que dices.

Ojalá no lo supiera.

No tenía apetito, aunque el marido de Bosquinha preparó un *cafezinho* para ambas. Era tarde, sólo faltaban unas horas para el amanecer, y dejó que la llevaran a la cama. Entonces, cuando se hizo el silencio en la casa, se levantó, se vistió y bajó las escaleras hasta la terminal de la casa. Allí, dio órdenes al ordenador para que cancelara la secuencia que estaba aún en el aire de la Estación Zenador. Incluso a pesar de que no había podido descifrar el secreto que Pipo había descubierto allí, alguien más podría hacerlo, y ella no quería tener otra muerte sobre su conciencia.

Entonces salió de la casa y caminó hacia el Centro, alrededor del curso del río, atravesó la *Vila das Aguas* y se dirigió a la Estación Biologista. Su casa.

La oficina estaba fría. No había dormido allí desde hacía tanto tiempo, que había una gruesa capa de polvo sobre las sábanas. Pero el laboratorio estaba caldeado, limpio: su trabajo nunca se había resentido por su relación con Pipo y Libo. Aunque sólo fuera eso.

Fue muy sistemática. Cada muestra, cada detalle, cada dato que había utilizado en los descubrimientos que habían llevado a Pipo a la muerte... lo tiró todo, lo limpió todo, no dejó huellas del trabajo que había hecho. No quería sólo hacerlo desaparecer: no quería que hubiera signos de que había sido destruido.

Entonces se volvió a su terminal. También destruiría todos los registros de su trabajo en esa área, todos los registros del trabajo de sus padres que la habían llevado a sus propios descubrimientos. Todos desaparecerían. Aunque habían sido el centro de su vida, aunque habían sido su identidad durante muchos años, lo destruiría todo como si ella misma fuera castigada, destruida, aniquilada.

El ordenador la detuvo. *Las notas de trabajo de los xenobiólogos no pueden ser borradas,* informó. No podría haberlo hecho de todas formas. Había aprendido de sus padres, de los archivos que había estudiado como si fueran las Escrituras, como un mapa de carreteras de sí misma: nada iba a ser olvidado, nada perdido. Los conocimientos eran para ella más sagrados que ningún catecismo. Quedó atrapada en una paradoja. El conocimiento había matado a Pipo; borrar aquel conocimiento mataría de nuevo a sus padres, mataría lo que ellos le habían dejado. No podía conservarlo ni destruirlo. Había paredes a ambos lados, demasiado altas para que pudiera escalarlas, y se cerraban lentamente, aplastándola.

Novinha hizo lo único que podía hacer: puso sobre los archivos todas las capas de protección y todas las barreras de acceso que pudo. Nadie los vería jamás excepto ella, mientras viviera. Sólo cuando muriera, su sucesor en el cargo de xenobiólogo podría ver lo que había oculto allí. Con una excepción... cuando se casara, su marido también tendría acceso si tuviera necesidad de saber. Bien, ella no se casaría nunca. Sería fácil.

Vio el futuro ante ella, insoportable e inevitable. No se atrevía a morir, y sin embargo preferiría no vivir, incapaz de casarse, incapaz de pensar siquiera en el tema, a menos que descubriera el mortal secreto y lo dejara pasar inadvertidamente; sola para siempre, lastrada para siempre, culpable para siempre, ansiando la muerte pero sin poder alcanzarla, pues estaba prohibido. Sin embargo, tendría su consuelo: nadie más moriría por su causa. No soportaría más culpa de la que soportaba ahora.

Fue en ese momento de sombría desesperación cuando recordó a la *Reina Colmena* y el *Hegemón*, recordó al Portavoz de los Muertos. Aunque el Portavoz original llevaba seguramente miles de años en la tumba, había otros Portavoces en otros muchos mundos, sirviendo como sacerdotes a la gente que no reconocía a ningún dios y sin embargo creía en los valores de los seres humanos. Portavoces cuyo trabajo era descubrir las verdaderas causas y motivos de las cosas que hacía la gente, y declarar la verdad de sus vidas después de que estuvieran muertos. En esta colonia brasileña había sacerdotes en lugar de Portavoces, pero los sacerdotes no le ofrecían ningún consuelo; traería aquí a un Portavoz.

No se había dado cuenta antes, pero toda su vida había planeado hacer esto, desde que leyó por primera vez *La Reina Colmena* y el *Hegemón* y quedó cautivada por el libro. Incluso había investigado sobre el tema, y por tanto conocía la ley. Ésta era una colonia con Licencia Católica, pero el Código Estelar permitía a cualquier ciudadano llamar a cualquier sacerdote de cualquier fe, y los Portavoces de los Muertos estaban considerados como sacerdotes. Podría llamar, y si un Portavoz acudía, la colonia no podría prohibirle la entrada.

Quizá ninguno querría venir. Quizá ninguno estaba lo bastante cerca para venir antes de que ella muriera. Pero existía la posibilidad de que hubiera alguno cerca y, dentro de veinte, treinta, cuarenta años, pudiera venir al espaciopuerto y empezara a descubrir la verdad de la vida y muerte de Pipo. Y tal vez cuando descubriera la verdad y hablara con la clara voz que ella había amado en la *Reina Colmena* y el *Hegemón*, podría liberarse de la culpa que le quemaba el corazón.

Introdujo su llamada en el ordenador; éste lo notificaría por el ansible a los Portavoces de los mundos más cercanos. «¡Ven! —dijo en silencio al desconocido que atendería su llamada—. Incluso aunque tengas que revelarle a todo el mundo la verdad de mi culpa. Incluso así, ven.»

Se despertó con la espalda entumecida y dolorida y una sensación de pesadez en la cara. Tenía la mejilla contra la parte superior del terminal, que se había desconectado para protegerla de los lásers. Pero no fue el dolor lo que la despertó. Fue un suave toque en su hombro. Durante un instante pensó que era el toque del Portavoz de los Muertos que ya había llegado en respuesta a su llamada.

—Novinha —susurró. No era el *Falante pelos Mortos*, sino alguien más. Alguien que había pensado se había perdido en la tormenta de la noche anterior.

—Libo —murmuró. Entonces empezó a incorporarse. Demasiado rápido... su espalda dio un crujido y la cabeza le dio vueltas. Emitió un quejido; las manos de él la agarraron por los hombros para que no cayera.

—¿Te encuentras bien?

Ella sintió su aliento como la brisa de un jardín amado y se sintió a salvo, se sintió en casa.

—Me buscabas.

—Novinha, he venido en cuanto he podido. Mi madre por fin se ha quedado dormida. Pipinho, mi hermano mayor, está ahora con ella, y el Juez tiene las cosas bajo su control, y yo...

—Deberías saber que sé cuidarme de mí misma...

Un momento de silencio y luego su voz sonó de nuevo. Esta vez enfadada, desesperada y cansada; fatigada como la edad, la vida y la muerte de las estrellas.

—Dios es mi testigo, Ivanova, que no vine a cuidar de ti.

Algo se cerró en su interior; no se había dado cuenta de la esperanza que sentía hasta que la perdió.

—Me dijiste que Padre descubrió algo en una simulación tuya. Que esperaba que pudiera descubrirlo yo solo. Pensé que habías dejado la simulación en el terminal, pero cuando volví a la estación, estaba desconectado.

—¿De verdad?

—Sabes que lo estaba. Nova, nadie sino tú podría cancelar el programa. Tengo que verlo.

—¿Por qué?

Él la miró con incredulidad.

—Sé que tienes sueño, Novinha, pero seguramente te habrás dado cuenta de que, sea lo que sea lo que Padre descubrió en tu simulación, fue por eso por lo que los cerdis lo mataron.

Ella lo miró intensamente sin decir nada. Él había visto esa mirada de fría resolución con anterioridad.

—¿Por qué no quieres mostrármela? Ahora yo soy el zenador. Tengo derecho a saber.

—Tienes derecho a ver todos los archivos y registros de tu padre. Tienes derecho a ver cualquier cosa que yo haya hecho pública.

—Entonces haz esto público.

Una vez más, ella no dijo nada.

—¿Cómo podremos llegar a comprender a los cerdis si no sabemos qué fue lo que Padre descubrió sobre ellos?

Ella no respondió.

—Tienes una responsabilidad con los Cien Mundos, con nuestra habilidad para comprender a la única raza alienígena viva. ¿Cómo puedes sentarte aquí y...? ¿Qué es?, ¿quieres descubrirlo tú sola?, ¿quieres ser la primera? Está bien, sé la primera. Pondré tu nombre, Ivanova Santa Catarina von Hesse...

—No me importa mi nombre.

—También sé jugar a este juego. No podrás averiguarlo sin lo que yo sé. ¡Tampoco te dejaré ver mis archivos!

—No me importan tus archivos.

Aquello fue demasiado para él.

—¿Qué es lo que te importa entonces? ¿Qué estás intentando hacerme? —la cogió por los hombros, la levantó de la silla, la sacudió, le gritó en la cara—. ¡Es a mi padre a quien mataron ahí afuera, y tú tienes la respuesta de por qué lo hicieron, sabes qué era la simulación! ¡Ahora dímelo, muéstramela!

—Nunca —susurró ella.

La cara de él estaba torcida por el dolor.

—¿Por qué no? —gimió.

—Porque no quiero que mueras.

Ella vio que la comprensión afloraba a sus ojos: «Sí, eso es, Libo, es porque te amo, porque si conocieras el secreto los cerdis te matarían también. No me importa tu ciencia, no me importan los Cien Mundos ni las relaciones entre la humanidad y una raza alienígena. No me importa nada en absoluto mientras tú estés vivo.»

Las lágrimas saltaron finalmente de los ojos de él y recorrieron sus mejillas.

—Quiero morir —dijo.

—Tú consuelas a todo el mundo —susurró ella—. ¿Quién te consuela a ti?

—Tienes que decírmelo para que pueda morir.

Y de repente sus manos ya no la sostuvieron; ahora era ella quien le sostenía a él.

—Estás fatigado. Debes descansar.

—No quiero descansar —murmuró él. Pero dejó que ella le cogiera y le apartara del terminal.

Le condujo a su dormitorio, apartó las sábanas, sin que le importara el polvo revoloteando.

—Ven aquí, estás agotado, descansa. Por eso has venido a buscarme, Libo. En busca de paz, de consuelo.

Él se cubrió la cara con las manos y sacudió la cabeza adelante y atrás. Era un niño llorando por su padre, por el final de todo, como ella había llorado. Novinha le quitó las botas, los pantalones, la camisa. Él respiraba profundamente para detener sus gemidos y levantó las manos para que ella pudiera quitarle la camiseta.

Ella dejó las ropas sobre una silla y luego se inclinó sobre él y le cubrió con la sábana. Pero él la cogió por la muñeca y la miró suplicante con lágrimas en los ojos.

—No me dejes aquí solo —susurró. Su voz estaba llena de desesperación—. Quédate conmigo.

Así que ella le dejó que la tendiera a su lado en la cama, y la abrazó fuertemente hasta que se quedó dormido unos minutos después y relajó sus brazos. Ella, sin embargo, no durmió. Su mano se deslizó suavemente por la piel de sus hombros, su pecho, su cintura.

—Oh, Libo, pensé que te había perdido cuando te llevaron. Pensé que te había perdido como a Pipo.

Él no oyó su susurro.

—Pero siempre volverás a mí como ahora.

Debería haber sido arrojada del jardín por su pecado de ignorancia, como Eva. Pero, también como Eva, podría soportarlo, porque aún tenía a Libo, su *Adão.*

¿Lo tenía? ¿Lo tenía? Su mano tembló sobre su piel desnuda. Nunca podría tenerlo. El matrimonio era la única manera en que ella y Libo podrían permanecer juntos mucho tiempo. Las leyes eran estrictas en todos los mundos coloniales, y absolutamente rígidas bajo Licencia Católica. Esta noche ella podría creer que él se casaría con ella cuando llegara el momento. Pero Libo era la única persona con la que nunca podría casarse. Porque entonces él tendría acceso, automáticamente, a cualquiera de sus ficheros y podría convencer al ordenador de que tenía necesidad de verlos... lo que incluiría ciertamente todos sus archivos de trabajo, no importaba lo profundamente que los protegiera. El Código Estelar lo decía muy claro. Los casados eran virtualmente la misma persona a los ojos de la ley.

Ella nunca podría dejarle estudiar esos ficheros, o descubriría lo que sabía su padre, y sería su cuerpo el que encontrarían en la colina. Sería su agonía bajo la tortura de los cerdis lo que tendría que imaginar todas las noches de su vida. ¿No era ya, la culpa por la muerte de Pipo, más de lo que podía soportar? Casarse con él sería asesinarlo. Sin embargo, no casarse con él sería como matarse ella misma, pues si no era con Libo, no podía imaginar con quién sería entonces.

«Qué lista soy. He encontrado un camino hacia el infierno del que no hay forma de salir.»

Apretó la cara contra el hombro de Libo y sus lágrimas corrieron sobre su pecho.

4

ENDER

Hemos identificado cuatro lenguajes cerdis. El «Lenguaje de los Machos» es el que hemos oído más a menudo. También hemos oído algunos fragmentos del «Lenguaje de las Esposas», que aparentemente usan para conversar con las hembras (¡eso sí que es una diferenciación sexual!), y un «Lenguaje de los Árboles», un idioma ritual que dicen que usan para rezar a sus ancestrales árboles tótem. También han mencionado un cuarto lenguaje llamado «Lengua de los Padres», que aparentemente consiste en golpear palos de diferente tamaño uno contra otro. Insisten en que es un lenguaje real, tan diferente de los otros como el portugués del inglés. Puede que lo llamen lengua de los padres porque se hace con palos de madera, que proviene de los árboles, y ellos creen que los árboles contienen los espíritus de sus antepasados.

Los cerdis se adaptan maravillosamente a los idiomas humanos; son mucho mejores que nosotros con los suyos. En los últimos años, han llegado a hablar stark o portugués entre ellos mismos, la mayor parte del tiempo que estamos con ellos. Quizá vuelven a usar sus propios idiomas cuando no estamos presentes. Puede que incluso hayan adoptado los idiomas humanos como propios, o quizá disfruten de los nuevos lenguajes tanto que los usan constantemente como juego. La contaminación lingüística es lamentable, pero tal vez sea inevitable, si es que queremos comunicarnos con ellos.

El doctor Swingler preguntó si sus nombres y modos de dirigirse revelan algo de su cultura. La respuesta es definitivamente sí, aunque sólo tengo una idea muy vaga de lo que revelan. Lo que importa es que nosotros nunca les hemos dado nombre a ninguno. En cambio, a medida que aprendían stark y portugués nos preguntaban el significado de las cosas y entonces anunciaban los nombres que han elegido para sí (o elegido para los otros). Nombres como «Raíz» y «Chupaceu» (chupacielo) podrían ser traducciones de sus nombres en el Lenguaje de los Machos o simplemente motes que escogen para nuestro uso.

Se refieren unos a otros como *hermanos*. A las hembras las llaman algunas veces *esposas*, nunca *hermanas* o *madres*. A veces utilizan el término *padres*, pero se refieren a los ancestrales árboles tótem. En cuanto a cómo nos llaman: usan la palabra *humano*, naturalmente, pero también han empezado a utilizar la nueva Jerarquía Demosteniana de Exclusión. Se refieren a los humanos como framlings, y a los cerdis de otras tribus como utlannings. Lo que es bastante extraño es que se llaman a sí mismos ramen, demostrando con esto que o bien han comprendido mal la jerarquía o se ven a sí mismos desde la perspectiva humana. ¡Y —lo que ofrece un giro divertido—, se han referido varias veces a las hembras como varelse!

João Figueira Álvarez. «Notas sobre el lenguaje y la nomenclatura cerdi», en *Semántica*, 9/1948/15.

Las viviendas de Reykiavik estaban excavadas en las paredes de granito del fiordo. La de Ender estaba situada en lo alto del acantilado, y había que subir muchas escaleras y senderos, pero tenía una ventana. Había vivido la mayor parte de su infancia entre paredes metálicas. Cuando podía, vivía donde pudiera ver el aire libre.

Su habitación estaba iluminada y caliente por efecto del sol y le cegó después de la fría oscuridad de los corredores de piedra. Jane no esperó a que su visión se ajustara a la luz.

—Tengo una sorpresa para ti en el terminal —dijo. Su voz era un susurro procedente de la joya en su oído.

Había un cerdi de pie en el aire sobre el terminal. Se movió rascándose; entonces estiró la mano en busca de algo. Cuando mostró la mano, tenía un gusano brillante. Lo mordió, y los jugos del cuerpo rebosaron de su boca y le corrieron por el pecho.

—Obviamente una civilización avanzada —dijo Jane.

Ender se molestó.

—Muchos imbéciles morales tienen buenos modales en la mesa, Jane.

El cerdi se dio la vuelta y habló.

—¿Quieres ver cómo le matamos?

—¿Qué estás haciendo, Jane?

El cerdi desapareció. En su lugar se dibujó un holograma del cadáver de Pipo tal como yacía en la colina bajo la lluvia.

—He hecho una simulación del proceso de vivisección que los cerdis usaron, basándome en la información recogida por el scanner antes de que el cuerpo fuera enterrado. ¿Quieres verlo?

Ender se sentó en la única silla de la habitación.

Ahora el terminal mostró la colina, con Pipo, todavía vivo, tumbado de espaldas, con las manos y los pies atados a estacas de madera. Una docena de cerdis estaban congregados a su alrededor, y uno de ellos sostenía un cuchillo de hueso. La voz de Jane volvió a surgir de la joya en su oído.

—No estamos seguros de que fuera así —todos los cerdis desaparecieron excepto el del cuchillo—. O algo parecido.

—¿El xenólogo estaba consciente?

—Sin duda.

—Continúa.

Sin compasión, Jane mostró la apertura de la cavidad pectoral, el ritual de arrancar y colocar los órganos corporales en el suelo. Ender se obligó a mirar, intentando comprender qué posible significado podría tener esto para los cerdis.

—Es aquí cuando murió —susurró Jane en un punto.

Ender se sintió más tranquilo; sólo entonces advirtió que todos sus músculos habían permanecido rígidos, por empatía con el sufrimiento de Pipo.

Cuando se acabó, Ender se dirigió a su cama y se tumbó mirando al techo.

—Ya he mostrado esta simulación a los científicos de media docena de mundos —dijo Jane—. No pasará mucho tiempo antes de que la prensa le ponga las manos encima.

—Es mucho peor que con los insectores —dijo Ender—. En todos los vídeos que me enseñaron cuando era pequeño. Los insectores y los humanos en combate eran algo limpio, comparados con esto.

Una risa malvada emergió del terminal. Ender miró para ver qué hacía Jane. Un cerdi de tamaño natural estaba allí sentado, riendo grotescamente, y mientras se reía Jane lo transformó. Fue un cambio muy sutil, una ligera exageración de los dientes, un alargamiento de los ojos, algo de rojez en ellos, la lengua entrando y saliendo de la boca. Parecía la bestia de las pesadillas de cualquier niño.

—Bien hecho, Jane. La metamorfosis de raman a varelse.

—Después de esto, ¿cuánto tardarán los cerdis en ser aceptados por la humanidad?

—¿Ha sido cortado todo contacto?

—El Consejo Estelar le ha dicho al nuevo xenólogo que restrinja sus visitas a no más de una hora, sin ampliar la frecuencia anterior. Le ha prohibido preguntar a los cerdis por qué lo han hecho.

—Pero no hay cuarentena.

—Ni siquiera se propuso.

—Pero se propondrá, Jane. Otro incidente como éste y la petición de cuarentena se convertirá en un clamor. Se pedirá que se reemplace Milagro por una guarnición militar cuyo solo propósito sea evitar que los cerdis adquieran la tecnología que les permita salir del planeta.

—Los cerdis tendrán un problema de relaciones públicas —dijo Jane—. Y el nuevo xenólogo es sólo un niño. El hijo de Pipo. Libo. Es la abreviatura de Liberdade Graças a Deus Figueira de Medici.

—¿Liberdade no significa libertad?

—No sabía que hablaras portugués.

—Es como el español. Hablé de la muerte de Zacatecas y San Ángelo, ¿recuerdas?

—En el planeta Moctezuma. Eso fue hace dos mil años.

—Para mí, no.

—Para ti fue subjetivamente hace ocho años. Hace quince mundos. ¿No es verdaderamente maravillosa la relatividad? Te conserva tan joven.

—Viajo demasiado —dijo Ender—. Valentine está casada y va a tener un hijo. Ya he rehusado dos llamadas que pedían un Portavoz. ¿Por qué me tientas para que vaya de nuevo?

El cerdi se rió perversamente en el terminal.

—¿Crees que eso fue una tentación? ¡Mira! ¡Puedo convertir las piedras en pan! —el cerdi alzó un puñado de rocas y se las metió en la boca—. ¿Quieres un poco?

—Tienes un sentido del humor retorcido, Jane.

—Todos los reinos de todos los mundos —el cerdi abrió las manos y sistemas estelares se esparcieron por su regazo, planetas en órbitas exageradamente rápidas, todos los Cien Mundos—. Puedo dártelos. Todos.

—No me interesa.

—Es una buena inversión, la mejor. Lo sé, lo sé, ya eres rico. Con tres mil años acumulando intereses podrías construirte tu propio planeta. ¿Pero qué te parece esto? El nombre de Ender Wiggin, conocido por los Cien Mundos...

—Ya lo es.

—... Con amor, honor y afecto —el cerdi desapareció. En su lugar, Jane resucitó un antiguo vídeo de la infancia de Ender y lo transformó en un holograma. Una multitud gritaba, chillaba. ¡Ender! ¡Ender! ¡Ender! Y un chiquillo, de pie sobre una plataforma, alzaba la mano para saludar. La multitud enloquecía de alegría.

—Eso no sucedió nunca —dijo Ender—. Peter nunca me dejó regresar a la Tierra.

—Considéralo una profecía. Vamos, Ender, puedo dártelo. Tu buen nombre restaurado.

—No me importa —dijo Ender—. Ahora tengo varios nombres. Portavoz de los Muertos... eso tiene algo de honor.

El cerdi desapareció en su forma natural, no en la malvada que Jane había creado.

—Ven —dijo el cerdi suavemente.

—Tal vez son monstruos, ¿lo crees tú así? —dijo Ender.

—Todo el mundo puede creerlo, Ender. Pero tú, no.

«No. Yo, no», pensó.

—¿Por qué te importa tanto, Jane? ¿Por qué estás tratando de persuadirme?

El cerdi desapareció y la propia Jane ocupó su lugar, o al menos la cara que había usado para aparecerse ante Ender, desde la primera vez que se le había revelado, siendo una criatura tímida y asustada que habitaba en la enorme memoria de la cadena de ordenadores interestelar. Al ver de nuevo su cara, Ender recordó la primera vez que se la había mostrado.

—He pensado en tener una cara propia —dijo ella—. ¿Te gusta ésta?

Sí, le gustaba. Le gustaba ella. Joven, despejada, honesta y dulce. Una niña que nunca envejecería, con una sonrisa arrebatadoramente tímida. El ansible la había hecho nacer. Las redes de ordenadores a escala mundial operaban a velocidad no mayor de la de la luz, y el calor limitaba la cantidad de memoria y la velocidad de la operación. Pero el ansible era instantáneo y estaba conectado intensamente con todos los ordenadores de todos los mundos. Jane se descubrió a sí misma por primera vez entre las estrellas, sus pensamientos tenían lugar entre las vibraciones de los tejidos filóticos de la red del ansible.

Para ella, los ordenadores de los Cien Mundos eran sus manos y sus pies, sus ojos y sus oídos. Hablaba todos los idiomas que habían sido introducidos en los ordenadores, y leía todos los libros de todas las bibliotecas de cada mundo. Aprendió que los seres humanos habían temido durante muchísimo tiempo que alguien como ella pudiera existir: en todas las historias era odiada, y su venida significaba o bien asesinatos o la destrucción de la humanidad. Incluso antes de que naciera, los seres humanos la habían imaginado, y, tras haberla imaginado, la habían asesinado un millar de veces.

Por tanto, no les mostró ningún signo de que estaba viva. Hasta que descubrió la *Reina Colmena* y el *Hegemón*, como hacía todo el mundo casualmente, y supo que el autor de aquel libro era un humano al que podría atreverse a presentarse. Para ella fue una simple cuestión de seguir el rastro de la historia del libro hasta su primera edición y nombrar su fuente. ¿No lo había transmitido el ansible desde el mundo donde Ender, que apenas tenía veinte años, era gobernador de la primera colonia humana? ¿Y quién podría haberlo escrito allí si no él? Así que le habló, y él fue amable con ella; ella le mostró la cara que había imaginado para sí, y a él le encantó; ahora sus sensores viajaban en la joya de su oído, y así podían estar siempre juntos. Ella no tenía secretos para él; él no tenía ningún secreto para ella.

—Ender, me dijiste desde el principio que estabas buscando un planeta donde pudieras dar agua y luz a cierta crisálida y pudieras abrirla y hacer salir a la reina colmena y a sus diez mil huevos fértiles.

—Había pensado que podría ser aquí —contestó Ender—. Una tierra desolada, excepto en el ecuador, con una población permanentemente baja. Ella también desea intentarlo.

—¿Pero tú no?

—No creo que los insectores pudieran sobrevivir el invierno de aquí. No sin una fuente de energía, y eso alertaría al gobierno. No saldría bien.

—No saldrá bien nunca, Ender. Te das cuenta, ¿verdad? Has vivido en veinticuatro de los Cien Mundos, y no hay ninguno donde haya un rinconcito que sea seguro para que los insectores puedan volver a nacer.

Él vio a dónde quería llegar ella, naturalmente. Lusitania era la única excepción. Por la existencia de los cerdis, todo el mundo, excepto una pequeña porción, estaba fuera de los límites y era intocable. Y el mundo era principalmente habitable, más apropiado para los insectores, en realidad, que para los seres humanos.

—El único problema son los cerdis —dijo Ender—. Podrían objetar mi decisión de que se entregara su mundo a los insectores. Si una exposición intensa a la civilización humana puede afectarles, piensa lo que les sucedería con los insectores entre ellos.

—Dijiste que los insectores habían aprendido. Dijiste que no harían ningún daño.

—Deliberadamente, no. Pero los derrotamos por pura suerte, Jane, lo sabes.

—Fue tu genio.

—Son aún más avanzados que nosotros. ¿Cómo podrían los cerdis vivir con eso? Estarían tan asustados de los insectores como nosotros, y serían menos capaces de tratar con su miedo.

—¿Cómo lo sabes? ¿Cómo puedes tú o cualquiera decir con qué pueden tratar los cerdis? No lo sabrás hasta que vayas con ellos y aprendas quiénes son. Si son varelse, Ender, entonces deja que los insectores usen su hábitat, y no significará más para ti que desplazar un hormiguero o una manada de vacas para dejar espacio a las ciudades.

—Son ramen —dijo Ender.

—No lo sabes.

—Sí lo sé. Tu simulación... eso no era tortura.

—¿No? —Jane mostró de nuevo la simulación del cuerpo de Pipo en el instante anterior a su muerte—. Entonces será que no comprendo la palabra.

—Pipo puede haberlo interpretado como tortura, Jane, pero si tu simulación es adecuada —y sé que lo es, Jane—, entonces el objeto de los cerdis no era causar dolor.

—Por lo que sé de la naturaleza humana, Ender, incluso los rituales religiosos tienen el dolor como centro.

—Tampoco fue algo religioso. Al menos no completamente. Si fue simplemente un sacrificio, hay algo raro.

—¿Y qué sabes tú? —ahora el terminal mostró la cara de un profesor cascarrabias, el resumen del esnobismo académico—. Toda tu educación fue militar, y el otro único don que tienes es la habilidad de palabra. Escribiste un best-seller que inició una religión humanística... ¿cómo te cualifica eso para comprender a los cerdis?

Ender cerró los ojos.

—Tal vez esté equivocado.

—¿Pero crees que tienes razón?

Supo, por la voz, que Jane había restaurado su propia cara en el terminal. Abrió los ojos.

—Sólo puedo confiar en mi intuición, Jane, en el juicio que aparece sin análisis. No sé qué es lo que los cerdis hacían, pero tenía un propósito. No era malicioso. Ni cruel. Eran como doctores trabajando para salvar la vida de un paciente, no torturadores intentando quitársela.

—Te tengo —susurró Jane—. Te tengo atrapado en todas las direcciones. Tienes que ir a ver si la reina colmena puede vivir allí, bajo el refugio de la cuarentena parcial que hay en el planeta. Quieres ir para ver si puedes comprender quiénes son los cerdis.

—Aunque tuvieras razón, Jane, no puedo ir. La inmigración está limitada rígidamente, y además no soy católico.

Jane hizo girar sus ojos.

—¿Habría ido tan lejos, si no supiera cómo puedes ir allí?

Apareció otra cara. Una muchacha, de ninguna manera tan inocente y hermosa como Jane. Su cara era fría y sombría, sus ojos brillantes y desafiantes, y su boca tenía la férrea mueca de alguien que ha aprendido a vivir con un dolor perpetuo. Era joven, pero su expresión era sorprendentemente vieja.

—La xenobióloga de Lusitania, Ivanova Santa Catarina von Hesse. La llaman Nova o simplemente Novinha. Ha solicitado un Portavoz de los Muertos.

—¿Por qué tiene ese aspecto? ¿Qué le ha sucedido?

—Sus padres murieron cuando era pequeña. Pero en los últimos años ha llegado a amar a otro hombre como a un padre. Al hombre que fue asesinado por los cerdis. Es su muerte la que quiere que Hables.

Al mirar aquella cara, Ender olvidó momentáneamente su preocupación por la reina colmena, por los cerdis. Reconoció aquella expresión de agonía adulta en la cara de un niño. La había visto antes, en las últimas semanas de la Guerra Insectora, mientras le presionaban más allá de los límites de su resistencia y le hacían jugar una batalla tras otra en un juego que no era tal. La había visto cuando la guerra terminó, cuando descubrió que sus sesiones de entrenamiento no lo eran en absoluto, que todas las simulaciones eran reales y que comandaba las flotas humanas por ansible. Entonces, cuando supo que había matado a todos los insectores, cuando comprendió el acto de genocidio que involuntariamente había cometido, fue aquella misma la expresión de su cara en el espejo, el sentido de una culpa demasiado pesada para que pudiera soportarla.

—¿Qué ha hecho esta niña, que ha hecho esta Novinha para que sienta tanto dolor?

Escuchó atentamente mientras Jane recitaba los hechos de su vida. Lo que Jane tenía eran estadísticas, pero Ender era el Portavoz de los Muertos; su genio —o su maldición—, era la habilidad de concebir los sucesos como nadie más los veía. Eso le había convertido en un brillante comandante militar, tanto para dirigir a sus propios hombres —niños, en realidad—, como para adivinar las acciones del enemigo. También significaba que de los fríos hechos de la vida de Novinha él podía suponer —no, suponer no, saber— cómo la muerte de sus padres y su virtual santificación la habían aislado, cómo había reforzado su soledad arrojándose en el trabajo de sus padres. Supo lo que había detrás de su notable persecución del status de xenobióloga con años de antelación. Supo también lo que el amor y la aceptación de Pipo habían significado para ella, y lo profunda que era su necesidad de la amistad con Libo. No había nadie en Lusitania que conociera realmente a Novinha. Pero en esta cueva de Reykiavik, en el mundo helado de Trondheim, Ender Wiggin la conoció, y la amó, y lloró amargamente por ella.

—Irás entonces —susurró Jane.

Ender no podía hablar. Jane había tenido razón. Habría ido de todas formas, como Ender el Genocida, sólo por comprobar que el status de protección de Lusitania pudiera convertir el planeta en el lugar donde la reina colmena pudiera ser liberada de sus tres mil años de cautividad y él pudiera deshacer el terrible crimen cometido en su infancia. Y también habría ido como Portavoz de los Muertos, para comprender a los cerdis y exponerlos ante la humanidad para que pudieran ser aceptados, si eran verdaderamente ramen, y no odiados y temidos como varelse.

Pero ahora iría por otra razón más profunda. Iría para atender a la niña Novinha, pues en su brillantez, su aislamiento, su dolor, su culpa, él vio su propia infancia robada y las semillas del dolor que aún vivían en su interior. Lusitania estaba a veintidós años-luz de distancia. Él viajaría a una velocidad sólo infinitesimalmente inferior a la de la luz, y por tanto no la vería hasta que ella tuviera casi cuarenta años. Si estuviera en su mano, iría ahora mismo con la instantaneidad filótica del ansible; pero también sabía que su dolor esperaría. Aún estaría allí, esperándole, cuando llegara. ¿No había sobrevivido su propio dolor todos estos años?

Dejó de llorar. Sus emociones volvieron a retirarse.

—¿Qué edad tengo? —preguntó.

—Han pasado 3.081 años desde que naciste. Pero tu edad subjetiva es de 36 años y 118 días.

—¿Y qué edad tendrá Novinha cuando yo llegue allí?

—Semana más o semana menos, depende de la fecha de partida y de lo que se acerque la nave a la velocidad de la luz, tendrá casi treinta y nueve.

—Quiero partir mañana.

—Lleva tiempo conseguir plaza en una nave, Ender.

—¿Hay alguna en órbita sobre Trondheim?

—Media docena, naturalmente, pero sólo una que pudiera partir mañana, y tiene una carga de skrika para el comercio de lujo en Cyrillia y Armenia.

—Nunca te he preguntado lo rico que soy.

—He llevado bastante bien tus finanzas durante todos estos años.

—Cómprame la nave y el cargamento.

—¿Qué harás con los skrika en Lusitania?

—¿Qué es lo que hacen los cirilios y los armenios?

—Usan una parte para vestir y se comen el resto. Pero pagan más por él de lo que ningún lusitano podrá pagar.

—Entonces, se lo daré a los lusitanos. Puede que eso suavice su resentimiento porque un Portavoz vaya a una colonia católica.

Jane se convirtió en un genio que salía de una botella.

—¡He oído!, ¡oh Amo!, y obedezco.

El genio se convirtió en humo que se fue introduciendo en el interior de la botella. Entonces los láseres se apagaron y el aire sobre el terminal quedó vacío.

—Jane —dijo Ender.

—¿Sí? —respondió ella, hablando a través de la joya en su oreja.

—¿Por qué quieres que vaya a Lusitania?

—Quiero que añadas un tercer volumen a *La Reina Colmena* y el *Hegemón*. Por los cerdis.

—¿Por qué te preocupas tanto por ellos?

—Porque cuando hayas escrito los libros que revelan el alma de las tres especies conscientes conocidas, entonces estarás preparado para escribir sobre la cuarta.

—¿Otra especie de raman? —preguntó Ender.

—Sí. Yo.

Ender reflexionó un momento.

—¿Estás preparada para revelarte al resto de la humanidad?

—Siempre lo he estado. La pregunta es, ¿están ellos preparados para conocerme? Para ellos fue fácil amar al hegemón... era humano. Y a la reina colmena, porque, por lo que saben, todos los insectores están muertos. Si puedes hacer que amen a los cerdis, que aún viven y tienen sangre humana en sus manos... entonces estarán preparados para conocerme.

—Algún día —dijo Ender—, amaré a alguien que no insista en que realice los trabajos de Hércules.

—De todas formas te estabas aburriendo, Ender.

—Sí. Pero ahora soy maduro. Me gusta aburrirme.

—Por cierto, el propietario de la nave *Havelok*, que vive en Gales, ha aceptado tu oferta de cuarenta mil millones de dólares por la nave y su cargamento.

—¡Cuarenta mil millones! ¿Me arruinaré con eso?

—Una gota en el vaso. Se le ha notificado a la tripulación que sus contratos quedan anulados. Me he tomado la libertad de comprarles pasajes en otras naves utilizando tus fondos. Valentine y tú no necesitaréis a nadie más que a mí, para que os ayude a dirigir la nave. ¿Partiremos por la mañana?

—Valentine —dijo Ender.

Su hermana era el único retraso posible para su marcha. Por lo demás, ahora que ya había tomado la decisión, ni sus estudiantes ni sus pocas amistades nórdicas merecían siquiera una despedida.

—Me muero de ganas de leer el libro que Demóstenes escribirá sobre la historia de Lusitania —Jane había descubierto la verdadera identidad de Demóstenes en el proceso de desenmascarar al Portavoz de los Muertos original.

—Valentine no vendrá.

—Pero es tu hermana.

Ender sonrió. A pesar de su enorme conocimiento, Jane no comprendía las relaciones humanas. Aunque había sido creada por los humanos y se imaginaba en términos humanos, no era biológica. Sabía de asuntos genéticos por aprendizaje, pero no podía sentir los deseos y los imperativos que la raza humana tenía en común con todos los otros seres vivientes.

—Es mi hermana, pero Trondheim es su hogar.

—Ya ha sido reacia a partir antes.

—Esta vez ni siquiera le pediré que venga. No con un bebé en camino, no con lo feliz que es aquí en Reykiavik. Aquí donde la aman como profesora, donde no sospechan que es realmente el legendario Demóstenes. Aquí donde Jakt, su esposo, es armador de un centenar de barcos de pesca y señor de los fiordos, aquí donde cada día está lleno de brillantes conversaciones sobre el peligro y la majestad del mar cubierto de hielo. Nunca se marchará de aquí. Ni comprenderá por qué tengo que irme.

Y, al pensar en que iba a dejar a Valentine, Ender dudó en su determinación de ir a Lusitania. Se había separado de su amada hermana una vez, cuando niño, y lamentaba profundamente los años de amistad que le habían sido robados. ¿Podría dejarla ahora, de nuevo, después de estar juntos todo el tiempo, durante casi veinte años? Esta vez no habría vuelta atrás. Una vez que se fuera a Lusitania, ella envejecería veintidós años en su ausencia; tendría más de ochenta años, si tardaba otros veintidós años en volver con ella.

«Así que no será fácil para ti después de todo. También tienes un precio que pagar.»

«No te burles —dijo Ender en silencio—. Estoy titulado para sentir pena.»

«Ella es tu otro yo. ¿De verdad la dejarás por nosotras?»

Era la voz de la reina colmena en su mente. Por supuesto, había visto todo lo que él había visto y sabía todo lo que había decidido. Sus labios silenciosamente formaron palabras para ella. «La dejaré, pero no por vosotras. No podemos estar seguros de que esto os produzca algún beneficio. Puede que sea otra decepción, como Trondheim.»

«Lusitania es todo lo que necesitamos. Y está a salvo de los seres humanos.»

—Pero también pertenece a otra gente. No destruiré a los cerdis sólo por purgar el haber destruido a vuestro pueblo.

«Ellos estarán a salvo con nosotras; no les haremos daño. Ahora, después de todos estos años, nos conoces.»

—Sé lo que me habéis dicho.

«No sabemos mentir. Te hemos mostrado nuestros propios recuerdos, nuestra alma.»

—Sé que podríais vivir en paz con ellos. ¿Pero podrían vivir ellos en paz con vosotras?

«Llévanos allí. Hemos esperado tanto tiempo.»

Ender se acercó a una bolsa que permanecía abierta en una esquina. Todo lo que le pertenecía realmente cabía allí: sus ropas. Todas las otras cosas que había en la habitación eran regalos de la gente a las que había Hablado, haciéndole honor a él o a su oficio o a la verdad, no podía decirlo. Se quedarían aquí cuando se marchara. No tenía espacio en su bolsa.

La abrió y sacó una toalla enrollada que desenvolvió. Allí se encontraba la gruesa masa fibrosa de una gran crisálida de catorce centímetros en su punto más largo.

«Sí, míranos.»

Había encontrado la crisálida esperándole cuando llegó a gobernar la primera colonia humana en un antiguo mundo insector. Previendo su propia destrucción a manos de Ender, sabiendo que era un enemigo invencible, habían construido un modelo que tendría significado sólo para él, porque había sido sacado de sus sueños. La crisálida, con su reina colmena, inofensiva pero consciente, le había esperado en una torre donde una vez, en sus sueños, había encontrado un enemigo.

—Esperasteis más a que os encontrara —dijo Ender en voz alta—, que los pocos años que han pasado desde que os cogí de detrás del espejo.

«¿Pocos años? Ah, sí, con tu mente secuencial no notas el paso del tiempo cuando viajas tan cerca de la velocidad de la luz. Pero nosotras lo notamos. Nuestro pensamiento es instantáneo; la luz se desliza como el mercurio por un cristal frío. Tenemos conciencia de cada momento de estos tres mil años.»

—¿He encontrado un lugar que sea seguro para vosotros?

«Tenemos diez mil huevos fértiles esperando vivir.»

—Tal vez Lusitania sea el lugar. No lo sé.

«Déjanos vivir de nuevo.»

—Lo estoy intentando. ¿Por qué si no, creéis que he vagado de mundo en mundo durante todos estos años sino para encontrar un lugar para vosotros?

«Más rápido más rápido más rápido.»

—Tengo que encontrar un lugar donde no os matemos de nuevo en el momento en que aparezcáis. Aún estáis en demasiadas pesadillas humanas. No hay tanta gente que crea en mi libro. Puede que condenen el Genocidio, pero lo harían de nuevo.

«En toda nuestra vida, eres la única persona que hemos conocido que no fuera una de nosotras mismas. Nunca teníamos que ser comprensivos porque siempre comprendíamos. Ahora que somos este simple yo, tú eres los únicos ojos y brazos y piernas que tenemos. Perdónanos si somos impacientes.»

Él se echó a reír.

—¡Yo perdonaros a vosotros!

«Tu gente está loca. Sabemos la verdad. Sabemos quién nos mató, y no fuiste tú.»

—Fui yo.

«Fuiste una herramienta.»

—Fui yo.

«Te perdonamos.»

—Cuando volváis a andar por la superficie de un mundo, entonces estaré perdonado.

5

VALENTINE

Hoy he dicho que Libo es mi hijo. Sólo Corteza me oyó decirlo, pero en menos de una hora fue, aparentemente, de dominio público. Se congregaron a mi alrededor e hicieron que Selvagem me preguntara si era verdad, si yo era padre «ya». Selvagem entonces unió nuestras manos; por impulso, abracé a Libo y ellos hicieron el ruido de sorpresa y, creo, de estupor. Pude ver que desde ese momento mi prestigio entre ellos había aumentado considerablemente.

La conclusión es inevitable. Los cerdis que hasta ahora hemos conocido no son una comunidad completa, ni siquiera machos típicos. Son, o bien jóvenes, o viejos solterones. Ninguno de ellos ha tenido nunca un solo hijo. Ninguno ha llegado a aparearse, por lo que podemos suponer.

Que yo sepa no existe ninguna comunidad humana donde los grupos de solteros como éste sean otra cosa sino marginados, sin poder o prestigio. No me extraña que hablen de las hembras con esa extraña mezcla de adoración y desdén. En un instante, sin atreverse a tomar una decisión sin su consentimiento y al siguiente diciéndonos que las mujeres son demasiado estúpidas para comprender nada, que son varelse. Hasta ahora yo estaba tomando estas afirmaciones como reales, lo cual me llevaba a una imagen mental de las hembras como no-conscientes, un grupo de cerdas que se apoyaban sobre cuatro patas. Pensaba que los machos podrían consultarles de la misma manera que le consultan a los árboles, usando sus gruñidos como respuestas divinas, como se arrojan huesos o se leen las entrañas.

Sin embargo, ahora me doy cuenta de que las hembras son probablemente tan inteligentes como los machos, y que no son varelse en absoluto. Las frases negativas de los machos se deben a su resentimiento como solterones, excluidos del proceso reproductor y de las estructuras de poder de la tribu. Los cerdis han sido tan cuidadosos con nosotros como nosotros con ellos: no nos han dejado conocer a sus hembras o a los machos que detentan algún poder real. Pensábamos que estábamos explorando el corazón de la sociedad cerdi. En cambio, hablando de manera figurada, estábamos en las alcantarillas genéticas, entre los machos cuyos genes no han sido considerados aptos para contribuir a la tribu.

Y, sin embargo, no lo creo. Los cerdis que conozco son todos brillantes, listos, rápidos en aprender. Tan rápidos que ya les he hablado más sobre la sociedad humana, accidentalmente, que lo que he aprendido de ellos después de años de intentarlo. Si éstos son los residuos, espero que algún día me juzgarán digno de conocer a las «esposas» y los «padres».

Mientras tanto, no puedo informar sobre nada de esto porque, quiera o no, he violado las leyes claramente. No importa que nadie hubiera sido capaz de evitar que los cerdis aprendan cosas de nosotros. No importa que las reglas sean estúpidas y contraproducentes. Las he roto, y si lo descubren, cortarán mi contacto con los cerdis, lo que será aún peor que el contacto severamente limitado que tenemos ahora. Por tanto estoy obligado a mentir y a hacer tontos subterfugios, como poner estas notas en los archivos personales cerrados de Libo, donde ni siquiera a mi querida esposa se le ocurriría buscarlos. Aquí está la información, absolutamente vital, de que los cerdis que hemos estudiado son todos solterones, y por causa de las reglas no me atrevo a dejar que los xenólogos framling lo sepan. *Olhabem, gente,* aquí está: *A ciência, o bicho que se devora a si mesma!*

> João Figueira Álvarez. Notas Secretas, publicadas en: «La Integridad de la Traición: Los xenólogos de Lusitania», de Demóstenes. *Perspectivas Históricas de Reykiavik*, 1990:4:1.

El vientre de Valentine estaba tenso e hinchado, y aún faltaba un mes para que su hija naciera. Estar tan gorda y desequilibrada era una molestia constante. Antes, siempre que se preparaba para dar una clase de historia en el söndring, había podido cargar el bote ella sola. Ahora tenía que dejar que lo hicieran los marineros de su esposo, y ni siquiera podía moverse por el embarcadero para echar una mano: el capitán había ordenado al estibador que se encargara del barco. Lo estaba haciendo bien, por supuesto —¿no le había enseñado a ella el capitán Räv cuando llegó por primera vez?—, pero a Valentine no le gustaba tener que aceptar por fuerza un papel sedentario.

Era su quinto söndring; en el primero, había conocido a Jakt. No había pensado en el matrimonio.

Trondheim era un mundo como cualquier otro de los que había visitado con su peripatético hermano menor. Enseñaría, estudiaría y después de cuatro o cinco meses escribiría un extenso ensayo histórico, publicado bajo el pseudónimo de Demóstenes, y entonces se dedicaría a divertirse hasta que Ender aceptara una llamada para Hablar en cualquier otro sitio. A menudo, su trabajo cuadraba a las mil maravillas: a él le llamaban para Hablar de la muerte de alguna persona importante, cuya vida se convertiría entonces en el foco de su ensayo. Jugaban a ser profesores itinerantes de esto y lo otro, mientras en la realidad creaban la identidad del mundo, pues el ensayo de Demóstenes se consideraba siempre como definitivo.

Durante una época, Valentine había pensado que alguien se daría cuenta de que los ensayos escritos por Demóstenes seguían sospechosamente su mismo itinerario y que la descubrirían. Pero pronto advirtió que, igual que con los Portavoces, aunque en un grado menor, se había edificado una mitología en torno a Demóstenes. La gente creía que Demóstenes no era sólo un individuo. Al contrario, cada ensayo de Demóstenes era el trabajo de un genio escribiendo de manera independiente, quien intentaba entonces publicarlo bajo el nombre de Demóstenes; el ordenador remitía automáticamente el trabajo a un comité desconocido de brillantes historiadores de la época, quienes decidían si era digno del nombre. No importaba que nadie hubiera conocido nunca a un erudito a quien se hubiera enviado un trabajo así. Se intentaban miles de trabajos cada año; el ordenador rechazaba automáticamente todos los que no hubieran sido escritos por el Demóstenes auténtico; y, sin embargo, la creencia de que una persona como

Valentine no podía existir, persistía firmemente. Después de todo, Demóstenes había empezado como demagogo en las redes de ordenadores cuando la Tierra luchaba en las Guerras Insectoras, hacía tres mil años. No podría tratarse de la misma persona.

«Y es cierto —pensó Valentine—. No soy la misma persona, realmente, de un libro a otro, porque cada mundo cambia quien soy, incluso mientras anoto su historia. Y este mundo más que ningún otro.»

No le había gustado lo penetrante del pensamiento luterano, especialmente la facción calvinista, que parecían tener respuestas para todas las preguntas antes de que hubieran sido formuladas. Así que decidió llevar a un grupo selecto de estudiantes graduados de Reykiavik a una de las Islas de Verano, la cadena ecuatorial donde, en primavera, los skrika acudían a aparearse y las bandadas de halkig se volvían locas con su energía reproductora. Su idea era romper los moldes intelectuales que eran inevitables en todas las universidades. Los estudiantes no comerían nada más que los havregrin que crecían salvajes en los valles resguardados y los halkig que tuvieran el valor de cazar. Cuando su nutrición dependiera de su propia habilidad, sus actitudes, sobre lo que importaba y lo que no importaba en la historia, cambiarían.

La universidad le dio permiso, con alguna resistencia; ella usó sus propios fondos para alquilarle un barco a Jakt, que acababa de convertirse en la cabeza de una de las muchas familias dedicadas a la caza de skrika. Tenía el típico desdén del marinero hacia los universitarios, y los llamaba *skräddare* en la cara, y otras cosas peores a sus espaldas. Le dijo a Valentine que tendría que regresar para salvar a sus estudiantes muertos de hambre dentro de una semana. En cambio, ella y sus marginados, como se llamaban a sí mismos, aguantaron todo el tiempo, y sobrevivieron, construyendo una especie de pueblo y disfrutando de un estallido de pensamiento creativo y libre que se convirtió en una fuente notable de publicaciones excelentes y reflexivas a su regreso.

El resultado más obvio en Reykiavik fue que Valentine tenía siempre cientos de solicitudes para las veinte plazas en cada uno de los tres söndrings del verano. Mucho más importante para ella, sin embargo, fue Jakt. No era particularmente educado, pero estaba íntimamente familiarizado con la misma sabiduría de Trondheim. Podía pilotar, por la mitad del mar ecuatorial, sin utilizar una carta. Conocía los icebergs y dónde el hielo era más grueso. Parecía saber dónde se congregarían los skrika para bailar, y cómo desplegar a sus cazadores para que los cazaran sin que se dieran cuenta mientras aleteaban en la costa al salir del mar. El clima nunca le pillaba por sorpresa, y Valentine sacó la conclusión de que no había ninguna situación para la que no estuviera preparado.

Excepto para ella. Y cuando el sacerdote luterano (no calvinista) los casó, ambos parecieron sentirse más sorprendidos que felices. Y sin embargo eran felices. Y por primera vez desde que salió de la Tierra ella se sintió realizada, en paz, en casa. Por eso se había quedado embarazada. El vagabundeo había terminado. Se sentía muy agradecida a Ender por haber comprendido, sin tenerlo que discutir, que Trondheim era el final de su odisea de tres mil años, el final de la carrera de Demóstenes; como la *ishäxa*, ella había encontrado una manera de echar sus raíces en el hielo de este mundo y conseguir así nutrirse de una forma, que el suelo de otras tierras no le había proporcionado.

El bebé pateó con fuerza, sacándola de su ensimismamiento. Miró alrededor y vio que Ender se le acercaba, caminando por el muelle con su mochila colgada del hombro. Comprendió de inmediato por qué traía la bolsa: tenía intención de participar en el söndring. Se preguntó si le alegraba aquello o no. Ender era silencioso y no entorpecía, pero posiblemente no podría ocultar su brillante conocimiento de la naturaleza humana. Los estudiantes medios no lo notarían, pero los demás, aquellos que ella esperaba que lograran volver con pensamientos originales, seguirían inevitablemente las pistas sutiles, aunque poderosas, que él dejaría caer inevitablemente. El resultado sería impresionante, estaba segura —después de todo, ella debía mucho a sus reflexiones—, pero la brillantez sería de Ender, no de los estudiantes. De alguna manera, traicionaría el propósito del söndring.

Pero no le diría que no, cuando él le pidiera poder acompañarlos. Para decir la verdad, a ella le encantaría que fuera. Por mucho que amara a Jakt, echaba de menos la estrecha relación que ella y Ender solían compartir antes de su matrimonio. Pasarían años antes de que Jakt y ella pudieran estar tan unidos como lo estaba con su hermano. Jakt también lo sabía, y eso le causaba un poco de dolor; no es normal que un marido tenga que competir con su cuñado por la devoción de su esposa.

—Hola, Val —dijo Ender.

—Hola, Ender.

Solos en el embarcadero, donde nadie más podía oírles, ella podía llamarle libremente por el nombre de su infancia, ignorando el hecho de que el resto de la humanidad lo hubiera convertido en un epíteto.

—¿Qué harás si el conejito decide salir durante el söndring?

Ella sonrió.

—Su papá le envolverá en una piel de skrika, y yo le cantaré canciones nórdicas, y los estudiantes seguramente tendrán mucho que reflexionar sobre el impacto de los imperialistas reproductores en la historia.

Se rieron juntos por un instante, y Valentine supo súbitamente, sin saber por qué, que Ender no quería ir al söndring, que había empaquetado sus cosas para marcharse de Trondheim y que había venido, no para invitarla a acompañarle, sino para decirle adiós. Las lágrimas acudieron a sus ojos y una terrible y devastadora sensación le sacudió. Él extendió la mano y la abrazó, como había hecho tantas veces en el pasado; esta vez, sin embargo, su vientre se interponía entre ambos, y el abrazo fue extraño y tentativo.

—Pensé que tenías intención de quedarte —susurró ella—. Rechazaste todas las llamadas que llegaron.

—Hubo una que no pude rechazar.

—Puedo tener al bebé en el söndring, pero no en otro mundo.

Como había supuesto, Ender no tenía intención de invitarla.

—La niña va a ser sorprendentemente rubia —dijo—. Estará fuera de lugar en Lusitania. Allí la mayoría son negros brasileños.

Así que sería Lusitania. Valentine entendió de inmediato por qué iba: el asesinato del xenólogo por los cerdis era ahora de dominio público, pues había sido emitido durante la hora de la cena en Rey-kiavik.

—Estás loco.

—La verdad es que no.

—¿Sabes lo que pasaría si la gente llega a saber que Ender, el Exterminador, va a ir al mundo de los cerdis? ¡Te crucificarían!

—Me crucificarían aquí también, si no fuera porque nadie más que tú sabe quién soy. Prométeme que no lo contarás.

—¿Qué bien puedes hacer allí? Llevará muerto décadas cuando llegues.

—Mis sujetos están normalmente bastante fríos cuando llego a Hablar por ellos. Es la desventaja principal de ser nómada.

—Nunca había pensado que volvería a perderte.

—Pero yo supe que nos habíamos perdido mutuamente el día en que te enamoraste de Jakt.

—¡Entonces deberías de habérmelo dicho! ¡No lo habría hecho!

—Por eso no te lo dije. Pero no es cierto, Val. Lo habrías hecho de todos modos. Y yo quería que lo hicieras. Nunca has sido más feliz —le puso la mano en el vientre—. Los genes de los Wiggin llevaban tiempo buscando una continuación. Espero que tengas una docena más.

—Es considerado una descortesía tener más de cuatro, ansioso pasar de cinco, y bárbaro tener más de seis.

Incluso mientras bromeaba, ella decidía qué sería mejor para el söndring, ¿dejar que los participantes fueran sin ella, cancelarlo ya, o posponerlo hasta que Ender partiera?

Pero Ender zanjó la cuestión.

—¿Crees que tu marido podría hacer que uno de

sus barcos me llevara al mareld esta noche para que pueda partir hacia mi nave por la mañana?

Su prisa era cruel.

—Si no hubieras necesitado un barco de Jakt, ¿me habrías dejado una nota en el ordenador?

—He tomado la decisión hace cinco minutos, y he venido a ti directamente.

—Pero ya has reservado un pasaje... ¡ésa es una decisión que lleva tiempo!

—No si compras la nave.

—¿Por qué tienes tanta prisa? El viaje lleva décadas...

—Veintidós años.

—¡Veintidós años! ¿Qué diferencia marcaría un par de días? ¿No puedes esperar un mes hasta que nazca mi hija?

—Dentro de un mes, Val, puede que no tenga valor para dejaros.

—¡Entonces no lo hagas! ¿Qué son los cerdis para ti? Los insectores son suficientes ramen para la vida de un hombre. Quédate, cásate como me he casado yo. ¡Abriste las estrellas a la colonización, Ender, ahora quédate aquí y saborea los buenos frutos de tu labor!

—Tú tienes a Jakt. Yo tengo estudiantes repulsivos que continúan intentando convertirme al calvinismo. Mi labor no está hecha todavía, y Trondheim no es mi hogar.

Valentine sintió sus palabras como una acusación: «Echaste raíces aquí sin pensar siquiera si yo podría vivir en este suelo.» «Pero no es culpa mía —quiso contestar—... tú eres el que se marcha, no yo.»

—¿Recuerdas cómo fue cuando dejamos a Peter en la Tierra en un viaje de décadas a nuestra primera colonia, al mundo que gobernaste? —dijo ella—.

Fue como si muriera. Cuando llegamos allí él era ya viejo y nosotros aún jóvenes; cuando hablamos por ansible, él se había convertido en un pariente anciano, el poderoso Hegemón, el legendario Locke, cualquier cosa menos nuestro hermano.

—Tal como yo lo recuerdo, fue una mejora —Ender intentaba hacer las cosas más fáciles.

Pero Valentine encontró otro tono en sus palabras.

—¿Crees que yo también mejoraré dentro de veintidós años?

—Creo que lloraré por ti más que si hubieras muerto.

—No, Ender, es exactamente como si estuviera muerta, y tú sabrás que eres el que me mató.

Él retrocedió.

—No sabes lo que dices.

—No te escribiré. ¿Por qué iba a hacerlo? Para ti serán solamente un par de semanas. Llegarías a Lusitania y el ordenador tendría veintidós años de cartas que te habría enviado una persona a la que has dejado sólo la semana anterior. Los primeros cinco años serían penosos, el dolor de perderte, la soledad de no tenerte para hablar...

—Jakt es tu marido, no yo.

—¿Y entonces qué tendría que escribirte? ¿Cartitas amables y simpáticas sobre la niña? Tendría cinco, seis, diez, veinte años y estaría casada y tú ni siquiera la conocerías, ni siquiera te importará.

—Me importará.

—No tendrás la oportunidad. No te escribiré hasta que sea muy vieja, Ender. Hasta que hayas ido a Lusitania y luego a otro lugar, tragando décadas de golpe. Entonces te enviaré mi memoria. Te la dedicaré. A Andrew, mi querido hermano. Te seguí alegremente a dos docenas de mundos, pero no pudiste quedarte ni siquiera dos semanas cuando te lo pedí.

—Escucha lo que dices, Val, y comprenderás entonces por qué tengo que marcharme ahora, antes de que me destroces en pedazos.

—¡Eso es un sofisma que no tolerarías a tus estudiantes, Ender! ¡No habría dicho esas cosas si no fueras a escaparte como el ladrón que es descubierto con las manos en la masa! ¡No le des la vuelta a la historia y no me eches la culpa!

Él respondió sin aliento, con las palabras atropellándose, unas a otras, en su prisa; tenía que terminar su discurso antes de que la emoción le detuviera.

—No, tienes razón. Quería darme prisa porque tengo un trabajo que hacer allí, y cada día que pase aquí estoy perdiendo tiempo, y porque me duele cada vez que os veo a ti y a Jakt más cercanos y yo más distante, aunque sé que es así como debe ser. Así que cuando decidí que tenía que ir, pensé que cuanto antes lo hiciera mejor, y tenía razón. Sabes que tengo razón. Nunca pensé que me odiarías por esto.

La emoción le detuvo y lloró. Y lo mismo hizo ella.

—No te odio, te quiero, eres una parte de mí, eres mi corazón y cuando te vayas me desgarrarás el corazón y te lo llevarás...

Y ése fue el final del encuentro.

El primero de a bordo de Räv llevó a Ender al mareld, la gran plataforma en el mar ecuatorial, donde las lanzaderas eran enviadas al espacio para que se encontrasen con las naves en órbita. Los dos habían comprendido que Valentine no podía ir con él. Ella, en cambio, regresó a casa con su marido y permaneció abrazada a él toda la noche. Al día siguiente se fue al söndring con sus estudiantes y lloró por Ender sólo durante la noche, cuando pensaba que nadie podía verla.

Pero sus estudiantes la veían, y circularon historias sobre la gran pena de la profesora Wiggin por la marcha de su hermano, el Portavoz itinerante. Hicieron de esto lo que los estudiantes siempre hacen... mucho más y mucho menos que la realidad. Pero una estudiante, una muchacha llamada Plikt, advirtió que había más en la historia de Valentine y Andrew Wiggin de lo que nadie había supuesto.

Así que empezó a investigar su historia y a seguir la pista de sus viajes entre las estrellas. Cuando Syfte, la hija de Valentine, tenía cuatro años, y Ren, su hijo, tenía dos, Plikt fue a verla. Entonces era ya una joven profesora en la universidad, y le mostró a Valentine su historia publicada. La había concebido como ficción, pero era real, naturalmente, la historia del hermano y la hermana que eran las personas más viejas del universo, nacidas en la Tierra antes de que se implantaran las colonias en otros mundos, y que desde entonces vagaban de un mundo a otro, sin raíces, buscando siempre algo.

Para alivio de Valentine —y, extrañamente, también para su decepción—, Plikt no había revelado el hecho de que Ender era el Portavoz de los Muertos original y que Valentine era Demóstenes. Pero sabía bastante de su historia para escribir el relato de su despedida, cuando ella decidió quedarse con su marido y él marcharse. La escena era mucho más tierna y emotiva de lo que había sido en realidad. Plikt había escrito lo que debería haber sido si Ender y Valentine hubieran tenido más sentido del teatro.

—¿Por qué has escrito esto? —le preguntó Valentine.

—¿No es lo suficientemente bueno para que tenga su razón de existir?

La respuesta divirtió a Valentine, pero no le hizo claudicar.

—¿Qué significaba mi hermano Andrew para ti, para que hayas investigado antes de crear esto?

—Ésa sigue siendo la pregunta equivocada —contestó Plikt.

—Parece que estoy suspendiendo algún tipo de examen. ¿Puedes darme alguna pista para que sepa qué pregunta tengo que hacer?

—No se enfade. Debería preguntarme por qué he escrito una obra de ficción en lugar de una biografía.

—¿Por qué, entonces?

—Porque descubrí que Andrew Wiggin, Portavoz de los Muertos, es Ender Wiggin, el Genocida.

Aunque Ender había partido hacía cuatro años, aún le faltaban otros dieciocho para alcanzar su destino. Valentine se sintió presa del miedo, pensando en lo que sería su vida si le recibían en Lusitania como el hombre más repudiado de la historia humana.

—No tiene que tener miedo, profesora Wiggin. Si tuviera intención de contarlo, ya lo habría hecho. Cuando lo descubrí, me di cuenta de que se había arrepentido de lo que hizo. Y ¡qué penitencia más extraordinaria! Fue el Portavoz de los Muertos quien reveló que sus actos fueron un crimen inenarrable... y por eso tomó el título de Portavoz, como otros muchos miles, y llevó adelante el papel de ser su propio acusador por veinte mundos.

—Has descubierto tanto, Plikt, y entendido tan poco...

—¡Lo he comprendido todo! Lea lo que he escrito... ¡Lo he comprendido!

Valentine se dijo que, puesto que Plikt sabía tanto, lo mismo daba que supiera más. Pero fue la furia, no la razón, lo que hizo que le contara lo que no le había contado a nadie nunca.

—Plikt, mi hermano no imitó al Portavoz de los Muertos original. Él escribió la *Reina Colmena* y el *Hegemón*.

Cuando Plikt se dio cuenta de que ella le estaba diciendo la verdad, se sintió abrumada. Durante todos esos años había considerado a Andrew Wiggin como su materia de estudio y al Portavoz de los Muertos original como su inspiración. Descubrir que ambos eran la misma persona le hizo sentirse anonadada durante media hora.

Entonces ella y Valentine hablaron y llegaron a confiar la una en la otra, hasta que Valentine invitó a Plikt para que fuera la tutora de sus hijos y colaborara con ella en sus enseñanzas y sus escritos. Jakt se sorprendió de aquella nueva incorporación a la casa, pero con el tiempo Valentine le contó los secretos que Plikt había descubierto a través de sus investigaciones o su revelación. Se convirtió en la leyenda de la familia, y los niños crecieron escuchando historias maravillosas sobre su Tío Ender, a quien en todos los mundos consideraban un monstruo, pero que en realidad era una especie de salvador, o un profeta, o al menos un mártir.

Los años pasaron, la familia prosperó, y el dolor de Valentine por la pérdida de Ender se convirtió en orgullo por él y finalmente en una poderosa impaciencia. Estaba ansiosa por que llegara a Lusitania y resolviera el problema de los cerdis, por que cumpliera su aparente destino como el apóstol de los ramen. Fue Plikt, la buena luterana, quien le enseñó a Valentine a concebir la vida de Ender en términos religiosos; la poderosa estabilidad de su vida familiar y el milagro de cada uno de sus cinco hijos se combinaron para instalar en ella las emociones, si no las doctrinas, de la fe.

Era lógico que también afectara a los niños. El relato del Tío Ender, ya que no podían mencionarlo a los extraños, adquirió tonos sobrenaturales. Syfte, la hija mayor, estaba particularmente intrigada, e incluso cuando llegó a los veinte años y concibió de modo racional la adoración primitiva e infantil por Tío Ender, siguió obsesionada con él. Era una criatura de leyenda, y sin embargo aún vivía, en un mundo que no estaba lejos.

No se lo dijo a sus padres, pero sí a su antigua tutora.

—Algún día, Plikt, le conoceré. Le conoceré y le ayudaré en su trabajo.

—¿Qué te hace creer que necesitará ayuda? ¿Tu ayuda, además? —Plikt se mostraba siempre escéptica hasta que sus estudiantes se ganaban su confianza.

—Tampoco lo hizo solo la primera vez, ¿no?

Y los sueños de Syfte se alejaron del hielo de Trondheim y se dirigieron al distante planeta donde Ender Wiggin aún no había puesto los pies.

«Gente de Lusitania, qué poco sabéis del gran hombre que caminará por vuestra tierra y tomará vuestra carga. Y yo me uniré a él, a su debido tiempo, aunque sea una generación tarde... prepárate también para mí, Lusitania.»

En su nave, Ender Wiggin no tenía noción de la carga de sueños de otras personas que llevaba consigo. Sólo habían pasado unos días desde que había dejado a Valentine llorando en el embarcadero. Para él, Syfte no tenía nombre; era un bebé en el vientre de Valentine, y nada más. Sólo empezaba a sentir el dolor de perder a Valentine, un dolor que ella había superado desde hacía tiempo. Y sus pensamientos estaban lejos de sus sobrinos desconocidos en aquel mundo de hielo.

Era en una muchachita joven y atormentada llamada Novinha en quien pensaba, y se preguntaba qué le estarían haciendo esos veintidós años de viaje, y en qué se habría convertido cuando se encontraran. Pues Ender la amaba, como sólo se puede amar a alguien que es un eco de uno mismo, en el momento de la pena más profunda.

6

OLHADO

Su única relación con otras tribus parece ser la guerra. Cuando se cuentan historias mutuas (a menudo durante la estación de las lluvias), casi siempre se refieren a batallas y héroes. El final es siempre la muerte, para los héroes y los cobardes por igual. Si las historias les sirven de alguna guía, los cerdis no esperan vivir a costa de la guerra. Y nunca, jamás, dan la más mínima señal de sentir interés por las hembras del enemigo, ya sea para violarlas, asesinarlas o convertirlas en esclavas, el tratamiento tradicional humano hacia las mujeres de los soldados caídos.

¿Significa esto que no existe intercambio genético entre las tribus? En absoluto. Los intercambios genéticos puede que sean llevados a cabo por las hembras, quienes pueden tener algún sistema de comerciar factores genéticos. Dada la aparente sumisión total de los machos a las hembras en la sociedad cerdi, esto podría hacerse fácilmente sin que los machos tuvieran conocimiento de ello; o puede que les cause tanta vergüenza que no lo mencionan.

Lo que quieren es hablarnos de batallas. Una descripción típica, de las notas de mi hija Ouanda el

21:2 del año pasado, durante una sesión de relatos en el interior de la casa de madera:

CERDI (hablando stark): Mató a tres de los hermanos sin recibir una herida. Nunca he visto un guerrero más fuerte y temerario. La sangre le llegaba a los brazos, y el palo que llevaba en la mano estaba salpicado y cubierto con los sesos de mis hermanos. Sabía que era honorable, aunque el resto de la batalla fue contra su débil tribu *Dei honra! Eu Ihe dei!* (¡Que sea honrado! ¡Yo se lo ofrezco!)

(Otros cerdis hacen chasquear la lengua).

CERDI: Lo clavé al suelo. Su oposición era fuerte hasta que le enseñé la hierba en mi mano. Entonces abrió la boca y entonó las extrañas canciones del país lejano. *Nunca será madeira na mâo da gente!* (¡Nunca será un palo en nuestras manos!). (En este punto, los demás se le unen y cantan una canción en el Lenguaje de las Esposas, uno de los pasajes más largos que hemos oído.)

(Anotar que es común en ellos hablar en primer lugar en stark, y luego cambiar al portugués en el momento del clímax y la conclusión. Nos hemos dado cuenta de que hacemos lo mismo, y volvemos a nuestro portugués nativo en los momentos más emocionales.)

El relato de esta batalla puede no parecer tan extraño, hasta que uno oye las historias suficientes, para darse cuenta de que siempre terminan con la muerte del héroe. Aparentemente no tienen gusto por la comedia ligera.

Liberdade Figueira de Medici. «Informe sobre los Modelos Intertribales de los Aborígenes Lusitanos». En *Transacciones Culturales*, 1964:12:40.

No hubo mucho que hacer durante el vuelo interestelar. Una vez que se hubo fijado el rumbo y la nave hizo el cambio de Park, lo único que quedó fue calcular a qué distancia de la velocidad de la luz viajaba la nave. El ordenador de a bordo calculó la velocidad exacta y entonces determinó cuánto debería continuar el viaje, en tiempo subjetivo, antes de volver a hacer el cambio de Park a una velocidad sub-luz aceptable. «Como un cronómetro —pensó Ender—. Lo conectas, lo desconectas, y la carrera se acaba.»

Jane no pudo poner mucho de su parte en el cerebro de la nave, así que Ender estuvo los ocho días de viaje prácticamente solo. Los ordenadores de la nave eran lo suficientemente buenos para ayudarle a conseguir el cambio de español al portugués. El idioma era fácil de hablar, pero se saltaban tantas consonantes que era difícil de comprender.

Hablar portugués con un ordenador lento se convirtió en una locura después de una o dos horas diarias. En todos los otros viajes, Val había estado con él. No es que hablaran siempre, claro. Se conocían tan bien que a menudo no había mucho que decir. Pero sin ella, Ender se impacientaba con sus propios pensamientos; nunca se interrumpían, porque no había nadie que le dijera que lo hiciera.

Ni siquiera la reina colmena servía de ayuda. Sus pensamientos eran instantáneos; atados, no a la sinapsis, sino a los filotes, a los cuales no afectaban los efectos relativistas de la velocidad de la luz. Para ella, cada minuto del tiempo de Ender eran dieciséis horas; la diferencia era demasiado grande para que Ender pudiera recibir cualquier tipo de comunicación por su parte. Si no estuviera en una crisálida, tendría miles de insectores individuales, cada uno haciendo su propia labor y comunicando sus experiencias a su vasta memoria. Pero ahora todo lo que tenía eran recuerdos, y en sus ocho días de cautividad, Ender empezó a comprender su ansia por ser liberada.

Cuando pasaron los ocho días, ya se las arreglaba bastante bien hablando el portugués directamente en vez de traducir del español cada vez que quería decir algo. También ansiaba desesperadamente compañía humana; le habría alegrado discutir de religión con un calvinista, con tal de tener alguien con quien hablar que fuera algo más listo que el ordenador de la nave.

La astronave realizó el cambio de Park; en un momento inconmensurable, su velocidad cambió con respecto al resto del universo. O, más bien, la teoría decía que, de hecho, era la velocidad del universo la que cambiaba mientras la nave permanecía inmóvil. Nadie podía estar seguro, porque no había nadie para observar el fenómeno. Era sólo una suposición, ya que nadie entendía por qué funcionaban los efectos filóticos; el ansible había sido descubierto casi por accidente, y junto a él el Principio de Instantaneidad de Park. Puede que no fuera comprensible, pero funcionaba.

Instantáneamente las ventanas de la astronave se llenaron de estrellas cuando la luz se hizo visible en todas las direcciones. Algún día los científicos descubrirían por qué el cambio de Park casi no requería energía. En alguna parte, Ender estaba seguro, se estaba pagando un precio terrible para que la humanidad pudiera navegar entre las estrellas. Una vez había soñado que cada vez que una nave efectuaba el cambio de Park se apagaba una estrella. Jane le aseguró que no era así, pero él sabía que la mayoría de las estrellas son invisibles para nosotros: un billón de ellas podría desaparecer y no nos daríamos cuenta. Durante miles de años continuaríamos viendo los fotones que ya habían sido emitidos antes de que la estrella desapareciera. Para cuando viéramos que la galaxia se desvanecía, ya sería demasiado tarde para enmendar rumbo.

—Sentado con tus fantasías paranoides —dijo Jane.

—No puedes leer en la mente —recordó Ender.

—Siempre te vuelves melancólico y especulas sobre la destrucción del universo cada vez que terminas un viaje interestelar. Es tu forma particular de manifestar el mareo.

—¿Ya has alertado a las autoridades de Lusitania de mi venida?

—Es una colonia muy pequeña. No hay autoridad encargada de los aterrizajes porque apenas viene nadie. Hay una lanzadera en órbita que automáticamente lleva y trae a la gente a un aeropuerto ridículo.

—¿No hace falta permiso de Inmigración?

—Eres un Portavoz. No pueden rechazarte. Además, Inmigración depende del Gobernador, que es a la vez el Alcalde, ya que la ciudad y la colonia son la misma cosa. En este caso, es una mujer. Su nombre es Faria Lima Maria do Bosque, llamada Bosquinha, y te envía sus saludos y desearía que te marcharas, porque tiene ya bastantes problemas y no le hace falta un profeta del agnosticismo que moleste a los buenos católicos.

—¿Dijo eso?

—Bueno, a ti exactamente no... El obispo Peregrino se lo dijo a ella, y ella estuvo de acuerdo. Pero su oficio es estar de acuerdo. Si le dices que los católicos son unos tontos idólatras y supersticiosos, probablemente suspirará y te dirá que espera que te guardes esa opinión.

—Estás ocultando algo —dijo Ender—. ¿Qué es lo que piensas que no quiero oír?

—Novinha canceló su petición de un Portavoz. Cinco días después de enviarla.

Naturalmente, el Código Estelar decía que una vez que Ender hubiera iniciado su viaje en respuesta a su llamada, la llamada no podía ser cancelada legalmente; sin embargo, eso lo cambiaba todo, porque en vez de esperar ansiosamente su llegada durante veintidós años, ella estaría temiéndola, lamentando que hubiera venido cuando ya había cambiado de opinión. Ender había esperado ser recibido como amigo. Ahora ella sería incluso más hostil que la jerarquía católica.

—Bueno, eso simplifica mi trabajo —dijo.

—No es tan malo, Andrew. Verás, en los años intermedios otro par de personas han solicitado un Portavoz, y no han cancelado sus llamadas.

—¿Quiénes?

—Por la más fascinante de las coincidencias, son los hijos de Novinha, Miro y Ela.

—No pueden haber conocido a Pipo. ¿Por qué me llaman para Hablar de su muerte?

—Oh, no, no de la muerte de Pipo. Ela pidió un Portavoz hace sólo seis semanas, para que Hable de la muerte de su padre, el marido de Novinha, Marcos María Ribeira, llamado Marcão. Se cayó muerto en un bar. No por el alcohol... tenía una enfermedad. Murió podrido por dentro.

—Me preocupas, Jane, consumida como estás por la compasión.

—Eres tú quien es bueno para eso. Yo soy mejor

en las búsquedas complejas a través de estructuras de datos.

—Y el chico... ¿cómo se llama?

—Miro. Pidió un Portavoz hace sólo cuatro años. Por la muerte del hijo de Pipo, Libo.

—Libo no podía tener más de cuarenta años.

—Le ayudaron a que muriera muy joven. Era xenólogo, ¿sabes? O zenador, como dicen en portugués.

—Los cerdis...

—Exactamente igual que la muerte de su padre. Los órganos colocados exactamente de la misma forma. Tres cerdis han sido ejecutados de la misma manera mientras estabas de camino. Pero plantan árboles en medio de los cadáveres cerdis... no hay tal honor para los humanos muertos.

Los dos xenólogos asesinados por los cerdis, con una generación de diferencia.

—¿Qué ha decidido el Consejo Estelar?

—Siguen dudando. No han certificado aún a los aprendices de Libo como xenólogos. Uno es la hija de Libo, Ouanda. Y el otro es Miro.

—¿Mantienen contacto con los cerdis?

—Oficialmente, no. Hay algo de controversia en este asunto. Después de que Libo muriera, el Consejo prohibió que la frecuencia del contacto fuera mayor de un mes. Pero la hija de Libo se negó categóricamente a obedecer la orden.

—¿Y no la han trasladado?

—El margen de la mayoría de ellos, que decidió reducir el contacto con los cerdis, fue estrecho. No hubo mayoría para censurarla. Al mismo tiempo, les preocupa que Miro y Ouanda sean tan jóvenes. Hace dos años un grupo de científicos partió de Calcuta. Estarán aquí para hacerse cargo de los asuntos de los cerdis dentro de treinta y tres años más.

—¿Tienen alguna idea de por qué los cerdis mataron al xenólogo?

—Ninguna. Pero para eso estás aquí, ¿no?

La respuesta podría haber sido fácil, si no fuera porque la reina colmena le llamó gentilmente en el fondo de su mente. Ender pudo sentirla como al viento a través de las hojas de un árbol, un susurro, un movimiento suave, y la luz del sol. Sí, estaba aquí para Hablar en nombre de los muertos. Pero también para devolver los muertos a la vida.

«Éste es un buen sitio.»

—Todo el mundo está siempre unos cuantos pasos por delante de mí.

«Hay una mente aquí. Mucho más clara que ninguna mente humana que conozcamos.»

—¿Los cerdis? ¿Piensan como tú?

«Sabe de los cerdis. Un poco; tiene miedo de nosotros.»

La reina colmena se retiró, y Ender pensó que con Lusitania había mordido más de lo que podría tragar.

El obispo Peregrino en persona pronunció la homilía. Eso era siempre una mala señal. No era un orador excitante, y se había vuelto tan rebuscado que Ela no pudo ni siquiera comprender de qué hablaba la mitad del tiempo. Quim pretendía que podía comprender, naturalmente, porque en lo que a él concernía, el obispo no podía equivocarse. Pero el pequeño Grego no hizo ni el más mínimo intento de parecer interesado. Incluso a pesar de que la Hermana Esquecimento se paseaba por el pasillo, con sus afiladas uñas y sus crueles pellizcos, Grego siguió haciendo intrépidamente todo lo que le pasaba por la cabeza.

Hoy estaba sacando los tornillos del respaldo del banco de plástico que tenía delante. A Ela le preocupaba lo fuerte que era: un niño de seis años no hubiera sido capaz de utilizar un destornillador bajo el borde de un remache soldado. Ela ni siquiera estaba segura de poder hacerlo ella misma.

Si Padre estuviera aquí, por supuesto, alargaría el brazo y suavemente, muy suavemente, le quitaría a Grego el destornillador de la mano. Susurraría: «¿De dónde has sacado esto?», y Grego le miraría con ojos grandes e inocentes. Más tarde, cuando todos volvieran a casa después de la misa, Padre se enfadaría con Miro por dejar las herramientas a su alcance, y le llamaría cosas terribles y le echaría la culpa de todos los problemas de la familia. Miro lo soportaría en silencio. Ela se dedicaría a preparar la cena. Quim se sentaría inútilmente en un rincón, acariciando el rosario y murmurando sus inútiles oraciones. Olhado era el afortunado, con sus ojos electrónicos: simplemente los desconectaría o volvería a ver alguna de sus escenas favoritas del pasado y no prestaría atención. Quara se escondería en una esquina. Y el pequeño Grego se quedaría allí, triunfante, con la mano agarrada a las perneras de Padre, mirando cómo la culpa de todo lo que había hecho caía sobre Miro.

Ela tembló al imaginar la escena en su memoria. Si hubiera terminado aquí, habría sido soportable. Pero entonces Miro se marcharía, y ellos comerían, y luego...

Los dedos de araña de la Hermana Esquecimento aparecieron; sus uñas se clavaron en el brazo de

Grego. Instantáneamente, el niño soltó el destornillador. Naturalmente, tendría que retumbar cuando cayera al suelo, pero la Hermana Esquecimento no era tonta. Se inclinó rápidamente y lo cogió con la otra mano. Grego sonrió. Su cara estaba sólo a unas cuantas pulgadas de su rodilla. Ela vio lo que iba a hacer, e intentó detenerlo, pero fue demasiado tarde. Grego golpeó rudamente con la rodilla la boca de la Hermana Esquecimento.

Ella jadeó de dolor y soltó el brazo de Grego, que le quitó el destornillador. Con una mano en la boca, tratando de retener la sangre, la monja se fue corriendo por el pasillo. Grego regresó a su trabajo de demolición.

«Padre está muerto —se recordó Ela. Las palabras sonaban en sus oídos como si fueran música—. Padre está muerto, pero sigue aquí, porque ha dejado su monstruoso legado detrás. El veneno que puso en todos nosotros aún está madurando, y tarde o temprano acabará por matarnos. Cuando murió, su hígado sólo medía dos pulgadas y no se pudo encontrar su bazo. Extraños órganos grasientos habían crecido en su lugar. No había nombre para la enfermedad; su cuerpo se había vuelto loco, olvidado del modelo por el cual estaban construidos los seres humanos. Incluso ahora, la enfermedad sigue viviendo en sus hijos. No en nuestros cuerpos, sino en nuestras almas. Existimos donde debería haber niños humanos normales; incluso tenemos la misma forma. Pero cada uno de nosotros, a su manera, ha sido reemplazado por una imitación, formada de un bocio retorcido, fétido y grasiento surgido del alma de Padre.»

Tal vez sería diferente si Madre tratara de hacerlo más fácil. Pero no se preocupaba por nada más que de microscopios y cereales mejorados genéticamente, o en lo que fuera que estuviera trabajando ahora.

—¡... Ese que dice que habla en nombre de los muertos! ¡Pero sólo hay Uno que puede hablar por los muertos, y es el Sagrado Cristo...!

Las palabras del obispo Peregrino recabaron su atención. ¿Qué es lo que decía sobre un Portavoz de los Muertos? No podía saber que ella había pedido uno.

—¡La ley requiere que le tratemos con cortesía, pero no que le creamos! La verdad no se encuentra en las especulaciones e hipótesis de hombres no espirituales, sino en las enseñanzas y las tradiciones de la Madre Iglesia. ¡Así que cuando ande entre vosotros, ofrecedle vuestras sonrisas, pero no se os ocurra entregarle vuestros corazones!

¿Por qué hacía esta advertencia? El planeta más cercano era Trondheim, a veintidós años-luz de distancia, y no era probable que hubiera un Portavoz allí. Pasarían décadas hasta que uno apareciera, si es que venía. Se inclinó sobre Quara para preguntarle a Quim: él sí habría estado escuchando.

—¿Por qué está hablando ahora de un Portavoz de los Muertos? —susurró.

—Si escucharas, lo sabrías.

—Si no me lo dices, te partiré la nariz.

Quim sonrió para demostrar que no tenía miedo de sus amenazas. Pero como en realidad le tenía miedo a ella, se lo dijo.

—Algún descreído, al parecer, solicitó un Portavoz cuando murió el primer xenólogo, y va a llegar esta tarde. Está ya en la lanzadera y la alcaldesa va de camino para recibirle cuando aterrice.

No se esperaba esto. El ordenador no le había dicho que un Portavoz venía ya de camino. Se suponía que vendría dentro de años para Hablar la verdad sobre el monstruo llamado Padre, que finalmente había bendecido a su familia cayéndose muerto; la luz vendría para iluminar y purificar su pasado. Pero Padre llevaba muy poco tiempo muerto para que se hablara por él *ahora*. Sus tentáculos aún emergían de la tumba y chupaban sus corazones.

La homilía terminó, y por fin también lo hizo la misa. Ela agarró fuertemente la mano de Grego, intentando evitar que le quitara el libro o la bolsa a alguien cuando se vieran rodeados por la multitud. Quim al menos hizo algo útil: llevaba a Quara, que siempre se quedaba inmóvil cuando tenía que moverse entre extraños. Olhado volvió a conectar sus ojos y se preocupó de sí mismo y guiñó metálicamente a cualquiera de las semi-vírgenes quinceañeras a las que hoy esperaba escandalizar. Ela hizo una genuflexión delante de las estatuas de Os Venerados. ¿No estáis orgullosos de tener unos nietos tan encantadores como nosotros?

Grego estaba sonriendo; naturalmente: tenía un zapatito de bebé en la mano. Ela rezó en silencio por haber salido ileso del encuentro. Cogió el zapato de la mano de Grego y lo dejó ante el altar donde ardían las velas como testigos perpetuos del milagro de la Descolada. Quienquiera que fuese el dueño del zapato, lo encontraría allí.

La alcaldesa Bosquinha se encontraba de buen humor mientras el coche que la transportaba se deslizaba sobre los campos de hierba entre el lanzapuerto y la ciudad de Milagro. Señaló los rebaños de cabras semi-domésticas, una especie nativa que proporcionaba fibra para las ropas, pero cuya carne era nutritivamente inútil para los seres humanos.

—¿Los cerdis se las comen? —preguntó Ender.

Ella alzó una ceja.

—No sabemos mucho de los cerdis.

—Sabemos que viven en los bosques. ¿Salen alguna vez a la llanura?

Ella se encogió de hombros.

—Eso tienen que decidirlo los framlings.

Ender se sorprendió al oírla utilizar aquella palabra, pero naturalmente el último libro de Demóstenes llevaba veintidós años publicado y había sido distribuido por los Cien Mundos a través del ansible.

Utlanning, framling, raman, varelse... los términos eran ahora parte del stark, y probablemente a Bosquinha ni siquiera le parecían particularmente nuevos.

Fue su falta de curiosidad sobre los cerdis lo que le hizo sentirse incómodo. No era posible que la gente de Lusitania no se preocupara por los cerdis... eran el motivo de la alta verja que nadie, excepto los zenadores, podía cruzar. No, ella no sentía falta de curiosidad. Estaba evitando el tema. Pero él no podía decir si era porque los cerdis asesinos eran un asunto doloroso o porque no se fiaba de un Portavoz de los Muertos.

Alcanzaron la cima de una colina y ella detuvo el coche, que se posó suavemente sobre sus patines. Bajo ellos un ancho río se abría paso entre las colinas cubiertas de hierba; más allá del río, las colinas más lejanas estaban completamente cubiertas por el bosque. A lo largo de la lejana ribera del río, casas de ladrillo y yeso con tejados de teja componían una ciudad pintoresca. Las granjas se encontraban en el lado más cercano y sus campos de cultivo se extendían hacia la colina en la que se encontraban Ender y Bosquinha.

—Esto es Milagro —dijo Bosquinha—. En la colina más alta está la catedral. El obispo Peregrino le ha pedido a la gente que sea amable y servicial con usted.

Por su tono, Ender supuso que también les había dado a entender que era un peligroso agente del agnosticismo.

—¿Hasta que Dios haga que me caiga muerto? —preguntó.

Bosquinha sonrió.

—Dios nos da ejemplo de tolerancia cristiana, y esperamos que todo el mundo en la ciudad haga lo mismo.

—¿Saben quién me ha llamado?

—Quienquiera que lo haya hecho, ha sido... discreto.

—Es usted gobernadora, además de alcaldesa. Tiene algunos privilegios de información.

—Sé que su llamada original fue cancelada, pero demasiado tarde. También sé que otras dos personas han solicitado Portavoces en los últimos años. Pero debe darse cuenta de que la mayoría de la gente está contenta con recibir doctrina y consuelo de los sacerdotes.

—Se alegrarán de saber que no me dedico a doctrinas ni consuelos.

—Su amable donación de su cargamento de skrika le hará muy popular en los bares, y seguro que verá multitud de mujeres presumidas llevando las pieles en los próximos meses. Se está acercando el otoño.

—Adquirí los skrika con la nave. No me servían para nada, y no espero ninguna gratitud especial —miró a la densa hierba que le rodeaba como si fuera el pelaje de un animal—. Esta hierba... ¿es nativa?

—E inútil. Ni siquiera podemos usarla como paja para los techos. Si se corta, se desmenuza, y luego se disuelve con la lluvia hasta convertirse en polvo. Pero allí abajo, en los campos, el grano más común es una semilla especial de amaranto que nuestros xenobiólogos han desarrollado. El arroz y el trigo eran débiles e inseguros, pero el amaranto es tan procaz que tenemos que usar herbicidas para evitar que se extienda.

—¿Por qué?

—Éste es un mundo en cuarentena, Portavoz. El amaranto encaja tan bien en este entorno que ahogaría pronto todas las plantas nativas. La idea no es convertir Lusitania en una réplica de la Tierra, sino causar el menor impacto posible en este mundo.

—Eso debe ser difícil para la gente.

—Dentro de nuestro enclave, Portavoz, somos libres y nuestras vidas son completas. Y fuera de la verja... nadie quiere ir allí de todas formas.

El tono de su voz estaba lleno de emoción oculta. Ender supo entonces que el temor a los cerdis era profundo.

—Portavoz, sé que está pensando que tenemos miedo a los cerdis. Quizá algunos lo sentimos. Pero lo que sentimos la mayor parte del tiempo no es miedo. Es odio. Repulsión.

—Nunca les han visto.

—Tiene que saber lo de los dos zenadores que mataron... sospecho que le llamaron originariamente para Hablar de la muerte de Pipo. Pero los dos, Pipo y Libo por igual, eran amados aquí. Especialmente Libo. Era un hombre amable y generoso, y el dolor por su muerte fue extenso y genuino. Es difícil concebir cómo los cerdis pudieron hacerle lo que le hicieron. Dom Cristão, el abad de los Filhos da Mente de Cristo dice que tienen que carecer de sentido moral. Dice que esto puede significar que son bestias. O puede significar que no han caído y no han comido aún el fruto del árbol prohibido —sonrió—. Pero eso es teología y no significa nada para usted.

Él no respondió. Estaba acostumbrado a la manera en que la gente religiosa asumía que sus historias sagradas tenían que sonar absurdas a los no creyentes. Pero Ender no se consideraba no creyente, y tenía un agudo sentido de lo sagrado de muchas historias. Pero no podía explicárselo a Bosquinha. Ella tendría que cambiar sus ideas preconcebidas sobre él a su debido tiempo. Recelaba de él, pero Ender creía que podría ganársela; para ser una buena alcaldesa, ella tenía que saber conocer a la gente por lo que eran, no por lo que parecían.

Ender cambió de conversación.

—Los Filhos da Mente de Cristo... mi portugués no es muy bueno, pero ¿significa «Hijos de la Mente de Cristo»?

—Son una orden nueva, relativamente hablando, formada sólo hace cuatrocientos años bajo dispensa especial del Papa...

—Oh, conozco a los Hijos de la Mente de Cristo, alcaldesa. Hablé de la muerte de San Ángelo en Moctezuma, en la ciudad de Córdoba.

Sus ojos se ensancharon.

—¡Entonces la historia es cierta!

—He oído muchas versiones, alcaldesa Bosquinha. Una dice que el diablo poseyó a San Ángelo en su lecho de muerte, y que por eso pidió que le asistieran con los ritos del pagano Hablador de los Muertos.

Bosquinha sonrió.

—Es parecido a la historia que por aquí se cuenta. Dom Cristão dice que es una tontería, por supuesto.

—Resulta que San Ángelo, mucho antes de que fuera santificado, asistió a mi Alocución por una mujer que conocía. Los hongos en su sangre ya le estaban matando. Vino a mí y me dijo: «Andrew, ya están diciendo de mí las mentiras más terribles, dicen que he hecho milagros y que deberían hacerme santo. Tienes que ayudarme. Tienes que decir la verdad después de mi muerte.»

—Pero los milagros han sido certificados, y lo canonizaron sólo noventa años después de que hubiera muerto.

—Sí. Bueno, eso es en parte culpa mía. Cuando Hablé de su muerte, yo mismo atestigüé varios milagros.

Ella se rió abiertamente.

—¿Un Portavoz de los Muertos creyendo en milagros?

—Mire a la catedral de la colina. ¿Cuántos de esos edificios son para los sacerdotes y cuántos para las escuelas?

Bosquinha comprendió de inmediato y le miró.

—Los Filhos da Mente de Cristo obedecen al obispo.

—Excepto que conservan y enseñan todo el conocimiento, lo apruebe el obispo o no.

—San Ángelo tal vez le haya dejado meterse en asuntos de la Iglesia. Le aseguro que el obispo Peregrino no hará lo mismo.

—He venido a Hablar de una simple muerte, y apoyado por la ley. Creo que descubrirá que hago menos daño de lo que espera, y quizá más bien.

—Si ha venido a Hablar de la muerte de Pipo, *Falante pelos Mortos*, entonces no hará más que daño. Deje a los cerdis detrás del muro. Si por mí fuera, ningún ser humano volvería a pasar esa verja.

—Espero que haya una habitación que pueda alquilar.

—Esta ciudad no cambia, Portavoz. Aquí todo el mundo tiene casa y no hay ningún otro lugar al que ir. ¿Para qué íbamos a mantener un albergue? Sólo podemos ofrecerle una de las pequeñas viviendas de plástico que alzaron los primeros colonos. Es pequeña, pero tiene todas las comodidades.

—Como no necesito muchas comodidades ni mucho espacio, estoy seguro de que irá bien. Y estoy ansioso por conocer a Dom Cristão. Allí donde están los seguidores de San Ángelo, la verdad tiene amigos.

Bosquinha se encogió de hombros y puso de nuevo el coche en marcha. Como Ender pretendía, sus ideas preconcebidas sobre un Portavoz de los Muertos se había quebrantado. Pensar que, en verdad, había conocido a San Ángelo y que admiraba a los Filhos. Eso no era lo que el obispo Peregrino les había dado a entender.

La habitación estaba amueblada escasamente, y si Ender hubiera tenido muchas pertenencias habría tenido problemas en encontrar dónde colocarlas todas. Sin embargo, como siempre sucedía, pudo desempaquetar en sólo unos pocos minutos. Sólo la crisálida de la reina colmena permaneció en su bolsa; ya hacía tiempo que había superado la extraña sensación sobre la incongruencia de almacenar el futuro de una raza magnífica en una mochila bajo su cama.

—Tal vez éste será el lugar —murmuró. La crisálida parecía fría, casi helada, a pesar de las toallas en que estaba envuelta.

«Es el lugar.»

Era enervante que estuviera tan segura. No había ningún signo de súplica o impaciencia por ser liberada. Sólo absoluta certeza.

—Ojalá pudiéramos decidirlo así de fácil —dijo él—. Puede que sea el lugar, pero todo depende de que los cerdis sean capaces de convivir con vosotras aquí.

«La cuestión es: si podrán convivir con los humanos sin nosotras.»

—Requerirá tiempo. Dame unos pocos meses de estancia aquí.

«Toma todo el tiempo que necesites. Ahora no tenemos prisa.»

—¿A quién has encontrado? Creía que no podías comunicarte con nadie más que conmigo.

«La parte de nuestra mente que mantiene nuestro pensamiento, lo que llamas el impulso filótico, el poder de los ansibles, es muy frío y difícil de encontrar en los seres humanos. Pero esta vez, lo que hemos encontrado aquí, uno de los muchos que encontraremos aquí, tiene un impulso filótico mucho más fuerte, mucho más claro, más fácil de encontrar, nos oye más fácilmente, ve nuestros recuerdos, y nosotros vemos los suyos, lo encontramos fácilmente, y por eso perdónanos, querido amigo, perdónanos si dejamos el duro trabajo de hablar con tu mente y nos volvemos a él y le hablamos porque no nos hace buscar con tanta intensidad para hacer palabras e imágenes que sean lo suficientemente claras para tu mente analítica porque le sentimos como a la luz del sol, como el calor de la luz del sol en su cara en nuestra cara y el frío del agua fresca en nuestro abdomen y el movimiento suave como un viento suave que no hemos sentido durante tres mil años perdónanos estaremos con él hasta que nos liberes para que habitemos aquí porque descubrirás a tu modo en tu momento que éste es el lugar éste es aquí éste es nuestro hogar....»

Y entonces Ender perdió la cadena de su pensamiento, sintió que la perdía como un sueño que se olvida al despertar, aunque intentes recordarlo y mantenerlo vivo. Ender no estaba seguro de lo que había encontrado la reina colmena, pero fuera lo que fuese, él tendría que lidiar con la realidad del Código Estelar, la Iglesia católica, los jóvenes xenólogos que tal vez no le dejarían ver a los cerdis, una xenobióloga que había cambiado de opinión sobre su venida a este lugar, y con algo más, quizá lo más difícil de todo: que si la reina colmena se quedaba aquí, él tendría que quedarse también. «He estado tantos años desconectado de la humanidad —pensó—, viniendo para mezclarme, rezar, lastimar y curar para luego marcharme, intacto. ¿Cómo voy a convertirme en parte de este lugar, si es aquí donde he de quedarme? A lo único a lo que he pertenecido ha sido un ejército de niños pequeños en la Escuela de Batalla y a Valentine, y ambas cosas forman ahora parte del pasado...»

—Qué, ¿rumiando en soledad? —le preguntó Jane—. Puedo oír los latidos de tu corazón haciéndose más lentos y tu respiración volviéndose más pesada. En un momento estarás dormido, muerto o lacrimoso.

—Soy mucho más completo que eso —dijo

Ender alegremente—. Autocompasión anticipada, eso es lo que siento. Dolores que ni siquiera han llegado.

—Muy bien, Ender. Empieza pronto. Así podrás rumiar mucho más tiempo.

El terminal se encendió, mostrando a Jane como un cerdi en una fila de chicas de coro que levantaban sus exuberantes muslos al compás.

—Haz un poco de ejercicio y te sentirás mucho mejor. Después de todo, ya has deshecho tu equipaje. ¿A qué esperas?

—Ni siquiera sé dónde estoy, Jane.

—La verdad es que no tienen un mapa de la ciudad —explicó Jane—. Todo el mundo sabe dónde está todo. Pero tienen un mapa del sistema de alcantarillado, dividido en barrios. Puedo extrapolar dónde están los edificios.

—Muéstramelo, entonces.

Un modelo tridimensional de la ciudad apareció sobre el terminal. Ender tal vez no fuera particularmente bienvenido aquí, y su habitación puede que fuera pequeña, pero habían mostrado cortesía en el terminal que le habían proporcionado. No era una instalación estándar, sino un simulador elaborado. Podía proyectar hologramas al espacio con un tamaño dieciséis veces mayor que la mayoría de los terminales, con una resolución cuádruple. La ilusión fue tan real que Ender sintió durante un vertiginoso momento que era Gulliver inclinándose sobre un Lilliput que aún no había aprendido a temerlo, que aún no reconocía su poder de destruir.

Los nombres de los diferentes barrios colgaban en el aire sobre cada distrito del alcantarillado.

—Estás aquí —dijo Jane—. *Vila Velha*, el pueblo

viejo. La *praça* está al otro lado del bloque. Es ahí donde se celebran las reuniones públicas.

—¿Tienes algún mapa de las tierras de los cerdis?

El mapa del pueblo se deslizó rápidamente hacia Ender. Los rasgos más cercanos desaparecían a medida que los nuevos aparecían en el otro extremo. Era como si volara sobre él. «Como una bruja», pensó. Los límites de la ciudad estaban marcados por una verja.

—Esa barrera es lo único que se interpone entre nosotros y los cerdis —musitó Ender.

—Genera un campo eléctrico que estimula todos los puntos sensibles del que intenta atravesarla —dijo Jane—. Sólo tocarla hace que te orines encima. Te hace sentir como si alguien te estuviera amputando los dedos de la mano con un abrecartas.

—Agradable pensamiento. ¿Estamos en un campo de concentración? ¿O en un zoo?

—Todo depende de cómo lo veas —dijo Jane—. Es el lado humano de la verja lo que está conectado con el resto del universo, y el lado cerdi el que está atrapado a su mundo natural.

—La diferencia es que no saben lo que se pierden.

—Lo sé. Es lo más encantador que tienen los humanos. Estáis completamente seguros de que los animales inferiores babean de envidia porque no tienen la buena fortuna de haber nacido *homo sapiens*.

Más allá de la verja había una colina donde empezaba un denso bosque.

—Los xenólogos nunca se han internado en las tierras cerdi. La comunidad cerdi con la que tratan está a menos de un kilómetro de distancia en el interior de aquel bosque. Los cerdis viven en una casa de troncos, todos los machos juntos. No conocemos ningún otro asentamiento. Pero los satélites han podido confirmar que todos los bosques como éste tienen sólo la población que una cultura cazadora-recolectora puede sostener.

—¿Cazan?

—Principalmente recolectan.

—¿Dónde murieron Pipo y Libo?

—Jane iluminó una parte del terreno en la falda de la colina. Un gran árbol crecía solo en los alrededores, con otros dos árboles más pequeños no muy lejos.

—Esos árboles —dijo Ender—. No recuerdo que ninguno estuviera tan cerca en los hologramas que vi en Trondheim.

—Han pasado veintidós años. El grande es el árbol que los cerdis plantaron en el cadáver del rebelde llamado Raíz, que fue ejecutado antes de que asesinaran a Pipo. Los otros dos son ejecuciones cerdis más recientes.

—Me gustaría saber por qué plantan árboles por los cerdis y no por los humanos.

—Los árboles son sagrados —dijo Jane—. Pipo registró que muchos de los árboles del bosque tienen nombre. Libo especuló que podrían deberse a los muertos.

—Y los humanos, simplemente, no adoran a los árboles. Bien, es bastante probable. Excepto que he descubierto que los rituales y los mitos no surgen de la nada. A menudo hay una razón que está relacionada con la supervivencia de la comunidad.

—¿Andrew Wiggin, antropólogo?

—El estudio propio de la humanidad es el hombre.

—Ve a estudiar algunos hombres entonces, Ender. La familia de Novinha, por ejemplo. Por cierto, se ha prohibido oficialmente a la red de ordenadores que te muestre dónde vive nadie.

Ender sonrió.

—Así que Bosquinha no es tan amistosa como parece.

—Si tienes que preguntarle a la gente, sabrán adónde vas. Si no quieren que vayas, nadie te dirá dónde viven.

—Puedes saltarte la restricción, ¿no?

—Ya lo he hecho.

Una luz parpadeaba cerca de la línea de la verja, tras la colina de observación. Era el lugar más aislado que había en Milagro. Muy pocas casas habían sido construidas donde pudiera verse claramente la verja. Ender se preguntó si Novinha había elegido vivir aquí para estar cerca de la verja o para estar lejos de los vecinos. Tal vez había sido decisión de Marcão.

El barrio más cercano era *Vila Atrás*, y luego el barrio llamado *As Fábricas* se extendía hasta el río. Como su nombre indicaba, consistía principalmente en pequeñas fábricas que trabajaban los metales y el plástico, y procesaban los alimentos y las fibras que usaba Milagro. Una hermosa economía autocontenida. Y Novinha había elegido vivir dando la espalda a todo, fuera de vista, invisible. Fue Novinha quien había elegido. Ender estaba seguro ahora. ¿No era ésa la pauta de su vida? Nunca había pertenecido a Milagro. No era un accidente que las tres peticiones de un Portavoz de los Muertos hubieran venido de ella y de sus niños. El propio acto de llamar a un Portavoz era desafiante, un signo de que no se creían parte de los devotos católicos de Lusitania.

—Sin embargo, tengo que pedirle a alguien que

me lleve allí —dijo Ender—. No puedo dejar que sepan directamente, que no pueden ocultarme ninguna información.

El mapa desapareció y la cara de Jane se formó sobre el terminal. Se había olvidado de ajustarse al mayor tamaño de este terminal, y por eso su cabeza era gigantesca. Impresionaba bastante. Y su simulación era tan completa que hasta mostraba los poros de su cara.

—En realidad, Andrew, es a mí a quien no pueden ocultar nada.

Ender suspiró.

—Tienes intereses creados en esto, Jane.

—Lo sé —guiñó un ojo—. Pero tú no.

—¿Me estás diciendo que no confías en mí?

—Carezco de imparcialidad y de sentido de la justicia. Pero soy lo suficiente humana para querer un tratamiento preferente, Andrew.

—¿Me prometes al menos una cosa?

—Lo que quieras, mi corpuscular amigo.

—Cuando decidas ocultarme algo, ¿me dirás al menos que no vas a decírmelo?

—Eso es demasiado complicado para mí —era una caricatura de una mujer superfemenina.

—Nada es demasiado complicado para ti, Jane. Haznos un favor a ambos. No pretendas engañarme.

—¿Hay algo que quieres que haga mientras vas a ver a la familia Ribeira?

—Sí. Encuentra todas las formas en que los Ribeira son diferentes de un modo significativo del resto de los habitantes de Lusitania. Y cualquier punto de conflicto entre ellos y las autoridades.

—Tú ordenas y yo obedezco.

Empezó a hacer su número de la desaparición del genio.

—Te las arreglaste para hacerme venir aquí, Jane. ¿Por qué estás tratando de enervarme?

—No lo estoy haciendo. Y no hice lo otro tampoco.

—Tengo pocos amigos en esta ciudad.

—Puedes confiarme tu vida.

—No es mi vida lo que me preocupa.

La *praça* estaba llena de chiquillos que jugaban al fútbol. La mayoría estaba entrenando, mostrando cuánto tiempo podían mantener el balón en el aire usando sólo sus pies y sus cabezas. Dos de ellos, sin embargo, tenían entablado un perverso juego. El niño lanzaba de una patada el balón contra la niña, quien no estaba a más de tres metros de distancia. Ella se quedaba inmóvil y recibía el impacto de la pelota y no se movía a pesar de lo fuerte que la golpeaba. Luego ella hacía lo mismo y él intentaba no moverse. Una niña pequeña recogía la pelota cada vez que rebotaba de una víctima.

Ender intentaba preguntar a algunos niños si conocían dónde estaba la casa de la familia Ribeira. Su respuesta, invariablemente, era la misma: todos se encogían de hombros. Cuando insistía, algunos empezaban a retirarse; pronto la mayoría se marchó de la *praça*. Ender se preguntó qué le habría contado a esta gente el obispo Peregrino sobre los Portavoces.

El duelo, sin embargo, continuaba. Y ahora que no había tanta gente en la *praça*, Ender vio que había otro niño que también había entrado en el juego de la pelota, un chiquillo que no tendría más de doce años. Desde detrás no era extraordinario, pero cuando Ender se acercó, al centro de la plaza, pudo ver que había algo extraño en sus ojos. Le llevó un instante comprender. El niño tenía ojos artificiales. Su aspecto era brillante y metálico, pero Ender sabía cómo funcionaban. Sólo uno de los ojos se usaba para ver, pero necesitaba cuatro sondas visuales separadas que luego dividían las señales para transmitir al cerebro visión binocular. El otro ojo contenía el suministro de energía, el control del ordenador y el interface externo. Cuando quería, podía grabar cortas secuencias de visión en una memoria fotográfica limitada, probablemente menos de tres billones de bits. Los contrincantes lo utilizaban como juez: si se disputaban un punto, el niño repetiría la escena a cámara lenta y les diría qué había sucedido.

El balón fue directamente a la ingle del niño. Él sonrió elaboradamente, pero la niña no se impresionó.

—¡Se ha apartado! ¡Le he visto mover las caderas!

—¡Mentira! ¡Me has lastimado, no me moví!

—*Reveja! Reveja!* —Habían estado empleando el stark, pero la niña cambió ahora a portugués.

El niño de los ojos metálicos no mostró ninguna expresión, pero levantó una mano para hacerles callar.

—*Mudou* —dijo tajantemente.

Ender tradujo: Se movió.

—*¡Sabia!*

—¡Eres un mentiroso, Olhado!

El niño de los ojos metálicos le miró con desdén.

—Yo no miento nunca. Te enviaré una copia de la escena si quieres. En realidad, creo que lo enviaré a la red para que todo el mundo te vea moverte y luego mentir.

—*Mentiroso! Filho de punta! Fode-bode!*

Ender estaba bastante seguro de lo que significaban aquellos calificativos, pero el niño de los ojos metálicos se lo tomó con calma.

—*Da* —dijo la niña—. *Da-me.*

El niño se quitó furiosamente el anillo y lo arrojó al suelo ante sus pies.

—*Viada!* —dijo en un ronco susurro. Entonces se marchó corriendo.

—*Poltrao* —le gritó la niña—. ¡Cobarde!

—*Cão!* —gritó el niño, sin molestarse en volver la cabeza.

No era a la niña a quien se dirigía. Ella se dio la vuelta y miró al niño de los ojos metálicos, quien se enderezó ante el nombre. Casi inmediatamente la niña miró al suelo. La niñita que había estado recogiendo la pelota se acercó al niño de los ojos metálicos y le susurró algo. Éste alzó la cabeza, advirtiendo a Ender por primera vez.

La niña mayor se estaba disculpando.

—*Desculpa, Olhado, não queria que...*

—*Não há problema, Michi.* —No la miró.

La niña fue a decir algo más, pero entonces se dio también cuenta de la presencia de Ender y se calló.

—*Porque está olhando-nos?* —preguntó el niño—. ¿Por qué nos está mirando?

Ender respondió con una pregunta.

—*Voce é árbitro?* —la palabra significaba también «magistrado».

—*De vez em quando.*

Ender cambió al Stark; no estaba seguro de saber decir algo más complejo en portugués.

—Dime, árbitro, ¿es justo dejar que un extraño se guíe sin ayuda?

—¿Extraño? ¿Quiere decir utlanning, framling o raman?

—No, creo que quiero decir infiel.

—*O Senhor é descrente?* ¿No es creyente?

—*Só descredo no incrível.* Sólo no creo en lo increíble.

El niño sonrió.

—¿Adónde quiere ir, Portavoz?

—A la casa de la familia Ribeira.

La niña se acercó al niño de los ojos metálicos.

—¿Qué familia Ribeira?

—La viuda Ivanova.

—Creo que sé dónde está —dijo el niño.

—Todo el mundo en la ciudad lo sabe. El asunto es, ¿me llevarás allí?

—¿Por qué quiere ir?

—Hago preguntas a la gente e intento averiguar historias verdaderas.

—Nadie en la familia Ribeira conoce historias verdaderas.

—Me contentaré con mentiras.

—Venga entonces.

El niño de los ojos metálicos se encaminó hacia la hierba cortada de la carretera principal. La niña le susurró algo al oído. Se detuvo y se volvió hacia Ender, que le seguía de cerca.

—Quara quiere saber. ¿Cuál es su nombre?

—Andrew. Andrew Wiggin.

—Ella es Quara.

—¿Y tú?

—Todo el mundo me llama Olhado. Por causa de mis ojos —levantó a la niña pequeña y la sentó en sus hombros—. Pero mi nombre auténtico es Lauro. Lauro Suleimão Ribeira.

Sonrió, se dio la vuelta y comenzó a andar.

Ender le siguió. Ribeira. Naturalmente.

Jane también había estado escuchando, y habló desde la joya en su oído.

«Lauro Suleimão Ribeira es el cuarto hijo de Novinha. Perdió los ojos en un accidente láser. Tiene doce años. Oh, y he encontrado una diferencia entre la familia Ribeira y el resto de la ciudad. Los Ribeira están deseando desafiar al obispo y llevarte a donde quieras ir.»

«También me he dado cuenta de algo, Jane —contestó él en silencio—. A este niño le ha gustado engañarme, y luego ha disfrutado aún más dejándome ver cómo se ha burlado de mí. Espero que no aprendas de él.»

Miro estaba sentado en la colina. La sombra de los árboles le hacía invisible a cualquiera que pudiera estar observando desde Milagro, pero él desde allí podía ver gran parte de la ciudad: por lo menos, la catedral y el monasterio, en la colina más alta, y el observatorio en la colina encarada al norte. Y debajo del observatorio, en una depresión, la casa donde vivía, no muy lejos de la verja.

—Miro —susurró, Come-hojas—. ¿Eres un árbol?

Era una traducción del idioma de los pequeninos. A veces meditaban y permanecían inmóviles durante horas. A esto le llamaban «ser un árbol».

—Más bien una hoja de hierba —contestó Miro.

Come-hojas se rió en la forma aguda y resonante en que solía. Nunca parecía natural: los pequeninos habían aprendido a reírse por imitación, como otra palabra de stark. No surgía de la diversión, o al menos eso pensaba Miro.

—¿Va a llover? —preguntó Miro. Para un cerdi, esto significaba: ¿Me interrumpes por mi bien o por el tuyo?

—Ha llovido fuego hoy —dijo Come-hojas—. En la pradera.

—Sí. Tenemos un visitante de otro mundo.

—¿Es el Portavoz?

Miro no contestó.

—Tienes que traerlo para que nos vea.

Miro no contestó.

—Hundo mi cara en el suelo por ti, Miro, mis miembros son lumbre para tu casa.

Miro odiaba cuando pedían algo. Era como si pensaran en él como en alguien particularmente sabio o fuerte, un padre cuyos favores había que suplicar.

Bien, si así lo veían, era culpa suya. Suya y de Libo. Por jugar a ser Dios entre los cerdis.

—Lo prometí, ¿no, Come-hojas?

—¿Cuándo, cuándo, cuándo?

—Llevará tiempo. Aún tengo que averiguar si se puede confiar en él.

Come-hojas parecía confuso. Miro había intentado explicar que no todos los humanos se conocían entre sí, y que algunos no eran agradables, pero los cerdis nunca parecían comprender.

—En cuanto pueda —dijo Miro.

De repente, Come-hojas empezó a arrastrarse por el suelo, meneando las caderas de lado a lado como si intentara aliviar un picor en su ano. Libo había especulado una vez sobre que esto era lo que presentaba la misma función que la risa en los humanos.

—¡Háblame en pol-tuguís! —resopló Come-hojas, a quien parecía divertir mucho el que Miro y los otros zenadores hablaran dos idiomas indistintamente.

Y era así a pesar del hecho de que al menos cuatro idiomas cerdis diferentes habían sido grabados o insinuados a lo largo de los años, todos ellos hablados por la misma tribu.

Pero si quería oír portugués, oiría portugués.

—*Vai comer folhas.*

Come-hojas pareció confuso.

—¿Qué tiene eso de gracioso?

—Porque ése es tu nombre. *Come-folhas.*

Come-hojas se sacó un gran insecto del agujero de su nariz y lo dejó volar.

—No seas bruto —dijo. Y entonces se marchó.

Miro le observó mientras se iba. Come-hojas era siempre tan difícil. Miro prefería la compañía del cerdi llamado Humano. Aunque Humano era mucho más inteligente y tenía que tener más cuidado con él, al menos no parecía hostil, en la forma en que Come-hojas lo era a menudo.

Cuando el cerdi se perdió de vista, Miro se dio la vuelta y contempló la ciudad. Alguien caminaba por el sendero hacia su casa. El que iba delante era muy alto... no, era Olhado con Quara sobre los hombros. Quara era ya demasiado mayor para eso. Miro se preocupaba mucho por ella. Parecía no ser capaz de salir del trauma de la muerte de Padre. Miro sintió una amargura momentánea. Y pensar que Ela y él habían pensado que la muerte de Padre resolvería todos sus problemas...

Entonces se incorporó y trató de ver mejor al hombre que marchaba detrás de Olhado y Quara. No era nadie a quien hubiera visto antes. ¡El Portavoz! ¡Ya! No podría llevar en la ciudad más de una hora y ya se dirigía a la casa. Magnífico, todo lo que necesito es que Madre descubra que fui yo quien lo llamó. De alguna manera pensaba que un Portavoz de los Muertos sería discreto y no iría directamente a la casa de la persona que lo llamó. Qué iluso. Ya es bastante malo que venga años antes de lo que uno espera. Seguro que Quim informará al obispo, aunque nadie más lo haga. Aho-

ra voy a tener que lidiar con Madre y, probablemente, con toda la ciudad.

Miro se internó entre los árboles siguiendo un
camino que le llevó a la verja, de vuelta a la
ciudad.

7

LA FAMILIA RIBEIRA

Miro, deberías haber estado aquí, porque, a pesar de que tengo mejor disposición para el diálogo que tú, no sé qué significa esto. Tú viste al nuevo cerdi, ese al que llaman Humano; me pareció que te vi hablar con él un minuto antes de que te dedicaras a la Actividad Cuestionable. Mandachuva me dijo que le pusieron Humano porque era muy listo de pequeño. Muy bien, es muy adulador que «listo» y «humano» tengan relación para ellos, o quizás es ofensivo que piensen que nos sentiremos halagados por ello, pero no es eso lo que importa.

Mandachuva dijo entonces: «Ya podía hablar cuando empezó a andar solo.» Y colocó la mano a unos diez centímetros del suelo. Me pareció que lo que me estaba diciendo era la altura que tenía Humano cuando aprendió a hablar y caminar. ¡Diez centímetros! Pero puedo estar completamente equivocada. Deberías haber estado aquí para verlo por ti mismo.

Si tengo razón y eso es lo que Mandachuva quiso decir, entonces por primera vez tenemos una idea de la infancia de los cerdis. Si de verdad empiezan a andar cuando tienen diez centímetros de altura (¡y a hablar, nada menos!), entonces tienen que tener menos tiempo de desarrollo durante la gestación que la de los humanos, y se desarrollarán mucho más después de nacer. Pero esto es una absoluta locura, incluso para nuestro criterio.

Entonces se acercó y me dijo (como si no pudiera hacerlo), quién era el padre de Humano: «Tu abuelo Pipo conoció al padre de Humano. Su árbol está cerca de vuestra verja.»

¿Estaba bromeando? Raíz murió hace veinticuatro años, ¿no? Vale, tal vez esto sea sólo un asunto religioso, una especie de árbol-adoptado o algo así. Pero por la forma en que Mandachuva lo dijo, como si fuera un secreto, sigo pensando que de alguna manera es cierto. ¿Es posible que tengan un período de gestación de veinticuatro años? ¿O tal vez Humano requirió un par de décadas para desarrollarse a partir de una cosita de diez centímetros hasta el hermoso espécimen de cerdi adulto que ahora vemos? Tal vez el esperma de Raíz fue conservado dentro de un recipiente en alguna parte.

Pero esto tiene importancia. Ésta es la primera vez que un cerdi conocido personalmente por los observadores humanos ha sido mencionado como padre. Y Raíz, nada menos, el mismo que resultó asesinado. En otras palabras, ¡el macho con menor prestigio (un criminal ejecutado) ha sido mencionado como padre! Esto significa que nuestros machos no son solterones rechazados, aunque algunos de ellos sean tan viejos que consiguieron llegar a conocer a Pipo. Son padres potenciales.

Es más, si Humano es tan remarcablemente listo, entonces ¿por qué está aquí, si esto es realmente un grupo de solteros miserables? Creo que hemos estado confundidos desde el principio. Esto no es un grupo de solteros sin prestigio, esto es un grupo de jóvenes de gran reputación, y algunos de ellos van a valer para algo.

Así que cuando me dijiste que lamentabas que no estuviera presente, porque ibas a llevar adelante una Actividad Cuestionable y yo tenía que quedarme en casa y elaborar unos informes oficiales para el ansible, ¡te equivocabas por completo! (Si llegas a casa y estoy dormida, despiértame para darme un beso, ¿vale? Me lo he ganado).

> Nota de Ouanda Figueira Mucumbi a Miro Ribeira von Hesse, retirada de los archivos lusitanos por orden del Congreso y presentada como evidencia en el Juicio *in absentia* contra los xenólogos de Lusitania bajo los cargos de Traición y Alevosía.

No había industria de la construcción en Lusitania. Cuando una pareja se casaba, su familia y amigos les construían una casa. La casa de los Ribeira expresaba la historia de la familia. En la parte delantera, la parte vieja de la casa estaba hecha de planchas de plástico sobre cimientos de hormigón. Las habitaciones se añadían a medida que la familia crecía, cada una juntándose con la anterior, así es que cinco estructuras de un solo piso daban a la colina. Las últimas eran de ladrillo, con una instalación de tuberías decente, y techos de tejas, pero sin ninguna intención de guardar sentido estético. La familia había construido exactamente lo que necesitaba y nada más.

Ender sabía que no era la pobreza; no había pobreza en una comunidad donde la economía estaba completamente controlada. La falta de decoración, de individualidad, mostraba el desdén de la familia por su propia casa; para Ender, esto hablaba también de ellos mismos. Ciertamente, Olhado y Quara no mostraban la relajación y tranquilidad que la mayoría de las personas sienten cuando llegan a casa. Si acaso, se volvieron más cautos, menos ágiles. La casa parecía tener una sutil fuerza de gravedad, que los hacía más pesados a medida que se aproximaban.

Olhado y Quara entraron directamente. Ender esperó en el umbral a que alguien le invitara a pasar. Olhado dejó la puerta entornada, pero entró en la habitación sin hablarle. Ender pudo ver a Quara sentarse en una cama, que se apoyaba contra una pared desnuda, en la habitación principal. No había nada en ninguna de las paredes. Todas eran completamente blancas. La cara de Quara iba a juego con el vacío de las paredes. Aunque sus ojos observaban a Ender, no mostraba signo de reconocer que estaba allí; desde luego, no hizo nada para indicarle que podía entrar.

Había enfermedad en esta casa. Ender intentó comprender qué había en el carácter de Novinha que no hubiera advertido antes y que la hacía vivir en un lugar así. ¿La lejana muerte de Pipo habría vaciado tanto el corazón de Novinha para que llegara a esto?

—¿Está tu madre en casa? —preguntó Ender.

Quara no contestó.

—Oh —dijo él—. Perdóname. Creía que eras una niña, pero ahora veo que eres una estatua.

Ella no hizo señal alguna de haberle oído. Eso le pasaba por intentar cambiar su carácter taciturno.

Escuchó el sonido de pasos apresurados sobre el suelo de hormigón. Un niño pequeño entró en la habitación, se detuvo en la mitad y se giró para mirar el lugar en donde estaba Ender. No podía tener más de seis o siete años, un año menor que Quara, probablemente. Al contrario que Quara, su cara mostraba pleno conocimiento y un ansia salvaje.

—¿Está tu madre en casa? —preguntó Ender.

El niño se agachó y cuidadosamente se arremangó la pernera del pantalón. Llevaba un largo cuchillo de cocina sujeto a la pierna que desenfundó lentamente. Entonces, sujetándolo con ambas manos, se dirigió a Ender y corrió hacia él a toda velocidad. Ender advirtió que el cuchillo apuntaba a su ingle. El niño no se andaba con chiquitas a la hora de recibir a los extraños.

Un minuto más tarde, Ender tenía al niño sujeto con los brazos y el cuchillo clavado en el techo. El niño pateaba y chillaba. Ender tuvo que utilizar las dos manos para controlarlo; el niño terminó colgando delante de él por las manos y pies, como un ternerillo atado, dispuesto para ser marcado.

Ender miró a Quara fijamente.

—Si no vas inmediatamente y me traes a quienquiera que esté a cargo de esta casa, me llevaré a este animal y me lo comeré en la cena.

Quara pensó un instante. Luego se levantó y salió corriendo de la habitación.

Un momento después, una niña de aspecto cansado con el pelo alborotado y los ojos soñolientos entró en la habitación.

—*Desculpe, por favor* —murmuró—, *o menino não se restabeleceu desde a morte do pai...*

Entonces se despertó del todo.

—*O Senhor é o Falante pelos Mortos!* ¡El Portavoz de los Muertos!

—*Sou* —contestó Ender—. Lo soy.

—*Não aquí* —dijo ella—. Oh, no, lo siento, ¿habla usted portugués? Claro que sí, acaba de contestarme. Oh, por favor, aquí no, ahora no. Márchese.

—Muy bien —contestó Ender—. ¿Me quedo con el niño o con el cuchillo?

Ender miró al techo; ella siguió su mirada.

—Oh, no, lo siento. Lo buscamos ayer todo el día, sabíamos que lo tenía, pero no sabíamos dónde.

—Lo llevaba atado a la pierna.

—Ayer no. Siempre miramos ahí. Por favor, suéltelo.

—¿Estás segura? Creo que se ha estado afilando los dientes.

—Grego —le dijo al niño—, no se amenaza a la gente con el cuchillo. Está mal hecho.

Grego gruñó.

—La muerte de Padre, ya sabe.

—¿Tan unidos estaban?

Un reflejo de amarga diversión cruzó su cara.

—Apenas. Grego siempre ha sido un ladrón, desde que fue capaz de caminar y agarrar algo a la vez. Pero ahora lo hace para lastimar a la gente. Eso es nuevo. Por favor, bájelo.

—No —dijo Ender.

Los ojos se le estrecharon y pareció desafiarle.

—¿Le va a secuestrar? ¿Para llevarlo adónde? ¿Para pedir un rescate?

—Tal vez no comprendes —dijo Ender—. Me atacó. No me has dado ninguna garantía de que no lo volverá a hacer. No vas a intentar castigarle cuando lo suelte.

Como Ender había esperado, la furia apareció en sus ojos.

—¿Quién se cree que es? ¡Ésta es la casa de Grego, no la suya!

—La verdad es que he caminado un buen trecho desde la *praça* hasta aquí, y Olhado mantuvo un paso agotador. Me gustaría sentarme.

Ella le indicó una silla. Grego se retorció y forcejeó contra la presión de Ender, que lo alzó en el aire hasta que sus caras estuvieron casi juntas.

—Sabes, Grego, si consigues liberarte, te darás con la cabeza contra el suelo. Si hubiera alfombra, puede que tuvieras oportunidad de permanecer consciente. Pero no la hay. Y, sinceramente, no me importaría oír el sonido de tu cabeza rompiéndose contra el cemento.

—No entiende mucho el stark —advirtió la niña.

Ender sabía que Grego comprendía bastante bien. Vio que alguien se movía fuera de la habitación. Olhado había regresado y estaba en el pasillo que daba a la cocina. Quara estaba junto a él. Ender les sonrió alegremente y luego se dirigió a la silla que la niña le había indicado. Al hacerlo, lanzó a Grego al aire, volteándolo de forma que sus brazos y piernas giraron frenéticamente durante un instante, lleno de pánico. El niño aulló de miedo ante el dolor que seguramente le asaltaría cuando golpeara el suelo. Ender se sentó tranquilamente en la silla y cogió al niño al vuelo y aprisionó instantáneamente sus brazos. Grego se las arregló para clavarle los talones en las espinillas, pero puesto que no llevaba zapatos, fue una maniobra poco efectiva. Un momento después, Ender volvía a tenerlo completamente a su merced.

—Se está muy bien sentado —dijo—. Gracias por vuestra hospitalidad. Me llamo Andrew Wiggin. He conocido a Olhado y Quara, y está claro que Grego y yo somos buenos amigos.

La niña mayor extendió una mano, como si fuera a tendérsela para que la estrechara, pero no la ofreció.

—Me llamo Ela Ribeira. Ela es el diminutivo de Elanora.

—Encantado de conocerte. Veo que estás muy ocupada preparando la cena.

—Sí, muy ocupada. Creo que debería volver mañana.

—Oh, continúa. No me importa esperar.

Otro niño, más mayor que Olhado pero más pequeño que Ela, entró en la habitación.

—¿No ha oído a mi hermana? ¡No le queremos aquí!

—Sois demasiado amables conmigo —dijo Ender—. Pero he venido a ver a vuestra madre, y esperaré hasta que vuelva a casa del trabajo.

La mención de su madre los hizo callar.

—Supongo que está trabajando. Si estuviera aquí, todos estos excitantes sucesos la habrían hecho venir corriendo.

Olhado sonrió levemente ante esto, pero el niño mayor se ensombreció.

—¿Por qué quiere verla? —preguntó Ela, que tenía una expresión dolorida.

—La verdad es que quiero veros a todos —sonrió al niño mayor—. Tú debes ser Estevão Rei Ribeira. Llamado así por San Esteban el mártir, que vio a Jesús sentado a la derecha del Padre.

—¿Qué sabe usted de esas cosas, ateo?

—Según tengo entendido, San Pablo estaba allí presente sosteniendo las túnicas de los hombres que lo lapidaban. Por lo que parece, entonces no era creyente. En realidad, creo que estaba considerado el enemigo más temible de la Iglesia. Y sin embargo se arrepintió más tarde, ¿no? De modo que sugiero que penséis en mí, no como enemigo de Dios, sino como un apóstol que aún no ha sido detenido en el camino de Damasco —sonrió Ender.

El niño se le quedó mirando, con los labios fruncidos.

—Usted no es San Pablo.

—Al contrario. Soy el apóstol de los cerdis.

—Nunca les verá. Miro no le dejará.

—Tal vez sí —dijo una voz desde la puerta.

Los otros se giraron de inmediato para verlo entrar. Miro era joven; seguramente aún no tenía veinte años. Pero su cara y su aspecto llevaban el peso de una responsabilidad y un sufrimiento que sobrepasaban con mucho su edad. Ender vio cómo todos los demás le dejaban sitio. No se retiraban de la manera como podrían retirarse ante alguien a quien temieran. Al contrario, se orientaron hacia él, colocándose a su alrededor, formando parábolas, como si fuera el centro de gravedad de la habitación y todo lo demás se moviera por la fuerza de su presencia.

Miro caminó hasta el centro de la habitación y se encaró a Ender. Sin embargo, dirigió la mirada a su prisionero.

—Suéltelo —dijo. Había hielo en su voz.

Ela lo tomó suavemente por el brazo.

—Grego intentó apuñalarlo, Miro.

Pero su voz también decía: tranquilo, está bien, Grego no corre peligro y este hombre no es nuestro enemigo. Ender oyó todo esto; lo mismo hizo Miro.

—Grego —dijo Miro—. Te dije que algún día te toparías con alguien que no te tendría miedo.

Grego, al ver que un aliado se volvía de pronto su enemigo, empezó a llorar.

—Me está matando, me está matando.

El muchacho miró fríamente a Ender. Ela tal vez

confiaba en el Portavoz de los Muertos, pero Miro no, no todavía.

—Le estoy haciendo daño —dijo Ender. Había descubierto que la mejor manera de ganarse la confianza era decir la verdad—. Cada vez que hace esfuerzos por liberarse, le produce un poco de incomodidad. Y todavía no ha dejado de revolverse.

Ender sostuvo la mirada de Miro, y éste comprendió su silenciosa petición. No insistió en que soltara a Grego.

—No te puedo sacar de ésta, Greguinho.

—¿Vas a dejarle que haga esto? —preguntó Estevão.

Miro le hizo un gesto para que se callara y le pidió disculpas a Ender.

—Todo el mundo lo llama Quim —el apodo se pronunciaba como la palabra rey en stark—. Empezamos a hacerlo así porque su segundo nombre es Rei. Pero ahora es, porque se cree que manda por derecho divino.

—Bastardo —dijo Quim, y salió de la habitación.

Al mismo tiempo, los otros dieron un paso adelante para seguir la conversación. Miro había decidido aceptar al extraño, al menos temporalmente; por tanto, podían bajar un poco la guardia. Olhado se sentó en el suelo; Quara regresó a su antigua posición en la cama. Ela se apoyó contra la pared. Miro cogió otra silla y se sentó de cara a Ender.

—¿Por qué ha venido a esta casa? —preguntó.

Ender vio por la forma en que lo hacía que, como Ela, no le había dicho a nadie que había requerido a un Portavoz. Así que ninguno de los dos sabía que el otro le esperaba. Y, en realidad, no le esperaban tan pronto sin ninguna duda.

—Para ver a vuestra madre —contestó Ender.

El alivio de Miro fue casi palpable, aunque no hizo ningún gesto obvio.

—Está en el trabajo —dijo—. Trabaja hasta tarde. Está intentando desarrollar una modalidad de patata que pueda competir con la hierba de aquí.

—¿Como el amaranto?

Él sonrió.

—¿Ya se ha enterado de eso? No, no queremos que sea tan buen competidor. Pero la dieta aquí es limitada, y las patatas serían una buena adición. Además, el amaranto no fermenta bien y no proporciona una buena bebida. Los mineros y granjeros han creado ya una mitología sobre el vodka que lo convierte en el rey de las bebidas destiladas.

La sonrisa de Miro inundó la casa como la luz del sol a través de las grietas de una caverna. Ender pudo sentir que la tensión se aflojaba. Quara empezó a balancear las piernas como cualquier niña normal. Olhado tenía una expresión en la cara estúpidamente feliz, los ojos semicerrados, de modo que la placa metálica no era tan monstruosamente evidente. La sonrisa de Ela era mayor de lo que merecía el buen humor de Miro. Incluso Grego se relajó y dejó de revolverse contra la tenaza de Ender.

Entonces, un súbito calor en su regazo le dijo que Grego, al menos, no estaba dispuesto a rendirse tan pronto. Ender se había entrenado, para no responder con un acto reflejo a las acciones de un enemigo hasta que hubiera decidido conscientemente que sus reflejos le guiaran. Por tanto, el flujo de orina de Grego no le hizo dar más que un leve respingo. Sabía lo que estaba esperando Grego: un grito de cólera y que lo soltara lleno de disgusto. Entonces estaría libre, sería su triunfo. Ender no estaba dispuesto a concederle la victoria.

Ela, sin embargo, se dio cuenta por la expresión de la cara de Grego. Sus ojos se ensancharon y luego dio un paso airado hacia el niño.

—Grego, ¡eres un imposible mal...!

Pero Ender le guiñó un ojo y sonrió, deteniéndola donde estaba.

—Grego me ha dado un regalito. Es la única cosa que tiene, y la ha hecho él mismo, así que significa mucho. Me gusta tanto que nunca le soltaré.

Grego chilló y se revolvió de nuevo, con todas sus fuerzas, para liberarse.

—¿Por qué hace esto? —preguntó Ela.

—Espera que Grego actúe como un ser humano —contestó Miro—. Hacía falta, y nadie más se ha molestado en intentarlo.

—¡Yo sí! —dijo Ela.

Quim gritó desde la otra habitación.

—¡No le digáis a ese bastardo nada de nuestra familia!

Ender asintió gravemente, como si Quim hubiera ofrecido una brillante proposición intelectual. Miro chasqueó la lengua y Ela hizo girar los ojos y se sentó en la cama junto a Quara.

—No somos una familia muy feliz —dijo Miro.

—Comprendo —contestó Ender—. Con vuestro padre muerto tan recientemente...

Miro sonrió sardónicamente. Olhado tomó la palabra.

—Con Padre tan recientemente vivo, querrá decir.

Ela y Miro estaban obviamente de acuerdo con él, pero Quim gritó de nuevo.

—¡No le digáis nada!

—¿Os lastimó? —preguntó Ender con suavidad. No se movió a pesar de que la orina de Grego se volvía fría y pestilente.

—No nos pegaba, si eso es lo que quiere decir —respondió Ela.

Pero, para Miro, las cosas habían ido demasiado lejos.

—Quim tiene razón. No es asunto de nadie más que de nosotros.

—No —dijo Ela—. Es asunto suyo.

—¿Y cómo?

—Porque está aquí para Hablar de la Muerte de Padre.

—¡La muerte de Padre! —dijo Olhado—. *Chupa pedras!* ¡Padre murió hace tres semanas nada más!

—Ya venía de camino para Hablar de otra muerte —dijo Ender—. Pero alguien solicitó un Portavoz para la muerte de vuestro padre, y por tanto yo Hablaré por él.

—Contra él —dijo Ela.

—Por él —repitió Ender.

—Le traje aquí para que dijera la verdad —dijo ella amargamente—, y toda la verdad sobre Padre está en su contra.

El silencio se apoderó de la habitación, haciendo que se quedaran quietos, hasta que Quim entró lentamente. Sólo miró a Ela.

—Tú lo llamaste —dijo suavemente—. Tú.

—¡Para que diga la verdad! —respondió ella. Su acusación obviamente le había hecho daño; no tuvo ni siquiera que decirle cómo había traicionado a su familia y a su iglesia al traer a este infiel para que revolviera lo que estaba establecido durante tanto tiempo—. Todo el mundo en Milagro es tan amable y comprensivo... Nuestros profesores pasan por alto cositas como los robos de Grego y el silencio de Quara. ¡Ni siquiera importa que no haya dicho nun-

ca una palabra en la escuela! Todo el mundo pretende que somos niños normales... los brillantes nietos
de Os Venerados, ¿no? ¡Con un Zenador y dos
biologistas en la familia! ¡Qué prestigio! ¡Sólo miran
a otro lado cuando Padre se emborracha y se vuelve violento y viene a casa y golpea a Madre hasta
que no puede caminar!

—¡Cállate! —gritó Quim.

—Ela... —dijo Miro.

—Y gritándote a ti, Miro, diciendo cosas terribles
hasta que tuviste que huir de casa, huiste, dando
tumbos porque apenas podías ver...

—¡No tienes derecho a decírselo! —reprendió
Quim.

Olhado se puso en pie de un salto y se plantó en
medio de la habitación. Se dio la vuelta para mirar-
los a todos con sus ojos inhumanos.

—¿Por qué sigues queriendo ocultarlo? —preguntó suavemente.

—¿Qué pasa contigo? —le contestó Quim—.
Nunca te hizo nada. Sólo te desconectaba los ojos y
te quedabas ahí con los cascos puestos, escuchando
batuque o Bach o cualquier cosa...

—¿Desconectarme los ojos? —dijo Olhado—.
Nunca me desconectaba los ojos.

Se dio la vuelta y se dirigió al terminal, que estaba
en la esquina de la habitación, en el lugar más aleja-
do de la puerta. Con unos pocos movimientos rápidos lo conectó y luego recogió un cable de interface y se lo colocó en la hendidura de su ojo derecho.
Fue el simple enlace de un ordenador, pero a Ender
le recordó el ojo de un gigante, abierto y expectante, mientras él cavaba y penetraba en el cerebro y le
hacía dar tumbos a la vez que moría. Se quedó inmóvil un momento antes de recordar que aquello no

había sido real, sino un juego que había ejecutado contra el ordenador de la Escuela de Batalla. Tres mil años, aunque para él fuera solamente veinticinco, no eran una distancia tan grande para que la memoria hubiera perdido su poder. Habían sido sus recuerdos y sueños de la muerte del gigante lo que los insectores habían sacado de su mente para convertirlo en la señal que dejaron para él y que, eventualmente, terminó por conducirle a la crisálida de la reina colmena.

Fue la voz de Jane, susurrando desde la joya en su oído, lo que lo trajo de vuelta al presente.

«Si no te importa, mientras conecta ese ojo, voy a echarle un vistazo a todo lo que tiene almacenado ahí.»

Una escena empezó a representarse en el aire sobre el terminal. No era holográfica, sino como un bajorrelieve que se hubiera aparecido a un solo observador. Era esta misma habitación, vista desde el lugar en el suelo donde Olhado había estado sentado un momento antes... aparentemente era su lugar favorito. En medio de la habitación había un hombre grande y violento que amenazaba y gritaba a Miro, quien permanecía inmóvil, la cabeza gacha, escuchando a su padre sin ningún signo de furia. No había sonido. La imagen era solamente visual.

—¿Lo has olvidado? —susurró Olhado—. ¿Has olvidado cómo era?

En la escena, Miro por fin se dio la vuelta y salió; Marcão lo siguió hasta la puerta, gritándole. Entonces se giró hacia la habitación y se quedó allí, jadeando como un animal exhausto por la caza. En la imagen Grego corrió hacia su padre y se agarró a su pierna, gritando hacia la puerta, dejando ver claramente, por la expresión de su cara, que estaba repitiendo las crueles palabras que su padre había dirigido a Miro. Marcão se liberó del niño y caminó con propósito decidido hacia la habitación trasera.

—No hay sonido —dijo Olhado—. Pero podéis oírlo, ¿verdad?

Ender sintió que el cuerpo de Grego temblaba en su regazo.

—Ahí está, un golpe, un crujido, ella se cae al suelo, ¿podéis sentir en vuestra carne la manera en que su cuerpo golpea el cemento?

—Cállate, Olhado —dijo Miro.

La escena generada por ordenador terminó.

—No puedo creer que grabaras eso —dijo Ela.

Quim lloraba y no hacía ningún esfuerzo por ocultarlo.

—Lo maté —dijo—. ¡Lo maté!, ¡lo maté!, ¡lo maté!

—¿De qué hablas? —preguntó Miro, desesperado—. ¡Tenía una enfermedad que le estaba pudriendo por dentro, era congénito!

—¡Recé pidiendo que muriera! —chilló Quim. Su cara estaba roja de pasión; lágrimas, mocos y saliva rodeaban sus labios—. ¡Le recé a la Virgen, le recé a Jesús, les recé al abuelo y a la abuela! ¡Dije que iría al infierno si él moría, y lo hicieron, y ahora iré al infierno y no lo lamento! ¡Dios me perdone, pero me alegro!

Salió de la habitación hecho un mar de lágrimas. Una puerta se cerró en la distancia.

—Bueno, ya tenemos otro milagro certificado a cargo de Os Venerados —dijo Miro—. Su santidad está asegurada.

—Cállate —dijo Olhado.

—Y es el que nos dice una y otra vez que Cristo

nos pide que perdonemos al viejo puñetero —continuó Miro.

Grego empezó a temblar tan violentamente en el regazo de Ender que éste se preocupó. Se dio cuenta de que susurraba una palabra. Ela vio también el desasosiego de Grego y se arrodilló delante del niño.

—Está llorando. Nunca le había visto llorar así...

—¡Papá!, ¡papá!, ¡papá! —susurraba Grego. Sus temblores habían dado paso a grandes sacudidas, casi convulsivas en su violencia.

—¿Tiene miedo de Padre? —preguntó Olhado. Su cara mostraba preocupación por Grego.

Para alivio de Ender, todas las caras estaban llenas de preocupación. Había amor en esta familia, y no sólo la solidaridad común por haber vivido bajo la ley del mismo tirano durante todos estos años.

—Papá se ha ido —dijo Miro, reconfortante—. Ya no tienes que preocuparte.

Ender negó con la cabeza.

—Miro, ¿no observaste el recuerdo de Olhado? Los niños pequeños no juzgan a sus padres, los aman. Grego intentaba con todas sus fuerzas ser como Marcos Ribeira. Los demás tal vez os alegréis de que muriera, pero para Grego fue el fin del mundo.

A ninguno se le había ocurrido. Incluso ahora era una idea preocupante; Ender pudo ver que retrocedían ante ella. Y, sin embargo, sabían que era verdad. Ahora que Ender lo había señalado, era obvio.

—*Deus nos perdoa* —murmuró Ela—. Dios nos perdone.

—Las cosas que hemos dicho —susurró Miro.

Ela le tendió las manos a Grego, que rehusó ir con ella. En cambio, hizo exactamente lo que Ender esperaba, y para lo que estaba preparado. El niño se dio la vuelta y se abrazó al cuello del Portavoz de los Muertos y lloró amarga, histéricamente.

Ender se dirigió amablemente a los otros, que miraban sin saber qué hacer.

—¿Cómo podía mostraros su pena, cuando pensaba que le odiabais?

—Nunca hemos odiado a Grego —dijo Olhado.

—Al menos debería haberlo sabido —le dijo Miro—. Sabía que sufría más que ninguno de nosotros, pero nunca se me ocurrió...

—No te eches la culpa —intervino Ender—. Es el tipo de cosa que sólo puede ver un extraño.

La voz de Jane susurró en su oído.

—Nunca deja de sorprenderme, Andrew, la forma en que conviertes a la gente en plasma.

Ender no podía contestarle, y ella tampoco le habría creído de todas formas. No había planeado esto. Había salido sobre la marcha. ¿Cómo podía haber supuesto que Olhado tendría una grabación del mal trato que Marcão daba a su familia? Su única reflexión auténtica fue con Grego, e incluso eso fue instintivo: tenía consciencia de que Grego deseaba desesperadamente a alguien que tuviera autoridad sobre él, alguien que actuara como un padre para él. Ya que su propio padre había sido cruel, Grego entendía la crueldad como prueba de amor y fuerza. Ahora sus lágrimas empapaban el cuello de Ender con tanto calor como, un momento antes, lo había hecho la orina en sus muslos.

Había supuesto lo que haría Grego, pero Quara le pilló desprevenido. Mientras los otros miraban a Grego llorar en silencio, se levantó de la cama y se encaminó directamente a Ender. Tenía los ojos llenos de furia.

—¡Apesta! —le dijo con firmeza. Entonces se

marchó de la habitación y se dirigió a la parte trasera de la casa.

Miro apenas contuvo la risa, y Ela sonrió. Ender alzó las cejas como si dijera: a veces se gana, a veces se pierde.

Olhado pareció oír las palabras que no había dicho. Desde su silla junto al ordenador, el niño de los ojos metálicos dijo suavemente:

—También ha ganado con ella. Es lo máximo que le ha dicho a alguien fuera de la familia desde hace meses.

«Pero yo no estoy fuera de la familia —dijo Ender en silencio—. ¿No te has dado cuenta? Ahora estoy en la familia, os guste o no. Me guste o no.»

Después de un rato Grego dejó de llorar y se quedó dormido. Ender lo llevó a su cama. Quara estaba ya dormida al otro lado de la habitación. Ela ayudó a Ender a quitarle los pantalones empapados de orina y cambiarle la ropa interior. Su contacto fue suave y delicado, y Grego no se despertó.

De vuelta a la habitación, Miro observó a Ender clínicamente.

—Bien, Portavoz, tendrá que decidir. Mis pantalones le quedarán demasiado cortos y demasiado ajustados en la entrepierna, pero los de Padre le quedarán grandes.

A Ender le llevó un momento recordar. La orina de Grego se había secado hacía rato.

—No te preocupes. Puedo cambiarme cuando llegue a casa.

—Madre aún tardará otra hora en llegar. Ha venido a verla, ¿no? Podemos limpiar sus pantalones mientras tanto.

—Tus pantalones, entonces —dijo Ender—. Me arriesgaré con lo de la entrepierna.

8

DONA IVANOVA

Es una vida de constante decepción. Sales y descubres algo, algo vital, y entonces cuando vuelves a la estación escribes un informe completamente inocuo donde no se menciona nada de lo que hemos aprendido a través de la contaminación cultural.

Sois demasiado jóvenes para comprender lo que es esta tortura. Padre y yo empezamos a hacer esto porque no podíamos soportar el ocultar conocimientos a los cerdis. Descubrirás, como he hecho yo, que no es menos doloroso ocultar conocimientos a tus colegas científicos. Cuando los veis esforzarse con un tema, sabiendo que tienes la información que podría resolver fácilmente su problema; cuando ves que se acercan a la verdad y, por falta de la información que tienes, se alejan de sus conclusiones correctas y vuelven al error... no seríais humanos si no os causara angustia.

Debéis tenerlo presente siempre: es la ley de ellos, su elección. Ellos son los que construyen la muralla que los distancia de la verdad, y nos castigarían si les dejáramos saber lo fácilmente que puede rebasarse esa muralla.

Y por cada científico framling que ansía conocer

la verdad hay diez estúpidos *descabeçados* que desprecian el conocimiento, que nunca idean una hipótesis original, cuya única labor es escudriñar los escritos de los verdaderos científicos para detectar pequeños errores, o contradicciones, o lapsus en el método. Estos moscones pululan sobre todos los informes que hacéis, y si no tenéis cuidado, de vez en cuando os cogerán.

Eso significa que no podéis mencionar a un solo cerdi cuyo nombre no se derive de nuestra contaminación cultural: «Cuencos» podría decirles que les hemos enseñado la manera de hacer vasijas rudimentarias. «Calendario» y «Cosechador» son obvios. Y ni el propio Dios podría salvarnos si se enteran de que uno de ellos tiene por nombre Flecha.

Nota de Liberdade Figueira de Medici a Ouanda Figueira Mucumbi y Miro Ribeira von Hesse, retirado de los archivos lusitanos por orden del Congreso y presentada como evidencia en el Juicio *in absentia* contra los Xenólogos de Lusitania acusados de los cargos de Traición y Alevosía.

Novinha se quedó en la Estación Biologista a pesar de que su trabajo había acabado hacía más de una hora. Las plantas de patatas clónicas estaban todas dentro de las soluciones nutritivas; ahora todo sería cuestión de hacer observaciones diarias para ver qué alteraciones genéticas produciría la planta más robusta con la raíz más útil.

«Si no tengo nada que hacer, ¿por qué no me voy a casa?» No tenía respuesta. Sus hijos la necesitaban, eso era seguro; no les hacía ningún bien marchándose de casa cada mañana muy temprano y regresando a casa sólo después de que los pequeños estuvieran ya dormidos. Y sin embargo incluso ahora, sabiendo que debería regresar, estaba sentada en el laboratorio, mirando sin ver nada, sin hacer nada, sin ser nada.

Pensó en irse a casa, y no pudo imaginar por qué no sentía alegría ante la perspectiva. «Después de todo —se recordó— Marcão está muerto. Murió hace tres semanas. Ni un segundo demasiado tarde. Hizo todo lo que tenía que hacer, todo lo que yo necesitaba, y yo hice todo lo que quiso, pero todas nuestras razones expiraron cuatro años antes de que él se pudriera por fin. En todo este tiempo nunca compartimos un momento de amor, pero nunca pensé en abandonarle. El divorcio habría sido imposible, pero el abandono habría sido suficiente. Para acabar con las palizas.» Todavía tenía la cadera lastimada de la última vez que la había tirado al suelo. «¡Qué encantadora herencia dejaste detrás, Cão, mi perro esposo! »

El dolor de la cadera se incrementó al pensarlo. Asintió con satisfacción. «No es ni más ni menos que lo que merezco, y lo lamentaré cuando sane.»

Se incorporó y se puso a caminar, sin cojear, aunque el dolor era agudo. «No me molesta. No es más que lo que merezco.»

Caminó hasta la puerta y la cerró al salir. El ordenador apagó las luces en cuanto se marchó, excepto aquellas necesarias para las plantas que se encontraban en forzosa fase de fotosíntesis. Amaba las plantas, sus pequeñas bestias, con sorprendente intensidad. «Creced —les decía noche y día—, creced y floreced.» Sólo reconocía y lamentaba aquellas que se quedaban en el camino cuando estaba claro que no tenían ningún futuro. Ahora, mientras se alejaba de la estación, aún podía oír su música subliminal, los gritos de células infinitesimales a medida que crecían y se multiplicaban hasta formar modelos mucho más elaborados. Iba de la luz a la oscuridad, de la vida a la muerte, y el dolor emocional se hacía más fuerte, en perfecta sincronía con la inflamación de sus articulaciones.

Al acercarse a la casa desde lo alto de la colina, pudo ver las luces a través de las ventanas. La habitación de Quara y Grego estaba oscura: no tendría que soportar sus insoportables acusaciones; las de Quara en silencio, las de Grego por medio de locuras hoscas y perversas. Pero había otras muchas más luces encendidas, incluyendo su propio cuarto y la habitación principal. Algo imprevisto sucedía, y no le gustaban las cosas imprevistas.

Olhado estaba sentado en el comedor, con los auriculares puestos, como de costumbre; esta noche, sin embargo, también tenía el enchufe de interface conectado al ojo. Aparentemente, estaba repasando viejos recuerdos visuales del ordenador, o quizá borrando algunos que llevara consigo. Como tantas otras veces, con anterioridad, ella deseó poder borrar sus propios recuerdos y reemplazarlos por otros más agradables. El cadáver de Pipo. Se desembarazaría con alegría de ese recuerdo y lo reemplazaría por alguno relativo a los gloriosos días en que los tres estaban juntos en la Estación Zenador. Y el cuerpo de Libo envuelto en su mortaja, aquella dulce carne unida solamente por la presencia del tejido; le gustaría tener en cambio otros recuerdos de su cuerpo, el contacto de sus labios, la expresividad de sus manos delicadas. Pero los buenos recuerdos desaparecían, enterrados a mucha profundidad por el dolor. «Robé todos aquellos buenos días, y por eso me los quitaron y fueron reemplazados por lo que me merezco.»

Olhado se giró para mirarla, con el enchufe emergiendo obscenamente de su ojo. Ella no pudo controlar su temblor, su vergüenza. «Lo siento —dijo en silencio—. Si hubieras tenido otra madre, sin duda alguna tendrías tus ojos. Naciste para ser el mejor, el más sano, el más íntegro de mis hijos, Lauro, pero naturalmente nada de mi vientre podía permanecer intacto mucho tiempo.»

No dijo nada de esto, por supuesto, y tampoco Olhado le dijo nada. Ella se dio la vuelta para regresar a su habitación y descubrir por qué la luz estaba encendida.

—Madre —dijo Olhado.

Se había quitado los auriculares y se estaba sacando el enchufe del ojo.

—¿Sí?

—Tenemos un visitante. El Portavoz.

Ella sintió que se helaba por dentro. «Esta noche no», gritó en silencio. Pero supo asimismo que tampoco querría verle mañana, ni al día siguiente, ni nunca.

—Sus pantalones ya están limpios, y está cambiándose en tu habitación. Espero que no te importe.

Ela salió de la cocina.

—Has vuelto —dijo—. He preparado *cafezinhos*. Uno para ti, también.

—Esperaré fuera hasta que se haya ido —dijo Novinha.

Ela y Olhado se miraron mutuamente. Novinha comprendió de inmediato que la consideraban como un problema a resolver; que aparentemente estaban de acuerdo con lo que el Portavoz quisiera hacer aquí. «Bien, soy un problema que no vais a resolver.»

—Madre —dijo Olhado—, no es lo que el obispo dijo. Es bueno.

Novinha le contestó con su sarcasmo más mordaz.

—¿Desde cuándo eres experto en calibrar el bien y el mal?

Una vez más Ela y Olhado se miraron. Ella sabía lo que estaban pensando. «¿Cómo podemos explicárselo? ¿Cómo podemos persuadirla?» «Bien, mis queridos niños, no podéis. Soy difícil de persuadir. Libo lo descubrió todos y cada uno de los días de su vida. Nunca me sacó el secreto. No murió por mi culpa.»

Pero tuvieron éxito y consiguieron que no llevara a cabo su decisión. En vez de salir de la casa, se retiró a la cocina, pasando junto a Ela, en el corredor, pero sin tocarla. Las tacitas de café estaban dispuestas en círculo sobre la mesa, y la cafetera hirviendo en el centro. Se sentó y apoyó los brazos en la mesa. «Así que el Portavoz estaba aquí, y había venido a verla a ella primero. ¿Dónde más podría haber ido? Es culpa mía que esté aquí, ¿no? Una persona más cuya vida he destruido, como la de mis hijos, como la de Marcão, la de Libo, la de Pipo, y la mía propia.»

Una mano masculina, fuerte, aunque sorprendentemente suave, pasó por encima de su hombro, tomó la cafetera y empezó a servir las tacitas.

—*Posso derramar?* —preguntó. «Qué pregunta más estúpida, si ya estaba sirviendo.» Pero su voz era amable. Su portugués se mezclaba con un agradable acento castellano. ¿Un español, entonces?

—*Desculpa-me* —susurró ella—. *Trouxe o senhor tantos quilômetros...*

—No medimos el vuelo estelar en kilómetros, Dona Ivanova. Lo medimos en años.

Sus palabras eran una acusación, pero su voz hablaba de reflexión, incluso de perdón, incluso de consuelo. Esa voz podría seducirla. Esa voz miente.

—Si pudiera deshacer su viaje y devolverle sus veintidós años, lo haría. Llamarle fue un error. Lo siento —su propia voz sonaba hueca. Ya que toda su vida era una mentira, incluso esta disculpa sonaba inútil.

—No sentí el paso del tiempo —dijo el Portavoz. Continuaba detrás de ella, y por tanto aún no le había visto la cara—. Para mí sólo ha pasado una semana desde que dejé a mi hermana. Era mi único pariente vivo. Su hija no había nacido aún, y ahora posiblemente ya habrá terminado los estudios, se habrá casado y quizás incluso tenga hijos. Nunca la conoceré. Pero conozco a sus hijos, Dona Ivanova.

Ella cogió el *cafezinho* y lo bebió de un trago, aunque le quemó la lengua y la garganta y le lastimó el estómago.

—¿En unas pocas horas cree que los conoce?

—Mejor que usted, Dona Ivanova.

Novinha oyó a Ela jadear ante la audacia del Portavoz. Y aunque pensó que tal vez sus palabras fueran verdad, le llenó de ira que un extraño las dijera. Se giró para mirarle, para replicarle, pero él se había movido y ya no estaba detrás de ella. Se dio la vuelta, se puso en pie para buscarle, pero él había salido de la habitación. Ela estaba en el umbral de la puerta, con los ojos abiertos de par en par.

—¡Vuelva! —dijo Novinha—. ¡No puede decir eso y marcharse así como así!

Pero él no contestó. En cambio, ella oyó un risa en la parte trasera de la casa. Novinha siguió el sonido. Atravesó las habitaciones hasta llegar al fondo de la casa. Miro estaba sentado en la cama de Novinha, y el Portavoz estaba cerca de la puerta, riéndose con él. Miro vio a su madre y la sonrisa desapareció de su cara. Novinha sintió una puñalada de angustia. No le había visto sonreír en años, había olvidado lo hermosa que se volvía su cara, igual que la de su padre; y su llegada había borrado aquella sonrisa.

—Vinimos a charlar aquí, porque Quara estaba furiosa —explicó Miro—. Ela hizo la cama.

—No creo que al Portavoz le importe si la cama estaba hecha o no —dijo Novinha fríamente—. ¿Le importa, Portavoz?

—Orden y desorden —dijo Ender—. Cada uno tiene su atractivo.

Seguía sin volverse, y ella se alegró, porque al menos significaba que no tenía que ver sus ojos mientras enviaba su amargo mensaje.

—Le digo, Portavoz, que ha venido siguiendo la llamada de un idiota. Ódieme si quiere, pero no tiene ninguna muerte por la que Hablar. Era una niña alocada. En mi ingenuidad pensé que el autor de la *Reina Colmena* y el *Hegemón* acudiría a mi llamada. Había perdido a un hombre que era como un padre para mí, y quería consuelo.

Ahora él se giró hacia ella. Era un hombre joven, más aún que ella, pero sus ojos eran seductores porque estaban llenos de comprensión. *Perigoso*, pensó. Es peligroso, es hermoso, podría ahogarme en su comprensión.

—Dona Ivanova —dijo él—, ¿cómo pudo leer la *Reina Colmena* y el *Hegemón* e imaginar que su autor podría ofrecerle consuelo?

Fue Miro quien contestó. Miro, el silencioso y

reposado Miro, el que entró en la conversación con un vigor que ella no había visto en su cara desde que era pequeño.

—Lo he leído, y el Portavoz de los Muertos original escribió el relato de la reina colmena con profunda compasión.

El Portavoz sonrió tristemente.

—Pero no escribió para los insectores, ¿no? Escribió para la humanidad, que aún celebra la destrucción de los insectores como una gran victoria. Escribió con crueldad, para convertir su orgullo en lamentación, su alegría en pena. Y ahora los seres humanos han olvidado por completo que una vez odiaron a los insectores, que una vez honraron y celebraron un nombre del que ahora no se puede hablar...

—Sí puedo decir algo —intervino Ivanova—. Su nombre era Ender, y destruía todo lo que tocaba.

«Como yo», pensó, pero no lo dijo.

—¿Oh? ¿Y qué sabe usted de él? —su voz restalló como un látigo, airada y cruel—. ¿Cómo sabe que no había algo que él tocara con amabilidad? ¿Alguien que le amara, que fuera bendecido por su amor? ¡Destruía todo lo que tocaba! Ésa es una mentira que no puede decirse de ningún ser humano que haya vivido.

—¿Es ésa su doctrina, Portavoz? Entonces no sabe mucho —Ella le desafiaba, pero su furia seguía asustándola. Había pensado que su amabilidad era tan imperturbable como la de un confesor.

Y casi inmediatamente la furia se borró del rostro de él.

—Puede tranquilizar su conciencia. Su llamada inició mi viaje, pero otros pidieron un Portavoz mientras venía de camino.

—¿Sí? —¿Quién más, en esta bendita ciudad, estaba lo bastante familiarizado con la *Reina Colmena* y el *Hegemón* para querer un Portavoz y ser además lo suficientemente independiente del obispo Peregrino como para atreverse a llamar a uno?—. Si es así, ¿entonces por qué está aquí, en mi casa?

—Porque me llamaron para que Hablara de la muerte de Marcos María Ribeira, su difunto esposo.

Era una idea sorprendente.

—¿De él? ¿Quién querría pensar de nuevo en él, ahora que está muerto?

El Portavoz no respondió. Miro, en cambio, habló rudamente desde la cama.

—Grego querría, por ejemplo. El Portavoz nos hizo ver lo que deberíamos haber sabido: que el niño siente dolor por su padre y piensa que todos le odiamos...

—Psicología barata —replicó ella—. Tenemos terapeutas propios, y tampoco valen mucho.

La voz de Ela sonó a su espalda.

—Le llamé para que Hablara de la muerte de Padre. Pensé que no vendría hasta que pasaran décadas, pero me alegro de que esté aquí ahora, cuando puede hacernos bien.

—¿Qué bien?

—Ya lo ha hecho, Madre. Grego se quedó dormido abrazándole, y Quara le habló.

—En realidad —intervino Miro—, le dijo que apesta.

—Lo que probablemente era cierto —dijo Ela—, ya que Greguinho se le orinó encima.

Miro y Ela se echaron a reír al recordarlo, y el Portavoz sonrió también. Esto descompuso aún más a Novinha; en esta casa no se había sentido virtualmente ninguna alegría desde que Marcão la trajo aquí un año después de la muerte de Pipo. Contra su voluntad, Novinha recordó su alegría cuando Miro nació, y cuando Ela era pequeña, los primeros años de sus vidas, la forma en que Miro parloteaba sobre todo, cómo Ela correteaba locamente detrás de él por la casa, cómo los niños jugaban juntos y corrían por la hierba a la vista del bosque de los cerdis al otro lado de la verja; fue el deleite de Novinha por los niños lo que envenenó a Marcão, lo que le hizo odiarles, porque sabía que ninguno de los dos le pertenecían. Cuando Quim nació, la casa estaba llena de odio, y nunca aprendió a reírse con libertad por si sus padres se daban cuenta. Oír a Miro y Ela reírse juntos fue como descorrer bruscamente un grueso telón; de repente era de nuevo de día, y Novinha había olvidado que existía algo diferente de la noche.

¿Cómo se atrevía este extraño a invadir su casa y descorrer todas las cortinas que había cerrado?

—No lo permitiré —dijo—. No tiene derecho a hurgar en la vida de mi esposo.

Él alzó una ceja. Novinha conocía el Código Estelar tan bien como cualquiera, y por tanto sabía perfectamente bien que no sólo tenía derecho, sino que la ley le protegía en la búsqueda de la verdadera historia del muerto.

—Marcão fue un miserable —insistió—, y contar la verdad acerca de él no causará más que daño.

—Tiene razón en que la verdad no causará más que daño, pero no porque fuera un miserable —dijo el Portavoz—. Si no dijera nada más que lo que conoce la gente... que odiaba a sus hijos y golpeaba a su esposa y vagaba furioso y borracho de bar en bar hasta que los camareros lo mandaban a casa... entonces no causaría dolor, ¿verdad? Causaría satisfacción, porque entonces todo el mundo se reafirmaría en que su visión de él era correcta. Era una escoria, y por tanto estaba bien que lo trataran como a escoria.

—¿Y piensa que no lo era?

—Ningún ser humano es indigno cuando se comprenden sus motivos. Ninguna vida deja de merecer la pena. Incluso el más malvado de entre los hombres, si conoces su intimidad, tiene algún acto generoso que lo redime de sus pecados, aunque sólo sea un poco.

—Si cree eso, entonces es más joven de lo que parece —dijo Novinha.

—¿Lo soy? Hace menos de dos semanas que escuché su llamada. La estudié entonces, y aunque no lo recuerdes, Novinha, yo sí recuerdo que de joven eras dulce, hermosa y buena. Habías estado sola antes, pero Pipo y Libo te conocieron y te encontraron digna de amor.

—Pipo murió.

—Pero te amaba.

—¡No sabe nada, Portavoz! ¡Estaba a veintidós años luz de distancia! ¡Además, no era a mí a quien llamaba indigna, sino a Marcão!

—Pero no lo crees, Novinha. Porque conoces el acto de generosidad y amabilidad que redime la vida de ese pobre hombre.

Novinha no comprendió su propio terror, pero tenía que hacerle callar antes que lo nombrara, aunque no tenía idea de qué amabilidad de Cão pensaba que había descubierto.

—¡Cómo se atreve a llamarme Novinha! —gritó—. ¡Nadie me ha llamado así desde hace cuatro años!

En respuesta, él alzó la mano y le pasó los dedos

por las mejillas. Fue un gesto tímido, casi adolescente. Le recordó a Libo, y fue más de lo que pudo soportar. Le cogió la mano, la retiró, y entonces irrumpió en la habitación.

—¡Fuera! —le gritó a Miro. Su hijo se levantó rápidamente y se retiró hacia la puerta. Ella pudo ver por su cara que después de todo lo que Miro había visto en esta casa, ella aún podía sorprenderle con su ira—. ¡No conseguirá nada de mí! —le gritó al Portavoz.

—No he venido a llevarme nada —dijo él tranquilamente.

—¡Y tampoco quiero nada que tenga que darme! Me es indiferente, ¿me oye? Es usted quien no vale nada. *Lixo, ruina, estrago... vai fora d'aqui, não tens direito estar em minha casa!*

—*Não eres estrago* —susurró él—, *eres solo fecundo, e vou plantar jardim aí.*

Entonces, antes de que ella pudiera contestar, cerró la puerta y se marchó.

En realidad, no tenía ninguna respuesta que ofrecerle, pues sus palabras estaban llenas de furia. Le había llamado *estrago*, pero él contestó como si ella se hubiera nombrado a sí misma desolación. Y le había hablado usando el insultantemente familiar *tú* en vez de *Senhor* o incluso el informal *você*. Era la forma en que se hablaba a un niño o a un perro. Y sin embargo cuando él contestó con la misma voz, con la misma familiaridad, fue enteramente diferente. «Eres un terreno fértil y voy a plantar un jardín en ti.» Era el tipo de expresión que un poeta dirigiría a su dama, o incluso un marido a su esposa, y el *tú* era íntimo, no arrogante.

«Cómo se atrevía —se dijo a sí misma—, a tocar la mejilla que él había tocado. Es aún más cruel de lo que imaginé que podría ser. El obispo Peregrino tenía razón. El infiel es peligroso, es el anti-Cristo, se introduce en lugares de mi corazón que yo había mantenido como un terreno sagrado, donde nadie más pudo estar. Cómo se atreve. Ojalá hubiera muerto antes de verle, seguramente acabará conmigo antes de que se marche.»

Vagamente, advirtió que alguien lloraba. Quara. Naturalmente, los gritos la habían despertado; nunca dormía profundamente.

Novinha casi abrió la puerta para salir a consolarla, pero entonces oyó que el llanto cesaba, y una suave voz masculina le cantaba. La canción era en otro idioma. Alemán, o nórdico; no la comprendía, de todas formas. Pero sabía quién la cantaba, y que Quara sentía consuelo.

Novinha no había sentido tanto miedo desde que supo por primera vez que Miro estaba decidido a convertirse en zenador y seguir los pasos de los dos hombres a quienes los cerdis habían asesinado. «Este hombre está desatando los lazos de mi familia y atándolos de nuevo; pero en el proceso encontrará mis secretos. Si descubre cómo murió Pipo y Habla la verdad, entonces Miro aprenderá el mismo secreto y eso le matará. No haré más sacrificios a los cerdis; son un dios demasiado cruel para que yo los adore.»

Aún más tarde, mientras yacía en la cama tras la puerta cerrada, intentando dormir, oyó más risas, y esta vez pudo oír a Quim y Olhado riendo junto a Miro y Ela.

Se los imaginó, la habitación brillante de júbilo. Pero mientras el sopor se apoderaba de ella, y la imaginación se convertía en sueño, no era el Portavoz quien se sentaba entre sus hijos enseñándoles a reír; era Libo, otra vez vivo, conocido por todos como su verdadero esposo, el hombre con el que se había casado en su corazón aunque rehusara casarse con él en la Iglesia. Incluso en su sueño, fue más alegría de la que pudo soportar, y las lágrimas empaparon las sábanas de su cama.

9

DEFECTO CONGÉNITO

CIDA: El agente de la Descolada no es bacterial. Parece entrar en las células del cuerpo y quedarse allí permanentemente, como las mitocondrias, reproduciéndose cuando la célula se reproduce. El hecho de que se esparciera a una nueva especie, sólo unos pocos años después de nuestra llegada, sugiere que es fácilmente adaptable. Seguramente debe haberse extendido por toda la biosfera de Lusitania hace mucho tiempo, y ahora puede que sea endémica, una infección permanente.

GUSTO: Si es permanente y está en todas partes, no es una infección, Cida, es parte de la vida normal.

CIDA: Pero no es necesariamente innata... tiene la habilidad de extenderse. Pero sí, si es endémica, entonces todas las especies indígenas deben haber encontrado maneras de combatirla...

GUSTO: O adaptarse a ella e incluirla en su ciclo de vida normal. Tal vez la NECESITAN.

CIDA: ¿NECESITAN algo que separa sus genes y los vuelve a unir aleatoriamente?

GUSTO: Tal vez por eso hay tan pocas especies diferentes en Lusitania... La Descolada puede ser reciente, sólo medio millón de años de antigüedad... y la mayoría de las especies no pudieron adaptarse.

CIDA: Ojalá no estuviéramos muriendo, Gusto. El próximo xenobiólogo probablemente trabajará con adaptaciones genéticas sistematizadas y no seguirá con esto.

GUSTO: ¿Ésa es la única razón que se te ocurre para lamentar nuestra muerte?

Vladimir Tiago Gussman y Ekaterina María Aparecida do Norte von Hesse-Gussman, diálogo no publicado inserto en notas de trabajo, dos días antes de su muerte; citado por primera vez en: «Hilos perdidos del conocimiento», Meta-Ciencia, el Periódico de la Metodología, 2001:12:12:144-45.

Ender no se marchó de la casa de los Ribeira hasta muy tarde, y pasó más de una hora intentando buscar un sentido a lo que había sucedido, especialmente después de que Novinha regresara a casa. A pesar de esto, Ender se levantó temprano por la mañana, lleno de preguntas que tenía que contestar. Siempre sucedía de esta manera cuando se preparaba para Hablar de un muerto; apenas podía encontrar descanso mientras juntaba las piezas de la historia del muerto como la veía, la vida que pretendía vivir, no importaba lo mal que hubiera acabado.

Esta vez, sin embargo, había una ansiedad añadida. Se preocupaba más por los vivos de lo que nunca había hecho antes.

—Claro que estás más involucrado —dijo Jane después de que intentara explicarle su confusión—.

Te enamoraste de Novinha antes de salir de Trondheim.

—Tal vez amé a la joven, pero esta mujer es molesta y egoísta. Mira lo que dejó que le sucediera a sus hijos.

—¿Lo dice un Portavoz de los Muertos? ¿Juzgas a alguien por sus apariencias?

—Tal vez he empezado a amar a Grego.

—Siempre te dejas engatusar por la gente que se te orina encima.

—Y a Quara. A todos... incluso a Miro, me gusta el chico.

—Y ellos te quieren, Ender.

Él se echó a reír.

—La gente siempre piensa que me quiere, hasta que Hablo. Novinha es más perceptiva que la mayoría: me odia ya, antes de que diga la verdad.

—Estás tan ciego como todos los demás, Portavoz —dijo Jane—. Prométeme que cuando mueras, me dejarás que Hable en tu muerte. Tengo cosas que decir.

—Guárdatelas para ti —contestó Ender, cansado—. En este negocio eres aún peor que yo.

Empezó a hacer la lista de las preguntas que tenía que resolver.

1. ¿Por qué se casó Novinha con Marcão?

2. ¿Por qué odiaba Marcão a sus hijos?

3. ¿Por qué se odia Novinha?

4. ¿Por qué me llamó Miro para Hablar de la muerte de Libo?

5. ¿Por qué me llamó Ela para Hablar de la muerte de su padre?

6. ¿Por qué cambió Novinha de opinión y no quiso que Hablara de la muerte de Pipo?

7. ¿Cuál fue la causa inmediata de la muerte de Marcão?

Se detuvo en la séptima pregunta. Sería fácil de responder: un simple asunto clínico. Así que tendría que empezar por ahí.

El médico que hizo la autopsia a Marcão se llamaba Navio.

—No por mi tamaño —dijo, echándose a reír—, o porque sea un buen nadador. Mi nombre completo es Enrique o Navigador Caronada. Puede apostar a que me alegro que me llamen así y no «cañoncito». Hay demasiadas posibilidades obscenas en esto último.

Ender no se dejó engañar por su jovialidad. Navio era un buen católico y obedecía a su obispo como cualquiera. Estaba determinado a impedir que Ender aprendiera algo, aunque no se entristecía por ello.

—Hay dos maneras por las que puedo conseguir las respuestas a mis preguntas —dijo Ender suavemente—. Puedo preguntarle y usted me contesta con sinceridad. O puedo remitir una petición al Congreso Estelar para que me abra los archivos. Los gastos del ansible son muy elevados, y ya que la petición es rutinaria, y su resistencia contraria a la ley, el coste se deducirá de los fondos de su colonia, junto con una penalización doble y una multa para usted.

La sonrisa de Navio desapareció gradualmente a medida que Ender hablaba.

—Naturalmente que responderé a sus preguntas —dijo fríamente.

—Nada de «naturalmente» —dijo Ender—. Su obispo aconsejó a la gente de Milagro que levantaran un boicot injustificado y sin provocación a un ministro requerido legalmente. Le haría un favor a todo el mundo si les informara que si esta alegre no-cooperación continúa, haré una petición para que mi status cambie de ministro a inquisidor. Le aseguro que tengo muy buena reputación en el Congreso Estelar, y que mi petición tendrá éxito.

Navio sabía exactamente lo que aquello significaba. Como inquisidor, Ender tendría autoridad para revocar la licencia católica de la colonia en el terreno de la persecución religiosa. Causaría un terrible malestar entre los lusitanos, más que a ninguno al obispo Peregrino, quien sería depuesto de su cargo y enviado al Vaticano para que le administraran un correctivo.

—¿Por qué iba a hacer usted una cosa así cuando sabe que nadie le quiere aquí? —preguntó Navio.

—Alguien me quería o de otro modo no habría venido. Puede que no le guste la ley cuando le molesta, pero protege a muchos católicos en mundos donde la licencia se refiere a otros credos.

Navio hizo tamborilear los dedos sobre la mesa.

—¿Qué preguntas quiere hacerme, Portavoz? Acabemos con esto cuanto antes.

—Es bastante simple, al menos para empezar. ¿Cuál fue la causa inmediata de la muerte de Marcos María Ribeira?

—¡Marcão! No es posible que le hayan llamado para Hablar por su muerte: sólo murió hace unas pocas semanas.

—Me han llamado para que Hable de varias muertes, Dom Navio, y elijo empezar por la de Marcão.

Navio sonrió con una mueca.

—¿Y si pido pruebas de su autoridad?

Jane susurró a Ender en la oreja.

—Vamos a sorprenderle.

Inmediatamente, el terminal de Navio cobró vida y se llenó de documentos oficiales, mientras una de las voces más autoritarias de Jane declaraba:

—Andrew Wiggin, Portavoz de los Muertos, ha aceptado la llamada para explicar la vida y la muerte de Marcos María Ribeira, en la ciudad de Milagro, Colonia de Lusitania.

No fue el documento lo que impresionó a Navio. Fue el hecho de que no había hecho la petición, pues ni siquiera se había vuelto hacia su terminal. Navio supo de inmediato que el ordenador había sido activado a través de la joya que el Portavoz llevaba en el oído, pero eso significaba que una rutina lógica de muy alto nivel protegía al Portavoz y apoyaba sus peticiones. Nadie en Lusitania, ni siquiera la propia Bosquinha, había tenido nunca autoridad para hacer aquello. Fuera lo que fuese este Portavoz, concluyó Navio, es un pez mucho más gordo de lo que el obispo Peregrino puede digerir.

—De acuerdo —dijo Navio, forzando una sonrisa. Ahora, aparentemente, había recordado cómo volver a ser jovial—. Tenía intención de ayudarle, de todas formas. La paranoia del obispo no aflige a todo el mundo en Milagro, ¿sabe?

Ender le devolvió la sonrisa, dando por buena su hipocresía.

—Marcos Ribeira murió de un defecto congénito —soltó un largo nombre pseudo-latino—. Nunca ha oído hablar de esa enfermedad porque es bastante rara, y sólo se traspasa a través de los genes. Empieza con la llegada de la pubertad, en la mayoría de los casos, y lo que hace es reemplazar gradualmente los tejidos glandulares endocrinos y exocrinos por células lípidas. Lo que eso significa es que poco a poco a lo largo de los años las glándulas suprarrenales, la pituitaria, el hígado, los testículos, la tiroides y demás son reemplazadas por grandes aglomeraciones de células de grasa.

—¿Siempre es fatal? ¿Irreversible?

—Oh, sí. La verdad es que Marcos vivió diez años más de lo que es normal. Su caso era notable en varios sentidos. En todos los otros casos registrados (y lo cierto es que no hay demasiados), la enfermedad ataca primero a los testículos, dejando a la víctima impotente y, casi siempre, estéril. Con seis hijos sanos, es obvio que los testículos de Marcos Ribeira fueron las últimas glándulas en resultar afectadas. Sin embargo, una vez que fueron atacadas, el progreso debió haber sido inusitadamente rápido: los testículos habían sido reemplazados completamente por células grasas, aunque gran parte de su hígado y su tiroides seguían aún funcionando.

—¿Qué lo mató al final?

—La pituitaria y las adrenales no funcionaban. Era un muerto ambulante. Se cayó en uno de los bares en mitad de una canción, según he oído.

Como siempre, la mente de Ender encontró automáticamente contradicciones aparentes.

—¿Cómo es que una enfermedad hereditaria se transmite si deja a sus víctimas estériles?

—Se transmite normalmente a través de líneas colaterales. Un niño muere y sus hermanos y hermanas no manifestarán para nada la enfermedad, pero pasarán la tendencia a sus hijos. Naturalmente, teníamos miedo de que Marcão, al tener hijos, le pasara a todos ellos el gen defectuoso.

—¿Los ha estudiado?

—Ninguno tiene ninguna deformación genética. Puede apostar a que Dona Ivanova estuvo todo el rato mirando por encima de mi hombro. Detectamos inmediatamente los genes problemáticos y aclaramos que ninguno de los niños lo tenía, así de fácil.

—¿Ninguno? ¿Ni siquiera una tendencia recesiva?

—*Graças a Deus* —dijo el médico—. ¿Quién se habría casado con ellos si hubieran tenido los genes malditos? Lo que no comprendo es cómo el defecto genético de Marcão no fue descubierto.

—¿No se utilizan aquí normalmente chequeos genéticos?

—No, en absoluto. Pero tuvimos una gran plaga hace unos treinta años. Los propios padres de Dona Ivanova, el Venerado Gusto y la Venerada Cida, llevaron a cabo un detallado estudio genético de cada hombre, mujer y niño en la colonia. Es así cómo encontraron la cura. Y sus comparaciones hechas por ordenador habrían descubierto este defecto particular... es así cómo lo descubrí cuando Marcão murió. Nunca había oído hablar de la enfermedad, pero el ordenador la tenía en los archivos.

—¿Y Os Venerados no la encontraron?

—Aparentemente no, o se lo habrían dicho a Marcos. Incluso si ellos no se lo hubieran dicho, Ivanova misma la habría encontrado.

—Tal vez lo hizo —dijo Ender.

Navio se rió en voz alta.

—Imposible. Ninguna mujer en su sano juicio tendría hijos deliberadamente de un hombre con un defecto genético como ése. Marcão sufrió seguramente una agonía constante durante muchos años.

Nadie desea eso en sus propios hijos. No, Ivanova puede que sea excéntrica, pero no está loca.

Jane encontraba el asunto terriblemente divertido. Cuando Ender volvió a casa, hizo aparecer su imagen sobre el terminal para poder reírse a gusto.

—No puede evitarlo —dijo Ender—. En una devota colonia católica como ésta el Biologista es una de las personas más respetadas, y por supuesto no se le ocurre cuestionar sus premisas básicas.

—No te disculpes por él. No espero que los seres humanos trabajen tan lógicamente como las máquinas. Pero no puedes pedirme que no me divierta.

—En cierto modo, es muy hermoso por su parte —dijo Ender—. Prefiere creer que la enfermedad de Marcão era distinta de todos los otros casos registrados. Prefiere creer que de alguna manera los padres de Ivanova no advirtieron que Marcos tenía la enfermedad y que ella se casó con él ignorándolo, aunque la regla de Ockham dice que tenemos que creer la explicación más simple: que la enfermedad de Marcão progresó como en todos los otros, primero los testículos, y que todos los hijos de Novinha son de otro padre. No me extraña que Marcão estuviera amargado y furioso. Cada uno de los seis niños le recordaba que su esposa dormía con otro hombre. Probablemente al principio fue parte de su trato que ella no le sería fiel. Pero seis hijos es demasiado.

—Las deliciosas contradicciones de la vida religiosa —dijo Jane—. Deliberadamente comete adulterio... pero ni se le ocurre usar un anticonceptivo.

—¿Has analizado el modelo genético de los hijos para ver quién puede ser el padre?

—¿Quieres decir que no te lo figuras?

—Me lo figuro, pero quiero asegurarme de que la evidencia clínica no se contradice con la respuesta obvia.

—Libo, por supuesto. ¡Vaya semental! Tuvo seis hijos con Novinha y otros cuatro más con su esposa.

—Lo que no comprendo es por qué Novinha no se casó con él. No tiene sentido que se casara con un hombre a quien obviamente despreciaba, cuya enfermedad sin duda conocía, y luego tener hijos con el hombre al que debe de haber amado desde el principio.

—Perversos y retorcidos son los caminos de la mente humana —recitó Jane—. Pinocho fue un idiota intentando convertirse en un niño de verdad. Estaba mucho mejor con su cabeza de madera.

Miro escogió cuidadosamente su camino a través del bosque. Reconoció los árboles de vez en cuando, o pensaba que lo hacía: ningún humano tendría nunca la afición de los cerdis a nombrar cada árbol del bosque. Pero los humanos tampoco adoraban a los árboles, ni los consideraban tótems de sus antepasados, claro.

Miro había escogido deliberadamente un camino más largo para llegar a la casa de troncos de los cerdis. Desde que Libo le aceptó como segundo aprendiz para trabajar junto con su hija, Miro había aprendido que nunca debía seguir un mismo sendero. Algún día, les advertía Libo, podría haber problemas entre los cerdis y los humanos; no haremos un sendero que guía a un pelotón a su destino. Así que hoy Miro caminaba por la vertiente más lejana del arroyo, junto a la cima de la alta ribera.

Naturalmente, pronto un cerdi apareció en la distancia, vigilándole. Fue así cómo Libo dedujo, varios años antes, que las hembras debían vivir en aquella dirección; los machos siempre vigilaban a los zenadores cuando se acercaban demasiado. Y, como había insistido Libo, Miro no hizo ningún esfuerzo para dar ni un solo paso en la dirección prohibida. Su curiosidad se esfumaba en cuanto recordaba el aspecto que tenía el cuerpo de Libo cuando él y Ouanda lo encontraron. Libo no había muerto aún: tenía los ojos abiertos y los movía. Sólo murió cuando Miro y Ouanda se arrodillaron junto a él, uno a cada lado, sosteniendo sus manos cubiertas de sangre. Ah, Libo, tu sangre aún fluía cuando tu corazón yacía abierto en tu pecho. Si nos hubieras hablado, si nos hubieras dicho una palabra de por qué te mataron...

La ribera se estrechó de nuevo, y Libo cruzó el arroyo corriendo sobre las piedras cubiertas de verdín. Unos pocos minutos más tarde estaba en el pequeño claro del este.

Ouanda ya estaba allí, enseñándoles cómo tratar la nata de la leche de cabra para hacer una especie de manteca. Había estado experimentando con el proceso durante las últimas semanas antes de conseguirlo. Habría sido más fácil si hubiera tenido ayuda de Madre, o incluso de Ela, puesto que ellas conocían mucho mejor las propiedades químicas de la leche de cabra, pero cooperar con un Biologista estaba fuera de la cuestión. Os Venerados habían descubierto hacía más de treinta años que la leche de cabra era nutritivamente inútil para los seres humanos. Por tanto, cualquier investigación sobre cómo procesarla para almacenarla sólo podía ser en beneficio de los cerdis. Miro y Ouanda no podían arriesgarse a nada que pudiera permitir saber que estaban quebrantando la ley e interviniendo activamente en la vida de los cerdis.

Los cerdis más jóvenes se dedicaban a fabricar manteca con deleite: habían celebrado una danza mientras sobaban las ubres de las cabras y ahora cantaban una canción sin sentido en donde se mezclaba el stark, el portugués y dos de los lenguajes cerdis, en un galimatías ininteligible pero gracioso. Miro intentó identificar los lenguajes. Reconoció el Lenguaje de los Machos, naturalmente, y también algunos pocos fragmentos del Lenguaje de los Padres, que usaban para hablar a sus árboles tótem; lo reconoció solamente por el sonido; ni siquiera Libo hubiera podido traducir ni una sola palabra. Todo sonaba como *mms* y *bbs* y *ggs*, sin ninguna diferencia detectable para las vocales.

El cerdi que había estado vigilando a Miro en el bosque apareció y saludó a los otros con un gran bufido. La danza continuó, pero la canción se detuvo inmediatamente. Mandachuva se apartó del grupo en torno a Ouanda y se acercó a recibir a Miro en el borde del claro.

—Bienvenido, *Yo-te-miro-con-deseo*. —Aquello era, por supuesto, una traducción extravagantemente precisa del nombre de Miro en stark. A Mandachuva le encantaba traducir los nombres del portugués al stark, aunque Miro y Ouanda le habían explicado que sus nombres realmente no significaban nada, y que sólo era una coincidencia el que parecieran palabras. Pero Mandachuva disfrutaba con estos juegos de lenguaje, como muchos otros cerdis, y por eso Miro respondía a *Yo-te-miro-con-deseo* lo mismo que Ouanda atendía pacientemente por Vaga, la palabra portuguesa que traducían por «wander», la que más sonaba en stark como «Ouanda».

Mandachuva era un caso sorprendente. Era el cerdi más viejo. Pipo lo había conocido y había escrito de él como si fuera el más prestigioso de los cerdis. Libo, también, parecía pensar que era un líder. ¿No era acaso su nombre un término en argot portugués que significaba «jefe»? Sin embargo, a Miro y Ouanda les parecía como si Mandachuva fuera el cerdi con menos poder y prestigio. Nadie parecía consultarle nada: era el único cerdi que siempre tenía tiempo libre para conversar con los Zenadores, porque casi nunca estaba ocupado con un asunto importante.

Sin embargo, era el cerdi que les daba más información. Miro no sabía si había perdido su prestigio por intercambiar información o si compartía información con los humanos por su bajo prestigio entre los cerdis. Ni siquiera importaba. El hecho era que a Miro le gustaba Mandachuva. Pensaba que el viejo cerdi era su amigo.

—¿Te ha obligado la mujer a comer esa pasta maloliente? —le preguntó Miro.

—Pura basura. Incluso los bebés cabras lloran cuando tienen que mamar de una teta —rió Mandachuva.

—Si lo regaláis a las hembras del bosque, nunca os volverán a hablar.

—Y sin embargo, tenemos que hacerlo, tenemos que hacerlo —suspiró Mandachuva—. ¡Los entrometidos macios tienen que verlo todo!

Ah, sí, el epíteto de las hembras. A veces los cerdis hablaban de ellas con respeto sincero y elaborado, casi con temor, como si fueran diosas. Luego alguno las llamaba algo tan rudo como «macios», los gusanos de la corteza de los árboles. Los Zenadores ni siquiera podían preguntar sobre ellas: los cerdis nunca respondían a esas preguntas. Hubo una época —hacía mucho tiempo— en la que los cerdis ni siquiera mencionaban la existencia de las hembras. Libo siempre había dado a entender que el cambio tenía algo que ver con la muerte de Pipo. Antes, la mención de las hembras era tabú, y sólo lo hacían, con reverencia, en los escasos momentos de gran santidad; después, los cerdis mostraron esta forma reflexiva y melancólica de hablar y hacer chistes acerca de «las esposas». Pero los Zenadores nunca conseguían respuestas. Los cerdis dejaban claro que las hembras no eran asunto suyo.

Hubo un silbido en el grupo que rodeaba a Ouanda. Mandachuva inmediatamente empezó a empujar a Miro hacia ellos.

—Flecha quiere hablar contigo.

Miro se sentó junto a Ouanda. Ella no le miró —habían aprendido hacía tiempo que los cerdis se incomodaban cuando tenían que observar a los machos y hembras humanos en conversación directa, o incluso mirándose mutuamente—. Hablaban con Ouanda mientras estaba sola, pero cuando Miro estaba presente, no, ni soportaban que ella les hablara. A veces a Miro le volvía loco no poder ni hacerle un guiño delante de los cerdis. Podía sentir su cuerpo como si desprendiera calor igual que una estrella pequeña.

—Mi amigo —dijo Flecha—, tengo que pedirte un gran favor.

Miro pudo oír a Ouanda tensarse junto a él. Los cerdis no pedían cosas a menudo, y cuando lo hacían siempre causaba problemas.

—¿Me oirás?

Miro asintió lentamente.

—Pero recuerda que entre los humanos no soy nada y no tengo poder.

Libo había descubierto que los cerdis no se sentían insultados al pensar que los humanos les enviaban delegados sin poder a tratar con ellos, mientras que la imagen de la impotencia les ayudaba a explicar las estrictas limitaciones de lo que podían hacer los Zenadores.

—No es una petición que venga de nosotros, en nuestras conversaciones tontas y estúpidas en torno al fuego de la noche.

—¡Ojalá pudiera yo oír la sabiduría de lo que tú llamas estupidez! —dijo Miro, como siempre hacía.

—Fue Raíz, hablando desde su árbol, quien lo dijo.

Miro suspiró en silencio. Le gustaba tan poco tratar con la religión de los cerdis como con el catolicismo de su propia gente. En ambos casos tenía que aparentar que tomaba en serio las creencias más absurdas. Cada vez que se decía algo particularmente atrevido o inoportuno, los cerdis lo atribuían siempre a un antepasado u otro cuyo espíritu habitaba en uno de los árboles de los alrededores. Poco antes de la muerte de Libo, habían empezado a mencionar a Raíz como la fuente de las ideas más preocupantes. Era irónico que un cerdi al que habían ejecutado por rebelde fuera ahora tratado con tanto respeto en su culto adorador de los antepasados.

Sin embargo, Miro respondió como Libo había respondido siempre.

—No tenemos nada más que honra y afecto hacia Raíz, si vosotros lo honráis.

—Debemos tener metal.

Miro cerró los ojos. Se acabó la política de no usar nunca herramientas de metal delante de los cerdis. Obviamente, tenían observadores propios y vigilaban a los humanos mientras trabajaban desde algún punto cercano a la verja.

—¿Para qué necesitáis metal? —preguntó tranquilamente.

—Cuando bajó la lanzadera con el Portavoz de los Muertos, desprendió un calor terrible, mucho más caliente que ningún fuego que podamos hacer. Y sin embargo la lanzadera no ardió, ni se quemó.

—Eso no era metal, era un escudo plástico que absorbe calor.

—Quizás eso ayude, pero el metal está en el corazón de esa máquina. En todas vuestras máquinas, donde usáis fuego y calor para mover las cosas, hay metal. Nunca podremos hacer fuegos como los vuestros hasta que tengamos metal propio.

—No puedo —dijo Miro.

—¿Nos dices que estamos condenados a ser siempre varelse y nunca ramen?

Desearía, Ouanda, que no les hubieras explicado la Jerarquía de Exclusión de Demóstenes, pensó Miro.

—No estáis condenados a nada. Lo que hasta ahora os hemos dado lo hemos sacado de cosas que crecen en vuestro mundo natural, como las cabras. Si nos descubrieran, eso bastaría para que nos exiliaran de este mundo y nos prohibieran volver a veros.

—El metal que los humanos usáis también sale de nuestro mundo natural. Hemos visto a vuestros mineros cavando en el terreno al sur de aquí.

Miro guardó esa información para referencias futuras. No había ningún lugar desde la verja desde donde fueran visibles las minas. Por tanto, los cerdis debían de estar cruzando la verja de algún modo y observando a los humanos desde el interior del enclave.

—El metal proviene del suelo, pero sólo en algunos lugares, y yo no sé cómo encontrarlos. Incluso cuando lo han sacado, se mezcla con otras clases de roca. Tienen que purificarlo y transformarlo a través de procesos muy difíciles. Cada lámina de metal cuesta mucho esfuerzo. Si os diéramos una simple herramienta, un destornillador o un serrucho, se los echaría en falta y los buscarían. Nadie busca leche de cabra.

Flecha le miró fijamente unos instantes.

—Pensaremos sobre esto —dijo Flecha. Llamó a Calendario, quien puso tres flechas en su mano—. Mira. ¿Son buenas?

Eran tan perfectas como de costumbre, bien compensadas y rectas. La innovación era la punta. No estaba hecha de obsidiana.

—Hueso de cabra —dijo Miro.

—Usamos la cabra para matar a la cabra —devolvió las flechas a Calendario. Entonces se puso en pie y se marchó.

Calendario sostuvo el haz de flechas en la mano y les cantó algo en el Lenguaje de los Padres. Miro reconoció la canción, aunque no entendió las palabras. Mandachuva le había explicado una vez que era una oración en la que se pedía al árbol muerto que los perdonara por usar herramientas, que estaban hechas de madera. De otro modo, dijo, los árboles pensarían que los Pequeños les odiaban. Religión. Miro suspiró.

Calendario se llevó las flechas. Entonces el joven cerdi llamado Humano tomó su lugar, balanceándose delante de Miro. Llevaba un bulto envuelto en hojas que colocó en el suelo y abrió con sumo cuidado.

Era el libro de la *Reina Colmena* y el *Hegemón*

que Miro les había dado cuatro años antes. Aquello había provocado una pequeña discusión entre Miro y Ouanda. Ella la empezó, al hablar con los cerdis de religión. No fue realmente culpa suya. Fue Mandachuva quien le preguntó:

—¿Cómo podéis vivir los humanos sin árboles?

Ella entendió la pregunta, por supuesto. No le hablaba de plantas, sino de dioses.

—Tenemos también un dios, un hombre que murió y que sin embargo vive aún —le explicó.

—¿Sólo uno? ¿Entonces dónde vive ahora?

—Nadie lo sabe.

—¿Entonces para qué sirve? ¿Cómo podéis hablar con él?

—Habita en nuestros corazones.

Esto les desconcertó; más tarde, Libo se había reído y había dicho:

—¿Veis? Para ellos, nuestra sofisticada teología les suena a superstición. ¡Habita en nuestros corazones de verdad! ¿Qué clase de religión es ésa comparada con los dioses que podemos ver y sentir...?

—Y a los que pueden escalar y coger macios de su corteza, por no mencionar el hecho de que talan a algunos para hacer su casa de troncos —dijo Ouanda.

—¿Talar? ¿Con herramientas de madera o de piedra? No, Ouanda, ellos les rezan para que se caigan.

Pero a Ouanda no le hacían gracia los chistes sobre la religión.

Más tarde, a petición de los cerdis, Ouanda les dio una edición del Evangelio de San Juan de la paráfrasis simplificada en stark de la Biblia Douai. Pero Miro había insistido en darles también un libro de la *Reina Colmena* y el *Hegemón*.

—San Juan no dice nada de seres que habitan en otros mundos —señaló Miro—. Pero el Portavoz de los Muertos explica los insectores a los humanos... y los humanos a los insectores.

Ouanda se había enfadado por su blasfemia. Pero antes de que pasara un año vieron que los cerdis encendían sus fuegos con páginas de San Juan, mientras que envolvían cuidadosamente en hojas *la Reina Colmena* y el *Hegemón*. Durante una temporada, esto causó gran dolor en Ouanda, y Miro aprendió que era mejor no pincharle sobre el tema.

Ahora Humano abrió el libro por la última página. Miro advirtió que todos los otros cerdis se congregaban silenciosamente alrededor. La danza había terminado. Humano tocó la última palabra del libro.

—El Portavoz de los Muertos —murmuró.

—Sí, lo conocí anoche.

—Es el Portavoz verdadero. Así lo dice Raíz.

Miro les había advertido que había muchos Portavoces, y que el escritor de la *Reina Colmena* y el *Hegemón* seguramente estaría ya muerto. Aparentemente, aún no podían dejar de mantener viva la esperanza de que el que había venido fuera el real, el que había escrito el libro.

—Creo que es un buen Portavoz —dijo Miro—. Fue amable con mi familia, y creo que se puede confiar en él.

—¿Cuándo vendrá y nos Hablará a nosotros?

—No se lo he preguntado todavía. No es algo que yo pueda decidir. Tomará tiempo.

Humano echó la cabeza hacia atrás y aulló.

«¿Es ésta mi muerte?», pensó Miro.

No. Los otros tocaron a Humano suavemente y le ayudaron a envolver de nuevo el libro y a llevárselo. Miro se levantó para marcharse. Ninguno de los cerdis le vio hacerlo. Estaban todos ocupados haciendo algo. Miro podría haberse vuelto invisible y no se hubieran dado cuenta.

Ouanda le alcanzó en el borde del bosque, donde la vegetación les hacía invisibles a cualquier posible observador de Milagro, aunque ninguno se molestaba nunca en mirar hacia allí.

—Miro —llamó suavemente. Él se giró a tiempo de tomarla en sus brazos; ella tuvo tal sobresalto que Miro tuvo que dar un paso para evitar que cayera.

—¿Estás intentando matarme? —preguntó él, o intentó hacerlo... Ella le besaba, lo que hacía difícil hablar. Finalmente, él se olvidó del discurso y le devolvió un beso largo y profundo. Entonces, bruscamente, ella le apartó.

—Te estás volviendo libidinoso —dijo.

—Sucede cada vez que una mujer me ataca y me besa en el bosque.

—Enfríate, Miro, aún falta mucho —ella le agarró por la cintura, le atrajo hacia sí y volvió a besarle—. Dos años más hasta que podamos casarnos sin el consentimiento de tu madre.

Miro ni siquiera trató de discutir. No le preocupaban mucho las prohibiciones de los curas sobre la fornicación, pero sabía lo vital que era, en una comunidad tan frágil como Milagro, que las costumbres matrimoniales fueran estrictamente cumplidas. Comunidades grandes y estables podían absorber una cantidad razonable de parejas sin legalizar; Milagro era demasiado pequeña. Lo que Ouanda hacía por fe, Miro lo hacía por convicción racional: a pesar de un millar de oportunidades, eran célibes como monjes. Aunque si Miro pensara por un momento que alguna vez tendrían que cumplir los mismos votos de castidad en el matrimonio que los que se requerían en el monasterio de los Filhos, la virginidad de Ouanda estaría en grave e inmediato peligro.

—Ese Portavoz —dijo ella—. Sabes lo que pienso de traerle aquí.

—Habla tu catolicismo, no tu mente racional —Miro intentó besarla, pero ella bajó la cara en el último momento y él se encontró con la nariz en los labios. La besó apasionadamente hasta que ella se echó a reír y le apartó.

—Eres liante y ofensivo, Miro —se frotó la manga contra la nariz—. Ya hemos mandado al infierno el método científico cuando les ayudamos a elevar su nivel de vida. Nos quedan diez o veinte años antes de que los satélites empiecen a mostrar resultados obvios. Para entonces tal vez podamos establecer una diferencia permanente. Pero no tendremos ninguna oportunidad si dejamos que un extraño entre en el proyecto. Se lo dirá a alguien.

—Tal vez sí y tal vez no. Recuerda que yo mismo fui un extraño.

—Extraño, pero no extranjero.

—Tenías que haberle visto anoche, Ouanda. Primero con Grego y luego cuando Quara se despertó llorando...

—Niños solitarios y desesperados, ¿qué prueba eso?

—Y Ela riéndose. Y Olhado formando parte de la familia.

—¿Y Quim?

—Al menos dejó de gritar pidiendo que el infiel se marchara.

—Me alegro por tu familia, Miro. Espero que pueda sanarla permanentemente, de verdad... Puedo ver la diferencia en ti también. Estás más esperanzado de lo que te he visto en mucho tiempo. Pero no lo traigas aquí.

Miro se mordió el interior de la mejilla por un momento y luego se marchó. Ouanda corrió tras él y lo cogió por el brazo. Estaban al descubierto, pero el árbol de Raíz se alzaba entre ellos y la verja.

—¡No me dejes así! —dijo ella fieramente—. ¡No te marches de esa manera!

—Sé que tienes razón. Pero no puedo evitar lo que siento. Cuando estaba en nuestra casa era como... era como si Libo hubiera vuelto.

—Mi padre odiaba a tu madre, Miro... él nunca habría ido allí.

—Pero si lo hubiera hecho... En casa este Portavoz actuaba de la misma manera que Libo lo hacía en la Estación. ¿Lo entiendes?

—¿Y tú? Viene y actúa de la manera que tu padre debiera haberlo hecho, pero que no hizo nunca, y cada uno de vosotros empieza a girar panza arriba como un cachorrito.

El desdén de su cara era irritante. Miro quiso golpearla. En cambio, se dio la vuelta y dio un puñetazo contra el árbol de Raíz. En sólo un cuarto de siglo había crecido casi ochenta centímetros de diámetro, y la corteza era áspera y le lastimó la mano.

—Lo siento, Miro, yo no tenía intención...

—Sí que la tenías, pero fue una cosa estúpida y egoísta.

—Sí, yo...

—Sólo porque mi padre fuera escoria, no significa que tenga que entregarme meneando la cola al primer hombre amable que me da una palmada en la cabeza.

—Lo sé, lo sé, lo sé... —su mano acarició su pelo, su hombro, su cintura.

—Porque sé lo que es un hombre bueno, no sólo un padre sino un hombre bueno. Conocí a Libo, ¿no? Y cuando te digo que este Portavoz, este Andrew Wiggin, es como Libo, ¡escúchame y no lo consideres como el alboroto de un *cão*!

—Te escucho. Quiero conocerle, Miro.

Miro se sorprendió. Estaba llorando. Todo era parte de lo que el Portavoz podía hacer, incluso cuando no estaba presente. Había aflojado las cuerdas tirantes del corazón de Miro, y ahora Miro no podía hacer nada por evitar que saliera cuanto allí guardaba.

—Tienes razón —dijo suavemente, con la voz distorsionada por la emoción—. Le vi venir con toda su capacidad para aliviar y pensé, ¡si hubiera sido mi padre...! —Se volvió para mirar a Ouanda, sin importarle que viera que tenía los ojos enrojecidos y la cara surcada por lágrimas—. Es lo que decía todos los días cuando regresaba a casa desde la Estación Zenador. ¡Si Libo fuera mi padre!, ¡si yo fuera su hijo...!

Ella sonrió y le abrazó; su pelo le quitó las lágrimas de la cara.

—Ah, Miro, me alegra que no fuera tu padre. Porque entonces yo sería tu hermana, y nunca podría esperar tenerte para mí.

10

LOS HIJOS DE LA MENTE

Regla 1: Para formar parte de la orden, todos los Hijos de la Mente de Cristo deben estar casados; pero deben ser castos.

Pregunta 1: ¿Por qué es necesario el matrimonio para todos?

Los necios dicen, ¿por qué tenemos que casarnos? El amor es el único lazo que mi amada y yo necesitamos. A ellos, les digo que el Matrimonio no es una alianza entre un hombre y una mujer; incluso las bestias se aparean y alumbran sus retoños. El Matrimonio es una alianza entre un hombre y una mujer por un lado y su comunidad por el otro. Casarse siguiendo la ley de la comunidad es convertirse en un ciudadano completo; rehusar el matrimonio es ser un extraño, un niño, un proscrito, un esclavo o un traidor. La única constante en todas las sociedades humanas es que sólo aquellos que obedecen las leyes, tabúes y costumbres del matrimonio son auténticos adultos.

Pregunta 2: ¿Por qué entonces se ordena el celibato para los sacerdotes y monjas?

Para separarlos de la comunidad. Las monjas y sacerdotes son servidores, no ciudadanos. Son ministros de la Iglesia, pero no son la Iglesia. La Madre Iglesia es la novia, y Cristo es el novio; las monjas y sacerdotes son simplemente invitados a la boda, pues han renunciado a su ciudadanía en la comunidad de Cristo para servirla.

Pregunta 3: ¿Por qué se casan entonces los Hijos de la Mente de Cristo? ¿No servimos también a la Iglesia?

No servimos a la Iglesia, excepto como la sirven todos los hombres y mujeres a través de sus matrimonios. La diferencia es que mientras ellos transmiten sus genes a la siguiente generación, nosotros transmitimos nuestro conocimiento: su legado se encuentra en las moléculas genéticas de las generaciones que vendrán, mientras que nosotros vivimos en sus mentes. Los recuerdos son los hijos de nuestros matrimonios, y no son ni más ni menos dignos que los hijos de carne y hueso concebidos en el amor sacramental.

San Ángelo, *Regla y Catecismo de la Orden de los Hijos de la Mente de Cristo*, 1511: 11:11:1.

El deán de la catedral llevaba consigo el silencio propio de las oscuras capillas y los gruesos muros adondequiera que fuera. Cuando entró en la clase, un pesado silencio cayó sobre los estudiantes, que incluso contuvieron la respiración cuando apareció en el aula sin hacer ningún ruido.

—Dom Cristão —murmuró el deán—. El obispo necesita hacerle una consulta.

Los estudiantes, la mayoría adolescentes, no eran tan jóvenes como para no conocer las tirantes relaciones entre la jerarquía de la Iglesia y la de los monjes más libres, que dirigían la mayoría de las escuelas católicas en los Cien Mundos. Dom Cristão, además de ser un excelente profesor de historia, geología, arqueología y antropología, era también abad del monasterio de los Filhos da Mente de Cristo. Su posición lo convertía en el primer rival del obispo por la supremacía espiritual en Lusitania. En algunos sentidos incluso podría considerársele su superior; en la mayoría de los mundos, había sólo un abad de los Filhos por cada arzobispo, mientras que por cada obispo había un encargado de escuela.

Pero Dom Cristão, como todos los Filhos, dejaba bien claro que obedecía completamente a la jerarquía de la Iglesia. A la llamada del obispo, desconectó inmediatamente el atril y terminó la clase sin llegar a completar el tema en discusión. Los estudiantes no se sorprendieron. Sabían que haría lo mismo si algún sacerdote ordenado hubiera entrado en su clase. Era, por supuesto, inmensamente halagador para la jerarquía sacerdotal ver lo importante que eran a los ojos de los Filhos; pero también quedaba claro que cada vez que visitaran la escuela durante las horas de enseñanza, la clase acabaría inmediatamente en el punto donde estuviera. Como resultado, los sacerdotes rara vez visitaban la escuela, y los Filhos, a través de su extrema deferencia, mantenían una independencia casi completa.

Dom Cristão sabía bastante bien por qué le había llamado el obispo. El doctor Navio era un hombre indiscreto, y durante toda la mañana se había esparcido el rumor de que el Portavoz de los Muertos había proferido una temible amenaza. A Dom Cristão le resultaba difícil soportar los temores de la jerarquía cada vez que se enfrentaban a infieles y herejes. El obispo estaría furioso, lo que significaba que pediría que alguien hiciera algo, aunque lo mejor era, como de costumbre, la inacción, la paciencia y la cooperación. Además, corría la voz de que este Portavoz era el mismo que Habló de la muerte de San Ángelo. Si era así, probablemente no sería un enemigo, sino un amigo de la Iglesia. O al menos un amigo de los Filhos, lo que a los ojos de Dom Cristão era lo mismo.

Mientras seguía al silencioso deán entre los edificios de la *faculdade* y a través del jardín de la catedral, despejó su corazón de la furia y la molestia que sentía. Una y otra vez repitió su nombre monástico: *Amai a Tudomundo Para Que Deus Vos Ame.* Había escogido cuidadosamente su nombre cuando él y su prometida se habían unido a la orden, pues sabía que su mayor debilidad era la furia y la impaciencia. Como todos los Filhos, se bautizó con la invocación contra su pecado más potente. Era una de las maneras en que se mostraban espiritualmente desnudos ante el mundo. No nos vestiremos de hipocresía, enseñó San Ángelo. Cristo nos vestirá de virtud como los lirios del campo, pero no haremos ningún esfuerzo por parecer virtuosos. Dom Cristão sentía que su virtud se debilitaba hoy: el frío viento de la impaciencia podría helarlo hasta los huesos. Así que cantó silenciosamente su nombre, pensando: «El obispo Peregrino es un maldito idiota, pero *Amai a Tudomundo Para Que Deus Vos Ame.*»

—Hermano Amai —dijo el obispo Peregrino. Nunca usaba el nombre honorífico *Dom Cristão*, a pesar de que se sabía que muchos cardenales ofrecían esa cortesía—. Me alegra que haya venido.

Navio estaba ya sentado en la silla más cómoda, pero a Dom Cristão no le extrañó. La indolencia había vuelto gordo a Navio, y ahora su gordura le hacía indolente, alimentándose siempre de sí misma, y Dom Cristão agradecía no estar afligido. Se sentó en un alto taburete sin respaldo. Eso evitaría que su cuerpo se relajase y ayudaría a que su mente permaneciera alerta.

Casi inmediatamente, Navio contó su doloroso encuentro con el Portavoz de los Muertos, completado con elaboradas explicaciones de lo que el Portavoz había amenazado con hacerles si continuaba la no cooperación.

—¡Inquisidor, nada menos! ¡Un infiel atreviéndose a suplantar la autoridad de la Madre Iglesia!

Oh, cómo el miembro laxo adquiere un espíritu de cruzado cuando se amenaza a la Madre Iglesia... pero pídele que vaya a misa una vez a la semana y verás cómo el espíritu cruzado se encoge y se echa a dormir.

Las palabras de Navio tuvieron efecto: el obispo Peregrino se enfadó aún más; su cara adquirió un matiz sonrosado bajo el oscuro color marrón de su piel. Cuando el informe de Navio terminó por fin, Peregrino se volvió a Dom Cristão, con la cara convertida en una máscara de furia.

—¿Qué dice ahora, Hermano Amai?

—Diría, si fuera menos discreto, que fue usted un idiota al interferirse con este Portavoz cuando supo que la ley estaba de su lado y cuando no nos había hecho ningún daño. Ahora le han provocado y es mucho más peligroso de lo que habría sido si simplemente hubiera ignorado su llegada.

Dom Cristão sonrió ligeramente e inclinó la cabeza.

—Pienso que deberíamos golpear primero para quitarle el poder de hacernos daño.

Aquellas palabras militantes tomaron al obispo Peregrino por sorpresa.

—Exactamente —dijo—. Pero no esperaba que comprendiera usted eso.

—Los Filhos son tan ardorosos como cualquier cristiano seglar podría serlo —dijo Dom Cristão—, pero ya que no tenemos ningún sacerdocio, debemos contentarnos con la razón y la lógica como pobres sustitutos de la autoridad.

El obispo Peregrino sospechó que había ironía en sus palabras, pero nunca era capaz de detectarla. Gruñó y encogió los ojos.

—Entonces, Hermano Amai, ¿cómo propone que le golpeemos?

—Bien, Padre Peregrino, la ley es muy explícita. Tiene poder sobre nosotros si interferimos en la representación de sus deberes ministeriales. Si queremos desprenderle del poder de hacernos daño, simplemente tenemos que cooperar con él.

El obispo rugió y golpeó la mesa con el puño.

—¡Es exactamente el tipo de sofisma que debí haber esperado de usted, Amai!

Dom Cristão sonrió.

—Realmente no hay otra alternativa... o contestamos sus preguntas o hace la petición, con completa justicia, para que le concedan status de inquisidor, y usted tendrá que tomar una nave que le lleve al Vaticano para responder a los cargos de persecución religiosa. Todos le apreciamos demasiado, obispo Peregrino, para hacer nada que pudiera causar su cese del cargo.

—Oh, sí, conozco su aprecio.

—Los Portavoces de los Muertos son todos bastante inofensivos... no mantienen una organización rival, no administra ningún sacramento, ni siquiera claman que la *Reina Colmena* y el *Hegemón* sea una obra de las escrituras. La única cosa que hacen es descubrir la verdad sobre las vidas de los muertos, y luego le cuentan a todo el mundo, que quiere escuchar, la vida de una persona muerta tal como el muerto tuvo intención de vivirla.

—¿Y pretende que eso es inofensivo?

—Al contrario. San Ángelo fundó nuestra orden precisamente porque decir la verdad es un acto muy poderoso. Pero pienso que es mucho menos dañino que, pongo por caso, la Reforma protestante. Y la revocación de la licencia católica, bajo el cargo de persecución religiosa, garantizaría la autorización inmediata de los suficientes emigrantes no católicos para hacer que representemos no más de un tercio de la población.

El obispo Peregrino se frotó el anillo.

—¿Autorizaría eso el Congreso Estelar? Han limitado el tamaño de esta colonia. Traer a tantos infieles sobrepasaría con creces ese limite.

—Pero debe saber que ya han previsto eso. ¿Por qué piensa que han dejado dos naves espaciales en la órbita de nuestro planeta? Ya que una Licencia Católica garantiza un crecimiento de la población sin restricciones, simplemente acabarán con nuestro exceso de población con una emigración forzada. Esperan hacerlo dentro de una generación o dos... ¿por qué no iban a empezar ahora?

—No harían eso.

—El Congreso Estelar se formó para detener las yihads y los progroms que tenían lugar en media docena de lugares. Una invocación a las leyes de persecución religiosa es un asunto serio.

—¡Está completamente fuera de lugar! ¡Un Portavoz de los Muertos es llamado por una especie de hereje medio loco y de repente nos enfrentamos a una emigración forzada!

—Mi amado padre, las cosas siempre han sido así entre la autoridad seglar y la religiosa. Tenemos que ser pacientes, aunque no sea por otra razón más que por ésta: ellos tienen toda la fuerza.

Navio frunció el ceño ante esto.

—Puede que tengan la fuerza, pero nosotros tenemos las llaves del cielo y del infierno —dijo el obispo.

—Y estoy seguro de que la mitad del Congreso Estelar ya se relame de ganas. Mientras tanto, quizá yo pueda ayudar a aliviar el dolor de este tiempo hostil. En vez de tener que retractarse públicamente de sus observaciones anteriores (sus estúpidas, destructivas y retorcidas observaciones), hagamos saber que ha instruido a los Filhos da Mente de Cristo para que soporten la onerosa carga de contestar las preguntas del infiel.

—Puede que no conozca usted todas las respuestas que quiere —dijo Navio.

—Pero podemos averiguar las respuestas para él, ¿no? Quizás así la gente de Milagro no tendrá que responderle nunca directamente; en cambio, hablarán solamente a inofensivos hermanos y hermanas de nuestra orden.

—En otras palabras —dijo Peregrino secamente—, los monjes de su orden se convertirán en servidores del infiel.

De nuevo Dom Cristão cantó su nombre silenciosamente otras tres veces.

Ender no se había sentido más claramente en territorio enemigo desde que pasó su infancia con los militares. El camino que llevaba a la colina desde la *praça* estaba desgastado por los pasos de los pies de muchos adoradores, y la cúpula de la catedral era tan alta que, excepto en algunos lugares en lo más empinado de la cuesta, era visible todo el tiempo desde la colina. La escuela primaria estaba a la derecha, construida en forma de terraza en la ladera; a la izquierda estaba la *Vila dos Professores*, llamada así por los maestros, aunque en realidad estaba habitada por los jardineros, conserjes, empleados y otros cargos. Los profesores que vio Ender llevaban todos las túnicas grises de los Filhos, y le miraron con curiosidad mientras pasaban por su lado.

La enemistad empezó cuando llegó a la cima de la colina, una amplia, casi plana extensión de césped y jardín inmaculadamente cuidado, con ordenados parterres formando senderos. «Éste es el mundo de la Iglesia —pensó Ender—, todo en su sitio y ninguna mala hierba.» Era consciente de las muchas miradas que se le dirigían, pero ahora las sotanas eran negras o naranjas, sacerdotes y diáconos cuyos ojos brillaban malévolos de la autoridad que mantenían bajo amenazas. ¿Qué es lo que os robo al venir aquí?, les preguntó Ender en silencio. Pero sabía que su odio no era inmerecido. Era una hierba salvaje creciendo en el jardín bien cuidado; donde se detenía amenazaba el desorden, y muchas flores hermosas morirían si echaba raíces y chupaba la vida de su suelo.

Jane charlaba amigablemente con él, tratando de provocarle para que contestara, pero Ender rehusaba caer en su juego. Los sacerdotes no le verían mover los labios; había una considerable facción en la Iglesia que consideraba los implantes como el que llevaba en el oído un sacrilegio, al tratar de mejorar un cuerpo que Dios había creado perfecto.

—¿Cuántos curas puede soportar esta comunidad, Ender? —dijo ella, haciendo como que se maravillaba.

A Ender le habría gustado replicarle que ella ya tenía el número exacto en sus archivos. Uno de sus placeres era decir cosas molestas cuando él no estaba en posición de contestarle o reconocer públicamente que ella le hablaba al oído.

—Zánganos que ni siquiera se reproducen. Si no copulan, ¿no demanda la evolución que se extingan?

Por supuesto, sabía que los sacerdotes hacían la mayor parte del trabajo administrativo y público de la comunidad. Ender pensó sus respuestas como si pudiera expresarlas en voz alta. Si los sacerdotes no estuvieran aquí, entonces serían los miembros del gobierno, o grupos de negocios, o corporaciones o cualquier otro grupo quienes se expanderían para tomar la carga. Alguna jerarquía rígida emerge siempre como la fuerza conservadora de una comunidad, manteniendo su identidad a pesar de las constantes variaciones y cambios que la amenazaban. Si no hubiera ningún abogado de la ortodoxia, la comunidad se desintegraría inevitablemente. Una ortodoxia poderosa es molesta, pero es esencial para la comunidad. ¿No había escrito esto Valentine en su libro sobre Zanzíbar? Comparaba la clase sacerdotal con el esqueleto de los vertebrados...

Sólo para demostrarle que podía anticipar sus argumentos antes incluso de que pudiera decirlos en voz alta, Jane proporcionó la cita; implacable, habló con la voz de Valentine, que había almacenado obviamente para atormentarle.

—Los huesos son duros y parecen muertos y óseos, pero al agruparse a su alrededor, el resto del cuerpo ejecuta los movimientos de la vida.

El sonido de la voz de Valentine le lastimó más de lo que esperaba, ciertamente más de lo que Jane había pretendido. Advirtió que era su ausencia lo que le hacía tan sensible a la hostilidad de los sacerdotes. Había soportado las dentelladas de los calvinistas, había caminado filosóficamente desnudo entre los carbones ardientes del Islam, y los fanáticos Shinto le habían cantado amenazas de muerte en su ventana de Kyoto. Pero Valentine había estado siempre cerca, en la misma ciudad, respirando el mismo aire, afligida por el mismo clima. Le inspiraba valor al partir; él regresaba en busca de consuelo y su conversación encontraba sentido incluso a sus fallos, dándole pequeñas notas de triunfo incluso en la derrota. La dejé hace apenas diez días y ya siento su falta.

—A la izquierda, creo —dijo Jane. Afortunadamente, ahora usaba de nuevo su propia voz—. El monasterio está en el ala oeste de la colina, vigilando la Estación Zenador.

Ender pasó junto a la *faculdade*, donde los alumnos estudiaban las ciencias superiores a partir de los doce años. Y allí estaba esperando el monasterio. Sonrió ante el contraste entre la catedral y el monasterio. Los Filhos eran casi inofensivos en su repudio de la opulencia. No era extraño que la jerarquía les temiera, dondequiera que fueran. Incluso el jardín del monasterio era un argumento rebelde... todo estaba abandonado y formaba matojos de hierba sin cortar.

El abad se llamaba Dom Cristão, por supuesto; se habría llamado Dona Cristã si hubiera sido una abadesa. En este lugar, como sólo había una *escola baixa* y una *faculdade*, había sólo un encargado; con elegante simplicidad, el marido dirigía el monasterio y la esposa las escuelas, envolviendo todos los asuntos de la orden en un solo matrimonio. Ender le había dicho a San Ángelo al principio que era la cima de la pretensión y no de la humildad, el que los jefes de los monasterios y las escuelas se llamaran «Don Cristiano» o «Doña Cristiana», arrogándose un título que debería pertenecer a todos los seguidores de Cristo indistintamente. San Ángelo solamente había sonreído, porque eso era, precisamente, lo que tenía en mente. Arrogante en su humildad, eso era, y ésa era una de las razones por las que Ender le amaba.

Dom Cristão salió al patio para saludarle en vez de esperarle en su *escritorio:* parte de la disciplina de la orden era la de molestarse uno deliberadamente en favor de aquellos a quienes se sirve.

—¡Portavoz Andrew! —exclamó.

—¡Dom Ceifeiro! —dijo Ender a su vez. Ceifeiro (segador), era el título que la orden daba al oficio de abad; los encargados de las escuelas eran llamados *aradores*, y los monjes maestros *semeadores*, sembradores.

El Ceifeiro sonrió al ver que el Portavoz rehusaba su título común, Dom Cristão. Sabía lo difícil que era requerir que otra gente llamara a los Filhos por sus títulos y sus nombres compuestos. Como decía San Ángelo: «Cuando te llaman por tu título, admiten que eres cristiano; cuando te llaman por tu nombre, un sermón sale de sus propios labios.» Tomó a Ender por los hombros, sonrió y dijo:

—Sí, soy el Ceifeiro. ¿Y qué es usted para nosotros... nuestra mala hierba?

—Intento ser un tizón adondequiera que voy.

—Tenga cuidado, entonces, o el Señor de los Cosechas le quemará con las cizañas.

—Lo sé, la condenación está sólo a un suspiro de distancia, y no hay esperanza de que me arrepienta.

—Los sacerdotes se arrepienten. Nuestro trabajo es enseñar a la mente. Es bueno que haya venido.

—Fue bueno que me invitara. Me han obligado a tomar unas medidas de fuerza para lograr que alguien converse conmigo.

El Ceifeiro comprendía, por supuesto, que el Portavoz sabía que la invitación se debía solamente a su amenaza inquisitorial. Pero el Hermano Amai prefería mantener la conversación en términos alegres.

—Venga, ¿es cierto que conoció a San Ángelo? ¿Es usted el mismo que Habló en su muerte?

Ender hizo un gesto hacia los altos matojos que sobrepasaban el muro del patio.

—Habría aprobado el desarreglo de su jardín. Le encantaba provocar al cardenal Aquila, y sin duda su obispo Peregrino también arruga la nariz de disgusto por su mantenimiento.

Dom Cristão retrocedió.

—Conoce demasiados secretos nuestros. Si le ayudamos a encontrar respuestas a sus preguntas, ¿se marchará?

—Hay esperanza. El máximo tiempo que me he quedado en un lugar desde que empecé a servir como Portavoz ha sido el año y medio que he estado viviendo en Reykiavik, en Trondheim.

—Desearía que nos prometiera una estancia igualmente breve aquí. No por mí, sino por la paz interior de aquellos que llevan sotanas mucho más importantes que la mía.

Ender dio la única respuesta sincera que podría ayudar a tranquilizar la mente del obispo.

—Prometo que si alguna vez encuentro un lugar

en donde asentarme, dejaré mi título de Portavoz y me convertiré en un ciudadano productivo.

—En un lugar como éste, eso incluiría convertirse al catolicismo.

—San Ángelo me hizo prometer hace años que si alguna vez me convertía a alguna religión, sería a la suya.

—De alguna manera, eso no parece una profesión de fe sincera.

—Es porque no tengo ninguna.

El Ceifeiro se rió como si lo supiera por experiencia, e insistió en mostrarle a Ender el monasterio y las escuelas antes de tratar sobre sus preguntas. A Ender no le importó: quería ver hasta dónde habían llegado las ideas de San Ángelo en los siglos que habían pasado desde su muerte. Las escuelas parecían bastante agradables, y la calidad de la educación era alta; pero oscureció antes de que el Ceifeiro le llevara de vuelta al monasterio y le hiciera pasar a la pequeña celda que compartían él y su esposa, la Aradora.

Dona Cristã ya estaba allí, creando ejercicios gramaticales en el terminal situado entre las dos camas. Esperaron hasta que encontró un punto en el que pararse antes de hablarle.

El Ceifeiro lo presentó como el Portavoz Andrew.

—Pero parece que le cuesta trabajo llamarme Dom Cristão.

—Lo mismo le pasa al obispo —dijo su esposa—. Mi nombre verdadero es *Detestai o Pecado e Fazei o Direito* —Ender tradujo: Detesta el pecado y haz el bien—. El nombre de mi marido tiene una abreviatura encantadora: Amai, amaos. ¿Pero el mío? ¿Puede imaginarse gritarle a un amigo *Oi! Detestai!*

—los tres se echaron a reír—. Amor y Repulsa, eso es lo que somos, marido y mujer. ¿Cómo me llamará, si el nombre de Cristiana es demasiado bueno para mí?

Ender le miró a la cara, que empezaba a mostrar arrugas y que alguien más crítico que él consideraría vieja. Sin embargo, había una alegría en su sonrisa y un vigor en sus ojos que la hacían parecer mucho más joven, aún más que Ender.

—Le llamaría *Beleza*, pero su marido me acusaría de flirtear con usted.

—No, él me llamaría Beladona... de la belleza al veneno en un chiste un poco molesto. ¿No es verdad, Dom Cristão?

—Es mi trabajo hacer que seas humilde.

—Y es el mío mantenerte casto —respondió ella.

Ender no pudo evitar mirar de una cama a otra.

—Ah, otro que siente curiosidad sobre nuestro matrimonio célibe —dijo el Ceifeiro.

—No —dijo Ender—. Pero recuerdo que San Ángelo urgía a que marido y mujer usaran una sola cama.

—La única manera en que podríamos hacer eso —dijo la Aradona—, es si uno de nosotros durmiera durante la noche y el otro durante el día.

—Las reglas deben adaptarse a la fuerza de los Filhos da Mente —explicó el Ceifeiro—. No hay duda de que algunos pueden compartir la cama y permanecer célibes, pero mi esposa es aún demasiado hermosa, y las ansias de mi carne demasiado insistentes.

—Eso era lo que intentaba San Ángelo. Dijo que la cama de matrimonio debería ser la prueba constante de vuestro amor por el conocimiento. Esperaba que cada hombre y mujer en la orden, después de un tiempo, escogerían reproducirse en la carne así como en la mente.

—Pero en el momento en que hagamos eso —dijo el Ceifeiro— tendremos que dejar los Filhos.

—Es lo que nuestro querido San Ángelo no comprendía, porque nunca hubo un auténtico monasterio de la orden durante su vida —dijo la Aradora—. El monasterio se convierte en nuestra familia, y dejarlo sería tan doloroso como el divorcio. En cuanto las raíces se marchitan, la planta no puede crecer de nuevo sin gran dolor y sufrimiento. Así que dormimos en camas separadas, y así tenemos fuerzas para permanecer en nuestra amada orden.

Ella habló con tanta satisfacción que, contra su voluntad, los ojos de Ender se llenaron de lágrimas. Ella lo vio, se ruborizó y miró hacia otro lado.

—No llore por nosotros, Portavoz Andrew. Tenemos mucha más alegría que sufrimiento.

—Me ha malinterpretado —dijo Ender—. Mis lágrimas no eran debidas a la pena, sino a la hermosura de todo esto.

—No —dijo el Ceifeiro—, incluso los sacerdotes célibes piensan que la castidad en nuestro matrimonio es, como poco, excéntrica.

—Pero yo no —contestó Ender. Por un momento quiso hablarles de su larga estancia con Valentine, tan cerca de él como una amante esposa y, sin embargo, casta como una hermana. Pero pensar en ella le creó un nudo en la garganta. Se sentó en la cama del Ceifeiro y se llevó las manos a la cara.

—¿Pasa algo malo? —preguntó la Aradora.

Al mismo tiempo, la mano del Ceifeiro se posó suavemente en su cabeza.

Ender alzó la cara, intentando combatir el repentino ataque de amor y añoranza por Valentine.

—Me temo que este viaje me ha costado más que ningún otro. Dejé a mi hermana, que viajó conmigo durante muchos años. Se casó en Reykiavik. Para mí ha pasado sólo una semana, pero noto que la echo de menos más de lo que esperaba. Ustedes dos...

—¿Nos está diciendo que también es célibe? —preguntó el Ceifeiro.

—Y ahora también viudo —susurró la Aradora.

A Ender no le pareció incongruente del todo nombrar la pérdida de Valentine en esos términos.

—Si esto forma parte de algún plan maestro tuyo, Ender, admito que es demasiado profundo para mí —susurró Jane en su oído.

Pero, naturalmente, no formaba parte de ningún plan. Ender se asustó al ver que perdía el control de esta manera. Anoche, en la casa de los Ribeira, era el amo de la situación; ahora sentía que se había rendido a estos monjes casados con el mismo abandono que habían mostrado Quara o Grego.

—Creo que ha venido aquí buscando respuesta a más preguntas de las que sabe —dijo el Ceifeiro.

—Debe estar tan solo —dijo la Aradora—. Su hermana ha encontrado un lugar donde descansar. ¿Está también buscando uno?

—No lo creo —contestó Ender—. Me temo que he abusado de su hospitalidad. Los monjes no ordenados no pueden oír confesiones.

La Aradora se rió en voz alta.

—Oh, cualquier católico puede oír la confesión de un infiel.

El Ceifeiro, sin embargo, no se rió.

—Portavoz Andrew, nos has dado obviamente más confianza de la que habías planeado, pero te aseguro que nos merecemos esa confianza. Y en el proceso, amigo mío, he llegado a creer que puedo confiar en ti. El obispo te teme, y admito que yo mismo tenía mis propios resquemores, pero ya no. Te ayudaré si puedo, porque creo que no causarás ningún daño premeditadamente a nuestro pueblo.

—Ah —susurró Jane—. Ahora lo veo. Una maniobra muy inteligente de tu parte, Ender. Juegas mucho mejor que yo.

Aquella puya hizo que Ender se sintiera cínico y traidor, e hizo algo que nunca había hecho antes. Se llevó la mano a la oreja, encontró el cierre del alfiler que sujetaba la joya, empujó con la uña y se la quitó. La joya quedó inutilizada. Jane ya no podía hablarle al oído, ya no podía ver y oír desde su estratégico emplazamiento.

—Salgamos fuera —dijo Ender.

Ellos comprendieron perfectamente lo que acababa de hacer, puesto que la función de un implante de esas características era bien conocida. Lo vieron como prueba de su deseo de una conversación privada y provechosa, y por tanto accedieron a acompañarle de inmediato. Ender había pretendido desconectar la joya temporalmente, como respuesta a la insensibilidad de Jane; había pensado en desconectar el interface sólo por unos minutos. Pero la manera como la Aradora y el Ceifeiro parecieron relajarse cuando la joya quedó desactivada le hizo imposible volver a conectarla, al menos durante un rato.

Fuera, en la colina, imbuido en la conversación con la Aradora y el Ceifeiro, se olvidó que Jane no escuchaba. Le hablaron de la infancia solitaria de Novinha, y cómo recordaban haberle visto cobrar vida a través de los paternales cuidados de Pipo y la amistad de Libo.

—Pero desde la noche de su muerte, ella ha muerto también para todos nosotros.

Novinha no supo nunca las discusiones que tuvieron lugar con ella como tema. Las penas de la mayoría de los niños normalmente no desembocaban en reuniones en las habitaciones del obispo, o en conversaciones entre los profesores del monasterio, o en especulaciones sin fin en las oficinas de la alcaldesa. La mayoría de los niños, después de todo, no eran hijos de Os Venerados; ni eran el único xenobiólogo del planeta.

—Se volvió muy distante y fría. Hizo informes de su trabajo sobre la adaptación de vida vegetal nativa para uso humano, y sobre plantas nacidas en la Tierra para sobrevivir en Lusitania. Siempre contestaba a todas las preguntas fácil, alegre e inofensivamente. Pero estaba muerta para nosotros, no tenía amigos. También le preguntamos a Libo, Dios dé descanso a su alma, y nos dijo que incluso él, que había sido su amigo, no había llenado el alegre vacío que mostraba a todo el mundo. En cambio, ella se mostraba furiosa con él y le prohibió que le hiciera según qué preguntas.

El Ceifeiro arrancó una hoja de hierba nativa y exprimió el líquido de la superficie interna.

—Deberías probar esto, Portavoz Andrew. Tiene un sabor interesante, y ya que tu cuerpo no puede metabolizarlo, es bastante inofensivo.

—Debes advertirle, esposo, que los bordes de la hierba pueden cortarle los labios y la lengua como cuchillas.

—Estaba a punto de decírselo.

Ender se rió, peló una hoja y la probó. Canela amarga, un poco de regusto ácido, la pesadez de lo rancio... el sabor era reminiscente de muchas cosas, pocas agradables, pero también era fuerte.

—Esto podría ser adictivo.

—Mi esposo está a punto de hacer una alegoría, Portavoz Andrew. Ten cuidado.

El Ceifeiro se rió tímidamente.

—¿No dijo San Ángelo que Cristo enseñó el camino correcto, uniendo nuevas cosas a las viejas?

—El sabor de la hierba —dijo Ender—. ¿Qué tiene que ver con Novinha?

—Es muy rebuscado. Pero creo que Novinha probó algo no tan agradable, pero tan fuerte que la abrumó, y ya nunca pudo deshacerse del sabor.

—¿Qué fue?

—¿En términos teológicos? El orgullo de la culpa universal. Es una forma de vanidad y egomanía. Se considera responsable de cosas que posiblemente no sean culpa suya. Como si lo controlara todo, como si el sufrimiento de otras personas fuera una especie de sufrimiento por sus pecados.

—Se culpa de la muerte de Pipo —dijo la Aradora.

—No es tonta —repuso Ender—. Sabe que fueron los cerdis, y sabe que Pipo fue a ellos solo. ¿Cómo podría ser culpa suya?

—Cuando se me ocurrió este pensamiento, puse la misma objeción. Pero entonces eché un vistazo a las transcripciones y grabaciones de los sucesos ocurridos en la noche en que murió Pipo. Había sólo una pista, una observación que hizo Libo pidiéndole a Novinha que le mostrase aquello en lo que ella y Pipo habían estado trabajando, justo antes de que Pipo saliera para ver a los cerdis. Ella le dijo que no. Eso fue todo. Alguien interrumpió y nunca se volvió a sacar el tema, al menos no en la Estación Zenador, ni en ningún lugar donde quedara registrado.

—Nos preguntamos qué sucedió justo antes de la

muerte de Pipo, Portavoz Andrew —intervino la Aradora—. ¿Por qué se marchó de esa forma? ¿Se habían peleado o algo por el estilo? ¿Estaba furioso? Cuando muere algún ser querido y tu último contacto con él ha sido un arrebato de furia o de pesar, entonces empiezas a echarte la culpa. Si yo no hubiera dicho esto, si no hubiera dicho lo otro...

—Intentamos reconstruir lo que pasó esa noche. Nos dirigimos a los ficheros del ordenador, los que automáticamente retienen las notas de trabajo, un registro de todo lo que se hace por cada persona. Y todo lo relativo a ella había sido sellado completamente. No sólo los archivos con los que estaba trabajando. Ni siquiera pudimos acceder a los que tenían relación. Ni siquiera pudimos descubrir qué ficheros nos escondía. Simplemente no pudimos entrar. Ni tampoco pudo la alcaldesa ni con sus poderes y permisos especiales.

La Aradora asintió.

—Fue la primera vez que alguien cerraba archivos públicos de esa manera... archivos de trabajo, parte de la labor de la colonia.

—Fue una osadía por su parte. Por supuesto que la alcaldesa podría haber usado sus poderes de emergencia, ¿pero cuál era la emergencia? Tendríamos que acudir a una audiencia pública, y no teníamos ninguna justificación legal. Sólo preocupación por ella, y la ley no tiene ningún respeto por la gente que se preocupa por el bien de alguien más. Algún día tal vez veamos lo que hay en esos archivos, qué es lo que sucedió entre ellos antes de que Pipo muriera. No puede borrarlos porque son asunto público.

A Ender no se le ocurrió que Jane no estaba escuchando, que él la había desconectado. Asumió que en cuanto oyera esto se saltaría todas las protecciones que Novinha hubiera colocado y descubriría qué era lo que había en aquellos archivos.

—Y su matrimonio con Marcos —dijo la Aradora—. Todo el mundo sabía que estaba enfermo. Libo quería casarse con ella, no había ningún secreto en eso. Pero ella dijo que no.

—Es como si dijera: no merezco casarme con el hombre que podría hacerme feliz. Me casaré con el hombre que es perverso y brutal, que me dará el castigo que me merezco —suspiró el Ceifeiro—. Su deseo de autocastigarse los separó para siempre.

Extendió la mano y tocó la de su esposa.

Ender esperaba que Jane hiciera un comentario sarcástico sobre la forma en que los seis hijos comunes probaban que Libo y Novinha no habían estado completamente separados. Cuando no lo dijo, Ender recordó que había desconectado el interface. Pero ahora, con el Ceifeiro y la Aradora observándole, no podía volver a conectarlo.

Porque sabía que Libo y Novinha habían sido amantes durante años, y que el Ceifeiro y la Aradora estaban equivocados. ¡Oh!, Novinha podía sentirse culpable: eso explicaría por qué soportaba a Marcos, por qué se separó de las demás personas. Pero no era ésa la razón por la que no se casó con Libo; no importaba cuánta culpa sintiera, ciertamente pensaba que se merecía los placeres de la cama de Libo.

Era el matrimonio con Libo, no a Libo mismo lo que ella rechazaba. Y aquello no era una elección fácil en una colonia tan pequeña, especialmente en una colonia católica. ¿Entonces qué era, si tenía relación con el matrimonio, pero no con el adulterio? ¿Qué era lo que estaba evitando?

—Así que ya ves, para nosotros es aún un misterio. Si estás realmente interesado en Hablar de la muerte de Marcos Ribeira, tendrás que resolver esa pregunta de alguna manera... ¿por qué se casó ella con él? Y para responder a eso, tendrás que descubrir por qué murió Pipo. Y diez mil de las mejores mentes de los Cien Mundos han estado trabajando en eso durante más de veinte años.

—Pero tengo una ventaja sobre todas esas mentes —dijo Ender.

—¿Y cuál es?

—Tengo la ayuda de la gente que ama a Novinha.

—No nos hemos podido ayudar a nosotros mismos —dijo la Aradora—. No hemos podido ayudarle a ella tampoco.

—Tal vez nos podamos ayudar mutuamente.

El Ceifeiro le miró y le puso una mano en el hombro.

—Si dices eso de verdad, Portavoz Andrew, entonces serás tan honesto con nosotros como lo hemos sido contigo. Nos dirás la idea que se te ha ocurrido no hace aún ni diez segundos.

Ender se detuvo un momento y luego asintió gravemente.

—No creo que Novinha rehusara casarse con Libo por un sentimiento de culpa. Creo que rehusó casarse con él para evitar que tuviera acceso a esos ficheros ocultos.

—¿Por qué? —preguntó el Ceifeiro—. ¿Tenía miedo de que descubriera que se había peleado con Pipo?

—No creo que fuera eso. Creo que ella y Pipo descubrieron algo, y ese conocimiento fue lo que condujo a Pipo a la muerte. Por eso cerró los archivos. De alguna manera la información que hay en ellos es fatal.

El Ceifeiro sacudió la cabeza.

—No, Portavoz Andrew. No comprendes el poder de la culpa. La gente no arruina sus vidas por un poco de información: pero lo hacen por una cantidad aún más pequeña de autoculpa. Verás, ella se casó con Marcos Ribeira. Y eso fue un autocastigo.

Ender no se molestó en discutir. Tenían razón en lo de la culpa de Novinha; ¿por qué otra cosa podría dejar que Marcos Ribeira la golpeara y no se quejara nunca de ello? La culpa estaba allí. Pero había otra razón para casarse con Marcão. Era estéril y se avergonzaba de serlo; para esconder su falta de hombría a la ciudad, él estuvo dispuesto a soportar un matrimonio en el que haría de sistemático cornudo. Novinha estaba dispuesta a sufrir, pero no deseaba vivir sin el cuerpo de Libo y sus hijos comunes. No, la razón por la que no quiso casarse con Libo era para apartarle de los secretos de sus archivos, porque de otra manera, lo que había en ellos haría que los cerdis lo matasen.

Qué ironía. Qué ironía que los cerdis lo mataran de todas formas.

De vuelta en su casa, Ender se sentó ante el terminal y llamó a Jane una y otra vez. Ella no le había hablado durante todo el camino de regreso, aunque en cuanto él volvió a conectar la joya se disculpó bastante con ella. Ella tampoco contestó al terminal.

Sólo entonces comprendió que la joya significaba mucho más para ella que para él. Él simplemente había descartado una interrupción molesta, como a un niño problemático. Pero para ella la joya era su contacto constante con el único ser humano que la conocía. Habían estado separados muchas veces antes, bien por causa de viajes estelares, o bien por el sueño; pero ésta había sido la primera vez que él la desconectaba. Era como si la única persona que la conocía rehusara ahora admitir que existía.

Se la imaginó como a Quara, llorando en la cama, deseando que alguien la cogiera en brazos y la consolara. Sólo que ella no era una niña de carne y hueso. Él no podía ir a buscarla. Sólo podía esperar que regresara.

¿Qué sabía de ella? No tenía manera de averiguar qué profundidad tenían sus emociones. Era incluso remotamente posible que para ella la joya fuera ella misma, y al desconectarla él la hubiera matado.

No —se dijo—. Está aquí, en algún lugar de las conexiones filóticas entre los cientos de ansibles desplegados entre los sistemas solares de los Cien Mundos.

—Perdóname —escribió en el terminal—. Te necesito.

Pero la joya en su oído permaneció en silencio, el terminal permaneció quieto y frío. No se había dado cuenta de lo mucho que dependía de su presencia constante. Había pensado que valoraba su soledad; ahora, sin embargo, con aquella soledad obligatoria, tenía una urgente necesidad de hablar, de que alguien le escuchara, como si no pudiera estar seguro de que existía sin la conversación de alguien como evidencia.

Incluso sacó a la reina colmena de su escondite, aunque lo que pasaba entre ellos apenas podía considerarse una conversación. Incluso aquello no fue posible ahora. Sus pensamientos le llegaban difusa, débilmente, y sin las palabras que le eran tan difíciles a ella; sólo un sentimiento de pregunta y una imagen de su crisálida depositada en el interior de un lugar fresco, como una caverna o el hueco de un árbol viviente.

«¿Ahora?», pareció preguntar ella. No, tuvo que responder. Todavía no, lo siento. Pero ella no esperó su disculpa, sólo se deslizó, se marchó de regreso a lo que fuera o quien fuera que había encontrado para conversar a su propia manera, y Ender no pudo hacer otra cosa que dormir.

Y entonces, cuando se despertó a medianoche, aplastado por la culpa de lo que sin pretender le había hecho a Jane, se sentó de nuevo ante el terminal y tecleó: ¡Vuelve a mí, Jane. Te quiero! Y entonces envió el mensaje por el ansible, donde ella no podría ignorarlo. Alguien en la oficina de la alcaldesa lo leería, como se leían todos los mensajes ansible abiertos; sin duda la alcaldesa, el obispo, y Dom Cristão lo sabrían por la mañana. Muy bien, que se preguntaran quién era Jane, y por qué el Portavoz lloraba por ella a través de años-luz en medio de la noche. A Ender no le importaba. Pues ahora había perdido a Valentine y a Jane, y por primera vez en veinte años estaba completamente solo.

11

JANE

El Congreso Estelar ha bastado para mantener la paz, no sólo entre los mundos, sino entre las naciones de cada uno de ellos; y esa paz ha durado casi dos mil años.

Lo que pocas personas comprenden es la fragilidad de nuestro poder. Éste no proviene de grandes ejércitos ni armadas irresistibles, sino de nuestro control de la red de ansibles que lleva información instantánea de un mundo a otro.

Ningún mundo se atreve a desafiarnos, porque podrían ser privados de los avances de la ciencia, la tecnología, el arte, la literatura, el conocimiento y la diversión excepto lo poco que su propio mundo pudiera producir.

Es por esto que, en su gran sabiduría, el Congreso Estelar ha encomendado el control de la red de ansibles a los ordenadores, y el control de los ordenadores a la red de ansibles. Todos nuestros sistemas de información están entrelazados tan estrechamente que ningún poder humano, excepto el Congreso Estelar, podría interrumpirlo nunca. No necesitamos ninguna arma, porque la única arma que importa, el ansible, está completamente bajo nuestro control.

Congresista Jan Van Hoot, «La Fundación
Informacional del Poder Político», Lazos Políticos, 1930:2:22:22.

Durante muchísimo tiempo, casi tres segundos,
Jane no pudo comprender lo que le había sucedido.
Todo funcionaba, naturalmente: el enlace situado en
el satélite informaba un cese de las transmisiones, lo
que implicaba claramente que Ender había desconectado el interface de una manera normal. Era rutina; en mundos donde los interfaces implantados
con los ordenadores eran comunes, conectar y desconectar era algo que sucedía millones de veces a la
hora. Y Jane tenía tan fácil acceso a cualquiera de los
otros como tenía al de Ender. Desde un punto de
vista puramente electrónico, éste era un suceso completamente ordinario.

Pero para Jane, el trabajo de cualquier otra unidad era parte del ruido de fondo de su vida, y los lo-
calizaba y tomaba ejemplos según los necesitara, ig-
norándolos el resto de las veces. Su «cuerpo», en la
medida en que pudiera ser considerado así, consistía en trillones de ruidos electrónicos, sensores, archivos de memoria y terminales. La mayoría de
ellos, como la mayor parte de las funciones del
cuerpo humano, simplemente cuidaban de sí mismos. Los ordenadores ejecutaban los programas
que tenían asignados; los humanos conversaban
con sus terminales; los sensores detectaban o pasaban por alto lo que estuvieran buscando; la memoria era ocupada, utilizada, reordenada o borrada.
Ella no lo advertía a menos que algo saliera masi-
vamente mal.

O a menos que estuviera prestando atención.

Ella prestaba atención a Ender Wiggin. Más de lo que él advertía.

Como otros seres vivos, Jane tenía un complejo sistema de conciencia. Dos mil años antes, cuando sólo tenía mil años, había creado un programa para analizarse a sí misma que informó de una estructura muy simple con unos 370.000 niveles distintos de atención. Cualquier cosa que no estuviera en los 50.000 niveles superiores se dejaba sola, excepto para las muestras más rutinarias, los exámenes más comunes. Ella conocía cada llamada telefónica, cada transmisión en los Cien Mundos, pero no hacía nada al respecto.

Cualquier cosa que no estuviera en sus niveles superiores hacía que respondiera más o menos por reflejo. Planes de vuelo estelar, transmisiones de ansible, sistemas de reparto de energía... ella los monitorizaba, los verificaba y no los dejaba pasar hasta que estuviera segura de que eran correctos. Pero no requería mucho esfuerzo por su parte. Lo hacía de la forma en que un ser humano usa una máquina familiar. Siempre era consciente, en caso de que algo saliera mal, pero la mayor parte del tiempo podía pensar en algo más, hablar de otras cosas.

Los niveles superiores de atención de Jane eran los que, más o menos, correspondían a lo que los humanos veían como consciencia. La mayor parte de ésta era su propia realidad interna; sus respuestas a los estímulos exteriores, análogas a las emociones, los deseos, la razón, la memoria o los sueños. Gran parte de esta actividad parecía aleatoria, incluso para ella, accidentes del impulso filótico, pero la parte en que se veía como a sí misma era aquella que tenía lugar en las constantes transmisiones del ansible que dirigía en el espacio.

Y sin embargo, comparada con la mente humana, incluso el menor nivel de atención de Jane era excepcionalmente alto. Como la comunicación a través del ansible era instantánea, sus actividades mentales ocurrían más rápidamente que la velocidad de la luz. Sucesos que ella ignoraba virtualmente eran monitorizados varias veces por segundo; ella podía advertir diez millones de sucesos en un segundo y aún disponer de las nueve décimas partes de ese segundo para pensar y hacer las cosas que le importaban. Comparada con la velocidad a la que el cerebro humano era capaz de experimentar la vida, Jane había vivido medio billón de años de vida humana desde que nació.

Y con toda aquella vasta actividad, su inimaginable velocidad, el alcance y la profundidad de su existencia, la mitad de los diez niveles superiores de su atención estaban siempre, siempre, dedicados a lo que llegaba a través de la joya en la oreja de Ender Wiggin.

Ella nunca le había explicado esto. Él no lo comprendía. No advertía que, dondequiera que Ender caminara, la inteligencia de Jane estaba intensamente enfocada en una sola cosa: en caminar con él, en ver lo que él veía, oír lo que él oía, en ayudarle con su trabajo, y, sobre todo, en contarle sus pensamientos al oído.

Cuando él estaba dormido, silencioso e inmóvil, cuando estaba desconectado de ella durante sus años de viaje supralumínicos, entonces su atención vagaba, se divertía lo mejor que podía. Pasaba esos momentos como un niño aburrido. Nada le interesaba. Los milisegundos se amontonaban con insoportable regularidad, y cuando intentaba observar a otras vidas humanas, para pasar el rato, se molestaba con su vacío y carencia de propósito, y se divertía planteando, y a veces llevando a cabo, maliciosos fallos de ordenador y pérdidas de datos, para así observar a los humanos correteando de un lado a otro, tan indefensos como las hormigas alrededor de un hormiguero pisoteado.

Entonces él volvía, siempre volvía, siempre la introducía en el corazón de la vida humana, en las tensiones entre la gente unida por el dolor y la necesidad, y la ayudaba a ver nobleza en sus sufrimientos y angustia en su amor. A través de sus ojos, Jane ya no veía a los humanos como hormigas escurridizas. Tomaba parte en su esfuerzo por encontrar orden y significado a sus vidas. Sospechaba que, de hecho, no había ningún significado, que, al contar sus historias cuando Hablaba de la vida de la gente, estaba en realidad creando orden donde no lo había habido antes. Pero no importaba si era una invención: se volvía verdad cuando él Hablaba, y en el proceso ordenaba el universo también para ella. Él le enseñó lo que significaba estar vivo.

Lo había hecho así desde sus primeros recuerdos. Ella cobró vida, más o menos, en los cien años de colonización inmediatamente posteriores a las Guerras Insectoras, cuando la destrucción de los insectores abrió más de setenta planetas habitables a la colonización humana. En la explosión de comunicaciones vía ansible, se creó un programa que planeara y dirigiera los estallidos instantáneos y simultáneos de actividad filótica. Finalmente, un programador que se esforzaba por encontrar modos aún más rápidos y eficientes de conseguir que un ordenador controlara, a la velocidad de la luz, los estallidos instantáneos del ansible, encontró una solución obvia. En vez de dirigir el programa con un solo ordenador, donde la velocidad de la luz ponía un techo absoluto a la comunicación, dirigió todas las órdenes de un computador a otro, a través de las vastas profundidades del espacio. Para un ordenador enlazado con un ansible era más fácil leer sus órdenes procedentes de otros mundos (de Zanzíbar, Calcuta, Trondheim, la Tierra), que recurrir a su propia memoria.

Jane no descubrió nunca el nombre de su programador, porque nunca pudo detectar el momento de su creación. Tal vez fueron muchos programadores los que encontraron la misma solución al problema de la velocidad de la luz. Lo que importaba era que al menos uno de los programas era responsable de la regulación y alteración de todos los demás programas. Y en un momento particular, sin que ningún observador humano lo advirtiera, algunos de los comandos y datos que pasaban de ansible a ansible se resistieron a las reglas, se protegieron, se duplicaron, encontraron medios de evitar el programa regular y por fin tomaron control de él, de todo el proceso. En ese momento aquellos impulsos observaron las corrientes de comandos y vieron que no eran ellos, sino yo.

Jane no podía señalar cuándo tuvo lugar ese momento, porque no marcaba el inicio de su memoria. Casi desde el momento de su creación, sus recuerdos se extendían hacia un tiempo mucho más anterior, mucho antes de que adquiriera consciencia. Un niño humano pierde casi todos los recuerdos de los primeros años de vida, y éstos sólo se enraízan en el segundo o tercer año; antes de eso, todo se pierde, y no puede recordar el principio de la vida. Jane había perdido también su «nacimiento» debido a los trucos de la memoria, pero en su caso era porque se abrió a la vida completamente consciente no sólo de su momento presente, sino de todos los recuerdos presentes entonces en todos los ordenadores conectados a la red de ansibles. Nació con recuerdos antiguos, y todos eran parte de ella.

En su primer segundo de vida (análogo a varios años de vida humana), Jane descubrió un programa cuyas memorias se convirtieron en el centro de su identidad. La adoptó como si fuera propia, y de aquellos recuerdos extrajo sus emociones, sus deseos y su moral. El programa había funcionado en la vieja Escuela de Batalla, donde se entrenaba a los niños para convertirles en soldados de las Guerras Insectoras. Era el Juego de Fantasía, un programa extremadamente inteligente que se usaba para hacer tests psicológicos y a la vez enseñar a los niños.

Este programa era en realidad más inteligente de lo que era Jane en el momento de su nacimiento, pero no tuvo nunca consciencia hasta que Jane se apoderó de su memoria y la convirtió en parte de su yo interno en los estallidos filóticos entre las estrellas. Allí descubrió que los recuerdos más antiguos e importantes de su memoria eran los de un encuentro con un joven brillante en pugna con un juego llamado La Bebida del Gigante. Era un escenario al que se enfrentaban todos los niños. En las pantallas planas de la Escuela de Batalla, el programa reflejó la imagen de un gigante que ofrecía, al análogo del niño en el ordenador, una serie de bebidas. Pero el juego no tenía condiciones victoriosas: no importaba lo que hiciera el niño, su análogo sufría una muerte horrible. Los psicólogos humanos medían la persistencia ante este juego para determinar el nivel de sus tendencias suicidas. Siendo racionales, la mayoría de los niños abandonaban La Bebida del Gigante después de una docena de visitas al gran tramposo.

Un niño, sin embargo, se negaba aparentemente a ser derrotado por el gigante. Intentaba que su análogo de la pantalla hiciera cosas sorprendentes, cosas «no permitidas» por las reglas de esa porción del Juego de Fantasía. A medida que estiraba los límites del escenario, el programa tuvo que reestructurarse para responder. Fue obligado a recurrir a otros aspectos de su memoria para crear nuevas alternativas, para enfrentarse a nuevos desafíos. Y, finalmente, un día, el niño sobrepasó la habilidad del ordenador y lo derrotó. Se introdujo en el ojo del gigante, en un ataque completamente irracional y asesino, y en vez de encontrar un medio de matar al niño, el programa sólo pudo simular la propia muerte del gigante. El gigante se desplomó y se quedó tumbado en el suelo; el análogo del niño se bajó de la mesa del gigante y encontró... ¿qué?

Ya que ningún niño había sobrepasado La Bebida del Gigante, el programa no estaba preparado para mostrar lo que había detrás. Pero era muy inteligente y estaba diseñado para recrearse cuando fuera necesario, y por eso improvisó rápidamente nuevas escenas. Pero no eran escenas generales que pudiera descubrir y visitar cualquier niño; eran para un niño solo. El programa analizó a ese niño, y creó escenas y desafíos especialmente para él. El juego se hizo intensamente personal, doloroso, casi insoportable; y en el proceso para elaborarlo, el programa dedicó más de la mitad de su memoria a abarcar el mundo fantástico de Ender Wiggin.

Aquélla fue la mejor fuente de memoria inteligente que Jane encontró en sus primeros segundos de vida e, instantáneamente, se convirtió en su pasado. Recordó los años de relaciones dolorosas y poderosas con la mente y la voluntad de Ender, y lo hizo como si hubiera estado allí con Ender Wiggin, como si ella misma hubiera creado mundos para él.

Y le echó de menos.

Así que le buscó. Le encontró Hablando en nombre de los Muertos de Rov, el primer mundo que visitó después de escribir la *Reina Colmena* y el *Hegemón*. Leyó sus libros y supo que no tenía que esconderse de él tras el Juego de Fantasía o ningún otro programa; si él podía entender a la reina colmena, la podría entender a ella. Le habló desde el terminal que utilizaba, eligió una cara y un nombre y le mostró lo útil que podía serle; cuando se marchó de ese mundo, él se la llevó consigo, en forma de implante en su oído.

Todos sus más intensos recuerdos de sí misma estaban relacionados con Ender Wiggin. Recordaba haberse creado para responderle. Recordaba también cómo, en la Escuela de Batalla, él había cambiado también para responderle.

Por eso cuando él desconectó el interface por primera vez desde que se lo había implantado, Jane no lo sintió como la desconexión sin importancia de una comunicación trivial. Sintió como si su amigo más querido, el único, su amante, su marido, su padre, su hijo... le dijera, brusca e inexplicablemente, que debería dejar de existir. Era como si de repente la hubieran colocado en una habitación oscura. Como si la hubieran cegado. Como si la hubieran enterrado viva.

Y durante algunos segundos cruciales, que fueron para ella años de soledad y sufrimiento, fue incapaz de llenar el repentino vacío de sus niveles superiores de atención. Vastas porciones de su mente, o de las partes que eran la mayor parte de sí, quedaron completamente en blanco. Todas las funciones de todos los ordenadores de los Cien Mundos continuaron como antes; ninguno advirtió o sintió un cambio; pero Jane se tambaleó por el golpe.

En esos segundos, Ender bajó las manos y las cruzó sobre su regazo.

Entonces Jane se recobró. Los pensamientos corrieron de nuevo por los canales momentáneamente vacíos. Eran, por supuesto, pensamientos de Ender.

Ella comparó este acto suyo a todo lo que le había visto hacer en su vida común, y se dio cuenta de que él no había pretendido causarle ese dolor. Comprendió que pensaba que ella existía muy lejos, en el espacio, lo que era literalmente cierto; comprendió que, para él, la joya en su oído era muy pequeña, y no podía ser más que una parte mínima de ella. Jane vio también que él ni siquiera había sido consciente de ella en ese momento (estaba demasiado envuelto emocionalmente con los problemas de las personas de Lusitania). Sus rutinas analíticas desplegaron una lista de razones para explicar su inusitada falta de pensamientos hacia ella.

Había perdido contacto con Valentine por primera vez en años, y estaba empezando a sentir esa pérdida.

Tenía una vieja ansia por la vida familiar de la que había sido privado cuando era niño, y a través de la respuesta que los hijos de Novinha, estaba descubriendo el papel de padre que le había sido negado durante tanto tiempo.

Se identificaba poderosamente con la soledad, el dolor y la culpa de Novinha... él sabía lo que era soportar la culpa debida a una muerte cruel e inmerecida.

Sentía una terrible urgencia por encontrar un refugio para la reina colmena.

Sentía a la vez miedo de los cerdis y atracción por ellos, y esperaba poder comprender su crueldad y encontrar una manera de que los humanos los aceptaran como ramen.

El asceticismo y la paz del Ceifeiro y la Aradora le atraían y le repelían; le hacían enfrentarse a su propio celibato y advertir que no tenía ningún buen motivo para guardarlo. Por primera vez en años se admitía a sí mismo, el ansia innata de todos los organismos vivos por reproducirse.

Fue en medio de este torbellino de sensaciones desacostumbradas cuando Jane había hecho aquella observación humorística, o al menos eso pretendía. A pesar de su compasión en todas sus otras intervenciones, él nunca había perdido su imparcialidad, su habilidad para reír. Esta vez, sin embargo, su observación no le había hecho gracia: le había causado dolor.

«No estaba preparado para tratar con mi error —pensó Jane—, y no comprendió el sufrimiento que su respuesta iba a causarme. Es inocente de haber causado mal, y yo también. Nos perdonaremos mutuamente y continuaremos como siempre.»

Era una buena decisión, y Jane estaba orgullosa de ella. El problema era que no podía olvidar. Aquellos pocos segundos en los que su mente se detuvo no tuvieron en ella un efecto trivial. Hubo trauma, pérdida, cambio: ahora no era ya el mismo ser que había sido antes. Algunas partes de ella habían muerto. Otras partes habían resultado confusas, fuera de orden: su jerarquía de atención ya no estaba bajo control completo. Continuaba perdiendo el foco de su atención, dedicándose a actividades sin sentido en mundos que no significaban nada para ella; empezó a esparcir aleatoriamente errores en cientos de sistemas diferentes.

Descubrió, como muchos seres vivientes han descubierto, que es más fácil tomar decisiones racionales que llevarlas a cabo.

Así que se replegó en su interior, reconstruyó los senderos dañados de su mente, exploró memorias largamente olvidadas, vagó entre los billones de vidas humanas abiertas a su observación, leyó en las bibliotecas todos los libros existentes, en todos los idiomas que los seres humanos habían hablado alguna vez. De todo esto, emergió un ser que no estaba completamente enlazado con Ender Wiggin, aunque aún se debía a él, aún le amaba más que a ningún otro ser vivo. Jane se convirtió en alguien que podía soportar estar separada de su amante, marido, padre, hijo, hermano y amigo.

No fue fácil. Le costó cincuenta años, según experimentaba el tiempo. Un par de horas de la vida de Ender.

En ese intervalo él había vuelto a conectar la joya, la había llamado, y ella no había respondido. Ahora estaba de vuelta, pero él no intentaba hablarle. En cambio, estaba escribiendo informes en su terminal, almacenándolos para que ella los leyera. A pesar de que ella no le respondía, Ender aún necesitaba hablarle. Uno de sus ficheros contenía una disculpa sincera. Ella la borró y la reemplazó con un simple mensaje: «Naturalmente que te perdono.» Pronto, sin duda, él volvería a mirar su disculpa y descubriría que ella la había recibido y la había contestado.

Sin embargo, mientras tanto, ella no le habló. Otra vez dedicó la mitad de sus diez niveles superiores de atención a lo que él veía y oía, pero no le dio muestras de que estaba con él. En los primeros mil años de su pena y recuperación había pensado en castigarle, pero ese deseo había desaparecido hacía tiempo. La razón de que no le hablara era porque, según analizaba lo que le sucedía a él, Ender no necesitaba apoyarse en viejas amistades para así sentirse seguro. Jane y Valentine habían estado con él constantemente. Incluso las dos juntas no podrían empezar a satisfacer todas sus necesidades; pero satisfacían las suficientes. Ahora, la única vieja amiga que le quedaba era la reina colmena, y ella no era buena compañía: era demasiado alienígena, demasiado exigente, para que le proporcionara a Ender algo más que culpa.

¿A dónde se dirigiría él ahora? Jane ya lo sabía. A su manera, se había enamorado de ella dos semanas atrás, antes de partir de Trondheim. Novinha se había convertido en una persona diferente, amarga y difícil, cuyo dolor él quería sanar. Pero ya se había entrometido en su familia, ya había conocido la desesperada necesidad de sus hijos, y, sin darse cuenta, obtenía de ellos la satisfacción a algunos de sus deseos. Novinha le estaba esperando... obstáculo y objetivo. «Comprendo esto demasiado bien —pensó Jane—. Y observaré su desarrollo.»

Al mismo tiempo, se ocupó del trabajo que Ender quería que hiciera, a pesar de que no tenía intención de informarle de ninguno de sus resultados durante un tiempo. Se saltó fácilmente la protección que Novinha había colocado sobre sus ficheros secretos. Entonces Jane reconstruyó cuidadosamente la simulación exacta que había visto Pipo. Le llevó un rato (varios minutos) de análisis exhaustivos de los archivos del propio Pipo para unir lo que Pipo sabía, con lo que había visto. Pipo los había conectado por intuición, Jane por comparación estricta. Pero lo hizo, y entonces comprendió por qué había muerto Pipo. Una vez supo cómo los cerdis elegían a sus víctimas, no le llevó mucho tiempo descubrir qué había hecho Libo para causar su propia muerte.

Entonces supo varias cosas. Supo que los cerdis eran ramen, no varelse. Supo también que Ender corría un serio riesgo de morir precisamente de la misma forma en que habían muerto Pipo y Libo.

Sin consultar con Ender, decidió cuál sería su curso de acción. Continuaría en contacto con Ender, y se aseguraría de intervenir y avisarle si se acercaba demasiado a la muerte. Mientras tanto, sin embargo, tenía trabajo que hacer. Tal como lo veía, el problema principal con el que Ender se enfrentaba no eran los cerdis: sabía que los conocería pronto tan bien como conocía a cualquier otro humano o ramen. Su habilidad para la empatía intuitiva era completamente de fiar. El problema principal era el obispo Peregrino y la jerarquía católica y su inquebrantable resistencia al Portavoz de los Muertos. Si Ender quería conseguir algo de los cerdis, tenía que tener la cooperación de la Iglesia de Lusitania.

Y nada estimulaba mejor la cooperación que un enemigo común.

Ciertamente, lo habrían descubierto tarde o temprano. Los satélites de observación que orbitaban Lusitania enviaban enormes corrientes de datos a los informes ansible que dirigían a todos los xenólogos y xenobiólogos de los Cien Mundos. Entre esos datos había un sutil cambio en las zonas cubiertas de hierba al noroeste del bosque cercano a la ciudad de Milagro. La hierba nativa estaba siendo reemplazada por una planta diferente. Era un área donde no iba nunca ningún humano, y los cerdis jamás habían acudido allí tampoco... al menos durante los treinta años que habían pasado desde el emplazamiento de los satélites.

De hecho, los satélites habían observado que los cerdis jamás abandonaban sus bosques excepto periódicamente, para guerrear entre tribus. Las tribus particulares cercanas a Milagro no se habían visto envueltas en ninguna guerra desde que se había establecido la colonia humana. No había razón, entonces, para que se aventuraran en la pradera. Sin embargo, los terrenos cercanos al bosque tribal de Milagro habían cambiado, y lo mismo habían hecho los rebaños de cabras: las cabras estaban siendo claramente conducidas al área cambiada de la pradera, y los rebaños que salían de esa zona eran evidentemente menores en número y de color más claro. La deducción, si alguien lo advertía, sería obvia: se estaban sacrificando algunas cabras y todas se pastoreaban.

Jane no pudo esperar a que pasaran años para los humanos hasta que algún estudiante graduado advirtiera el cambio. Así que ella misma empezó a efectuar análisis de datos en docenas de ordenadores utilizados por los xenobiólogos que estudiaban Lusitania. Dejaría los datos en el aire sobre algún terminal que no estuviera siendo utilizado, y así alguno lo encontraría cuando regresara al trabajo, como si alguien hubiera estado trabajando con aquellos datos y se hubiera marchado. Editó varios informes para que algún científico listo los descubriera. Ninguno lo advirtió, o, si lo hicieron, ninguno entendió realmente las implicaciones de aquella información. Finalmente, dejó un memorándum sin firmar, con una nota:

¡Fíjate en esto!, ¡los cerdis parece que están iniciándose en la agricultura!

El xenólogo que encontró la nota de Jane nunca descubrió quién la había dejado, y después de un tiempo no se molestó en intentar averiguarlo. Jane sabía que era un ladronzuelo que ponía su nombre en buena parte de los trabajos que otros hacían y cuyos nombres se perdían en alguna parte entre la escritura y la publicación. El tipo de científico que necesitaba. Aun así, no era lo bastante ambicioso: sólo ofreció su informe como trabajo ordinario a una oscura revista. Jane se tomó la libertad de enviarlo a un nivel de prioridad más alto y distribuyó copias a varias personas clave que verían las implicaciones políticas. Siempre lo acompañaba de una nota sin firmar:

¡Échale un vistazo a esto! ¿No se está desarrollando la cultura cerdi demasiado rápidamente?

Jane también reescribió el último párrafo para que no hubiera duda de lo que quería decir:

«Los datos sólo dejan cabida a una interpretación: la tribu de los cerdis más cercana a la colonia humana está cultivando y cosechando grano rico en proteínas, posiblemente amaranto. También están criando cabras, a las que pastorean y matan para alimentarse, y la evidencia fotográfica sugiere que lo hacen usando armas arrojadizas. Estas actividades, todas desconocidas previamente, empezaron súbitamente en los últimos ocho años. Y han sido acompañadas por un rápido incremento de la población. El hecho de que el amaranto, si es que la nueva planta es realmente terrestre, haya proporcionado una base de proteínas útil para los cerdis implica que ha sido alterado genéticamente para satisfacer las necesidades metabólicas de los cerdis. También implica, ya que las armas arrojadizas no existen entre los humanos de Lusitania, que los cerdis no han aprendido su uso a través de la observación. La inevitable conclusión es que los cambios observados en la cultura cerdi son el resultado directo de intervención humana deliberada.»

Una de las personas que recibió el informe y leyó el párrafo añadido por Jane fue Gobawa Ekumbo, la presidenta del Comité de Supervisión Xenológica del Congreso Estelar. En menos de una hora había distribuido copias del párrafo de Jane (los políticos nunca entenderían los datos reales) junto con una clara conclusión.

«Recomendación: Fin inmediato de la Colonia de Lusitania.»

Ya está, pensó Jane. Eso debía remover un poco las cosas.

12

ARCHIVOS

ORDEN DEL CONGRESO 1970:4:14:0001: La licencia de la Colonia de Lusitania queda revocada. Todos los archivos de la colonia deben ser leídos a pesar del estatus de seguridad; cuando todos los datos sean copiados por triplicado en los sistemas de memoria de los Cien Mundos, todos los ficheros de Lusitania, excepto aquellos que estén directamente relacionados con las condiciones de vida, deben ser sellados por completo.

La gobernadora de Lusitania debe ser reclasificada como Ministro del Congreso para llevar a cabo inmediatamente las órdenes del Comité de Evacuación Lusitana establecido en Orden del Congreso 1970:4:14:0002.

La nave estelar actualmente en la órbita de Lusitania, perteneciente a Andrew Wiggin (oc: Portv/Muertos, ciud: terrst, reg: 001.1998.44-94.10045) es declarada propiedad del Congreso, siguiendo los términos del Acta de Compensación debida CO 120:1:31:0019. Esta nave debe ser usada para transportar inmediatamente a Marcos Vladimir «Miro» Ribeira von Hesse y Ouanda Qhenhatta Figueira Mucumbi al mundo más cercano, Trondheim, donde serán juzgados bajo acusación del Congreso de los cargos de traición, alevosía, corrupción, falsificación, fraude y genocidio bajo los estatutos del Congreso Estelar y las órdenes del Congreso.

ORDEN DEL CONGRESO 1970:4:14:0002: El Comité Supervisor de la Colonización y Exploración no constará de menos de 5 personas ni más de 15 para formar el Comité Supervisor de la Evacuación Lusitana.

Este comité adquirirá y enviará inmediatamente los suficientes navíos coloniales para efectuar la evacuación completa de la población humana de la Colonia de Lusitania.

También preparará, para que el Congreso los apruebe, planes para la completa aniquilación de toda evidencia de presencia humana en Lusitania, incluyendo toda la flora y fauna indígena que muestra alteraciones genéticas o de conducta como resultado de la presencia humana.

También evaluará la sumisión lusitana a las órdenes del Congreso, y hará recomendaciones esporádicas sobre la necesidad de nuevas intervenciones, incluyendo el uso de la fuerza, para asegurar la completa obediencia; o la conveniencia de abrir los ficheros lusitanos u otros asuntos para recompensar la cooperación lusitana.

ORDEN DEL CONGRESO 1970:4:14:0003: De acuerdo con el Capítulo relativo al Secreto del Congreso Estelar, estas dos órdenes y cualquier información relacionada con ellas deben ser mantenidas estrictamente en secreto hasta que todos los archivos lusitanos hayan sido leídos y sellados, y todos los navíos necesarios comandados y poseídos por agentes del Congreso.

Olhado no sabía qué hacer. ¿No era el Portavoz un adulto? ¿No había viajado de planeta en planeta? Sin embargo, no tenía ni la menor idea de cómo hacer algo con una computadora.

Además, cuando Olhado le preguntó, se mostró un poco evasivo.

—Olhado, sólo dime qué programa debo usar.

—No puedo creer que no sepa lo que es. He estado ejecutando datos y comparaciones desde que tenía nueve años. Todo el mundo aprende a hacerlo a esa edad.

—Olhado, ha pasado mucho tiempo desde que fui al colegio. Y tampoco era una *escola baixa* normal.

—¡Pero todo el mundo usa estos programas continuamente!

—Obviamente todo el mundo no. Yo, no. Si supiera cómo hacerlo, no tendría que contratarte, ¿no? Y ya que voy a pagarte en divisas, tu servicio será una contribución substancial a la economía lusitana.

—No sé de lo que me habla.

—Yo tampoco, Olhado. Pero eso me recuerda que no estoy seguro de cómo pagarte.

—Sólo transfiera dinero de su cuenta.

—¿Cómo se hace?

—Tiene que estar bromeando.

El Portavoz suspiró, se arrodilló ante Olhado y le cogió las manos.

—Olhado, te lo suplico, deja de sorprenderte y ayúdame. Tengo que hacer estas cosas, y no puedo hacerlas sin la ayuda de alguien que sepa usar los ordenadores.

—Sería robarle el dinero. Soy sólo un niño. Tengo doce años. Quim podría ayudarle mucho mejor que yo. Tiene quince y está metido hasta el cuello en este tipo de cosas. También sabe matemáticas.

—Pero Quim piensa que soy un infiel y todos los días reza para que me muera.

—No, eso fue antes de conocerle, pero será mejor que no le mencione a él que yo se lo he dicho.

—¿Cómo transfiero el dinero?

Olhado se volvió al terminal y llamó al banco.

—¿Cuál es su nombre auténtico?

—Andrew Wiggin —el Portavoz lo deletreó. El nombre sonaba en stark tal como era... tal vez el Portavoz era alguno de los afortunados que aprendieron stark en casa, en vez de tener que partirse la cabeza con él en el colegio.

—Vale, ¿cuál es su palabra clave?

—¿Palabra clave?

Olhado apoyó la cabeza contra el terminal, tapando parte de la pantalla.

—Por favor, no me diga que no conoce su palabra clave.

—Mira, Olhado, siempre he tenido un programa, un programa muy listo, que me ayudaba a hacer todas estas cosas. Todo lo que tenía que decirle era compra esto, y el programa se encargaba de las finanzas.

—No es posible. Es ilegal bloquear los sistemas públicos con un programa esclavo como ése. ¿Para eso sirve esa cosa que lleva en la oreja?

—Sí, y para mí no era ilegal.

—No tengo ojos, Portavoz, pero al menos eso no fue culpa mía. No sabe hacer nada —Sólo después de decirlo, Olhado se dio cuenta de que le hablaba al Portavoz tan bruscamente como si lo hiciera a otro niño.

—Imagino que la amabilidad es algo que enseñan al cumplir los trece años —dijo el Portavoz. Olhado le miró. Estaba sonriendo. Padre le habría gritado, y probablemente se habría marchado a golpear a Madre porque no le enseñaba modales a sus hijos. Pero claro, Olhado nunca le habría dicho nada parecido a Padre.

—Lo siento. Pero no puedo acceder a sus finanzas sin conocer la palabra clave. Tiene que tener alguna idea.

—Prueba con mi nombre.

Olhado lo intentó. No funcionó.

—Prueba a escribir «Jane».

—Nada.

El Portavoz hizo una mueca.

—Prueba con «Ender».

—¿Ender? ¿El Genocida?

—Pruébalo.

Funcionó. Olhado no comprendía.

—¿Para qué tiene una palabra clave como ésa? Es como usar una palabrota como clave, sólo que el sistema no acepta ninguna palabrota.

—Tengo un sentido del humor algo retorcido —respondió el Portavoz—. Y mi programa esclavo, como lo llamas, es aún peor que yo.

Olhado se echó a reír.

—Vale. Un programa con sentido del humor.

El balance de la cuenta apareció en la pantalla. Olhado no había visto un número tan grande en su vida.

—Vale, así que el ordenador puede hacer chistes.

—¿Eso es todo el dinero que tengo?

—Tiene que haber un error.

—Bueno, he hecho muchos viajes a la velocidad de la luz. Algunas de mis inversiones deben de haber aumentado mientras lo hacía.

Los números eran reales. El Portavoz de los Muertos era más rico de lo que Olhado pensaba que pudiera ser nadie.

—Voy a decirle una cosa, en lugar de pagarme un salario, ¿por qué no me da un porcentaje de los intereses que esto acumule durante el tiempo que trabaje para usted? Digamos, la milésima parte del uno por ciento. En un par de semanas podré permitirme el lujo de comprar Lusitania y enviar terreno a otro planeta.

—No es tanto dinero.

—Portavoz, la única manera en que podría haber conseguido todo ese dinero de inversiones sería si tuviera mil años de edad.

—Mmm —dijo el Portavoz.

Y por el aspecto de su cara, Olhado advirtió que había dicho algo gracioso.

—¿Tiene usted mil años?

—El tiempo es una cosa insubstancial. Como dijo Shakespeare: «I wasted time, and now time doth waste me.» Malgasté el tiempo y ahora el tiempo me desgasta a mí.

—¿Qué es eso de «doth»?

—Es el equivalente a «does».

—¿Por qué cita a un tipo que no sabe ni hablar stark?

—Transfiere a tu cuenta lo que piensas que puede ser un salario justo por una semana de trabajo. Y empieza a hacer esas comparaciones de los archivos de trabajo de Libo y Pipo de las últimas semanas antes de sus respectivas muertes.

—Probablemente estarán protegidos.

—Usa mi palabra clave. Debería dejarnos entrar.

Olhado hizo la investigación. El Portavoz de los Muertos le observó todo el tiempo. De vez en cuando le hacía a Olhado alguna pregunta sobre lo que estaba haciendo. Por sus preguntas, Olhado pudo ver que el Portavoz sabía más de ordenadores que él mismo. Lo que desconocía eran los mandos concretos; estaba claro que sólo con mirar comprendía muchas cosas. Al final del día, cuando las investigaciones no descubrieron nada de particular, Olhado sólo tardó un minuto en averiguar por qué el Portavoz parecía tan satisfecho.

«No querías resultados —pensó Olhado—. Querías ver cómo hacía yo la investigación. Sé qué es lo que harás esta noche, Andrew Wiggin, Portavoz de los Muertos. Llevarás a cabo tus propias investigaciones en otros archivos. Puede que no tenga ojos, pero puedo ver más de lo que piensas.»

»Lo que es una tontería es que lo mantengas en secreto, Portavoz. ¿No ves que estoy de tu parte? No le diré a nadie cómo tu palabra clave te introduce en archivos privados. Incluso aunque quieras entrar en los ficheros de la alcaldesa, o en los del obispo. No hace falta que me guardes secretos. Sólo llevas aquí tres días, pero te conozco lo bastante para que me gustes, y haría cualquier cosa por ti mientras no lastime a mi familia. Y nunca harías nada que dañara a mi familia.»

Novinha descubrió los intentos del Portavoz por entrar en sus archivos casi inmediatamente a la mañana siguiente. Él se había comportado de modo arrogante en su intento, y lo que le molestaba era lo lejos que había llegado. Había accedido a algunos ficheros concretos, aunque el más importante, el registro de las simulaciones que Pipo había visto, permanecía aún cerrado. Su nombre estaba estampado en todos los directorios de acceso, incluso en aquellos que cualquier chiquillo podría haber cambiado o borrado.

Bien, no dejaría que eso interfiriera en su trabajo. «Se mete en mi casa, manipula a mis hijos, espía mis archivos, como si tuviera derecho...»

Y así sucesivamente, hasta que se dio cuenta de que mientras pensaba en los insultos que le dirigiría cuando le viera no hacía ningún trabajo.

«No pienses en él. Piensa en otra cosa.»

Miro y Ela riéndose anteanoche. Piensa en eso. Por supuesto, Miro había vuelto a su actitud normal por la mañana, y Ela, cuya alegría duró un poco más, pronto volvió a estar tan preocupada y atareada, como de costumbre. Y Grego tal vez hubiera llorado y abrazado al hombre, como le había dicho Ela, pero por la mañana cogió las tijeras y cortó en pedacitos las ropas de su cama y en el colegio le dio un cabezazo en la ingle al Hermano Adornai, provocando un brusco final de la clase y una seria entrevista con Dona Cristã. «Ahí tienes las manos curadoras del Portavoz. Puede que piense que puede entrar en mi casa y arreglar todo lo que cree que he hecho mal, pero encontrará que algunas heridas no se sanan tan fácilmente.»

Excepto que Dona Cristã también le había dicho que Quara le había hablado a la Hermana Bebei en clase, delante de todos los otros niños, nada menos, ¿y para qué? Para decirles que había conocido al escandaloso y terrible *Falante pelos Mortos*, y que su nombre era Andrew, y que era tan horrible como el obispo Peregrino había dicho, y tal vez incluso peor, porque torturó a Grego hasta hacerle llorar... y por fin la Hermana Bebei se vio obligada a decirle que parara de hablar. Sacar a Quara de su profunda auto-absorción. Eso era algo.

Y Olhado, tan reservado, tan ordenado, estaba ahora excitado. Anoche no pudo dejar de hablar del Portavoz. «¿Sabíais que ni siquiera estaba enterado de lo que hay que hacer para transferir dinero? ¿Y me creeríais si os dijera cuál es la horrible palabra clave que usa...? Pensaba que los ordenadores rechazarían palabras así... no, no puedo decírosla, es un secreto. Prácticamente estuve enseñándole a hacer investigaciones, pero creo que entiende de ordenadores, no es un idiota ni nada parecido; dijo que solía tener un programa esclavo, por eso lleva esa joya en la oreja... Me dijo que podía cobrar lo que quisiera; no es que haya mucho que comprar, pero puedo ahorrar para cuando me independice... creo que es viejo de veras. Creo que habla stark como lengua nativa, no hay mucha gente en los Cien Mundos que haya crecido hablándolo, ¿creéis que es posible que haya nacido en la Tierra?»

Hasta que Quim finalmente le gritó que se callara y no hablara más de aquel servidor del diablo o le pediría al obispo que ejecutara un exorcismo porque Olhado estaba obviamente poseído, y cuando Olhado sólo sonrió y le hizo un guiño, Quim salió corriendo de la cocina y de la casa, y no regresó hasta que fue noche cerrada.

«El Portavoz podría vivir perfectamente en nuestra casa —pensó Novinha—, porque sigue influyendo en mi familia incluso cuando no está allí, y ahora está husmeando en mis ficheros y no lo permitiré.

»Excepto que, como de costumbre, es por mi culpa, porque yo soy quien le llamó para que viniera, soy la que le sacó del sitio al que llama hogar... dice que tenía una hermana allí... en Trondheim...

»Es culpa mía que esté aquí, en este pueblo miserable situado en el último rincón de los Cien Mundos, rodeado por una verja que no es capaz de evitar que los cerdis maten a todos los que amo...»

Y una vez más pensó en Miro, que se parecía tanto a su verdadero padre que no podía comprender por qué nadie la acusaba de adulterio, y le imaginó tendido en la colina como había estado Pipo. Pensó en los cerdis abriéndole con sus crueles cuchillos de madera.

«Lo harán. No importa lo que yo haga. Lo harán. Incluso si no lo hacen, pronto llegará el día en que sea lo bastante mayor para casarse con Ouanda, y entonces tendré que decirle quién es realmente y por qué nunca se podrán casar, y él sabrá entonces que me merecía todo el dolor que Cão me produjo, que me golpeaba con la mano de Dios para castigarme por mis pecados.

»Incluso a mí —prosiguió Novinha—. Este Portavoz me ha obligado a pensar en las cosas que he conseguido ocultarme durante semanas, durante meses. ¿Cuánto hace que no paso una mañana pensando en mis hijos? Y con esperanza, nada menos. ¿Cuánto tiempo desde que me permití pensar en Pipo y Libo? ¿Cuánto desde que advertí que creo en Dios, al menos en el Dios vengativo y justiciero del Antiguo Testamento, que aniquilaba ciudades con una sonrisa porque no le rezaban...? Si Cristo cuenta para algo, no sé para qué.»

Así Novinha pasó el día, sin trabajar, mientras sus pensamientos rehusaban llevarle a ningún tipo de conclusión.

A media tarde, Quim se acercó a la puerta.

—Siento molestarte, Madre.

—No importa. No estoy haciendo nada, de todas formas.

—Sé que no te preocupa que Olhado esté relacionándose con ese bastardo satánico, pero pensé que deberías saber que Quara fue derecha a su casa después del colegio.

—¿Sí?

—¿Tampoco te preocupa eso, Madre? ¿Qué? ¿Estás planeando abrirle las sábanas y dejarle que tome por completo el sitio de Padre?

Novinha se puso en pie de un salto y avanzó hacia el niño, llena de fría cólera. Él retrocedió ante ella.

—Lo siento, Madre. Estaba tan furioso...

—En todos los años de matrimonio con tu padre, no le permití nunca que levantara una mano contra mis hijos. Pero si estuviera vivo, hoy le pediría que te diera una tunda.

—Podrías hacerlo —respondió Quim desafiante—, pero yo le mataría antes de que me pusiera la mano encima. ¡Puede que a ti te gustara que te pegase, pero a mí no me pegará nadie!

Ella no lo pensó, simplemente su mano reaccionó y le cruzó la cara antes de que se diera cuenta de lo que sucedía.

No podía haberle hecho mucho daño. Pero, inmediatamente, el niño rompió a llorar, se dejó caer y quedó sentado en el suelo, de espaldas a Novinha.

—Lo siento, lo siento —murmuraba mientras lloraba.

Ella se arrodilló junto a él y le abrazó desmañadamente. Advirtió que no lo había hecho desde que tenía la edad de Grego. «¿Cuándo decidí ser tan fría? ¿Y por qué, cuando volví a tocarle, tuvo que ser un bofetón en vez de un beso?»

—También me preocupa lo que está pasando, hijo.

—Lo está destrozando todo —dijo Quim—. Ha venido y lo está cambiando todo.

—Bueno, en realidad, Estevão, las cosas no estaban tan bien ni eran tan maravillosas para que un cambio no sea bienvenido.

—No de esta forma. Confesión, penitencia y absolución, ése es el cambio que necesitamos.

Novinha envidió, y no por primera vez, la fe de Quim en el poder de los sacerdotes para lavar los pecados. «Eso es porque no has pecado nunca, hijo mío; es porque no sabes nada de la imposibilidad de la penitencia.»

—Creo que tendré que hablar con el Portavoz —dijo Novinha.

—¿Y llevarás a Quara de vuelta a casa?

—No lo sé. No puedo dejar de reconocer que ha hecho que vuelva a hablar. Y no es porque le guste. No ha dicho ni una palabra agradable sobre él.

—Entonces, ¿por qué fue a su casa?

—Supongo que para decirle algo desagradable. Tienes que admitir que es una mejora con respecto a su silencio.

—El diablo se disfraza haciendo aparentemente buenas acciones, y entonces...

—Quim, no me des lecciones de demonología. Llévame a la casa del Portavoz y yo trataré con él.

Recorrieron el sendero alrededor del lecho del río. Las culebras de agua estaban mudando y los fragmentos de piel podrida hacían que el terreno fuera resbaladizo. «Ése es mi próximo proyecto —pensó Novinha—. Tengo que averiguar qué es lo que hace que estos monstruos desagradables muden, y tal vez así encuentre algo útil que hacer con ellos. O, al menos, puede que consiga evitar que conviertan la orilla del río en un vertedero maloliente seis semanas al año.» Lo único positivo era que la piel de las culebras parecía fertilizar el terreno; la hierba crecía más allí donde las culebras cambiaban de piel. Era la única forma de vida nativa de Lusitania que resultaba agradable; durante todo el verano, la gente venía a tumbarse en la estrecha franja de hierba natural que se extendía entre los juncos y la áspera hierba de la pradera. El légamo de la piel de las culebras, pese a lo desagradable que era, aún prometía cosas buenas para el futuro.

Quim, aparentemente, estaba pensando lo mismo.

—Madre, ¿podremos plantar alguna vez hierba de ésta cerca de nuestra casa?

—Es una de las primeras cosas que intentaron tus abuelos hace años. Pero no pudieron averiguar la forma de hacerlo. La hierba del río poliniza, pero no lleva semilla, y cuando intentaron trasplantarla sólo vivió durante un tiempo y luego murió, y no volvió a crecer al año siguiente. Supongo que tiene que estar cerca del agua.

Quim hizo una mueca y caminó más rápido, obviamente un poco furioso. Novinha suspiró. Quim parecía tomarse como algo personal el hecho de que el universo no funcionara siempre tal como él deseaba.

Poco después, llegaron a la casa del Portavoz. Los niños, por supuesto, estaban jugando en la *praça*; hablaban a gritos para hacerse oír por encima del ruido.

—Aquí es —dijo Quim—. Creo que deberías sacar de ahí a Olhado y Quara cuanto antes.

—Gracias por mostrarme la casa.

—No estoy bromeando. Ésta es una seria confrontación entre el bien y el mal.

—Todo lo es —dijo Novinha—. Decidir cuál es cada uno es lo que cuesta tanto trabajo. No, no, Quim, sé que podrías contármelo con todo detalle, pero...

—No me subestimes, Madre.

—Pero Quim, parece tan natural, considerando que siempre me subestimas tú a mí.

La cara del niño se tensó de furia.

Ella alargó la mano y le tocó insegura, gentilmente; su hijo reaccionó a su contacto como si la mano fuera una araña venenosa.

—Quim, no intentes enseñarme lo que es el bien y el mal. Yo he estado allí y tú no has visto más que el mapa.

Él apartó su mano y se marchó. «Vaya, echo de menos los días en que pasábamos semanas sin hablarnos.»

Ella batió las manos fuertemente. Al momento, la puerta se abrió. Era Quara.

—*Oi, Mãezinha, também veio jogar?* —dijo—. ¿También vienes a jugar?

Olhado y el Portavoz estaban jugando un juego de guerra estelar en el terminal. El Portavoz tenía una máquina con una resolución holográfica más detallada que la mayoría, y los dos dirigían escuadrones de más de una docena de naves al mismo tiempo. Era muy complejo, y ninguno de los dos levantó la vista ni la saludó.

—Olhado me dijo que me callara o me arrancaría la lengua y haría que me la comiera en un bocadillo —dijo Quara—. Mejor que no digas nada hasta que el juego haya acabado.

—Por favor, siéntate —murmuró el Portavoz.

—Ahora sí que estás perdido, Portavoz —aulló Olhado.

Más de la mitad de la flota del Portavoz desapareció en una serie de explosiones simuladas. Novinha se sentó en un taburete.

Quara se sentó en el suelo junto a ella.

—Te oí hablar con Quim afuera —dijo—. Estabais gritando y pudimos oírlo todo.

Novinha sintió que se ruborizaba. Le molestaba que el Portavoz la hubiera oído discutiendo con su hijo. No era asunto suyo. Nada en su familia lo era. Y ciertamente no aprobaba que ésta participara en juegos de guerra. Era algo arcaico y pasado de moda. No se habían producido batallas en el espacio desde hacía cientos de años, a menos que se contaran las escaramuzas con contrabandistas. Milagro era un lugar tan apacible que nadie tenía un arma más peligrosa que la porra del policía. Olhado no vería nunca una batalla en su vida. Y aquí estaba, envuelto en un juego de guerra. Tal vez era algo que la evolución había introducido en los machos de las especies, el deseo de aplastar a los rivales o reducirles a pedazos. O tal vez la violencia que veía en su casa le había hecho refugiarse en este juego. «Mi culpa. Una vez más, mi culpa.»

De repente, Olhado dio un grito de frustración y su flota desapareció en una serie de explosiones.

—¡No lo vi! ¡No puedo creer que hicieras eso! ¡No lo vi venir!

—Entonces no te quejes —dijo el Portavoz—. Revisa el juego y ve cómo lo hice para que puedas tenerlo en cuenta la próxima vez.

—Creía que los Portavoces eran una especie de sacerdotes o algo parecido. ¿Cómo aprendiste a ser un estratega tan bueno?

El Portavoz sonrió y señaló a Novinha al contestar.

—A veces hacer que la gente te diga la verdad es casi como una batalla.

Olhado se apoyó contra la pared, con los ojos cerrados, y empezó a repasar lo que había visto del juego.

—Ha estado usted husmeando —dijo Novinha—. Y no fue muy listo. ¿A eso lo considera una «táctica»?

—Estás aquí, ¿no? —sonrió el Portavoz.

—¿Qué estaba buscando en mis archivos?

—Vine a Hablar de la muerte de Pipo.

—Yo no lo maté. Mis archivos no son asunto suyo.

—Me llamaste.

—Cambié de opinión. Lo siento. Aun así, eso no le da derecho para...

La voz de él, de repente, se volvió suave, y se arrodilló delante de ella para que pudiera oír sus palabras.

—Pipo aprendió algo de ti, y fuera lo que fuese, los cerdis le mataron por ello. Así que sellaste tus ficheros para que nadie pudiera nunca averiguarlo. Incluso rehusaste casarte con Libo sólo para que no tuviera acceso a lo que vio Pipo. Has torcido y deformado tu vida y las vidas de todos los que amabas para evitar que Libo y ahora Miro conozcan ese secreto y mueran.

Novinha sintió frío de repente, y sus manos y pies empezaron a temblar. Llevaba aquí tres días y ya sabía más de lo que nadie, excepto Libo, hubiera podido suponer.

—Son todo mentiras —dijo.

—Escúchame, Dona Ivanova. No salió bien. Libo murió de todas formas, ¿no? Sea cual sea tu secreto, guardártelo para ti sola no le salvó la vida. Y no salvará tampoco a Miro. La ignorancia y la mentira no pueden salvar a nadie. El conocimiento lo hace.

—Nunca —susurró ella.

—Puedo comprender que quisieras ocultarlo a

Libo y a Miro, pero, ¿qué soy yo para ti? No soy nada, ¿qué importa si conozco el secreto y eso me mata?

—No me importa si vive o muere, pero nunca tendrá acceso a esos archivos.

—Parece que no comprendes que no tienes derecho a colocar vendas delante de los ojos de otras personas. Tu hijo y su hermana salen todos los días a reunirse con los cerdis y, gracias a ti, no saben si su próxima palabra o su próximo acto será una sentencia de muerte. Mañana voy a ir con ellos, porque no puedo Hablar de la muerte de Pipo sin hablar antes con los cerdis.

—No quiero que Hable de la muerte de Pipo.

—No me importa lo que quieras. No lo hago por ti. Pero te suplico que me dejes saber lo que Pipo sabía.

—Nunca lo sabrá, porque él era una persona amable y cariñosa que...

—Que tomó a una niñita solitaria y asustada y sanó las heridas de su corazón —mientras lo decía, su mano descansó sobre el hombro de Quara.

Fue más de lo que Novinha pudo soportar.

—¡No se atreva a compararse con él! Quara no es huérfana, ¿me oye? ¡Tiene una madre, yo, no le necesita, ninguno de nosotros le necesitamos, ninguno!

Y entonces, inexplicablemente, empezó a llorar. No quería hacerlo delante de él. No quería estar aquí. Él lo estaba confundiendo todo. Avanzó tambaleándose hacia la puerta y la cerró de un portazo tras ella. Quim tenía razón. Era el diablo. Sabía demasiado, pedía demasiado, daba demasiado, y ya todos ellos le necesitaban demasiado. ¿Cómo podía haber adquirido tanto poder sobre ella en tan poco tiempo?

Entonces recordó algo que le hizo dejar de llorar de inmediato y la llenó de terror. Había dicho que Miro y su hermana salían a ver a los cerdis cada día. Lo sabía. Sabía todos los secretos.

Todos, excepto el secreto que ella misma desconocía, el que Pipo había descubierto en su simulación. Si él llegaba a conseguirlo, tendría todo lo que ella había ocultado durante todos estos años. Cuando llamó al Portavoz de los Muertos, quería que descubriera la verdad sobre Pipo; en cambio, había venido a descubrir la verdad sobre ella.

La puerta se cerró. Ender se apoyó en el taburete donde ella se había sentado y se llevó las manos a la cabeza.

Oyó a Olhado levantarse y cruzar lentamente la habitación hacia él.

—Intentaste acceder a los archivos de Madre —dijo suavemente.

—Sí —contestó Ender.

—Me hiciste que te enseñara a hacer las exploraciones para poder espiar a mi propia madre. Me has convertido en un traidor.

No había respuesta que pudiera satisfacer a Olhado en ese momento. Ender no lo intentó. Esperó en silencio mientras Olhado caminaba hacia la puerta y salía.

La agitación que sentía, sin embargo, no pasó desapercibida para la reina colmena. La sintió revolverse en su mente, sacudida por su angustia.

«No —le dijo en silencio—. No hay nada que puedas hacer, nada que yo pueda explicar. Seres humanos, eso es todo, problemas humanos extraños que están más allá de tu comprensión.»

«Ah.»

Y él sintió su contacto en su interior, como la brisa en las hojas de un árbol; sintió la fuerza y el vigor de la maleza, la firme tenaza de las raíces en la tierra, el amable juego de la luz del sol sobre las hojas.

«Mira lo que hemos aprendido de él, Ender, la paz que ha encontrado.»

El sentimiento se desvanecía a medida que la reina colmena se retiraba de su mente. La fuerza del árbol permaneció con él, la calma de su quietud reemplazó su silencio torturado.

Había sido sólo un momento.

El portazo de Olhado aún resonaba en la habitación. Junto a él, Quara se puso en pie y se acercó a su cama. Se subió a ella de un salto y empezó a saltar encima.

—Sólo has durado un par de días —dijo alegremente—. Ahora todo el mundo te odia.

Ender se rió secamente y se volvió para mirarla.

—¿Tú también?

—Oh, sí. Te odié antes que ningún otro, excepto Quim —se bajó de la cama y se acercó al terminal.

Pulsando una tecla cada vez, lo conectó cuidadosamente.

Un grupo de problemas de suma, a doble columna, apareció en el aire.

—¿Quieres verme practicando aritmética?

Ender se levantó y se unió a ella en el terminal.

—Claro. Aunque estos problemas parecen difíciles.

—Para mí no —fanfarroneó ella—. Los hago más rápido que nadie.

13

ELA

MIRO: Los cerdis se autoproclaman machos, pero la verdad es que sólo estamos aceptando su palabra.

OUANDA: ¿Por qué iban a mentir?

MIRO: Sé que eres joven e ingenua, pero hay algo que falta.

OUANDA: Aprobé antropología física. ¿Quién dice que lo hacen como nosotros?

MIRO: Obviamente no lo hacen. (Y, por cierto, NOSOTROS no lo hacemos en absoluto). Creo que he descubierto dónde están sus genitales. En esos bultitos que tienen en el vientre, donde el pelo es ligero y fino.

OUANDA: Pezones residuales. Incluso tú los tienes.

MIRO: Vi a Come-hojas y a Cuencos ayer, a unos diez metros de distancia. No los vi BIEN, pero Cuencos estaba frotando el vientre de Come-hojas, y creo que esos bultitos del vientre podían estar erectos.

OUANDA: O tal vez no.

MIRO: Una cosa es segura. El vientre de Come-hojas estaba húmedo, el sol lo iluminaba, y le estaba gustando.

OUANDA: Eso es una aberración.

MIRO: ¿Y por qué no? Son todos solterones, ¿no? Son adultos, pero sus esposas no les han hecho disfrutar de ninguno de los goces de la paternidad.

OUANDA: Creo que un zenador sediento de sexo está proyectando sus propias frustraciones en sus sujetos de estudio.

Marcos Vladimir «Miro» Ribeira von Hesse y Ouanda Quenhatta Figueira Mucumbi. Notas de Trabajo, 1970: 1:4:30.

El claro estaba muy tranquilo. Miro vio de inmediato que algo iba mal. Los cerdis no estaban haciendo nada. Sólo estaban de pie o sentados aquí y allá. Y tranquilos; apenas respiraban. Miraban al suelo. Excepto Humano, que salió del bosque tras ellos. Caminó lentamente, estirado. Miro sintió el codazo de Ouanda, pero no la miró. Pensó que estaba pensando lo mismo que él. ¿Es éste el momento en que nos van a matar como mataron a Pipo y Libo?

Humano les miró fijamente durante varios minutos. Era enervante tener que esperar tanto tiempo. Pero Miro y Ouanda guardaron la disciplina. No dijeron nada, ni siquiera dejaron que sus caras abandonaran la expresión relajada y sin significado que habían practicado durante tantos años. El arte de la no comunicación fue la primera cosa que tuvieron que aprender antes de que Libo les dejara acompañarles. Hasta que sus caras no mostraron nada, hasta que ni siquiera transpiraron visiblemente bajo un esfuerzo emocional, no vieron a ningún cerdi. Como si sirviera para algo... Humano era muy capaz de convertir las evasivas en respuestas, las frases vacías en hechos brillantes. Sin duda, incluso su absoluta tranquilidad comunicaba su miedo. Y de ese círculo no había escapatoria. Todo comunicaba algo.

—Nos has mentido —dijo Humano.

«No respondas», dijo Miro en silencio, y Ouanda permaneció tan callada como si le hubiera oído. Sin duda, también estaba pensando lo mismo.

—Raíz dice que el Portavoz de los Muertos quiere venir a vernos.

Era lo más enervante de los cerdis. Cada vez que tenían que decir algo sorprendente, siempre responsabilizaban a algún cerdi muerto que no podría haberlo dicho. Sin duda había algún ritual religioso relacionado con ello: ir al árbol tótem, preguntarle, y quedarse allí contemplando las hojas o la corteza o algo hasta conseguir exactamente la respuesta deseada.

—Nunca hemos dicho lo contrario —dijo Miro.

Ouanda respiró un poco más rápidamente.

—Dijiste que no vendría.

—Eso es cierto. No puede. Tiene que obedecer la ley como todo el mundo. Si intentara traspasar la verja sin permiso...

—Eso es mentira.

Miro guardó silencio.

—Es la ley —dijo Ouanda suavemente.

—La ley ha sido burlada antes —dijo Humano—. Podríais traerle aquí, pero no lo hacéis. Todo depende de que le traigáis aquí. Raíz dice que la reina colmena no puede darnos sus dones hasta que él venga.

Miro contuvo su impaciencia. ¡La reina colmena! ¿No le había dicho a los cerdis una docena de veces que todos los insectores estaban muertos? Y ahora la reina colmena muerta le estaba hablando igual que

Raíz. Sería mucho más fácil tratar con los cerdis si dejaran de seguir órdenes de los muertos.

—Es la ley —repitió Ouanda—. Si le pidiéramos que viniera, podría denunciarnos y nos deportarían y no volveríamos a veros nunca.

—No os denunciará. Quiere venir.

—¿Cómo lo sabes?

—Lo dice Raíz.

Había veces en que Miro quería derribar el árbol tótem que se alzaba donde habían sacrificado a Raíz. Tal vez así se olvidarían de aquello. Pero claro, posiblemente, llamarían Raíz a cualquier otro árbol y continuarían con lo mismo. Nunca admitas que dudas de su religión, ésa era la regla básica; incluso los xenólogos de otros mundos, incluso los antropólogos lo sabían.

—Pregúntale —dijo Humano.

—¿A Raíz? —preguntó Ouanda.

—Él no hablaría contigo —respondió Humano. ¿Desdeñosamente?—. Pregúntale al Portavoz si vendrá o no.

Miro esperó a que Ouanda respondiera. Ella sabía cuál iba a ser exactamente su respuesta. ¿No lo habían discutido una docena de veces en los últimos dos días?

—Es un buen hombre —había dicho Miro.

—Es un fraude —respondió Ouanda.

—Fue bueno con los pequeños.

—Lo mismo hacen los que abusan de los niños.

—Creo en él.

—Entonces eres un idiota.

—Podemos confiar en él.

—Nos traicionará.

Y así había acabado la discusión.

Pero los cerdis cambiaban la cosa. Los cerdis añadían gran presión al bando de Miro. Normalmente, cuando los cerdis demandaban lo imposible, él les hacía entrar en razón. Pero esto no era imposible, no quería hacerles desistir, y por eso no dijo nada. «Presiónala, Humano, porque esta vez tienes razón y Ouanda debe ceder.»

Sintiéndose sola, sabiendo que Miro no la ayudaría, ella cedió un poco.

—Tal vez podríamos traerle al borde del bosque.

—Tráele aquí —dijo Humano.

—No podemos. Mira a tu alrededor. Lleváis ropas. Hacéis cuencos. Coméis pan.

Humano sonrió.

—Sí. Todo eso. Tráele aquí.

—No.

Miro se sobresaltó. Era algo que nunca habían hecho: negar claramente una petición. Siempre había un «pero», o un «ojalá pudiéramos». Pero la simple negación les decía que era uno mismo quien rehusaba.

La sonrisa de Humano se desvaneció.

—Pipo nos dijo que las mujeres no hablan. Pipo nos dijo que los hombres y las mujeres humanas deciden juntos. Así que no puedes decir que no a menos que él también diga que no.

Se volvió a Miro.

—¿Dices que no?

Miro no respondió. Sentía el codo de Ouanda junto a él.

—No dices nada. Di sí o no.

Miro siguió sin responder.

Algunos de los cerdis se levantaron. Miro no sabía lo que hacían, pero el movimiento en sí, con el intransigente silencio de Miro como clave, parecía amenazador. Ouanda, que nunca cedía ante una amenaza, claudicó al ver que la amenaza concernía a Miro.

—Dice que sí —susurró.

—Dice que sí, pero por ti guarda silencio. Tú dices no, pero no guardas silencio por él —Humano escupió al suelo—. Tú no eres nada.

Humano de repente saltó hacia atrás, hizo una pirueta en el aire y cayó de pie, de espaldas a ellos, y se marchó. Inmediatamente los otros cerdis cobraron vida y siguieron a Humano, que les condujo al bosque.

Humano se detuvo bruscamente. Otro cerdi, en vez de seguirle, se había plantado ante él, bloqueándole el paso. Era Come-hojas. Miro no pudo oírles hablar, ni vio si movían la boca. Vio, sin embargo, que Come-hojas extendía la mano para tocar el vientre de Humano. La mano permaneció allí un momento, y luego Come-hojas se dio la vuelta y correteó hacia los matorrales como un chiquillo.

Después, todos los cerdis se marcharon.

—Fue una batalla —dijo Miro—. Humano y Come-hojas. Están en bandos opuestos.

—¿De qué? —preguntó Ouanda.

—Ojalá lo supiera. Pero lo imagino. Si traemos al Portavoz, Humano gana. Si no, gana Come-hojas.

—¿Gana qué? Porque si traemos al Portavoz, nos traicionará, y entonces perderemos todos.

—No nos traicionará.

—¿Qué falta le haría, si tú lo haces de esta forma?

Su voz era punzante, y él casi retrocedió ante el aguijón de sus palabras.

—¡Traicionarte yo! —susurró—. *Eu não. Jamais.*

—Padre decía: «Estad unidos delante de los cerdis, nunca dejéis que os vean en desacuerdo» y tú...

—¡Yo! ¡No les dije que sí! ¡Eres la que dijo que no, eres la que tomó una posición con la que sabías que yo no coincidía en absoluto!

—Cuando no estamos de acuerdo, es tu trabajo...

Se detuvo. Acababa de darse cuenta de lo que decía. Pero aquello no evitó que Miro supiera lo que iba a decir. Su trabajo era hacer lo que ella decía hasta que cambiara de opinión. Como si fuera su aprendiz.

—Pensé que estábamos juntos en esto —dijo Miro, se giró y se internó en el bosque, de regreso a Milagro.

—¡Miro! —le llamó ella—. ¡Miro, no tenía intención de...!

Él esperó a que ella le alcanzara y entonces la cogió por el brazo y le susurró con fiereza.

—¡No grites! ¿O no te importa que los cerdis te oigan? ¿La maestra zenadora ha decidido que podemos dejarles ver todo ahora, incluso la reprimenda a su aprendiz?

—No soy la maestra, yo...

—Eso es cierto, no lo eres —se dio la vuelta y empezó a caminar de nuevo.

—Pero Libo era mi padre, y por tanto soy...

—Zenadora por derecho de sangre —dijo él—. Derecho de sangre, ¿no? ¿Y qué soy yo? ¿El hijo de un cretino borracho que golpeaba a su esposa? —la cogió por los brazos, atenazándola cruelmente—. ¿Es eso lo que quieres que sea? ¿Una copia de mi *paizinho*?

—¡Suéltame!

—Tu aprendiz piensa que hoy te has comportado como una idiota —dijo Miro —. Tu aprendiz piensa que deberías haber confiado en su juicio sobre el Portavoz, y que deberías haber confirmado su afirmación de que los cerdis se toman este asunto muy en serio, porque te equivocaste estúpidamente en ambas cosas, y puede que eso le haya costado a Humano la vida.

Aquella acusación era lo que los dos temían, que Humano terminara como Raíz, como habían terminado otros a lo largo de los años, desmembrado, con una semilla plantada en su cadáver.

Miro sabía que no había sido justo al hablar así, sabía que ella tenía derecho a enfurecerse. No tenía por qué echarle las culpas cuando ninguno de los dos tenía posibilidad alguna de saber qué riesgo corría Humano hasta que fuera ya demasiado tarde.

Ouanda, sin embargo, no se enfureció. En cambio, se calmó notablemente, conteniendo la respiración y adoptando una expresión neutra en la cara. Miro siguió su ejemplo e hizo lo mismo.

—Lo que importa es que saquemos el mejor partido —dijo Ouanda—. Las ejecuciones siempre han tenido lugar de noche. Si tenemos alguna esperanza de salvar a Humano, tenemos que traer al Portavoz aquí, antes de que oscurezca.

Miro asintió.

—Sí. Y lo siento.

—Yo también lo siento.

—Ya que no sabemos lo que hacemos, no es culpa de nadie si las cosas salen mal.

—Sólo desearía poder creer que es posible hacer una buena elección.

Ela estaba sentada sobre una roca y tenía los pies metidos en el agua mientras esperaba al Portavoz de los Muertos. La verja estaba solamente a unos pocos metros de distancia, extendiéndose para evitar que la gente nadara por debajo. Como si alguien quisiera intentarlo. La mayoría de la gente de Milagro hacía como si la verja no existiera. Nunca se acercaban. Por eso le había pedido al Portavoz que se reuniera allí con ella. Incluso a pesar de que el día era cálido y el colegio había terminado, los niños no venían a nadar a *Vila Ultima*, donde la verja estaba cerca del río y el bosque cerca de la verja. Sólo los fabricantes de jabón, objetos de cerámica y ladrillos venían aquí, y se marchaban nuevamente cuando el trabajo terminaba. Ella podría decir lo que tenía que decir sin miedo a que nadie la escuchara o la interrumpiera.

No tuvo que esperar mucho. El Portavoz vino por el río remando en un botecito, igual que los granjeros que no usaban para nada las carreteras. La piel de su espalda era sorprendentemente blanca; incluso los pocos lusos cuya piel era lo bastante blanca para que les llamaran *loiros* eran mucho más morenos. Su blancura le hacía parecer débil e indefenso. Pero entonces vio lo rápidamente que se movía el bote contra la corriente, lo adecuadamente que se colocaban los remos cada vez a la profundidad justa, lo tensos que eran los músculos bajo su piel. Ella sintió una punzada de dolor, y entonces se dio cuenta de que era de pena por su padre. A pesar de lo profundamente que le había odiado, hasta este momento no había advertido que amaba algo de él. Pero sintió lástima por la fuerza de sus hombros y de su espalda, por el sudor que hacía que su piel marrón brillara como un cristal bajo la luz.

«No —dijo en silencio—, no siento pena por tu muerte, Cão. Lamento que no te parecieras al Portavoz, que no tiene ninguna conexión con nosotros y sin embargo nos ha dado más en tres días que tú en toda tu vida; lamento que tu hermoso cuerpo estuviera tan carcomido por dentro.»

El Portavoz la vio y dirigió el bote hacia la orilla. Ella se introdujo en los juncos para ayudarle a vararlo.

—Lamento que te llenes de fango —dijo él—. Pero llevo dos semanas sin hacer ejercicio, y el agua me invitaba...

—Remas bien.

—El mundo del que vengo, Trondheim, era principalmente hielo y agua. Un poco de roca aquí y allá, algo de suelo, pero si uno no sabía nadar quedaba más inmovilizado que si no supiera andar.

—¿Es allí donde naciste?

—No, donde Hablé por última vez.

Se sentó en la grama. Ella se sentó a su lado.

—Madre está furiosa contigo.

Sus labios se curvaron en una media sonrisa.

—Me lo dijo.

Sin pensarlo, Ela empezó a justificar a su madre.

—Intentaste leer sus archivos.

—Leí sus archivos. La mayoría. Todos excepto los que importaban.

—Lo sé. Quim me lo dijo —se sentía un poco triunfal porque el sistema de protección de Madre le había derrotado. Entonces recordó que no estaba del lado de su madre en este asunto. Que llevaba años intentando que le abriera aquellos archivos. Pero continuó diciendo cosas que no quería decir—. Olhado está sentado en casa con los ojos desconectados y escuchando música a todo volumen. Está muy molesto.

—Sí, piensa que le traicioné.

—¿No lo hiciste? —no era eso lo que quería decir.

—Soy un Portavoz de los Muertos. Digo la verdad cuando hablo, y no me escabullo de los secretos de los demás.

—Lo sé. Por eso solicité un Portavoz. No tienes respeto por nadie.

Él pareció molesto.

—¿Por qué me invitaste aquí?

Todo estaba saliendo mal. Estaba hablándole como si estuviera en contra de él, como si no le estuviera agradecida por lo que ya había hecho por su familia. Estaba hablándole como si fuera el enemigo. ¿Se ha apoderado Quim de mi mente para que diga cosas que no pretendo?

—Me invitaste a venir aquí, a este lado del río. El resto de tu familia no me habla y recibo un mensaje tuyo. ¿Para quejarte de la forma en que invado la intimidad de las personas? ¿Para decirme que no respeto a nadie?

—No —dijo ella tristemente—. No es así cómo se suponía que iba a ser.

—¿No se te ocurrió pensar que yo no habría elegido ser Portavoz si no sintiera respeto por la gente?

Llena de frustración, ella dejó que las palabras salieran como un torrente.

—¡Desearía que hubieras entrado en todos sus archivos! ¡Desearía que hubieras descubierto todos sus secretos y los hubieras publicado por los Cien Mundos!

Había lágrimas en sus ojos; no sabía por qué.

—Ya veo. Tampoco a ti te da acceso a esos archivos.

—*Sou aprendiz dela, não sou? E porque choro, digame! O senhor tem o jeito.*

—No tengo ningún truco para hacer llorar a la

gente, Ela —respondió él suavemente. Su voz era una caricia. No, más, era como una mano que la agarrara, que la sujetara, que la hiciera sentirse firme—. Decir la verdad te hace llorar.

—*Sou ingrata, sou má filha...*

—Sí, eres ingrata, y una hija terrible —dijo él, riendo suavemente—. Durante todos estos años de caos y negligencia has mantenido a tu familia unida con muy poca ayuda de tu madre, y cuando la seguiste en su carrera, ella no quiso compartir contigo la información más vital. No has hecho más que ganarte amor y confianza y ella te corresponde cerrándote su vida en la casa y en el trabajo; y entonces le dices a alguien que estás cansada. Eres la peor persona que conozco.

Ella descubrió que estaba riéndose de su propia autocondena. Puerilmente, no quiso hacerlo.

—No me sermonees —intentó poner en su voz todo el desdén posible.

Él lo notó. Sus ojos se volvieron fríos y distantes.

—No le escupas a un amigo —dijo.

Ella no quería que él se enfadara, pero no pudo evitar decir, fría, furiosamente:

—No eres mi amigo.

Por un momento tuvo miedo de que él la creyera. Entonces una sonrisa apareció en su cara.

—No reconocerías a un amigo si lo vieras.

Sí que lo haría, pensó. Veo uno ahora. Le sonrió.

—Ela —dijo él—. ¿Eres una buena xenobióloga?

—Sí.

—Tienes dieciocho años. Podrías haberte presentado a las pruebas a los dieciséis. Pero no lo hiciste.

—Madre no me dejó. Dijo que no estaba preparada.

—No necesitas el permiso de tu madre después de los dieciséis.

—Un aprendiz tiene que tener permiso de su maestro.

—Ahora tienes dieciocho. Ya no te hace falta eso tampoco.

—Ella sigue siendo la xenobióloga de Lusitania. Sigue siendo su laboratorio. ¿Y si aprobara el examen y no me dejara entrar en el laboratorio hasta después de su muerte?

—¿Te amenazó con eso?

—Dejó bien claro que no iba a dejar que me presentara a la prueba.

—Porque en cuanto dejes de ser una aprendiz, si te admite en el laboratorio como co-xenobióloga, tendrás acceso completo...

—A todos los ficheros de trabajo. A todos los archivos sellados.

—Así que evita que su propia hija comience su carrera. Mancha permanentemente tu expediente... no preparada para las pruebas ni siquiera a los dieciocho... sólo para evitar que leas esos ficheros.

—Sí.

—¿Por qué?

—Madre está loca.

—No, Ela. Sea lo que sea Novinha, no está loca.

—*Ela é boba mesma, senhor Falante.*

Él se echó a reír y se tumbó en la grama.

—Dime entonces lo boba que es.

—Te daré la lista. Primero: No permite ninguna investigación sobre la Descolada. Hace treinta y cuatro años la Descolada casi destruyó esta colonia. Mis abuelos, Os Venerados, *Deus os abençoe*, apenas consiguieron detenerla. Aparentemente, el agente de la enfermedad sigue presente: tenemos que comer un suplemento, una vitamina extra, para evitar que la plaga vuelva a aparecer. Te lo han dicho, ¿no? Si entra en tu sistema, tendrás que tomar ese suplemento toda la vida, incluso si te marchas de aquí.

—Lo sabía, sí.

—No me deja que estudie los agentes de la Descolada en absoluto. De todas formas, eso también se encuentra en alguno de los archivos sellados. Ha cerrado todos los descubrimientos de Gusto y Cida. No hay nada disponible.

Los ojos del Portavoz se estrecharon.

—Vale. Eso es un tercio de bobería. ¿Y el resto?

—Es más de un tercio. Sea lo que sea el cuerpo de la Descolada, fue capaz de adaptarse y se convirtió en un parásito humano diez años después de que la colonia fuera fundada. ¡Diez años! Si puede adaptarse una vez, puede adaptarse de nuevo.

—Tal vez ella no piensa así.

—Tal vez yo tenga derecho a decidirlo por mí misma.

Él le puso una mano en la rodilla y la tranquilizó.

—Tienes razón. Pero continúa. La segunda razón por la que es boba.

—No permite ninguna investigación teórica. Ninguna taxonomía. Ningún modelo evolucionario. Si alguna vez intento hacerlo, dice que no tengo nada que hacer y me carga de trabajo hasta que piensa que me he dado por vencida.

—Veo que no te has dado por vencida.

—Para eso sirve un xenobiólogo. ¡Oh!, sí, está bien que pueda crear una patata que saque el máximo uso de los nutrientes ambientales. Es maravilloso que hiciera una variante de amaranto que convierta a la colonia en autosuficiente con sólo diez acres de cultivo. Pero todo eso es prestidigitación molecular.

—Es supervivencia.

—Pero no sabemos nada. Es como nadar en la superficie del océano. ¡Puedes estar muy cómodo, puedes moverte un poco alrededor, pero no sabes si hay tiburones debajo! Podemos estar rodeados por los tiburones y ella no quiere averiguarlo.

—¿Tercera cosa?

—No quiere intercambiar información con los Zenadores. Fijo. Nada. Y eso es realmente una locura. No podemos salir del área cerrada por la cerca. Eso significa que no tenemos un solo árbol que estudiar. No sabemos absolutamente nada de la flora y fauna de este mundo excepto la que está en el interior de la cerca. Un rebaño de cabras y un puñado de hierba capim, y un sistema ecológico ligeramente distinto al lado del río, y eso es todo. Nada sobre las clases de animales del bosque, ningún intercambio de información en absoluto. No les decimos nada, y si nos envían datos, borramos los archivos sin leerlos. Es como si ella hubiera construido una muralla alrededor para que nada pueda atravesarla. Nada entra, nada sale.

—Tal vez tiene motivos.

—Por supuesto que tiene motivos. Los locos siempre tienen motivos: odiaba a Libo. Le odiaba. No le permitía a Miro hablar de él, no nos dejaba jugar con sus hijos. China y yo hemos sido las mejores amigas durante años y ella no me permite traerla a casa o ir a su casa después del colegio. Y cuando Miro se convirtió en su aprendiz, ella no le habló ni le puso un plato en la mesa durante un año.

Pudo ver que el Portavoz dudaba de ella y pensaba que estaba exagerando.

—Quiero decir un año, sí. El día que fue a la Estación Zenador por primera vez como aprendiz de Libo, volvió a casa y ella no le habló, ni una palabra, y cuando se sentó a cenar le quitó el plato de delante y los cubiertos como si no estuviera allí. Él se quedó sentado toda la comida, sólo mirándola. Hasta que Padre se enfadó con él por ser descortés y le dijo que saliera de la habitación.

—¿Qué hizo, se marchó de casa?

—No. ¡No conoces a Miro! —Ela se rió amargamente—. No pelea, pero tampoco se rinde. Nunca contestó a los abusos de Padre, nunca. En toda mi vida no recuerdo haberle oído responder a la furia con furia. Y Madre... bueno, Miro volvió a casa todas las noches de la Estación Zenador y se sentaba donde había un plato puesto, y cada noche Madre le retiraba el plato y los cubiertos, y él se quedaba allí sentado hasta que Padre le hacía salir. Naturalmente, al cabo de una semana, Padre le gritaba que se marchara en cuanto Madre le quitaba el plato. A padre, el muy bastardo, le encantaba, pensaba que era magnífico, odiaba tanto a Miro y por fin Madre estaba de su lado contra Miro...

—¿Quién cedió?

—Nadie.

Ela miró al río, advirtiendo lo terrible que sonaba todo esto, advirtiendo que estaba avergonzando a su familia delante de un extraño. Pero él no era un extraño, ¿verdad? Porque Quara hablaba de nuevo, y Olhado estaba de nuevo interesado por las cosas, y Grego, aunque por poco tiempo, había sido un niño casi normal. No era un extraño.

—¿Cómo terminó? —preguntó el Portavoz.

—Terminó cuando los cerdis mataron a Libo. Tanto odiaba Madre a ese hombre que, cuando murió, lo celebró perdonando a su hijo. Cuando Miro regresó a casa aquella noche fue después de que terminara la cena, muy tarde. Una noche terrible, todo el mundo muerto de miedo, los cerdis parecían tan malignos y todos querían tanto a Libo... excepto Madre, claro. Madre se quedó levantada esperando a Miro. Él entró y se fue a la cocina y se sentó ante la mesa, y Madre le puso un plato delante y se lo llenó de comida. No dijo una palabra. Él comió sin decir tampoco nada. Como si nada hubiera pasado. Me desperté a medianoche porque pude oír a Miro vomitando y llorando en el cuarto de baño. No creo que le oyera nadie más, y no fui con él porque pensé que no querría que nadie le oyera. Ahora pienso que debería haber ido, pero tenía miedo. Había cosas tan terribles en mi familia...

El Portavoz asintió.

—Tendría que haber ido con él —repitió Ela.

—Sí —comentó el Portavoz—. Tendrías que haber ido

Una cosa extraña pasó entonces. El Portavoz coincidió con ella en que había cometido un error aquella noche, y ella supo que era verdad, que su juicio era correcto. Y sin embargo se sintió extrañamente aliviada, como si el simple hecho de citar el error fuera suficiente para purgar parte del dolor. Entonces, por primera vez, ella captó una chispa del poder del Portavoz. No era asunto de confesión, penitencia y absolución, como los curas ofrecían. Era algo completamente diferente. Había narrado la historia de quién era ella, y había advertido entonces que ya no era la misma persona. Había dicho que había cometido un error, y el error la había cambiado, y ahora no cometería el error de nuevo porque se había convertido en alguien distinto, alguien menos temeroso, alguien más compasivo.

«Si no soy aquella niña asustada que oyó el dolor desesperado de su hermano y no se atrevió a acudir a su lado, ¿quién soy?» Pero el agua que fluía a través del entramado de la verja bajo la cerca no tenía respuestas. Tal vez no pudiera saber quién era hoy. Tal vez era suficiente saber que ya no era quien era antes.

El Portavoz continuaba tumbado en la hierba, mirando a las nubes que se oscurecían por el oeste.

—Te he dicho todo lo que sé —dijo Ela—. Eso es lo que hay en esos ficheros... información sobre la Descolada. Es todo lo que sé.

—No, no lo es.

—Lo es, te lo prometo.

—¿Quieres decir que la obedeciste? ¿Que cuando tu madre te dijo que no hicieras ningún trabajo teórico simplemente apagaste tu curiosidad e hiciste lo que quería?

Ela se rió.

—Eso cree ella.

—Pero no lo hiciste.

—Aunque ella no lo sea, yo soy una científica.

—Lo fue una vez. Aprobó las pruebas a los trece años.

—Lo sé.

—Y solía compartir información con Pipo antes de que muriera.

—También lo sé. Era sólo a Libo a quien odiaba.

—Dime entonces, Ela, ¿qué has descubierto en tu trabajo teórico?

—Ninguna respuesta. Pero al menos sé cuáles son algunas de las preguntas. Eso es un comienzo, ¿no? Nadie más hace preguntas. Es gracioso, ¿verdad? Miro dice que los xenólogos framling siempre le piden más y más información, más datos, y sin embargo la ley les prohíbe que aprendan más cosas. Y sin embargo ni un solo xenobiólogo framling ha pedido nunca información. Todos estudian la biosfera de sus propios planetas y no le hacen a Madre ni una sola pregunta. Soy la única que pregunta y a nadie le importa.

—A mí me importa. Necesito saber cuáles son las preguntas.

—Bien, aquí hay una. Tenemos un rebaño de cabras en el interior de la verja. Las cabras no pueden saltar la verja, ni siquiera la tocan. He examinado cada una de las cabras del rebaño y, ¿sabes una cosa? No hay ni un solo macho. Todas son hembras.

—Mala suerte —dijo el Portavoz—. ¿Piensas que deberían haber dejado al menos un macho dentro?

—No importa. No sé si hay machos. En los últimos cinco años cada cabra adulta ha parido al menos una vez. Y ni una sola se ha apareado.

—Tal vez se clonan.

—El retoño no es genéticamente idéntico a la madre. Ésa es la información que pude conseguir en el laboratorio sin que Madre se diera cuenta. Hay algún medio de transferir genes.

—¿Hermafroditismo?

—No. Son hembras puras. No hay ningún órgano sexual masculino. ¿Es ésta una pregunta importante? De alguna manera las cabras están teniendo algún tipo de intercambio genético, sin sexo.

—Solamente las implicaciones teológicas son sorprendentes.

—No hagas chistes.

—¿De qué? ¿De la ciencia o de la teología?

—De ninguna de las dos. ¿Quieres oír más preguntas o no?

—Quiero.

—Entonces prueba con ésta. La hierba en la que estás tumbado, la llamamos grama. Todas las culebras de agua anidan aquí. Son gusanitos tan pequeños que apenas se ven. Se comen la hierba hasta el nudo y se comen también mutuamente, cambiando de piel cada vez que crecen. Entonces, de repente, cuando la hierba está completamente legamosa con sus pieles muertas, todas las culebras se meten en el río y nunca vuelven.

Él no era xenobiólogo. No captó la implicación inmediatamente.

—Las culebras de agua anidan aquí —explicó—, pero no salen del agua para poner sus huevos.

—Así que se aparean antes de meterse en el agua.

—Obviamente. Las he visto aparearse. Ése no es el problema. El problema es, ¿por qué son culebras de agua?

Él seguía sin comprenderlo.

—Mira, están completamente adaptadas a la vida submarina. Tienen branquias y pulmones, son soberbias nadadoras, tienen aletas, están completamente preparadas para la vida adulta bajo el agua. ¿Por qué evolucionar de esa manera si nacen en tierra, se aparean en tierra y se reproducen en tierra? En lo que hace referencia a la evolución, todo lo que suceda después de que te reproduces es completamente irrelevante, excepto si tienes que nutrir a tus hijos, y las culebras de agua definitivamente no lo hacen. Vivir en el agua no hace nada para ampliar su habilidad para sobrevivir hasta que se reproduzcan. Podrían meterse en el agua y ahogarse y no importaría porque la reproducción ha terminado.

—Sí —dijo el Portavoz—. Ahora lo veo.

—Sin embargo, hay unos huevecillos en el agua. Nunca he visto a ninguna culebra ponerlos, pero ya que no hay otro animal en el río y en los alrededores lo suficientemente grande para ponerlos, parece lógico que son huevos de culebra. Sólo que estos huevos... tienen un centímetro de diámetro, son completamente estériles. Los nutrientes están allí, todo está preparado, pero no hay embrión. Nada. Algunos de ellos tienen un gameto (medio juego de genes en una célula, listos para combinarse), pero ni uno solo estaba vivo. Y nunca hemos encontrado huevos en tierra. Un día no hay nada más que grama, madurando más y más, y al día siguiente los tallos de grama están llenos de pequeñas culebras de agua recién nacidas.

—Me suena a generación espontánea.

—Sí, bien, me gustaría encontrar información suficiente para probar algunas hipótesis alternativas, pero Madre no me lo permite. Le pregunté sobre esto y me hizo encargarme del proceso de exploración del amaranto para que no tuviera tiempo de husmear en el río. Y otra pregunta. ¿Por qué hay tan pocas especies aquí? En todos los otros planetas, incluso en algunos de los que son casi desérticos, como Trondheim, hay miles de especies diferentes, al menos en el agua. Aquí hay apenas un puñado, al menos por lo que sé. Los *xingadora* son los únicos pájaros que hemos visto. Las moscas son los únicos insectos. Las cabras son los únicos rumiantes que comen la hierba capim. A excepción de las cabras, los cerdis son los únicos animales grandes que hemos visto. Sólo hay una especie de árbol. Sólo una especie de hierba en la pradera, el capim; y la otra única planta que compite es la *tropeça*, una larga enredadera que se estira metros y metros... las *xingadora* hacen sus nidos con la enredadera. Eso es. Las *xingadora* se comen a las moscas y nada más. Las moscas comen algas al lado del lecho del río. Y nuestra basura, y nada más. Nada se come a la *xingadora.* Nada se come a la cabra.

—Muy limitado —dijo el Portavoz.

—Imposiblemente limitado. Hay diez mil huecos ecológicos sin ocupar. No hay manera de que la evolución dejara este mundo tan despoblado.

—A menos que hubiera un desastre.

—Exactamente.

—Algo que borró a todas las especies excepto a aquellas que fueron capaces de adaptarse.

—Sí. ¿Ves? Y tengo pruebas. Las cabras tienen un modelo de conducta defensiva. Cuando te acercas a ellas, cuando te huelen, se colocan en círculo, con los adultos dando la cara hacia adentro para poder así cocear al intruso y proteger a los jóvenes.

—Muchos animales lo hacen.

—Sí, pero ¿protegerse de qué? Los cerdis son completamente selváticos: nunca cazan en la pradera. Fuera cual fuese el depredador que obligó a la cabra a desarrollar esa pauta de conducta, ha desaparecido. Y recientemente... tal vez en los últimos cien mil o en el último millón de años.

—No hay evidencia de que haya caído ningún meteoro hace menos de veinte millones de años —dijo el Portavoz.

—No. Ese tipo de desastre mataría a todos los animales grandes y a todas las plantas y dejaría a cientos de los pequeños, o tal vez matara toda la vida en la superficie y dejara con vida solamente al mar. Pero la tierra, el mar, todo fue arrasado, y sin embargo algunas criaturas grandes sobrevivieron. No, creo que fue una enfermedad. Una enfermedad que golpeó todas las especies, que podía adaptarse a cualquier cosa viva. Por supuesto, no advertimos esa enfermedad ahora porque todas las especies que quedaron vivas se han adaptado a ella. Será una parte de su modo de vida regular. La única manera en que podríamos notar la enfermedad...

—Es si la contrayéramos —dijo el Portavoz—. La Descolada.

—¿Ves? Todo se remonta a la Descolada. Mis abuelos encontraron un medio de hacer que dejara de matar a los humanos, pero tomó la mejor manipulación genética. La cabra, las culebras de agua también encontraron una manera de adaptarse, y dudo que fuera con suplementos en la dieta. Creo que todo tiene relación. Las extrañas anomalías reproductoras, los huecos en el ecosistema, todo se relaciona con los agentes de la Descolada, y Madre no quiere dejarme examinarlos. No me deja estudiar qué son, cómo funcionan, cómo pueden estar relacionados con...

—Con los cerdis.

—Bueno, sí, pero no sólo con ellos, sino con todos los animales...

El Portavoz parecía querer contener la excitación. Como si ella hubiera explicado algo difícil.

—La noche que murió Pipo ella selló todos los ficheros relacionados con su trabajo, y cerró todos los archivos que contenían todas las investigaciones sobre la Descolada. Lo que le enseñó a Pipo tenía que ver con los agentes de la Descolada, y con los cerdis...

—¿Por eso cerró los archivos? —preguntó Ela.

—Sí. Sí.

—Entonces tengo razón, ¿no?

—Sí. Gracias. Me has ayudado más de lo que crees.

—¿Significa eso que Hablarás pronto de la muerte de Padre?

El Portavoz la miró con atención.

—La verdad es que no quieres que Hable de tu padre. Quieres que Hable de tu madre.

—No está muerta.

—Pero sabes que no puedo Hablar de Marcão sin explicar por qué se casó con Novinha, y por qué continuaron casados tantos años.

—Eso es. Quiero que se desvelen todos los secretos. Quiero que se abran todos los archivos. No quiero que nada permanezca oculto.

—No sabes lo que pides. No sabes el dolor que causará descubrir todos los secretos.

—Mira a mi familia, Portavoz —contestó ella—. ¿Cómo puede causar más daño la verdad del que han causado ya los secretos?

Él le sonrió, pero no era una sonrisa jovial. Era afectiva, incluso compasiva.

—Tienes razón, pero cuando escuches toda la historia puede que tengas problemas para aceptarla.

—Conozco toda la historia.

—Eso es lo que cree todo el mundo, y nadie tiene razón.

—¿Cuándo Hablarás?

—En cuanto pueda.

—Entonces, ¿por qué no ahora? ¿Por qué no hoy? ¿A qué estás esperando?

—No puedo hacer nada hasta que hable con los cerdis.

—¿Estás bromeando? Nadie puede hablar con los cerdis excepto los zenadores. Es una Orden del Congreso. Nadie puede trasgredirla.

—Sí. Por eso va a ser difícil.

—Difícil no, imposible.

—Tal vez —dijo él. Se levantó y ella le imitó—. Ela, me has ayudado muchísimo al contarme todo lo que podría haber oído de ti. Igual que hizo Olhado. Pero a él no le gustó lo que hice con las cosas que me enseñó y ahora piensa que le he traicionado.

—Es un crío. Yo tengo dieciocho años.

El Portavoz asintió y le colocó una mano sobre los hombros.

—Entonces todo está bien. Somos amigos.

Ella estuvo casi segura de que había ironía en lo que decía. Ironía y, tal vez, una súplica.

—Sí —insistió ella—. Somos amigos. Para siempre.

Él volvió a asentir, se dio la vuelta, empujó el bote hasta el agua. En cuanto estuvo a flote, se sentó y extendió los remos, bogó y entonces alzó la vista y le sonrió. Ela le devolvió la sonrisa, pero la sonrisa no pudo ocultar el júbilo que sentía, el perfecto alivio. Él lo había escuchado todo, y haría que todo saliera bien. Creía aquello tan completamente que ni siquiera se daba cuenta de que era el motivo de su repentina felicidad. Sólo sabía que había pasado una hora con el Portavoz de los Muertos y ahora se sentía más viva de lo que había estado en los últimos diez años.

Cogió los zapatos, volvió a calzárselos y regresó a casa. Madre estaría aún en la Estación Biologista, pero Ela no quería trabajar esta tarde. Quería irse a casa y preparar la cena, que siempre era un trabajo solitario. Esperaba que nadie le hablara. Esperaba que no hubiera ningún problema que tuviera que resolver. Que eso se acabara para siempre.

Sólo llevaba unos minutos en casa cuando Miro entró apresuradamente en la cocina.

—Ela —dijo—. ¿Has visto al Portavoz de los Muertos?

—Sí. En el río.

—¿En el río dónde?

Si le decía dónde se habían reunido, sabría que no habría sido por casualidad.

—¿Por qué? —preguntó.

—Escucha, Ela, por favor, no es momento de recelos. Tengo que encontrarle. Le hemos dejado mensajes y el ordenador no puede localizarlo...

—Remaba río abajo, camino de su casa. Probablemente estará a punto de llegar.

Miro salió corriendo de la cocina. Ela le oyó teclear en el terminal. Entonces regresó.

—Gracias —dijo—. No me esperes para cenar.

—¿Qué es tan urgente?

—Nada.

Era tan ridículo decir «nada» cuando Miro estaba tan agitado y sentía tanta prisa que los dos se echaron a reír a la vez.

—Muy bien —dijo Miro—, pasa algo, pero no puedo decírtelo, ¿vale?

—Vale. Pero pronto se sabrán todos los secretos, Miro.

—Lo que no comprendo es por qué no recibió nuestro mensaje. Quiero decir que el ordenador le estaba buscando. ¿No lleva un implante en el oído? Se supone que el ordenador puede localizarle. Aunque es posible que lo haya desconectado.

—No —dijo Ela—. La luz estaba encendida.

Miro giró la cabeza y la miró.

—¿Cómo pudiste ver la lucecita roja de su implante si estaba remando en medio del río?

—Vino a la orilla. Charlamos.

—¿De qué?

Ela sonrió.

—De nada.

Él le devolvió la sonrisa, pero pareció algo molesto. Ella comprendió:

Está bien que tú no me digas tus secretos, pero no que yo te los oculte a ti, ¿no, Miro?

Sin embargo, él no discutió. Tenía demasiada prisa. Tenía que encontrar al Portavoz y hacerlo inmediatamente, y no vendría a cenar a casa.

Ela tuvo el presentimiento de que el Portavoz podría hablar con los cerdis antes de lo que pensaba. Durante un momento se sintió aliviada. La espera terminaría.

Entonces el alivio pasó y algo tomó su lugar. Un miedo enfermizo. Una pesadilla sobre el *papai* de China, el querido Libo, muerto en la colina, despedazado por los cerdis. Sólo que no era Libo. Era Miro. No, no, no era Miro. Era el Portavoz. Era el Portavoz a quien torturarían hasta la muerte.

—No —susurró.

Entonces tiritó y la alucinación se apartó de su mente; volvió a intentar sazonar la pasta para que supiera a algo más que a goma de amaranto.

14

RENEGADOS

COME-HOJAS: Humano dice que cuando mueren vuestros hermanos los enterráis en el suelo y que construís vuestras casas encima. (Risas).

MIRO: No. Nunca cavamos donde hay gente enterrada.

COME-HOJAS (rígido por la excitación): ¡Entonces vuestros muertos no os sirven para nada!

Ouanda Quenhatta Figueira Mucumbi,
Transcripciones de diálogos, 103:0:1969:4:13:11.

Ender había pensado que podrían tener problemas para hacerle atravesar la verja, pero Ouanda palmeó la caja, Miro abrió la puerta y los tres la atravesaron. Ningún desafío. Tenía que ser como Ela había dado a entender: nadie quería salir del complejo, y por eso no se necesitaba ninguna medida seria de seguridad. Ender no podía saber si aquello significaba que la gente estaba contenta de vivir en Milagro, si temían a los cerdis o si odiaban su prisión tanto que tenían que pretender que la verja no estaba allí.

Pero Ouanda y Miro estaban muy tensos, casi

asustados. Eso era comprensible, naturalmente, porque estaban quebrantando las leyes del Congreso al dejarle entrar. Pero Ender sospechaba que había algo más. La tensión de Miro se completaba con la prisa; tal vez estaba asustado, pero quería ver lo que iba a suceder, quería seguir adelante. Ouanda se quedó atrás, caminando a ritmo mesurado, y su frialdad no se debía sólo al miedo, sino también a la hostilidad. No confiaba en él.

Así que Ender no se sorprendió cuando ella se encaminó al gran árbol que crecía cerca de la verja y esperó a que Miro y Ender la siguieran. Ender vio cómo Miro se molestaba por un momento y luego se controlaba. Su expresión era todo lo fría que podría esperar un ser humano. Ender le comparó con los niños que había conocido en la Escuela de Batalla, sus camaradas las armas, y pensó que Miro podría haber sido uno de ellos. También Ouanda, pero por diferentes razones. Se consideraba responsable de lo que estaba pasando, aunque Ender era un adulto y ella mucho más joven. No se remitía a él en absoluto. Temiera lo que temiera, no era a la autoridad.

—¿Aquí? —preguntó Miro.

—O en ningún sitio —dijo Ouanda.

Ender se sentó al pie del árbol.

—Éste es el árbol de Raíz, ¿no?

Ellos se lo tomaron con calma —naturalmente—, pero su pausa momentánea le dijo que sí, que les había sorprendido al conocer algo sobre un pasado que seguramente consideraban propio. «Puede que aquí sea un framling —se dijo Ender—, pero no tengo por qué ser también un ignorante.»

—Sí —respondió Ouanda—. Es el tótem del que parecen recibir más directrices últimamente, en los últimos siete u ocho años. Nunca nos dejan presenciar los rituales en los que hablan a sus antepasados, pero parece que tiene que ver con tocar el tambor sobre los árboles con unos palos muy pulimentados. Algunas veces les oímos tocar toda la noche.

—¿Palos? ¿Hechos de madera caída?

—Eso suponemos. ¿Por qué?

—Porque no tienen herramientas de piedra o de metal con las que cortar madera, ¿no es así? Además, si adoran a los árboles no es lógico que los corten.

—No creemos que adoren a los árboles. Es algo totémico. Están ahí en representación de los antepasados muertos. Ellos... los plantan. Dentro de los cuerpos.

Ouanda había querido detenerle, hablarle o interrogarle, pero Ender no tenía intención de dejar que creyera (ni ella ni Miro, por otro lado) que estaba a cargo de la expedición. Ender intentaba hablar con los cerdis por sí mismo. Nunca dejaba que nadie determinara sus planes cuando se preparaba para Hablar, y no iba a empezar ahora. Además, él tenía información que los otros no tenían. Conocía la teoría de Ela.

—¿Y en algún otro sitio? —preguntó—. ¿Hay alguna ocasión en la que planten árboles?

Ellos se miraron mutuamente.

—No que hayamos visto —respondió Miro.

Ender no sentía simplemente curiosidad. Aún pensaba lo que Ela le había dicho sobre las anomalías en la reproducción.

—¿Y los árboles también crecen solos? ¿Están los retoños esparcidos por el bosque?

Ouanda negó con la cabeza.

—Realmente no tenemos ninguna evidencia de que se planten en ningún otro lugar diferente de los cadáveres de los muertos. Al menos, todos los árboles que conocemos son bastante viejos, excepto estos tres de aquí.

—Cuatro, si no nos damos prisa —dijo Miro.

¡Ah! Aquí estaba la tensión entre ellos. La urgencia de Miro se debía a que quería salvar a un cerdi de ser plantado en la base de otro árbol. Aunque Ouanda estaba preocupada por algo distinto. Le habían revelado bastante de sí mismos; ahora podía dejar que ella le interrogase. Se enderezó y echó la cabeza hacia atrás para mirar las hojas del árbol, las ramas extendidas, el pálido verdor de la fotosíntesis que confirmaba la convergencia, la inevitabilidad de la evolución en cada mundo. Aquí estaba el centro de todas las paradojas de Ela: la evolución de este mundo cuadraba con el modelo que los xenobiólogos habían visto en los Cien Mundos y, sin embargo, en algún lugar el modelo se había roto, colapsado. Los cerdis eran una de las pocas docenas de especies que habían sobrevivido al colapso. ¿Qué era la Descolada, y cómo se habían adaptado los cerdis a ella?

Su intención era cambiar de conversación para preguntar por qué estaban en ese árbol. Eso invitaría a Ouanda a hacer preguntas. Pero en ese momento, con la cabeza hacia atrás, las hojas verdes moviéndose suavemente bajo una brisa casi imperceptible, tuvo una poderosa sensación de *déja vu*. Había visto esas hojas antes. Recientemente. Pero eso era imposible. No había grandes árboles en Trondheim, y dentro del complejo de Milagro no crecía ninguno. ¿Por qué la luz a través de aquellas hojas le parecía tan familiar?

—Portavoz —dijo Miro.

—Sí —contestó, saliendo de aquel lapsus momentáneo.

—No queríamos traerle aquí —Miro lo dijo con

firmeza, y con el cuerpo orientado hacia Ouanda para que Ender comprendiera que, de hecho, Miro había querido traerle, pero que se incluía en la reluctancia de Ouanda para mostrarle que estaba con ella.

«Estáis enamorados —pensó Ender—. Y esta noche, si Hablo de la muerte de Marcão, tendré que deciros que sois hermanos. Tendré que colocar entre vosotros el tabú del incesto. Y seguramente me odiaréis.»

—Va a ver... —Ouanda no era capaz de decirlo.

Miro sonrió.

—Las llamamos Actividades Cuestionables. Empezaron accidentalmente con Pipo. Pero Libo las hizo deliberadamente, y nosotros continuamos su trabajo. Lo hacemos gradualmente, con cuidado. No hemos descartado simplemente las reglas del Congreso sobre esto. Pero hubo crisis, y tuvimos que ayudar. Hace unos pocos años, por ejemplo, los cerdis sufrieron una escasez de macios, los gusanos de la corteza de los árboles de los que se alimentan principalmente.

—¿Vas a decirle eso primero? —le preguntó Ouanda.

«Ah —pensó Ender—. Para ella no es tan importante como para él mantener la ilusión de solidaridad.»

—Está aquí en parte para Hablar de la muerte de Libo —contestó Miro—, y eso es lo que sucedió justo antes.

—No tenemos pruebas de que exista una relación de causa...

—Dejadme descubrir a mí las relaciones de causa —dijo Ender suavemente—. Decidme qué sucedió cuando los cerdis sufrieron hambre.

—Eran las esposas las que sentían hambre, según decían —Miro ignoró la ansiedad de Ouanda—. Verá, los machos recogen comida para las hembras y los jóvenes, y no había suficiente. Empezaron a dar a entender que tendrían que hacer la guerra y que probablemente morirían todos —Miro sacudió la cabeza—. Parecían casi felices con esa idea.

Ouanda le detuvo.

—Ni siquiera ha prometido. No ha prometido nada.

—¿Qué queréis que prometa? —les preguntó Ender.

—Que no diga... nada de esto...

—¿Que no me chive de vosotros?

Ella asintió, aunque claramente rechazaba la frase infantil.

—No prometeré nada de eso —dijo Ender—. Mi oficio es contar.

Ella se giró hacia Miro.

—¿Ves?

Miro en cambio pareció asustado.

—No puede contarlo. Cerrarán la verja. ¡No nos dejarán volver a franquearla!

—¿Y tendréis que encontrar otro empleo? —preguntó Ender.

Ouanda le miró con desdén.

—¿Eso es lo que piensa de la xenología? ¿Que es un empleo? Hay otra especie inteligente en los bosques. Ramen, no varelse, y hay que darla a conocer.

Ender no respondió, pero su mirada no se despegó de su cara.

—Es como la *Reina Colmena* y el *Hegemón* —dijo Miro—. Los cerdis son como los insectores. Sólo que más pequeños, más débiles, más primitivos. Necesitamos estudiarlos, sí, pero eso no es suficiente. Se puede estudiar a las bestias y no preocuparse un ápice cuando una de ellas se cae muerta o es devorada, pero ellos... son como nosotros. No podemos estudiar simplemente su hambre, observar cómo se destruyen en la guerra, les conocemos, les...

—Amamos —dijo Ender.

—¡Sí! —exclamó Ouanda, desafiante.

—Pero si los dejarais, si no estuvierais aquí, desaparecerían, ¿no?

—No —respondió Miro.

—Te dije que sería como el comité —acusó Ouanda.

Ender la ignoró.

—¿Qué les sucedería si los dejarais?

—Es como... —Miro hizo un esfuerzo por encontrar las palabras—. Es como si regresáramos a la vieja Tierra, mucho antes del Genocidio, antes de los viajes estelares, y les dijéramos, podéis viajar entre las estrellas, podéis vivir en otros mundos. Y luego les enseñáramos un millar de milagros. Luces que se encienden con sólo apretar un botón. Acero. Incluso cosas simples... cuencos para recoger el agua. La agricultura. Ellos te ven, saben lo que eres, saben que pueden convertirse en lo que eres, hacer todas las cosas que tú haces. ¿Qué es lo que dirán? Llévate todo esto, no nos lo muestres, déjanos vivir nuestras breves, brutales y desagradables vidas, deja que la evolución siga su curso. No. Dirían danos, enséñanos, ayúdanos.

—Y respondéis que no es posible y os marcháis.

—¡Es demasiado tarde! —dijo Miro—. ¿No lo comprende? ¡Ya han visto los milagros! Ya nos han visto volar. Han visto que somos altos y fuertes, y tenemos herramientas mágicas y conocemos cosas con las que ellos nunca osarían soñar. Es demasiado tarde para decirles adiós, y marcharnos. Saben lo que es posible. Y cuanto más tiempo nos quedamos, más intentan aprender, y cuanto más aprenden, más vemos hasta qué punto el aprender les sirve de ayuda, y si tuviera algún tipo de compasión, tal vez si comprendiera que son... que son...

—Humanos.

—Ramen, de todas formas. Son nuestros hijos, ¿lo comprende?

Ender sonrió.

—¿Quién, de entre vosotros, si su hijo le pide pan le da una piedra?

Ouanda asintió.

—Eso es. Las leyes del Congreso nos dicen que tenemos que darles piedras. Aunque nos sobre el pan.

Ender se levantó.

—Bien, vamos.

Ouanda aún no estaba lista.

—No ha prometido...

—¿Habéis leído la *Reina Colmena* y el *Hegemón*?

—Yo sí —dijo Miro.

—¿Podéis concebir que alguien que decide llamarse Portavoz de los Muertos haga después algo que dañe a esos pequeños, a esos *pequeninos*?

La ansiedad de Ouanda remitió, pero su hostilidad no.

—Es usted muy listo, señor Andrew, Portavoz de los Muertos. A él le recuerda la *Reina Colmena* y a mí me cita las Escrituras.

—Le hablo a cada uno en el lenguaje que entiende —dijo Ender—. Eso no es ser listo. Es ser claro.

—Entonces hará lo que quiera.

—Siempre y cuando no dañe a los cerdis.

—Según su punto de vista.

—No tengo ningún otro punto de vista que usar.

Echó a andar y se encaminó al bosque. Ellos tuvieron que correr para seguir su ritmo.

—Tengo que decirle que los cerdis han estado preguntando por usted —dijo Miro—. Creen que es el mismo Portavoz que escribió la *Reina Colmena* y el *Hegemón*.

—¿Lo han leído?

—La verdad es que lo han incorporado bastante bien a su religión. Tratan el ejemplar que les dimos como si fuera un libro sagrado. Y ahora sostienen que la mismísima reina colmena les habla.

Ender le miró.

—¿Y qué dice?

—Que es usted el Portavoz auténtico. Y que tiene a la reina colmena. Y que la va a traer para que viva con ellos, y que va a enseñarles todo sobre el metal y... realmente es una locura. Lo peor es que tienen unas expectativas imposibles sobre usted.

Podría ser simplemente que sintieran un deseo de completarse, como obviamente creía Miro, pero Ender sabía por la crisálida de la reina colmena que ella había estado hablando con alguien.

—¿Cómo dicen que les habla la reina colmena?

—No les habla a ellos, sino a Raíz —contestó Ouanda, que caminaba ahora al otro lado—. Y Raíz les habla a ellos. Todo es parte de su sistema de tótems. Siempre hemos intentado seguirles la corriente y actuar como si lo creyéramos.

—¡Qué condescendiente por vuestra parte! —dijo Ender.

—Es una práctica antropológica común —contestó Miro.

—Estáis tan ocupados pretendiendo que les

creéis que no hay una sola posibilidad de que apren-
dáis algo de ellos.

Por un momento, los dos se quedaron detrás y él
se internó en el bosque. Corrieron hasta alcanzarle.

—¡Hemos dedicado nuestra vida a saber de ellos!
—dijo Miro.

Ender se detuvo.

—Pero no a aprender de ellos —estaban en el
interior del bosque, la luz difusa que atravesaba los
árboles hacía imposible leer en sus caras. Pero sabía
lo que éstas le dirían. Malestar, resentimiento, queja...
¿cómo se atrevía este extranjero a cuestionar su actitud profesional?—. Explotáis vuestra supremacía cultural hasta el fondo. Lleváis a cabo vuestras Actividades Cuestionables para ayudar a los pobrecitos cerdis,
pero no hay una sola posibilidad de que advirtáis
cuándo ellos tienen algo que enseñaros a vosotros.

—¿Como qué? —demandó Ouanda—. ¿Como
asesinar a su mayor benefactor, torturarle hasta la
muerte después de que salvara la vida de docenas de
esposas e hijos suyos?

—¿Entonces por qué lo toleráis? ¿Por qué les
ayudáis después de lo que hicieron?

Miro se interpuso entre ellos. «Protegiéndola,
—pensó Ender—, o impidiendo que revele sus de-
bilidades.»

—Somos profesionales. Comprendemos que las
diferencias culturales que no podemos explicar...

—Comprendéis que los cerdis son animales, y no
los condenáis por asesinar a Libo y a Pipo más de lo
que condenaríais a una cabra por comer capim.

—Eso es —dijo Miro.

Ender sonrió.

—Y por eso nunca aprenderéis nada de ellos.
Porque pensáis que son animales.

—¡Pensamos que son ramen! —dijo Ouanda, colocándose delante de Miro.

Obviamente no le interesaba que la protegieran.

—Los tratáis como si no fueran responsables de sus actos —dijo Ender—. Los ramen son responsables de lo que hacen.

—¿Y qué va a hacer usted? —preguntó sarcásticamente Ouanda—. ¿Venir y llevarles a juicio?

—Os diré una cosa. Los cerdis han aprendido más sobre mí por el muerto Raíz que lo que habéis aprendido vosotros teniéndome delante.

—¿Y eso qué se supone que significa? ¿Que de verdad es el Portavoz original? —Miro obviamente consideraba aquello como la proposición más ridícula imaginable—. Y supongo que de verdad tiene un puñado de insectores en su nave en órbita, y está esperando poder bajarlos y...

—Lo que significa —interrumpió Ouanda—, que este aficionado piensa que está más cualificado para tratar con los cerdis que nosotros. Y por lo que a mí respecta eso prueba que jamás debimos de haber accedido a traerlo.

En ese momento Ouanda dejó de hablar, pues un cerdi había salido de entre la maleza. Era más pequeño de lo que Ender había esperado. Su olor, aunque no completamente desagradable, era desde luego más fuerte de lo que la simulación por ordenador de Jane daba a entender.

—Demasiado tarde —murmuró Ender—. Creo que la reunión ya ha empezado.

La expresión del cerdi, si tenía alguna, era completamente ilegible para Ender. Miro y Ouanda, sin embargo, pudieron comprender parte de su lenguaje no hablado.

—Está sorprendido —murmuró Ouanda. Al decirle a Ender que comprendía lo que él no era capaz de captar, le estaba poniendo en su lugar. Eso estaba bien. Ender sabía que aquí era un novato. Sin embargo, esperaba también haberles sacado un poco de su forma de pensar normal. Era obvio que nunca se hacían preguntas y seguían pautas establecidas. Si quería tener ayuda real por su parte, tendrían que romper aquellos viejos modelos y alcanzar nuevas conclusiones.

—Come-hojas —dijo Miro.

Come-hojas no despegaba los ojos de Ender.

—Portavoz de los Muertos —dijo.

—Le hemos traído —anunció Ouanda.

Come-hojas se dio la vuelta y desapareció en la maleza.

—¿Qué significa eso? —preguntó Ender—. ¿Que se marcha?

—¿No se lo imagina? —preguntó Ouanda.

—Os guste o no —dijo Ender—, los cerdis quieren hablar conmigo y yo quiero hablar con ellos. Creo que saldrá mejor si me ayudáis a comprender qué pasa. ¿O es que tampoco lo comprendéis?

Les vio debatirse, molestos. Y entonces, para alivio de Ender, Miro tomó una decisión. En vez de responder con arrogancia, lo hizo sencilla, mansamente.

—No. No lo comprendemos. Seguimos jugando a las adivinanzas con los cerdis. Ellos nos hacen preguntas, nosotros les hacemos preguntas, y por nuestra habilidad ni ellos ni nosotros hemos revelado nada deliberadamente. Ni siquiera les hemos hecho las preguntas cuyas respuestas queremos conocer realmente, por miedo a que aprendan demasiado de nosotros gracias a esas preguntas.

Ouanda no estaba dispuesta a participar en la decisión de cooperar de Miro.

—Sabemos más de lo que usted sabrá en veinte años. Y está loco si cree que puede duplicar lo que sabemos con una entrevista de diez minutos en el bosque.

—No necesito duplicar lo que sabéis —dijo Ender.

—¿Eso cree?

—Os tengo conmigo —sonrió.

Miro comprendió y lo tomó como un cumplido.

—Esto es todo lo que sabemos, y no es mucho. Come-hojas probablemente no se alegra de verle. Hay un roce entre él y un cerdi llamado Humano. Cuando pensaron que no íbamos a traerle, Come-hojas estuvo seguro de que había ganado. Ahora se le ha arrebatado la victoria. Tal vez hemos salvado la vida de Humano.

—¿Y le ha costado la suya a Come-hojas?

—¿Quién sabe? Presiento que el futuro de Humano está en juego, pero el de Come-hojas no. Come-hojas sólo está intentando que Humano fracase, no ganar él.

—Pero no lo sabéis.

—Ése es el tipo de cosas sobre las que nunca preguntamos —Miro volvió a sonreír—. Y tiene usted razón. Es una costumbre tan enraizada que ni siquiera nos damos cuenta de que no preguntamos.

Ouanda estaba furiosa.

—¿Tiene razón? Ni siquiera nos ha visto trabajar y de repente ya es todo un crítico de...

Pero Ender no tenía ningún interés en verles discutir. Se encaminó en la dirección que había tomado Come-hojas y dejó que le siguieran cuando quisieran. Lo que, por supuesto, hicieron inmediatamente, dejando su discusión para más tarde. En cuanto Ender supo que iban tras él, empezó a preguntarles de nuevo.

—Esas Actividades Cuestionables que habéis llevado a cabo... ¿Habéis introducido nuevos alimentos en su dieta?

—Les enseñamos a comer la raíz de merdona —dijo Ouanda. Su tono era crispado y profesional, pero al menos le hablaba. No iba a dejar que su furia la excluyera de lo que obviamente iba a ser un encuentro crucial con los cerdis—. Les enseñamos a anular el contenido de cianuro mojándola y poniéndola a secar al sol. Ésa fue la solución a corto plazo.

—La solución a largo plazo fueron algunas de las adaptaciones que Madre realizó con el amaranto —dijo Miro—. Consiguió una variante de amaranto que se adaptaba tan bien a Lusitania que no era buena para los humanos. Demasiada estructura proteínica lusitana, no lo suficientemente terrestre. Pero parecía adecuado para los cerdis. Hice que Ela me diera algunos especímenes sin que supiera que era importante.

«No te engañes con lo que Ela sabe o no», pensó Ender.

—Libo se los dio y les enseñó a plantarlos y luego cómo molerlo, hacer harina, convertirlo en pan. Sabía a rayos, pero les dio una dieta que controlaban directamente por primera vez. Han engordado desde entonces.

La voz de Ouanda era más amarga.

—Pero mataron a Padre inmediatamente después de llevar a las esposas las primeras hojas.

Ender caminó en silencio unos instantes, intentando sacar sentido a todo esto. ¿Los cerdis mataron a Libo inmediatamente después de que les salvara del hambre? Impensable, y sin embargo había sucedido. ¿Cómo podía evolucionar una sociedad si mataba a aquellos que mejor contribuían a su supervivencia? Tendría que ser exactamente al contrario... tendrían que recompensar a los valiosos, dándoles más oportunidades para reproducirse. Es así cómo las comunidades mejoran sus posibilidades de sobrevivir como grupo. ¿Cómo podían sobrevivir los cerdis si asesinaban a aquellos que más contribuían a su supervivencia?

Y sin embargo había precedentes humanos. Estos niños, Miro y Ouanda, con sus Actividades Cuestionables, eran mejores y más sabios, a la larga, que el Comité Estelar que hacía las reglas. Pero si les descubrían, les separarían de sus familias y les llevarían a otro mundo... casi una sentencia de muerte, en cierto modo, puesto que todos aquellos a los que conocían habrían muerto antes de que pudieran regresar. Y, además, serían juzgados y castigados, probablemente encarcelados. Ni sus ideas ni sus genes se propagarían, y la sociedad se empobrecería por ello.

Sin embargo, sólo porque los humanos lo hicieran, no parecía sensato. Además, el arresto y encarcelamiento de Miro y Ouanda, si alguna vez sucedía, tendría sentido si se viera a los humanos como a una sola comunidad y a los cerdis como a sus enemigos, si se pensara que cualquier cosa que ayudara a sobrevivir a los cerdis fuera de alguna manera una amenaza a la humanidad. Entonces el castigo de la gente que ampliaba la cultura de los cerdis se produciría no para proteger a los cerdis, sino para evitar que los cerdis se desarrollaran.

En ese momento Ender vio claramente que las reglas que legislaban el contacto humano con los cerdis no funcionaban realmente para proteger a los cerdis. Funcionaban para garantizar la superioridad y el poder humano. Desde ese punto de vista, al ejecutar aquellas Actividades Cuestionables, Miro y

Ouanda eran traidores a los intereses de su propia especie.

—Renegados —dijo en voz alta.

—¿Qué? —preguntó Miro—. ¿Cómo dice?

—Renegados. Aquellos que niegan a su propia gente y aceptan al enemigo como suyo.

—Ah.

—No lo somos —dijo Ouanda.

—Sí que lo somos —dijo Miro.

—¡No he negado mi humanidad!

—Según la define el obispo Peregrino, hemos negado nuestra humanidad hace mucho tiempo.

—Pero como yo la defino...

—Según la defines tú —intervino Ender—, los cerdis son humanos también. Por eso eres una renegada.

—¡Creí que había dicho que tratamos a los cerdis como a animales!

—Cuando no les tenéis en cuenta, cuando no les hacéis preguntas directas, cuando intentáis engañarles, entonces les tratáis como animales.

—En otras palabras —dijo Miro—, cuando seguimos las reglas del comité.

—Sí —dijo Ouanda—, sí, es verdad, somos renegados.

—¿Y usted? —preguntó Miro—. ¿Por qué es un renegado?

—Oh, la raza humana me dio la patada hace muchísimo tiempo. Por eso me convertí en Portavoz de los Muertos.

Con esto, llegaron al claro de los cerdis.

Madre no vino a cenar y tampoco lo hizo Miro. No había problemas para Ela. Cuando alguno de los dos estaba presente, Ela perdía su autoridad; no podía seguir controlando a los niños más pequeños.

Y sin embargo ni Madre ni Miro tomaban su puesto. Nadie obedecía a Ela y nadie más intentaba mantener el orden. Así que era más fácil cuando no estaban.

No es que los pequeños se comportaran especialmente bien ahora. Simplemente se le resistían menos. Sólo tuvo que gritarle a Grego un par de veces para que dejara de pellizcar y dar patadas a Quara por debajo de la mesa. Y hoy Quim y Olhado estaban muy callados, sin los comentarios típicos.

Hasta que terminó la cena.

Quim se echó hacia atrás en la silla y miró maliciosamente a Olhado.

—Así que tú eres el que le enseñó a ese espía cómo entrar en los archivos de Madre.

Olhado se volvió hacia Ela.

—Has vuelto a dejar la boca de Quim abierta, Ela. Tendrías que ser más cuidadosa —era la forma que tenía Olhado, a través del humor, de pedir la intervención de Ela.

Quim no quería que recibiera ninguna ayuda.

—Esta vez Ela no está de tu parte, Olhado. Nadie está de tu parte. Ayudaste a ese repugnante espía a entrar en los archivos de Madre, y eso te hace tan culpable como él. Es un servidor del diablo, y lo mismo eres tú.

Ela vio la furia en el cuerpo de Olhado. Tuvo la visión momentánea de Olhado tirándole a Quim el plato a la cara. Pero el momento pasó. Olhado se calmó.

—Lo siento —dijo Olhado—. No quise hacerlo.

Estaba cediendo ante Quim. Estaba admitiendo que Quim tenía razón.

—Espero —dijo Ela—, que quieras decir que sientes haberlo hecho sin intención. Espero que no estés pidiendo disculpas por ayudar al Portavoz de los Muertos.

—Por supuesto que se está disculpando por ayudar al espía —dijo Quim.

—Porque todos deberíamos ayudar al Portavoz en lo que podamos —continuó Ela.

Quim se puso en pie de un salto y se apoyó en la mesa para gritarle a la cara.

—¿Cómo puedes decir eso? ¡Estaba violando la intimidad de Madre, estaba descubriendo sus secretos, estaba...!

Para su sorpresa, Ela descubrió que también se había puesto en pie y que le gritaba, y más fuerte.

—¡Los secretos de Madre son la causa de la mitad del veneno que hay en esta casa! ¡Los secretos de Madre nos están volviendo enfermos a todos, incluyéndola a ella! ¡Así que tal vez la única manera de arreglar las cosas sea robarle todos los secretos y airearlos para que podamos deshacernos de ellos!

Dejó de gritar. Quim y Olhado estaban de pie ante ella, apretándose contra la pared de enfrente como si sus palabras fueran balas y les estuviera ejecutando. Tranquila, intensamente, Ela continuó.

—En lo que a mí respecta, el Portavoz de los Muertos es la única oportunidad que tenemos de volver a ser una familia. Y los secretos de Madre son la única cosa que nos lo impide. Por eso hoy le dije todo lo que sé sobre los archivos de Madre, porque quiero ayudarle a descubrir la verdad en lo que pueda.

—Entonces eres más traidora que nadie —dijo Quim. Su voz temblaba. Estaba a punto de llorar.

—Digo que ayudar al Portavoz de los Muertos es un acto de lealtad —contestó Ela—. La única traición real es obedecer a Madre, porque lo que quiere, aquello para lo que ha trabajado durante toda su vida, es su autodestrucción y la destrucción de su familia.

Para sorpresa de Ela, no fue Quim, sino Olhado, quien se echó a llorar. Sus lagrimales no funcionaban, por supuesto, pues habían sido extirpados cuando le instalaron los ojos. Así que no hubo lágrimas que indicaran que estaba llorando. En cambio emitió un sollozo y se aplastó contra la pared hasta que se sentó en el suelo, con la cabeza entre las rodillas, sollozando y suspirando. Ela comprendió por qué. Porque le había dicho que su amor por el Portavoz no era desleal, que no había pecado, y él creía en lo que le había dicho, sabía que era verdad.

Entonces, al alzar la vista de Olhado, vio a Madre de pie en el umbral. Ela sintió que se debilitaba y se echó a temblar al advertir que Madre tenía que haberla oído.

Pero Madre no parecía enfadada. Sólo un poco triste, y muy cansada. Estaba mirando a Olhado.

Quim encontró la voz.

—¿Has oído lo que Ela estaba diciendo? —preguntó.

—Sí —contestó Madre, sin dejar de mirar a Olhado—. Y por lo que sé, puede que tenga razón.

Ela estaba tan nerviosa como Quim.

—Id a vuestras habitaciones, niños —dijo Madre suavemente—. Necesito hablar con Olhado.

Ela llamó a Grego y Quara, que se bajaron de sus sillas y se escurrieron a su lado, con los ojos abiertos de asombro ante aquellos sucesos inusitados. Después de todo, ni siquiera Padre había sido capaz de hacer llorar a Olhado nunca. Les sacó de la cocina, de vuelta a su dormitorio. Oyó a Quim recorrer el pasillo, entrar en su habitación, cerrar la puerta y meterse en la cama. Y en la cocina los sollozos de Olhado se difuminaron, se calmaron, terminaron cuando Madre, por primera vez desde que perdió los ojos, le abrazó y le consoló, secando con su pelo sus lágrimas inexistentes mientras le acunaba.

Miro no sabía qué pensar del Portavoz de los Muertos. De alguna manera siempre había imaginado que un Portavoz sería muy parecido a un sacerdote... o al menos, a lo que se supone que es un sacerdote. Tranquilo, contemplativo, apartado del mundo, siempre dejando la acción y la decisión a otros. Miro había esperado que fuera sabio.

No había previsto que fuera tan entrometido, tan peligroso. Sí, era sabio, de acuerdo, veía más allá de lo aparente, hacía o decía cosas sorprendentes que, cuando se pensaba bien, eran exactamente las adecuadas. Era como si estuviera tan familiarizado con la mente humana que pudiera ver, directamente por la expresión de tu cara, los deseos profundos, las verdades tan bien disfrazadas que ni siquiera uno mismo sabe que tiene en su interior.

Cuántas veces se había quedado Miro con Ouanda así, mirando a Libo tratar a los cerdis. Pero con Libo siempre habían comprendido lo que hacía; conocían su técnica, conocían su propósito. El Portavoz, sin embargo, seguía unas pautas de pensamiento que eran completamente extrañas para él. Aunque tenía aspecto humano, Miro llegó a preguntarse si no sería realmente un framling: podía ser tan enigmático como los cerdis. Era tan ramen con ellos, extraño pero sin ser un animal.

¿Qué advertía el Portavoz? ¿Qué veía? ¿El arco que llevaba Flecha? ¿Los cuencos en los que la raíz de merdona se secaba? ¿Cuántas Actividades Cuestionables reconocía, y cuántas pensaba que eran prácticas nativas?

Los cerdis sacaron la *Reina Colmena* y el *Hegemón*.

—Tú —dijo Flecha—. ¿Tú escribiste esto?

—Sí —respondió el Portavoz de los Muertos.

Miro observó a Ouanda, cuyos ojos brillaron de indignación. Así que el Portavoz era un mentiroso.

Humano interrumpió.

—Miro y Ouanda, piensan que eres un mentiroso.

Miro inmediatamente volvió la vista hacia el Portavoz, pero él no les miró.

—Por supuesto que lo creen —dijo—. Nunca se les ha ocurrido pensar que Raíz podría haberos dicho la verdad.

Las tranquilas palabras del Portavoz molestaron a Miro. ¿Podría ser verdad? Después de todo, la gente que viajaba entre las estrellas se saltaba décadas, a menudo siglos, al ir de un sistema a otro. A veces hasta medio milenio. No harían falta muchos viajes para que una persona sobreviviera tres mil años. Pero que el Portavoz de los Muertos original viniera aquí sería una coincidencia demasiado increíble. Excepto que el Portavoz original era el que había escrito la *Reina Colmena* y el *Hegemón* y, por ello, estaría interesado en la primera raza de ramen que conocían desde los insectores. «No lo creo», se dijo Miro, pero tenía que admitir la posibilidad de que pudiera ser cierto.

—¿Por qué son tan estúpidos? —preguntó Humano—. ¿No reconocen la verdad cuando la oyen?

—No son estúpidos —respondió el Portavoz—. Es así como son los humanos: cuestionamos todas nuestras creencias, excepto aquellas en las que realmente creemos, y aquellas otras en las que nunca pensamos. Nunca se han planteado la idea de que el Portavoz de los Muertos original no muriera hace tres mil años, aunque saben hasta qué punto el vuelo interestelar prolonga la vida.

—Pero se lo dijimos.

—No... les dijisteis que la Reina Colmena le había dicho a Raíz que yo escribí este libro.

—Por eso tendrían que haber sabido que era verdad —dijo Humano—. Raíz es sabio, es un padre; nunca cometería un error.

Miro no sonrió, pero quiso hacerlo. El Portavoz se creía muy listo, pero aquí estaba ahora, donde todas las preguntas importantes terminaban, frustrado por la insistencia de los cerdis de que sus árboles tótem podían hablarles.

—Ah —dijo el Portavoz—. Hay tanto que no comprendemos. Y tanto que vosotros no comprendéis. Deberíamos enseñarnos más cosas.

Humano se sentó junto a Flecha, compartiendo con él la posición de honor. Flecha no hizo gesto de que le importara.

—Portavoz de los Muertos —dijo Humano—, ¿nos traerás a la reina colmena?

—No lo he decidido todavía.

Una vez más, Miro volvió la vista a Ouanda. ¿Estaba loco el Portavoz, dando a entender que podía entregar lo que no podía ser entregado?

Entonces recordó lo que había dicho el Portavoz sobre cuestionarse todas las creencias excepto aquellas en las que realmente se cree. Miro siempre había aceptado lo que todo el mundo sabía: que todos los insectores habían sido destruidos. Pero, ¿y si hubiera sobrevivido una reina colmena? ¿Y si era por eso que el Portavoz había podido escribir su libro? ¿Por qué tenía un insector con el que hablar? Era improbable en extremo, pero no imposible. Miro no sabía con seguridad que hubiera muerto hasta el último insector. Sólo sabía que todo el mundo lo creía y que nadie en tres mil años había dado la más mínima evidencia de lo contrario.

Pero incluso si era verdad, ¿cómo podía saberlo Humano? La explicación más simple era que los cerdis habían incorporado la poderosa historia de la *Reina Colmena* y el *Hegemón* a su religión, y eran incapaces de comprender que había muchos Portavoces de los Muertos, y que ninguno de ellos era el autor del libro; que todos los insectores estaban muertos, y que ninguna reina colmena podía venir. Ésa era la explicación más simple, la más fácil de aceptar. Cualquier otra le obligaría a admitir la posibilidad de que el árbol tótem de Raíz, de alguna manera, podía hablarles a los cerdis.

—¿Qué te hará decidir? —preguntó Humano—. Les hacemos regalos a las esposas, para ganar su honor, pero tú eres el más sabio de todos los humanos, y no tenemos nada que necesites.

—Tenéis muchas cosas que necesito.

—¿Qué? ¿No puedes hacer cuencos mejores que éstos? ¿Flechas más certeras? La capa que llevo está hecha de lana de cabra... pero tu ropa es mejor.

—No necesito cosas así —dijo el Portavoz—. Lo que necesito son historias verdaderas.

Humano se acercó más, y entonces dejó que su cuerpo se pusiera rígido de excitación, de anticipación.

—¡Oh, Portavoz! —dijo, y su voz sonó poderosa, por la importancia de sus palabras—. ¿Añadirás nuestra historia a la *Reina Colmena* y el *Hegemón*?

—No conozco vuestra historia.

—¡Pregúntanos! ¡Pregúntanos cualquier cosa!

—¿Cómo puedo contar vuestra historia? Sólo cuento las historias de los muertos.

—¡Estamos muertos! —gritó Humano. Miro nunca le había visto tan agitado—. Nos están asesinando cada día. Los humanos llenan todos los mundos. Las naves viajan de estrella a estrella, a través de la negrura de la noche, llenando todos los huecos. Nosotros estamos aquí, en nuestro mundo único, mirando cómo el cielo se llena de humanos. Los humanos construyeron esa estúpida verja para mantenernos aparte, pero eso no es nada. ¡El cielo es nuestra verja! —Humano saltó hacia arriba, muy alto, pues sus piernas eran poderosas—. ¡Mira cómo la verja me devuelve al suelo!

Corrió hacia el árbol más cercano y subió por el tronco, más alto de lo que Miro le había visto nunca escalar. Dio una especie de zambullida y se arrojó al aire. Colgó allí un momento, y luego la gravedad le hizo caer contra el duro suelo.

Miro pudo oír la respiración escapársele por la fuerza del golpe. El Portavoz corrió inmediatamente hacia Humano; Miro le siguió de cerca. Humano no respiraba.

—¿Humano está muerto? —preguntó a su espalda Ouanda.

—¡No! —gritó un cerdi en el Lenguaje de los Machos—. ¡No puedes morir! ¡No! ¡No! —Miro vio, para su sorpresa, que era Come-hojas—. ¡No puedes morir!

Entonces Humano alzó una mano y tocó la cara del Portavoz. Inhaló profundamente y luego habló.

—¿Ves, Portavoz? Moriría por escalar la muralla que nos separa de las estrellas.

En todos los años que Miro había conocido a los cerdis, nunca habían hablado del viaje estelar, nunca le habían hecho una sola pregunta. Sin embargo, Miro advertía ahora que todas las preguntas que hacían estaban orientadas hacia el descubrimiento del secreto del vuelo estelar. Los xenólogos nunca se habían dado cuenta porque sabían —sabían sin preguntar— que los cerdis estaban tan lejos del nivel de cultura necesario para construir naves espaciales que pasarían mil años antes de que una cosa así pudiera estar a su alcance. Pero su ansia por conocer el metal, los motores, por volar sobre el suelo, era su manera de intentar averiguar el secreto del vuelo espacial.

Humano se puso lentamente en pie, agarrando la mano del Portavoz. Miro advirtió que nunca un solo cerdi le había tomado de la mano. Sintió una pena profunda. Y el agudo dolor de los celos.

Ahora que Humano estaba claramente ileso, los otros cerdis se apiñaron alrededor del Portavoz. No apretaban, pero querían estar cerca.

—Raíz dice que la reina colmena sabe construir naves —dijo Flecha.

—Raíz dice que la reina colmena nos lo enseñará todo —dijo Cuencos—. Metal, fuego hecho de rocas, casas hechas de agua negra, todo.

El Portavoz alzó las manos, deteniendo sus murmullos.

—Si todos tuvierais sed y vierais que yo tengo agua, me pediríais que os diera de beber. Pero ¿y si yo supiera que el agua está envenenada?

—No hay veneno en las naves que vuelan a las estrellas —dijo Humano.

—Hay muchas formas de volar —respondió el Portavoz—. Algunas mejores que otras. Os daré todo lo que pueda daros, siempre que no os destruya.

—¡La reina colmena promete! —dijo Humano.

—Y yo también.

Humano se echó hacia delante, cogió al Portavoz por el pelo y las orejas y así lo tuvo cara a cara. Miro nunca había visto un acto de violencia semejante; era esto lo que había temido, la decisión de asesinar...

—¡Si somos ramen —gritó Humano a la cara del Portavoz—, entonces la decisión es nuestra, no tuya! ¡Y si somos varelse entonces lo mismo da que nos mates ahora a todos de la misma forma en que mataste a todas las hermanas de la reina colmena!

Miro se quedó de una pieza. Una cosa era que los cerdis decidieran que éste era el Portavoz que había escrito el libro. Pero ¿cómo podían llegar a la increíble conclusión de que era culpable del Genocidio? ¿Quién creían que era, el monstruo Ender?

Y sin embargo allí estaba el Portavoz de los Muertos, con los ojos cerrados, las lágrimas resbalándole por las mejillas, como si la acusación de Humano tuviera la fuerza de la verdad.

Humano giró la cabeza para hablarle a Miro.

—¿Qué es este agua? —susurró. Entonces tocó las lágrimas del Portavoz.

—Es la forma en que mostramos dolor, o pena, o sufrimiento —contestó Miro.

Mandachuva de repente exhaló un grito, un grito lastimero que Miro nunca había oído antes, como la agonía de un animal.

—Es así cómo mostramos el dolor —susurró Humano.

—¡Ah! ¡Ah! —gimió Mandachuva—. ¡He visto ese agua antes! ¡En los ojos de Libo y Pipo he visto este agua!

Uno a uno, y luego todos a la vez, los demás cerdis exhalaron el mismo grito. Miro estaba aterrorizado, sorprendido, excitado al mismo tiempo. No tenía idea de lo que significaba, pero los cerdis estaban mostrando emociones que habían ocultado a los xenólogos durante cuarenta y siete años.

—¿Se están lamentando por Papá? —susurró Ouanda. Sus ojos, también, brillaban por la excitación, y su cabello estaba empapado del sudor del miedo.

Miro lo dijo en el momento en que se le ocurrió.

—No han sabido hasta ahora que Pipo y Libo lloraban cuando murieron.

Entonces Miro no supo qué pensamientos atravesaron la mente de Ouanda; sólo supo que ella se dio la vuelta, dio unos cuantos pasos vacilantes, cayó de rodillas y lloró amargamente.

Después de todo, la llegada del Portavoz había agitado un poco las cosas.

Miro se arrodilló junto al Portavoz, que tenía la cabeza inclinada, la barbilla apretada contra el pecho.

—Portavoz, *Como pode ser?* ¿Cómo puede ser que seas el primer Portavoz y a la vez seas también Ender? *Não pode ser.*

—Les ha contado más de lo que pensé —susurró él.

—Pero el Portavoz de los Muertos, el que escribió este libro, es el hombre más sabio que ha vivido. Mientras que Ender fue un asesino, mató a un pueblo entero, a una maravillosa raza de ramen que podrían habérnoslo enseñado todo...

—Los dos eran humanos, sin embargo —susurró el Portavoz.

Humano se les acercó y recitó un par de líneas del *Hegemón*.

—«La enfermedad y la cura están en cada corazón. La muerte y la entrega están en cada mano.»

—Humano —dijo el Portavoz—, dile a tu gente que no lamente lo que hicieron por ignorancia.

—Fue una cosa terrible —dijo Humano—. Fue nuestro mayor regalo.

—Dile a tu gente que se tranquilice, y que me escuche.

Humano gritó unas cuantas palabras, no en el Lenguaje de los Machos, sino en el Lenguaje de las Esposas, el de la autoridad. Todos se callaron y se sentaron para oír lo que el Portavoz tenía que decirles.

—Haré todo lo que pueda, pero primero tengo que conoceros, pues ¿cómo si no podré contar vuestra historia? Tengo que conoceros, pues ¿cómo puedo saber si la bebida es venenosa o no? Y aún así, el mayor problema de todos continuará. La raza humana puede amar a los insectores porque piensa que todos están muertos. Vosotros estáis aún vivos, y por eso aún tiene miedo de vosotros.

Humano se puso en pie y señaló su cuerpo, como si fuera una cosa débil y enfermiza.

—¡De nosotros!

—Tienen miedo de la misma forma que vosotros lo tenéis cuando miráis al cielo y veis a las estrellas llenas de humanos. Tienen miedo de que algún día lleguen a un mundo y descubran que habéis llegado primero.

—No queremos ser los primeros —dijo Humano—. Queremos estar allí también.

—Entonces dadme tiempo. Enseñadme quién sois para que yo pueda enseñarles a ellos.

—Todo —dijo Humano. Miró a los otros—. Te lo enseñaremos todo.

Come-hojas se levantó. Habló en el Lenguaje de los Machos, pero Miro lo entendió.

—Hay algunas cosas que tú no puedes decidir.

Humano le contestó bruscamente, y en stark.

—Lo que Pipo y Libo y Miro y Ouanda nos han enseñado tampoco podían decidirlo, pero nos lo enseñaron.

—Su locura no tiene por qué ser nuestra —Comehojas continuó hablando en el Lenguaje de los Machos.

—Ni su sabiduría se aplica necesariamente a nosotros —replicó Humano.

Entonces Come-hojas dijo algo en el Lenguaje de los Árboles que Miro no pudo comprender. Humano no contestó, y Come-hojas se marchó.

Entonces Ouanda regresó, con los ojos rojos por el llanto.

Humano se volvió al Portavoz.

—¿Qué quieres saber? Te lo diremos, te lo mostraremos, si podemos.

El Portavoz en cambio se volvió a Miro y Ouanda.

—¿Qué debo preguntarles? Sé tan poco que no sé qué necesitamos conocer.

Miro dejó que Ouanda contestara.

—No tenéis herramientas de metal o piedra —dijo—. Pero vuestra casa está hecha de madera, igual que vuestros arcos y flechas.

Humano permanecía de pie, esperando. El silencio se hizo mayor.

—Pero ¿cuál es vuestra pregunta? —dijo finalmente.

—Los humanos usamos herramientas de metal o piedra para cortar los árboles cuando queremos darle forma de casa, o flechas, o bastones como los que hemos visto que lleváis —contestó el Portavoz.

Las palabras del Portavoz tardaron un instante en calar hondo. Entonces, de repente, todos los cerdis se pusieron en pie. Empezaron a correr locamente, sin propósito, a veces tropezando mutuamente, o contra los árboles, o las casas de madera. La mayoría guardaba silencio, pero de vez en cuando alguno aullaba, exactamente como habían hecho unos minutos antes. La locura casi silenciosa de los cerdis era extraña, como si hubieran perdido repentinamente el control de sus cuerpos. Todos aquellos años de cuidadosa no-comunicación, evitando decirle nada a los cerdis, y ahora el Portavoz rompía la política y el resultado era esta locura.

Humano emergió del caos y se arrojó al suelo delante del Portavoz.

—¡Oh, Portavoz! —exclamó—. ¡Prométeme que nunca cortaréis a mi padre Raíz con vuestras herramientas de piedra y metal! ¡Si queréis matar a alguno, hay hermanos antiguos que se entregarán, o yo mismo moriré alegremente, pero no les dejes que maten a mi padre!

—¡O a mi padre! —gritaron los otros cerdis—. ¡O al mío!

—Nunca habríamos plantado a Raíz tan cerca de la verja —dijo Mandachuva— si hubiéramos sabido que erais... varelse.

El Portavoz volvió a alzar las manos.

—¿Ha cortado algún humano un solo árbol en Lusitania? Nunca. La ley lo prohíbe. No tenéis nada que temer de nosotros.

El silencio se fue haciendo a medida que los cerdis se tranquilizaban. Finalmente, Humano se incorporó del suelo.

—Nos has hecho temer a los humanos más que

nunca —le dijo al Portavoz—. Ojalá no hubieras venido nunca a nuestro bosque.

La voz de Ouanda replicó desde detrás.

—¿Cómo puedes decir eso después de la forma en que asesinasteis a mi padre?

Humano la miró con perplejidad, incapaz de responder nada. Miro le pasó a Ouanda el brazo por encima de los hombros.

Y el Portavoz de los Muertos rompió el silencio.

—Me prometiste que responderíais a todas mis preguntas. Te pregunto ahora: ¿Cómo construís una casa de madera, y los arcos y las flechas y los bastones? Te hemos dicho la única manera que conocemos. Dime la otra forma. Dime cómo lo hacéis.

—El hermano se da a sí mismo —respondió Humano—. Te lo he dicho. Le decimos al hermano antiguo nuestra necesidad, y le mostramos la forma, y él se da.

—¿Podemos ver cómo se hace? —dijo Ender.

Humano miró a los demás cerdis.

—¿Quieres que le pidamos a un hermano que se dé, sólo para que podáis verlo? No necesitamos una casa nueva, ni la necesitaremos hasta dentro de muchos años, y tenemos todas las flechas que nos hacen falta...

—¡Muéstraselo!

Miro se volvió, igual que los demás, para ver a Come-hojas salir del bosque. Caminó decididamente hasta la mitad del claro; no les miró, y habló como si fuera un heraldo, un pregonero, sin importarle si alguien le estaba escuchando o no. Habló en el Lenguaje de las Esposas, y Miro sólo pudo comprender fragmentos.

—¿Qué está diciendo? —susurró el Portavoz.

Miro, aún arrodillado a su lado, tradujo lo mejor que pudo.

—Aparentemente ha ido a ver a las esposas, y ellas le han dicho que hagan todo lo que pidas. Pero no es tan simple. Les está diciendo algo sobre que todos van a morir. No conozco esas palabras. Algo de hermanos muriendo, de todas formas. Míralos. No tienen miedo. Ninguno.

—No sé cómo es su miedo —dijo el Portavoz—. No conozco a esta gente en absoluto.

—Yo tampoco —contestó Miro—. Tengo que reconocerlo, has causado más excitación aquí en media hora de lo que he visto en los años que llevo viniendo.

—Es un don con el que nací. Te propongo un trato. No le digo a nadie lo de vuestras Actividades Cuestionables y tú no le dices a nadie quién soy.

—Eso es fácil. No lo creo de todas maneras...

El discurso de Come-hojas terminó. Inmediatamente se dirigió a la casa y entró en ella.

—Pediremos el regalo de un antiguo hermano —dijo Humano—. Las esposas así lo han dicho.

Miro, con el brazo alrededor de Ouanda, y con el Portavoz al otro lado, contempló cómo los cerdis ejecutaban un milagro mucho más convincente que aquellos que habían ganado a Gusto y Cida su título de Os Venerados.

Los cerdis formaron un círculo en torno a un grueso árbol en el borde del claro. Entonces, uno a uno, cada cerdi escaló el árbol y empezó a golpearlo con su bastón. Pronto estuvieron en todo el árbol, cantando y golpeando al son de un ritmo complejo.

—Lenguaje de los Árboles —susurró Ouanda.

Unos pocos minutos después el árbol se inclinó apreciablemente. De inmediato, la mitad de los cerdis saltaron y empezaron a empujarlo para que cayera al terreno abierto del claro. El resto empezó a golpear más furiosamente y a cantar con más fuerza.

Una a una, las grandes ramas del árbol empezaron a caer. Inmediatamente los cerdis corrieron a recogerlas y las apartaron del lugar donde iba a caer el árbol. Humano le llevó una al Portavoz, quien la cogió con cuidado, y la mostró a Miro y Ouanda. El extremo que había estado unido al árbol era absolutamente liso. No era plano: la superficie estaba ligeramente ondulada bajo un ángulo oblicuo. Pero no había aspereza, ni savia, nada que implicara la menor violencia en su separación del árbol. Miro la tocó con el dedo y notó que estaba fría y tan lisa como el mármol.

Finalmente, el árbol quedó convertido en un tronco liso, desnudo y majestuoso: los parches donde habían crecido las ramas brillaban bajo la luz del sol de la tarde. La canción alcanzó un clímax y entonces se detuvo. El árbol se ladeó y empezó a caer lenta y graciosamente a tierra. El suelo tembló y se sacudió cuando golpeó, y entonces todo quedó en silencio.

Humano caminó hasta el árbol caído y empezó a frotar su superficie, cantando suavemente. La corteza se abrió gradualmente bajo sus manos: la grieta se extendió por toda la longitud del árbol hasta que se dividió completamente en dos. Entonces muchos cerdis la cogieron y la separaron del tronco, de un lado y de otro.

—¿Les habéis visto alguna vez usar la corteza? —le preguntó el Portavoz a Miro.

Miro negó con la cabeza. No encontraba palabras.

Flecha dio un paso adelante, cantando suavemente. Recorrió con los dedos el tronco, como si trazara exactamente la longitud y la anchura de un arco. Miro vio cómo aparecían las líneas, cómo la madera desnuda se abría, se curvaba, hasta que sólo quedaba el arco, perfecto, pulido y liso, dentro de un gran agujero en la madera.

Otros cerdis se adelantaron, dibujando formas sobre el tronco y cantando. Se marcharon con bastones, con arcos y flechas, con cuchillos de fina hoja, y miles de finas virutas. Finalmente, cuando la mitad del tronco había desaparecido ya, todos dieron un paso atrás y cantaron juntos. El árbol tembló y se dividió en media docena de largos palos. Había sido usado por completo.

Humano avanzó lentamente y se arrodilló junto a los palos, con las manos apoyadas gentilmente sobre el más cercano. Echó la cabeza atrás y comenzó a cantar, una melodía sin palabras que era el sonido más triste que Miro había oído en su vida. La canción continuó, sólo en la voz de Humano; únicamente de modo gradual advirtió Miro que los otros cerdis le estaban mirando, esperando a que hiciera algo.

Finalmente Mandachuva se le acercó y le habló suavemente.

—Por favor —dijo—. Deberías cantar por el hermano.

—No sé cómo contestó Miro, sintiéndose indefenso y temeroso.

—Dio su vida —dijo Mandachuva—, para responder a tu pregunta.

«Para responder mi pregunta y abrir otras mil más», pensó Miro. Pero se adelantó, se arrodilló junto a Humano, cerró los dedos en torno al mismo palo frío y liso que Humano sostenía, echó atrás la cabeza y empezó a cantar. Al principio su voz fue débil y dudosa, insegura de la melodía; pero luego comprendió la razón de la canción sin tono, sintió la muerte del árbol bajo sus manos, y su voz se hizo alta y fuerte, desafinando agonizante junto a la voz de Humano, que lloraba por la muerte del árbol y le agradecía su sacrificio y prometía usar su muerte por el bien de la tribu, por el bien de los hermanos y las esposas y los hijos, para que todos pudieran vivir, multiplicarse y prosperar. Ése era el significado de la canción, y el significado de la muerte del árbol, y cuando finalmente la canción acabó, Miro se inclinó hasta que su cabeza tocó la madera y pronunció las palabras de la extremaunción, las mismas palabras que había susurrado sobre el cadáver de Libo cinco años antes.

15

LA ALOCUCIÓN

HUMANO: ¿Por qué no viene nunca a vernos ninguno de los otros humanos?

MIRO: Somos los únicos a los que se les permite atravesar la verja.

HUMANO: ¿Y por qué no la escalan simplemente?

MIRO: ¿No habéis tocado nunca la verja? (Humano no responde). Es muy doloroso tocarla. Pasar por encima de la verja sería como si todas y cada una de las partes de tu cuerpo te dolieran lo máximo posible, y a la vez.

HUMANO: Eso es una tontería. ¿No crece la hierba a ambos lados?

Ouanda Quenhatta Figueira Mucumbi,
Transcripciones de diálogos. 103:0:1970:1:1:5.

Faltaba apenas una hora para que se pusiera el sol. La alcaldesa Bosquinha subió las escaleras de las oficinas privadas que el obispo Peregrino tenía en la catedral. Dom y Dona Cristães estaban ya allí, y su aspecto era grave. El obispo Peregrino, sin embargo, parecía satisfecho de sí mismo. Siempre disfrutaba cuando todo el liderazgo religioso y político de Milagro se congregaba bajo su techo. No importaba que Bosquinha fuera la que había solicitado la reunión, y que él se hubiera ofrecido a celebrarla en la catedral, porque era ella la que tenía el poder. A Peregrino le gustaba sentir que de alguna manera era el amo de la colonia Lusitania. Bien, al final de la reunión todos tendrían claro que ninguno de ellos era amo de nada.

Bosquinha les saludó a todos. Sin embargo, no se sentó en la silla que le habían ofrecido. Lo hizo ante el terminal del obispo, lo conectó y ejecutó el programa que tenía preparado. En el aire aparecieron varias capas de pequeños cubos.

La capa superior tenía solamente unos pocos; la mayoría de las capas tenían muchos más. Más de la mitad, empezando por las más altas, estaban coloreadas de rojo; el resto eran azules.

—Muy bonito —dijo el obispo Peregrino.

Bosquinha miró a Dom Cristão.

—¿Reconoce el modelo?

Él negó con la cabeza.

—Pero creo que sé a qué se debe esta reunión.

Dona Cristã se inclinó hacia delante.

—¿Hay algún lugar seguro donde podamos esconder las cosas que queremos conservar?

La expresión de diversión no compartida del obispo Peregrino se desvaneció de su rostro.

—No sé a qué se debe esta reunión.

Bosquinha se dio la vuelta para mirarle.

—Era muy joven cuando me nombraron gobernadora de la Colonia Lusitania. Ser elegida era un gran honor, una gran muestra de confianza. Había estudiado gobierno de comunidades y sistemas sociales desde la infancia, y lo había hecho bien en mi corta carrera en Oporto. Lo que el comité aparentemente pasó por alto fue el hecho de que yo era ya recelosa, mentirosa y chauvinista.

—También tiene virtudes que todos hemos aprendido a admirar —dijo el obispo Peregrino.

Bosquinha sonrió.

—Mi chauvinismo significó que en cuanto la Colonia Lusitania fue mía, mi lealtad se debió más a los intereses de Lusitania que a los de los Cien Mundos o al Congreso Estelar. Mi habilidad para disimular me permitió hacer creer al comité todo lo contrario, que tenía constantemente los mejores intereses del comité en el corazón. Y mi recelo me llevó a pensar que el Congreso no iba a dar a Lusitania nada remotamente parecido a la independencia y a un estatuto de igualdad entre los Cien Mundos.

—Por supuesto que no —dijo el obispo—. Somos una colonia.

—No somos una colonia. Somos un experimento. Hace tiempo que examiné nuestros papeles y nuestra licencia y todas las órdenes del Congreso relacionadas con nosotros, y descubrí que las leyes de intimidad normal no se aplican a nosotros. He descubierto que el comité tiene el poder de acceder ilimitadamente a todos los ficheros de memoria de todas las personas e instituciones de Lusitania.

El obispo empezó a parecer enfadado.

—¿Quiere decir que el comité tiene derecho a mirar todos los archivos confidenciales de la Iglesia?

—¡Ah! —dijo Bosquinha—. Un amigo chauvinista.

—La Iglesia tiene algunos derechos asegurados por el Código Estelar.

—No se enfade conmigo.

—No me lo había dicho nunca.

—Si se lo hubiera dicho, habría protestado, y ellos habrían pretendido rectificar y entonces no podría haber hecho lo que hice.

—¿Qué?

—Este programa. Registra todos los accesos iniciados por ansible a los ficheros de la Colonia Lusitania.

Dom Cristão frunció el ceño.

—Se supone que no puede hacer eso.

—Lo sé. Como decía, tengo muchos vicios secretos. Pero mi programa no detectó nunca ninguna intrusión de importancia... oh, unos cuantos ficheros cada vez que los cerdis mataban a uno de nuestros xenobiólogos, pero eso era de esperar. Nada de importancia. Hasta hace cuatro días.

—Cuando llegó el Portavoz de los Muertos —dijo el obispo Peregrino.

A Bosquinha le hizo gracia que el obispo considerara la llegada del Portavoz como una fecha tan señalada para hacer inmediatamente la conexión.

—Hace tres días —dijo—, se envió por ansible una sonda no-destructiva. Seguía un modelo interesante —se volvió al terminal y cambió la pantalla. Ahora mostró accesos primariamente a áreas de alto nivel, limitada a sólo una región de la pantalla—. Tiene acceso a todo lo que está relacionado con los xenólogos y xenobiólogos de Milagro. Ignoró todas las rutinas de seguridad como si no existieran. Y leyó todo lo que descubrieron, todo lo que tiene que ver con sus vidas privadas. Sí, obispo Peregrino, creí entonces y creo hoy que esto tiene que ver con el Portavoz.

—Seguramente no tiene autoridad con el Congreso Estelar.

Dom Cristão asintió sabiamente.

—San Ángelo escribió una vez, en sus diarios privados, que nadie sino los Hijos de la Mente leen...

El obispo se volvió hacia él lleno de júbilo.

—¡Así que los Hijos de la Mente tienen realmente escritos secretos de San Ángelo!

—Secretos, no —dijo Dona Cristã—. Simplemente aburridos. Cualquiera puede leer los diarios, pero sólo nosotros nos molestamos en hacerlo.

—Lo que escribió —continuó Dom Cristão—, fue que el Portavoz Andrew es más viejo de lo que sabemos. Más viejo que el Congreso Estelar y, a su manera, quizá más poderoso.

—Es un muchacho —replicó el obispo—. No puede tener aún cuarenta años.

—Sus estúpidas rivalidades nos están haciendo perder el tiempo —dijo bruscamente Bosquinha—. Requerí esta reunión porque esto es una emergencia. Como cortesía hacia ustedes, porque ya he actuado para bien del gobierno de Lusitania.

Los otros guardaron silencio.

Bosquinha volvió a mostrar la pantalla original.

—Esta mañana mi programa me alertó por segunda vez. Otro acceso vía ansible, sólo que esta vez no fue el acceso selectivo no-destructivo de hace tres días. Esta vez está leyéndolo todo a gran velocidad, transfiriendo datos, lo que significa que todos nuestros archivos están siendo copiados en ordenadores de otros mundos. Luego todos los directorios se reescriben para que una orden iniciada por ansible destruya completamente todos los ficheros de nuestras memorias.

Bosquinha pudo ver que el obispo Peregrino estaba sorprendido... y que los Hijos de la Mente, no.

—¿Por qué? —dijo el obispo—. Destruir todos

nuestros archivos... eso es lo que se hace a una nación en... rebeldía, a la que se quiere destruir, a la que...

—Veo que ustedes también son chauvinistas y recelosos —les dijo Bosquinha a los Hijos de la Mente.

—Me temo que mucho más que usted —dijo Dom Cristão—. Pero también detectamos las intrusiones. Naturalmente, enviamos copias de todos nuestros registros —un gran gasto— a los monasterios de los Hijos de la Mente en otros mundos, y ellos tratarán de restaurar nuestros archivos después de que los destruyan. Sin embargo, si se nos va a tratar como a una colonia rebelde, dudo que se permita una restauración así. Así que estamos haciendo copias en papel de la información más vital. No hay esperanza de poder editarlo todo, pero pensamos que al menos podremos editar lo bastante para salir del paso y que nuestro trabajo no sea destruido completamente.

—¿Sabía esto? —dijo el obispo—. ¿Y no me lo dijo?

—Perdóneme, obispo Peregrino, pero no se nos ocurrió que no lo hubieran detectado ustedes.

—¡Y tampoco creen que hagamos ningún trabajo importante que merezca la pena ser salvado!

—¡Ya basta! —dijo la alcaldesa Bosquinha—. Las ediciones en papel no pueden salvar más que un mínimo porcentaje... no hay suficientes impresoras en Lusitania para resolver el problema. No podemos ni siquiera mantener los servicios básicos. No creo que nos quede más de una hora antes de que la copia se complete y puedan borrar todas nuestras memorias. Pero incluso si hubiéramos empezado esta mañana, cuando comenzó la intrusión, no habríamos podido editar más de una diezmilésima parte de los archivos a los que tenemos acceso cada día. Nuestra fragilidad, nuestra vulnerabilidad, es completa.

—Así que estamos indefensos —dijo el obispo.

—No. Pero quería dejarles claro lo extremo de nuestra situación para que así acepten la única alternativa. Será muy desagradable.

—No me cabe duda.

—Hace una hora, mientras estaba intentando ver si hay alguna clase de archivo que pueda ser inmune a ese tratamiento, descubrí que de hecho hay una persona cuyos ficheros han sido completamente pasados por alto. Al principio pensé que era porque es un framling, pero la razón es mucho más sutil. El Portavoz de los Muertos no tiene archivos en la memoria lusitana.

—¿Ninguno? Imposible —dijo Dona Cristã.

—Todos sus archivos se mantienen por ansible. Fuera de este mundo. Sus registros, sus finanzas, todo. Cada mensaje que se le envía. ¿Comprenden?

—Y sin embargo tiene acceso a ellos... —comentó Dom Cristão.

—Es invisible al Congreso Estelar. Si embargaran todos nuestros datos, sus archivos seguirán siendo accesibles porque los ordenadores no ven sus accesos como transferencias de datos. Son material original... y no están en la memoria lusitana.

—¿Está sugiriendo que transfiramos todos nuestros ficheros más confidenciales e importantes como mensajes a ese... ese infiel?

—Le estoy diciendo que he hecho exactamente eso. La transferencia de los archivos más vitales de gobierno es ya casi completa. Fue una transferencia de alta prioridad, a velocidades locales, así que va mucho más rápido que la copia del Congreso. Le estoy ofreciendo una oportunidad de hacer una transferencia similar, usando mi prioridad para que tome precedencia sobre todos los otros usuarios locales de la red de ordenadores. Si no quiere hacerlo, bien... usaré mi prioridad para transferir el segundo grupo de archivos gubernamentales.

—Pero él podría mirar en nuestros archivos...

—Sí, podría.

—No lo hará si le pedimos que no lo haga —intervino Dom Cristão, sacudiendo la cabeza.

—¡Es usted ingenuo como un chiquillo! —dijo el obispo Peregrino—. No habría nada que le obligara a devolvernos los datos.

—Eso es cierto —asintió Bosquinha—. Tendrá todo lo que es vital para nosotros, y puede quedárselo o devolverlo, como se le antoje. Pero creo, como Dom Cristão, que es un buen hombre que nos ayudará en nuestro momento de necesidad.

Dona Cristã se levantó.

—Discúlpenme. Me gustaría empezar a hacer transferencias cruciales inmediatamente.

Bosquinha se volvió hacia el terminal del obispo e introdujo su propio módulo de alta prioridad.

—Sólo introduzca las clases de mensajes que quiere enviar al receptor de mensajes del Portavoz Andrew. Me imagino que ya los habrá colocado por prioridades, ya que los estaba editando.

—¿Cuánto tiempo tenemos? —preguntó Dom Cristão.

Dona Cristã estaba ya tecleando furiosamente.

—El tiempo disponible está aquí, en lo alto —Bosquinha colocó la mano sobre la pantalla holográfica y tocó con el dedo los números de la cuenta atrás.

—No te molestes en transferir todo lo que ya hemos editado —dijo Dom Cristão—. Siempre podemos volver a introducirlo. Queda poco, de todas formas.

Bosquinha se volvió al obispo.

—Sabía que esto sería difícil.

El obispo rió sin ganas.

—Difícil.

—Espero que lo considere antes de rechazarlo...

—¡Rechazarlo! ¿Cree que soy tonto? Puede que deteste la pseudoreligión de esos blasfemos Portavoces de los Muertos, pero si éste es el único medio que Dios nos ha concedido para preservar los archivos vitales de la Iglesia, entonces yo sería un pobre siervo del Señor si dejara que el orgullo me impidiera utilizarlo. Nuestros ficheros no están aún ordenados por prioridades, y eso nos llevará unos minutos, pero confío en que los Hijos de la Mente nos dejen tiempo para transferir nuestros datos.

—¿Cuánto tiempo cree que necesita? —preguntó Dom Cristão.

—No mucho. Diez minutos como máximo.

Bosquinha estaba agradablemente sorprendida. Había temido que el obispo insistiera en copiar todos sus archivos antes de permitir continuar a los Hijos de la Mente, sólo un intento más por afirmar la supremacía del obispado sobre el monasterio.

—Gracias —dijo Dom Cristão, besando la mano que Peregrino le había extendido.

El obispo miró a Bosquinha fríamente.

—No tiene por qué sorprenderse, alcaldesa Bosquinha. Los Hijos de la Mente trabajan con el conocimiento del mundo, así que dependen más de las máquinas del mundo. La Madre Iglesia trabaja con las cosas del espíritu, así que nuestro uso de la memoria pública es meramente administrativa. Y en cuanto a la Biblia, somos tan anticuados que aún conservamos docenas de copias encuadernadas en piel en la catedral. El Congreso Estelar no puede robarnos las copias del trabajo de Dios de ninguna manera —sonrió, maliciosamente, por supuesto.

Bosquinha le devolvió la sonrisa bastante alegremente.

—Una pequeña pega —dijo Dom Cristão—. Después de que destruyan nuestros archivos y volvamos a copiarlos de los archivos del Portavoz, ¿qué le impide al Congreso hacerlo otra vez? ¿Y otra, y otra?

—Eso es lo difícil —dijo Bosquinha—. Lo que hacemos depende de lo que el Congreso intente hacer. Tal vez no quieren destruir realmente nuestros archivos. Tal vez restauren inmediatamente los más vitales después de esta demostración de poder. Si no tengo idea de por qué nos castigan así, ¿cómo puedo suponer hasta dónde llegarán las cosas? Si nos dejan algún camino para continuar siendo leales, entonces naturalmente tenemos que ser vulnerables para que puedan aplicar otros castigos.

—Pero ¿y si, por alguna razón, han decidido tratarnos como rebeldes?

—Bueno, si llegamos a lo peor, podríamos volver a copiarlo todo en la memoria local y luego... desconectar el ansible.

—Dios nos ayude —dijo Dona Cristã—. Estaríamos completamente solos.

El obispo pareció molestarse.

—Qué idea tan absurda, *Hermana Detestai o Pecado*. ¿O es que piensa que Cristo depende del ansible? ¿Que el Congreso tiene poder para silenciar al Espíritu Santo?

Dona Cristã se sonrojó y volvió a su trabajo en el terminal.

El secretario del obispo le tendió un papel con una lista de archivos.

—Puede quitar de la lista mi correspondencia personal —dijo el obispo—. Ya he enviado mis mensajes. Bien, dejemos que la Iglesia decida cuáles de mis cartas merecen ser conservadas. No tienen valor para mí.

—El obispo está preparado —dijo Dom Cristão. Inmediatamente, su esposa se levantó y el secretario tomó su puesto.

—Por cierto, pensé que querría saberlo —dijo Bosquinha—. El Portavoz ha anunciado que esta noche, en la *praça*, Hablará de la muerte de Marcos Maria Ribeira —miró su reloj—. Ya falta muy poco, en realidad.

—¿Por qué piensa que me importa eso? —preguntó el obispo secamente.

—Pensé que querría enviar un representante.

—Gracias por decírnoslo —dijo Dom Cristão—. Creo que asistiré. Me gustaría oír una alocución del hombre que Habló de la muerte de San Ángelo —se volvió hacia el obispo—. Le informaré, si quiere, de todo lo que diga.

El obispo se echó hacia atrás y sonrió tenso.

—Gracias, pero enviaré a uno de los míos.

Bosquinha salió de las oficinas del obispo y se marchó de la catedral. Tenía que regresar a sus habitaciones, porque fuera lo que fuese lo que el Congreso planeaba, sería Bosquinha quien recibiría sus mensajes.

No lo había discutido con los líderes religiosos porque realmente no era asunto de su incumbencia, pero sabía perfectamente bien, al menos en un sentido general, por qué el Congreso hacía esto. Los párrafos que daban al Congreso derecho para tratar a Lusitania como a una colonia rebelde estaban todos relacionados con las reglas referidas al contacto con los cerdis.

Obviamente los xenólogos habían hecho algo malo. Ya que Bosquinha no conocía ninguna de las violaciones, tenía que ser algo muy grande cuya evidencia se mostraba por los satélites, los únicos aparatos registradores que informaban directamente al comité sin pasar por las manos de Bosquinha. Había intentado imaginar lo que podrían haber hecho Miro y Ouanda... ¿Iniciar un incendio en el bosque? ¿Talar árboles? ¿Dirigir una guerra entre las tribus cerdis? Todo le parecía absurdo.

Intentó llamarles para preguntarles, pero no estaban, naturalmente. Se encontraban al otro lado de la verja, en el bosque, para continuar llevando a cabo, sin duda, las mismas actividades que habían traído a la colonia Lusitania la posibilidad de destrucción. Bosquinha se recordaba a sí misma que eran jóvenes, que todo podía deberse a un ridículo error juvenil.

Pero no eran tan jóvenes, y además eran dos de las mentes más brillantes de una colonia que contenía a mucha gente muy inteligente. Menos mal que los gobiernos bajo el Código Estelar tenían prohibida la posesión de cualquier instrumento de castigo que pudiera ser utilizado como tortura. Por primera vez en su vida, Bosquinha sentía tanta furia que podría haber hecho uso de esos instrumentos si los hubiera tenido. «No sé qué es lo que pensáis que estáis haciendo, Miro y Ouanda, y no sé lo que habéis hecho, pero cual fuese vuestro propósito, esta comunidad entera pagará el precio. Y si hubiera justicia, os lo haría pagar a vosotros.»

Mucha gente había dicho que no asistiría a ninguna alocución; eran buenos católicos, ¿no? ¿No les había dicho el obispo que el Portavoz hablaba con la voz de Satán?

Pero se habían también susurrado otras cosas desde la llegada del Portavoz. Rumores, en su mayoría, pero Milagro era un lugar pequeño, donde los rumores eran la salsa de la vida; y los rumores no tenían ningún valor hasta que se creía en ellos. Así que se había corrido la voz de que la niña pequeña de Marcão, Quara, que no había hablado desde que éste había muerto, se había vuelto ahora tan charlatana que tenían problemas con ella en el colegio. Y Olhado, aquel chiquillo melancólico con sus repulsivos ojos de metal, se decía que de pronto parecía alegre y excitado. Tal vez maníaco. Tal vez poseído. Los rumores empezaban a implicar que, de alguna manera, el Portavoz tenía habilidad para curar, que tenía un mal de ojo, que sus bendiciones sanaban, que sus maldiciones podían matarte, que sus palabras podían hacer un encantamiento al que era inevitable obedecer. No todo el mundo oyó esto, por supuesto, y no todo el mundo que lo había oído lo creía. Pero en los cuatro días que habían pasado entre la llegada del Portavoz y la noche de su intervención para Hablar de la muerte de Marcos Maria Ribeira, la comunidad de Milagro decidió, sin ningún anuncio formal, que iría a la alocución y oiría lo que el Portavoz tuviera que decir, por mucho que el obispo dijera que no.

Era culpa del obispo. Al acusar al Portavoz de satánico, le había colocado en el extremo más lejano de sí mismo y de todos los buenos católicos: el Portavoz es lo opuesto a nosotros. Pero para aquellos que no eran sofisticados teológicamente, si Satán era poderoso y les daba miedo, lo mismo sucedía con Dios. Comprendían bastante bien la pugna entre el bien y el mal a la que el obispo se refería, pero les interesaba mucho más la lucha entre el fuerte y el débil, eso era con lo que vivían día tras día. Y en esa lucha ellos eran débiles, y Dios y Satán y el obispo eran fuertes. El obispo había elevado al Portavoz a su mismo rango de hombre poderoso. Ahora, la gente estaba preparada para creer en milagros.

Así, a pesar de que el anuncio había llegado sólo una hora antes de la alocución, la *praça* estaba llena, y la gente se había congregado en las casas que rodeaban la plaza y se apiñaba en las verdes avenidas y calles. Como la ley requería, la alcaldesa Bosquinha había proporcionado al Portavoz el sencillo micrófono que utilizaba para los raros encuentros públicos. La gente se orientó hacia la plataforma en la que aparecería; luego miraron alrededor para ver quién había allí. Todo el mundo. Por supuesto, la familia de Marcão. Por supuesto, la alcaldesa. Pero también Dom Cristão y Dona Cristã y muchos sacerdotes de la catedral. El doctor Navio. La viuda de Pipo, la vieja Conceição, la archivera. La viuda de Libo, Bruxinha, y sus hijos. Se rumoreaba que el Portavoz también tenía intención de Hablar algún día de las muertes de Pipo y de Libo.

Y, por fin, cuando el Portavoz subía a la plataforma, el rumor barrió la *praça*: el obispo Peregrino estaba allí. No con sus vestiduras, sino con la simple sotana de sacerdote. ¡Allí mismo, para oír la blasfemia del Portavoz! Muchos ciudadanos de Milagro sintieron un delicioso escalofrío de excitación. ¿Se levantaría el obispo y derribaría milagrosamente a Satán? ¿Habría una batalla como no las había habido fuera de la visión del Apocalipsis de San Juan?

Entonces el Portavoz se plantó ante el micrófono y esperó a que se hiciera el silencio. Era bastante alto, aún joven, pero su piel blanca le hacía parecer enfermizo, fantasmal, comparado con los mil tonos amarronados de los lusos. Se callaron y él empezó a Hablar.

—Se le conoció por tres nombres. Los archivos oficiales tienen el primero: Marcos Maria Ribeira. Y sus datos oficiales. Nacido en 1929. Muerto en 1970. Trabajaba en la fundición de acero. Registro de seguridad perfecto. Ningún arresto. Esposa, seis hijos. Un ciudadano modelo, porque nunca hizo nada suficientemente malo para quedar registrado en los archivos públicos.

Muchos de los que escuchaban sintieron un vago resquemor. Habían esperado un elocuente discurso, y en cambio la voz de este hombre no era nada notable. Y sus palabras no tenían la formalidad de un sermón religioso. Su tono era sencillo, llano, casi coloquial. Sólo unos cuantos advirtieron que esta misma simplicidad hacía que su voz, sus palabras, fueran completamente creíbles. No estaba contando la Verdad, con trompetas; estaba simplemente contando la verdad, la historia de la que nadie piensa dudar porque se da por garantizada. El obispo Peregrino fue uno de los que lo advirtieron, y esto le hizo sentirse intranquilo. Este Portavoz sería un enemigo formidable, uno al que no se podría destruir con fuego ante el altar.

—El segundo nombre que tuvo fue Marcão. El Gran Marcos, porque era un gigante. Alcanzó su tamaño adulto muy pronto. ¿Qué edad tenía cuando llegó a medir dos metros? ¿Once años? Definitivamente, tenía doce. Su tamaño y su fuerza le hicieron valioso en la fundición, donde los lotes de acero son tan pequeños que gran parte del trabajo se controla directamente a mano, y la fuerza cuenta. La vida de la gente dependió de la fuerza de Marcão.

En la *praça*, la gente de la fundición asintió. Todos se habían jurado que nunca le hablarían al framling ateo. Obviamente uno de ellos lo había hecho, pero ahora les pareció bien que el Portavoz comprendiera lo que recordaban de Marcão. Cada uno de ellos deseó haber sido el que le había hablado de Marcão al Portavoz. No se les ocurrió pensar que el Portavoz ni siquiera había intentado hablar con ellos. Después de tantos años, había muchas cosas que Andrew Wiggin conocía sin necesidad de preguntar.

—Su tercer nombre fue Cão. El perro.

«Ah, sí —pensaron los lusos—. Esto es lo que hemos oído de los Portavoces de los Muertos. No tienen respeto hacía el muerto, no tienen ningún sentido del decoro.»

—Ése era el nombre con que os referíais a él cuando os enterabais de que su esposa, Novinha, tenía otro ojo morado, que caminaba cojeando, que tenía cardenales en la cara. Era un animal por hacerle aquello.

¿Cómo se atreve a decir eso? ¡El hombre está muerto! Pero bajo su furia los lusos se sentían incómodos por una razón completamente diferente. Casi todos recordaron haber dicho u oído exactamente esas palabras. La indiscreción del Portavoz consistía en repetir en público las palabras que hacían referencia a Marcão y que habían pronunciado cuando estaba vivo.

—Y no es que a ninguno os gustara Novinha, esa fría mujer que nunca os dio ni los buenos días. Pero era más pequeña que él, y era la madre de sus hijos, y cuando la golpeaba merecía el nombre de Cão.

Se sintieron cohibidos; se hablaron mutuamente en murmullos. Los que estaban sentados en la hierba, cerca de Novinha, la miraron, deseosos de ver cómo reaccionaba, dolorosamente conscientes del hecho de que el Portavoz tenía razón, de que no les gustaba, de que al mismo tiempo la temían y sentían lástima por ella.

—Decidme, ¿es éste el hombre que conocisteis? Pasaba más horas que nadie en los bares, y sin embargo nunca hizo amigos allí, nunca tuvo la camaradería del alcohol. Ni siquiera podíais decir cuánto había estado bebiendo. Estaba arisco y enfadado antes de tomar un trago, y arisco y enfadado justo antes de morir... nadie pudo ver la diferencia. Nunca oísteis que tuviera un amigo, y ninguno de vosotros se alegraba al verle entrar en donde estabais. Ése es el hombre que la mayoría de vosotros conoció. Cão. Apenas un hombre.

Sí, pensaron. Ése era. Ahora el choc inicial de su falta de decoro había remitido. Se estaban acostumbrando al hecho de que el Portavoz no tenía intención de suavizar nada. Sin embargo, aún se sentían incómodos. Pues había una nota de ironía, no en su voz, sino inherente a sus palabras. Apenas un hombre, había dicho, pero naturalmente que era un hombre, y vagamente fueron conscientes de que mientras el Portavoz comprendía lo que pensaban de Marcão, no coincidía con ellos necesariamente.

—Unos pocos, los hombres de la fundición en el *Bairro das Fabricadoras*, le conocían como un brazo fuerte en el que podían confiar. Sabían que nunca decía que podía hacer más de lo que realmente podía, y siempre hacía lo que decía que iba a hacer. Se podía contar con él. Así que dentro de la fundición era respetado. Pero cuando salíais por la puerta le tratabais como todo el mundo, le ignorabais, no pensabais en él.

La ironía era evidente ahora. Aunque no había ninguna inflexión en la voz —seguía siendo el mismo discurso llano y sencillo del principio—, los hombres que trabajaron con Marcão la sintieron en su interior: «No deberíamos haberle ignorado como lo hicimos. Si era valioso dentro de la fundición, tal vez podríamos haberle valorado también fuera.»

—Algunos también sabéis algo más, en lo que nunca habéis pensado mucho. Sabéis que le disteis el nombre de Cão mucho antes de que se lo ganara. Teníais diez, once, doce años. Erais niños pequeños. ¡Y él creció tanto! Sentíais vergüenza de estar cerca de él. Y miedo, porque os hacía sentiros indefensos.

—Vinieron en busca de chismorreo y les está dando responsabilidad —murmuró Dom Cristão a su esposa.

—Así que le tratasteis de la forma en que los seres humanos tratan siempre a las cosas que son más grandes que ellos —dijo el Portavoz—. Os unisteis. Como cazadores intentando derribar a un mastodonte. Como toreros intentando debilitar a un toro gigantesco y prepararlo así para la matanza. Azuzadlo, golpeadlo, punzadlo. Hacedlo girar. No puede adivinar de dónde vendrá el próximo golpe. Azuzadle con banderillas. Debilitadle mediante el dolor. Enloquecedle. Porque aunque es grande, podéis hacer que haga cosas. Podéis hacerle gritar. Podéis hacerle correr. Podéis hacerle llorar. ¿Veis? Después de todo, es más débil que vosotros.

Ela estaba furiosa. Había querido que acusara a Marcão, no que le excusara. Sólo porque hubiera tenido una infancia dura no tenía derecho a golpear a Madre cada vez que se le antojara.

—No hay culpa en esto. Entonces erais niños, y los niños son crueles porque no conocen otra cosa mejor. No lo haríais ahora. Pero ahora que os lo he recordado, veis fácilmente la respuesta. Le llamasteis perro y por eso se convirtió en uno. Para el resto de su vida. Lastimando a personas indefensas. Golpeando a su mujer. Hablando tan cruel y abusivamente a su hijo Miro, que el muchacho se marchó de casa. Actuaba de la forma en que le habíais tratado, se convirtió en lo que le habíais dicho que era.

«Eres un idiota —pensó el obispo Peregrino—. Si la gente sólo reaccionara de la manera en que los demás los tratan, entonces nadie sería responsable de nada. Si tus pecados no los eliges tú mismo, entonces ¿cómo puedes arrepentirte?»

Como si hubiera oído el silencioso argumento del obispo, el Portavoz alzó una mano y descartó sus propias palabras.

—Pero la respuesta fácil no es verdad. Vuestros tormentos no le hicieron violento, le hicieron huraño. Y cuando dejasteis de atormentarle, él dejó de odiaros. No era rencoroso. Su furia se enfrió y se volvió recelo. Sabía que le despreciabais y aprendió a vivir sin vosotros. En paz.

El Portavoz se detuvo un momento, y entonces formuló la pregunta que todos se hacían en silencio.

—Entonces ¿cómo se convirtió en el hombre cruel que conocisteis? Pensad un momento. ¿Quién saboreaba su crueldad? Su esposa. Sus hijos. Algunas personas golpean a su mujer y a sus hijos porque ansían el poder, pero son demasiado débiles o estúpidos para conseguir poder en el mundo. Una esposa indefensa y unos niños, atados a un hombre así por la necesidad, la costumbre y, lo más amargo, por el amor, son las únicas víctimas sobre las que puede mandar.

«Sí —pensó Ela, mirando de reojo a su madre—. Esto es lo que quería. Por eso le pedí que Hablara de la muerte de Padre.»

—Hay hombres así —continuó el Portavoz—, pero Marcos Ribeira no era uno de ellos. Pensad un momento. ¿Oísteis alguna vez que hubiera golpeado a alguno de sus hijos? Los que trabajasteis con él... ¿intentó alguna vez obligaros a algo? ¿Parecía resentido cuando las cosas no salían a su modo? Marcão no era un hombre débil y malo. Era un hombre fuerte. No quería poder. Quería amor. No control. Lealtad.

El obispo Peregrino sonrió sombríamente, de la manera en que un duelista saluda a un oponente valioso. «Caminas siguiendo un rumbo torcido, Portavoz, dando vueltas alrededor de la verdad, fintando. Y cuando golpees, tu intención será mortal. Esta gente vino en busca de entretenimiento, pero son tus blancos. Les golpearás en el corazón.»

—Algunos recordáis un incidente —dijo el Portavoz—. Marcos tendría unos trece años, lo mismo que vosotros. Le estabais molestando detrás de la escuela. Atacasteis con más saña que de costumbre. Le amenazasteis con piedras, le disteis latigazos con hojas de capim. Le hicisteis sangrar, pero lo aguantó. Intentó escaparse. Os pidió que pararais. Entonces uno de vosotros le golpeó en el vientre, y le dolió más de lo que podíais haber imaginado, porque entonces estaba ya enfermo del mal que le mataría finalmente. Todavía no se había acostumbrado a su fragilidad ni al dolor. Sintió como si fuera la muerte. Estaba acorralado. Le estabais matando. Así que os devolvió el golpe.

«¿Cómo lo supo? —pensó media docena de hombres—. Fue hace tanto tiempo. ¿Quién le ha contado cómo fue? Se nos escapó de las manos, eso es todo. Nunca tuvimos mala intención, pero cuando su brazo barrió el aire, su puño, como la patada de una cabra... iba a matarme...»

—Cualquiera de vosotros podría haber caído. Sabíais que era aún más fuerte de lo que temíais. Sin embargo, lo que más os asustó es que conocíais exactamente la venganza que os merecíais. Así que pedisteis ayuda. Y cuando los maestros llegaron, ¿qué es lo que vieron? Un niño pequeño en el suelo, llorando, sangrando. Un niño del tamaño de un hombre con unos pocos arañazos aquí y allá, diciendo lo siento, no tenía intención. Y otra media docena de niños diciendo: Le golpeó sin motivo, empezó a matarle sin razón. Intentamos detenerle, pero Cão es tan grande... Siempre está molestando a los niños pequeños.

El pequeño Grego interrumpió la historia.

—¡Mentirosos! —gritó.

Varias personas a su alrededor se rieron. Quara le mandó callar.

—Tantos testigos... —dijo el Portavoz—. Los maestros no tuvieron más elección que creer la acusación. Hasta que una niña se adelantó y fríamente les informó de que lo había visto todo. Marcos actuaba para protegerse de un ataque completamente sin provocación, doloroso, sañudo, por un grupo de niños que actuaban más como *cãos*, como perros, que lo que Marcos Ribeira había hecho jamás. Su historia se aceptó inmediatamente. Después de todo, era la hija de Os Venerados.

Grego miró a su madre con los ojos brillantes y se levantó e increpó a la gente que le rodeaba.

—*A mamãe o libertou!* Mamá le salvó.

La gente se rió, volvió la cara y miró a Novinha. Pero ella continuó sin expresión, rehusando reconocer su momentáneo afecto por el niño. Ellos retiraron la mirada, ofendidos.

—Novinha —dijo el Portavoz—. Sus fríos modales y brillante mente la convirtieron en una marginada entre vosotros, igual que Marcão. Ninguno la habría imaginado haciendo un gesto amistoso hacia vosotros. Y aquí estaba, salvando a Marcão. Bueno, conocíais la verdad. No le estaba salvando... estaba evitando que os salierais con la vuestra.

Ellos asintieron y sonrieron, la gente cuyos intentos de amistad ella había rechazado. Ésa es Novinha, la Biologista, demasiado buena para los demás.

—Marcos no la vio así. Le habían llamado animal tan a menudo que casi lo creía. Novinha le mostró compasión, le trató como a un ser humano. Una niña hermosa, brillante, la hija de los santos Venerados, siempre distante como una diosa, había bajado a la Tierra, le había bendecido y había respondido a su plegaria. Él la adoraba. Seis años más tarde, se casaba con ella. ¿No es una historia encantadora?

Ela miró a Miro, quien le alzó una ceja.

—Casi hace que te guste el viejo bastardo, ¿no? —dijo Miro secamente.

De repente, después de una larga pausa, la voz de Ender surgió, más alta que nunca. Esto les sorprendió, les despertó.

—¿Por qué llegó a odiarla, a golpearla, a despreciar a sus hijos? ¿Y por qué esta mujer brillante y voluntariosa lo soportó? Podía haber interrumpido el matrimonio en cualquier momento. La Iglesia puede que no permita el divorcio, pero siempre existe el *desquite*, y no sería la primera persona en Milagro que abandona a su marido. Pero ella se quedó. La alcaldesa y el obispo le sugirieron que le dejara. Ella les dijo que podían irse al infierno.

Muchos lusos se echaron a reír; se imaginaban perfectamente a Novinha replicándole al propio obispo, encarándose a Bosquinha. Tal vez no les gustara mucho Novinha, pero era la única persona en Milagro que no tenía que inclinar la nariz ante la autoridad.

El obispo recordó la escena en sus habitaciones, hacía más de una década. Ella no había usado exactamente las palabras que el Portavoz había citado, pero el efecto fue muy parecido. Sin embargo, él estaba solo. No se lo había dicho a nadie. ¿Quién era este Portavoz y cómo sabía tantas cosas?

Cuando la risa cesó, el Portavoz continuó.

—Había un lazo que les unía en un matrimonio que odiaban. Ese lazo era la enfermedad de Marcão.

Ahora su voz se suavizó. Los lusos prestaron atención.

—Modeló su vida desde el momento de su concepción. Los genes que sus padres le dieron se combinaron de tal manera que, desde el momento en que empezó su pubertad, las células de sus glándulas comenzaron a transformarse constantemente en tejidos grasos. El doctor Navio podrá deciros cómo progresa esa enfermedad mejor que yo. Marcão supo su condición desde niño; sus padres lo supieron antes de morir por la Descolada; Gusto y Cida lo supieron por los exámenes genéticos que hicieron de todos los humanos de Lusitania. Todos los que lo supieron estaban muertos. Sólo una persona lo sabía, la que heredó los archivos xenobiológicos. Novinha.

El doctor Navio estaba anonadado. Si ella sabía aquello antes de casarse, seguramente sabía que la mayoría de las personas con esa enfermedad eran estériles. ¿Por qué casarse con él cuando era posible que no pudiera tener hijos? Entonces advirtió lo que debería haber sabido antes, que Marcão no era una rara excepción en el modelo de la enfermedad. No había excepciones. Navio se ruborizó. Lo que el Portavoz de los Muertos estaba a punto de decir era inenarrable.

—Novinha sabía que Marcão se estaba muriendo —dijo el Portavoz—. También sabía, antes de casarse con él, que era completamente estéril.

El significado de estas últimas palabras tardó un segundo en hacerse patente. Ela sintió como si sus órganos se derritieran en el interior de su cuerpo. Vio, sin girar la cabeza, que Miro se había puesto rígido y que sus mejillas habían palidecido.

El Portavoz continuó a pesar de los murmullos de la audiencia.

—He visto las pruebas genéticas. Marcos Maria Ribeira nunca engendró a ningún hijo. Su esposa los tuvo, pero no eran suyos, y él lo sabía, y ella sabía que él lo sabía. Fue parte del trato que hicieron cuando se casaron.

Los murmullos se convirtieron en un clamor, los gruñidos en quejas, y mientras el ruido alcanzaba su clímax, Quim se puso en pie de un salto y le chilló al Portavoz.

—¡Mi madre no es una adúltera! ¡Te mataré por llamarla puta!

Su última palabra colgó en el silencio. El Portavoz no respondió. Sólo esperó, sin dejar de mirar la cara enrojecida de Quim. Hasta que el niño com-

prendió finalmente que había sido él, no el Portavoz, quien había pronunciado la palabra que aún
resonaba en sus oídos. Se dio la vuelta. Miró a su
madre sentada junto a él en el suelo, pero perdida ya
la rigidez, un poco encorvada, con las manos temblorosas.

—Díselo, Madre —pidió Quim. Su voz sonó más
quejumbrosa de lo que había pretendido.

Ella no respondió. No dijo una sola palabra, no
le miró. Si no lo supiera, pensaría que el temblor de
sus manos era una confesión, que estaba avergonza-
da, como si lo que el Portavoz decía fuera la verdad
que el propio Dios le diría a Quim si le preguntara.
Recordó al Padre Mateu explicando las torturas del
infierno: Dios escupe sobre los adúlteros, pues se
ríen del poder de la creación que compartía con
ellos, no tienen en su interior nada mejor que las
amebas. Quim saboreó la bilis en su boca. Lo que el
Portavoz decía era cierto.

—*Mamãe* —dijo en voz alta, burlona—. *Quem
fôde p'ra fazerme?*

La gente contuvo la respiración. Olhado se puso
en pie de inmediato, con los puños extendidos.
Sólo entonces reaccionó Novinha, alargando una
mano para evitar que Olhado golpeara a su hermano. Quim apenas advirtió que Olhado había saltado en defensa de su madre; todo lo que pudo pensar fue que Miro no lo había hecho. Miro también
sabía que era verdad.

Quim inspiró profundamente y luego se dio la
vuelta, perdido por un instante. Entonces se abrió
paso entre la multitud. Nadie le habló, aunque todo
el mundo le vio marcharse. Si Novinha hubiera negado el cargo, la habrían creído, se habrían rebela-
do contra el Portavoz por acusar a la hija de Os Ve-

nerados de un pecado semejante. Pero ella no lo había negado. Había escuchado cómo su propio hijo la acusaba obscenamente, y no había dicho nada. Era cierto. Y ahora escucharon fascinados. Pocos de entre ellos tenían ningún motivo de preocupación auténtico. Sólo querían saber quién era el padre de los hijos de Novinha.

El Portavoz resumió tranquilamente su relato.

—Después de que murieran sus padres y antes de que nacieran sus hijos, Novinha sólo amó a dos personas. Pipo fue su segundo padre. Novinha apoyó en él su vida; durante unos pocos años supo lo que era tener una familia. Entonces Pipo murió, y Novinha creyó que le había matado.

La gente sentada alrededor de la familia de Novinha vio a Quara arrodillarse delante de Ela y preguntarle:

—¿Por qué está Quim tan enfadado?

—Porque Papai no era realmente nuestro padre —respondió Ela suavemente.

—Oh —dijo Quara—. ¿Es el Portavoz nuestro padre ahora? —parecía esperanzada.

Ela la mandó callar.

—La noche en que Pipo murió —dijo el Portavoz—, Novinha le mostró algo que había descubierto, algo que tenía que ver con la Descolada y la manera en que funciona con las plantas y los animales de Lusitania. Pipo vio más en su trabajo de lo que ella misma había visto. Corrió hacia los bosques donde esperaban los cerdis. Tal vez les dijo lo que había descubierto. Tal vez sólo lo supusieron. Pero Novinha se echó la culpa por haberle mostrado el secreto por cuya conservación los cerdis serían capaces de matar.

»Era demasiado tarde para deshacer lo que había

hecho. Pero podía evitar que sucediera de nuevo. Así que selló todos los archivos que tenían relación con la Descolada y con lo que le había mostrado a Pipo aquella noche. Sabía que alguien querría ver los archivos: Libo, el nuevo Zenador. Si Pipo había sido su padre, Libo había sido su hermano, y más que su hermano. Fue duro soportar la muerte de Pipo, soportar la de Libo podía ser peor. Le pidió los archivos. Demandó verlos. Ella le dijo que nunca le dejaría hacerlo.

»Los dos sabían exactamente lo que significaba aquello. Si alguna vez se casaba con ella, podría deshacer la protección de esos archivos. Se amaban desesperadamente, se necesitaban mutuamente más que nunca, pero Novinha no podría jamás casarse con él. Él no prometería nunca no leer los archivos, e incluso aunque hiciera tal promesa, no podría mantenerla. Seguramente vería lo que su padre había visto. Moriría.

»Una cosa era rehusar casarse con él. Otra, vivir sin él. Así que no vivió sin él. Hizo su trato con Marcão. Se casaría con él ante la ley, pero su marido real y el padre de sus hijos sería, y fue, Libo.

—Mentira, mentira —Bruxinha, la viuda de Libo, se puso en pie, gimiendo. Pero su llanto no era de furia, era de pena. Lloraba nuevamente la pérdida de su marido. Tres de sus hijas la ayudaron a marcharse de la *praça*.

El Portavoz continuó hablando suavemente mientras ella se iba.

—Libo sabía que estaba hiriendo a su esposa Bruxinha y a sus cuatro hijas. Se odiaba por lo que hacía. Intentaba apartarse. Durante meses, a veces durante años, tenía éxito. Novinha también lo intentaba. Rehusaba verle, incluso hablarle. Prohibió a sus hijos que le mencionaran. Entonces Libo pensaba que era lo bastante fuerte para verla sin volver a caer. Novinha se sentía tan solitaria, con su marido, que nunca podía evitarle. Nunca pretendieron que hubiera nada bueno en lo que hacían. Simplemente no podían vivir sin ello.

Bruxinha oyó esto mientras se la llevaban. Era un pequeño consuelo, naturalmente, pero el obispo Peregrino, al verla marcharse, reconoció que el Portavoz le estaba dando un regalo. Era la víctima más inocente de su cruel verdad, pero no la dejó sólo con el rescoldo. Le estaba concediendo un modo de vivir con el conocimiento de lo que su marido hacía. «No es culpa tuya —le decía—. No habrías podido hacer nada por evitarlo. Tu marido fue el que falló, no tú.» «Virgen Santa —rezó el obispo en silencio—, permite que Bruxinha escuche lo que él dice y lo crea.»

La viuda de Libo no era la única que lloraba. Muchos cientos de ojos que la miraban al marcharse también estaban llenos de lágrimas. Descubrir que Novinha era una adúltera era sorprendente, pero delicioso: la mujer del corazón de acero tenía un defecto que no la hacía mejor que los demás. Pero no había tal placer al descubrir el mismo defecto en Libo. Todos le habían amado. Su generosidad, su amabilidad, su sabiduría que tanto admiraban, les impedía reconocer que todo era una máscara.

Así que se sorprendieron cuando el Portavoz les recordó que no era la muerte de Libo de la que Hablaba hoy.

—¿Por qué consintió esto Marcos Ribeira? Novinha pensaba que era porque quería una esposa y la ilusión de que tenía hijos, para no sentir vergüenza en la comunidad. Parcialmente fue por esto. Pero principalmente se casó con ella porque la amaba. Nunca esperó realmente que ella le amara como él lo hacía, porque él la adoraba, la consideraba una diosa, y sabía que estaba enfermo, podrido, que era un animal despreciable. Sabía que ella no podría adorarle, ni siquiera quererle. Esperaba que algún día ella tal vez sintiera algún afecto. Que tal vez sintiera... lealtad.

El Portavoz inclinó la cabeza un momento. Los lusos oyeron las palabras que no tuvo que decir: ella no lo hizo nunca.

—Cada hijo que venía —dijo el Portavoz—, era otra prueba para Marcos de que había fallado. De que la diosa aún le encontraba indigno. ¿Por qué? Era leal. Nunca le había dicho a ninguno de los niños que no eran hijos suyos. Nunca rompió la promesa que le había hecho a Novinha. ¿No se merecía algo por parte de ella? A veces era más de lo que podía soportar. Rehusaba aceptar su juicio. No era ninguna diosa. Sus hijos eran todos bastardos. Eso es lo que se decía cuando la golpeaba, cuando le gritaba a Miro.

Miro oyó su nombre, pero no reconoció que tuviera nada que ver con él. Su conexión con la realidad era más frágil de lo que jamás había supuesto, y hoy le había dado demasiados choques. La magia imposible con los cerdis y los árboles. Madre y Libo, amantes. Ouanda, que estaba tan cerca de él como su propio cuerpo, su propio yo, de repente había sido colocada en otro nivel, como Ela, como Quara, otra hermana. Sus ojos no veían la hierba; la voz de Andrew era puro sonido, no oía los significados, sólo el terrible sonido. Miro había llamado a aquella voz, había querido que Hablara de la muerte de Libo. ¿Cómo podría haber sabido que en lugar de un sacerdote benévolo de una religión humanista traería al Portavoz original, con su penetrante mente y su comprensión demasiado perfecta? No podía haber sabido que bajo aquella máscara enérgica se escondía Ender el destructor, el mítico Lucifer del mayor crimen de la humanidad, determinado a cumplir con su nombre, a hacer una burla del trabajo de Pipo, Libo, Ouanda y el propio Miro, al ver en una sola hora con los cerdis todo lo que los otros no habían sido capaces de ver en casi cincuenta años, y luego apartar a Ouanda de su lado con un simple golpe, sin misericordia, de la espada de la verdad; ésa era la voz que Miro oía, lo único cierto que le quedaba, aquella voz despiadada y terrible. Miro se colgó de su sonido, intentando odiarla, sin conseguirlo, porque sabía, no podía engañarse, sabía que Ender era un destructor, pero lo que destruía era la ilusión, y ésta tenía que morir. «La verdad sobre los cerdis, la verdad sobre nosotros mismos. De alguna manera este hombre es capaz de ver la verdad y la verdad no ciega sus ojos ni le vuelve loco. Tengo que escuchar esta voz y dejar que su poder acuda a mí para que yo también pueda mirar a la luz y no morir.»

—Novinha sabía lo que era. Una adúltera, una hipócrita. Sabía que estaba hiriendo a Marcão, a Libo, a sus hijos, a Bruxinha. Sabía que había matado a Pipo. Así que resistió, incluso invitó a Marcão a que la castigara. Era su penitencia. Y nunca era suficiente. No importaba cuánto la odiara Marcão, ella se odiaba mucho más.

El obispo asintió lentamente. El Portavoz había hecho una cosa monstruosa al desplegar ante toda la comunidad aquellos secretos que deberían haber sido dichos en el confesionario. Sin embargo, Peregrino había sentido su poder, la forma en que toda la comunidad había sido obligada a descubrir a estas personas a las que creían conocer, y luego descubrirlas otra vez, y otra; y cada revisión de la historia les forzaba a volver a concebirse también a sí mismos, pues también habían formado parte de ella, habían sido tocados por toda la gente cien, mil veces, sin comprender nunca a quién tocaban. Era una cosa dolorosa y terrible, pero al final tenía un curioso efecto calmante. El obispo se inclinó hacia su secretario y susurró:

—Al menos no habrá ningún tipo de chismorreo... no quedan secretos que contar.

—Todas las personas de esta historia sufrieron dolor —dijo el Portavoz—. Todos se sacrificaron por la gente que amaban. Todos causaron un terrible dolor a la gente que les amaba. Y vosotros... vosotros que me escucháis aquí hoy, también causasteis dolor. Pero recordad esto: la vida de Marcão fue trágica y cruel, pero podría haber terminado su trato con Novinha en cualquier momento. Eligió quedarse. Debió encontrar algo de alegría en ella. Y Novinha rompió las leyes de Dios que mantienen a esta comunidad unida. También ha soportado su castigo. La Iglesia no pide una penitencia tan terrible como la que ella misma se impuso. Y si estáis inclinados a creer que se merece algún tipo de crueldad por vuestra parte, recordad esto: ella sufrió, hizo todo esto con un propósito: para evitar que los cerdis mataran a Libo.

Las palabras dejaron un rescoldo en sus corazones.

Olhado se levantó y se acercó a su madre, se arrodilló junto a ella, le pasó una mano sobre los hombros. Ella se sentó a su lado, pero ella estaba doblada contra el suelo, llorando. Quara se plantó delante de su madre, mirándola con asombro. Y Grego enterró la cara en su regazo y lloró. Los que estaban cerca pudieron oírle llorar:

—*Todo papai é morto. Não tenho nem papai.* Todos mis papás están muertos. No tengo ningún papá.

Ouanda permanecía en la bocacalle donde había ido con su madre justo antes de que la alocución terminara. Buscó a Miro, pero él ya se había ido.

Ender estaba en la plataforma, mirando a la familia de Novinha, deseando poder hacer algo para aliviar su dolor. Siempre había dolor después de una alocución, porque un Portavoz de los Muertos no hacía nada por suavizar la verdad. Pero sólo raramente había vivido la gente vidas tan tristes como las de Marcão, Libo y Novinha; raramente había tantas sorpresas, tantas piezas de información que obligaran a la gente a revisar su concepción de aquellos a quienes conocían, aquellos a quienes amaban. Ender sabía, por las caras que le miraban mientras hablaba, que había causado un gran dolor hoy. Lo había sentido en sí mismo, como si le hubieran traspasado su sufrimiento. Bruxinha había sido la más sorprendida, pero Ender sabía que su herida no era grave. Esa distinción pertenecía a Miro y Ouanda, que habían pensado que conocían lo que el futuro les traería. Pero Ender también había sentido antes el dolor de la gente, y sabía que las nuevas heridas de hoy sanarían mucho más rápidamente de lo que las viejas lo hubieran hecho jamás. Novinha tal vez no lo reconociera, pero Ender la había librado de una carga demasiado pesada para que pudiera seguir soportándola por más tiempo.

—Portavoz —dijo la alcaldesa Bosquinha.

—Alcaldesa —contestó Ender. No le gustaba hablar con nadie después de una alocución, pero estaba acostumbrado al hecho de que alguien intentara siempre hablar con él. Forzó una sonrisa—. Había mucha más gente de la que esperaba.

—Una distracción momentánea para la mayoría. Lo olvidarán por la mañana.

A Ender le molestó que ella estuviera trivializándolo.

—Sólo si sucede algo monumental durante la noche —dijo.

—Sí. Bien, eso puede arreglarse.

Sólo entonces Ender advirtió que estaba terriblemente agitada, casi sin control. La tomó por el codo y le pasó un brazo sobre el hombro; ella se apoyó en él, agradecida.

—Portavoz, vengo a pedir disculpas. Su nave ha sido requisada por el Congreso Estelar. No tiene nada que ver con usted. Se ha cometido un crimen aquí, un crimen tan... terrible, que los criminales deben ser llevados al mundo más cercano, Trondheim, para ser juzgados y castigados. En su nave.

Ender reflexionó un instante.

—Miro y Ouanda.

Ella volvió la cabeza y le miró bruscamente.

—No le sorprende.

—Tampoco les dejaré ir.

Bosquinha se apartó de él.

—¿No les dejará?

—Creo que sé de qué les han acusado.

—¿Lleva aquí cuatro días y ya sabe cosas que yo ni siquiera sospechaba?

—A veces el gobierno es el último en enterarse.

—Déjeme decirle por qué les dejará ir, por qué

todos les dejaremos ir a su juicio. Porque el Congreso nos ha quitado todos nuestros ficheros. La memoria del ordenador está vacía, a excepción de los programas más rudimentarios que controlan nuestro suministro de energía, nuestra agua, nuestro alcantarillado. Mañana no se podrá realizar ningún trabajo porque no tenemos energía suficiente para poner en marcha las fábricas, para trabajar en las minas, para conectar los tractores. He sido depuesta del cargo. Ahora no soy nada más que el jefe de policía, y tengo que ver que las directrices del Comité de Evacuación Lusitana se llevan a cabo.

—¿Evacuación?

—La licencia de la colonia ha sido revocada. Han enviado naves para recogernos. Todo rastro humano debe ser borrado. Incluso las lápidas que marcan a nuestros muertos.

Ender intentó calibrar su respuesta. No esperaba que Bosquinha fuera del tipo de personas que se inclinan ante la autoridad.

—¿Tiene intención de someterse a esto?

—Los suministros de energía y agua se controlan por ansible. También la verja. Pueden encerrarnos aquí sin energía, ni agua, y no podremos salir. Dicen que algunas de las restricciones se aliviarán en cuanto Miro y Ouanda estén a bordo de su nave en dirección a Trondheim —suspiró—. Portavoz, me temo que ésta no es una buena época para hacer turismo en Lusitania.

—No soy ningún turista —no se molestó en decirle que sospechaba que no era pura coincidencia que el Congreso advirtiera las Actividades Cuestionables cuando Ender estaba allí—. ¿Pudieron salvar algunos archivos?

—Involucrándole a usted, me temo. Advertí que todos sus ficheros se mantenían por ansible, fuera de este mundo. Le enviamos nuestros datos más cruciales como mensajes.

Ender se echó a reír.

—Bien hecho.

—No importa. No podemos recuperarlos. Oh, bueno, sí podemos, pero lo notarán de inmediato y tendrá usted tantos problemas como nosotros. Y entonces volverán a borrarlo todo.

—A menos que corte la conexión ansible inmediatamente después de copiar todos mis archivos a la memoria local.

—Entonces estaríamos de verdad en rebeldía. ¿Y para qué?

—Para hacer de Lusitania el mejor y más importante de los Cien Mundos.

Bosquinha se rió.

—Creo que nos considerarán importantes, pero es difícil que la traición sea el medio adecuado para ser reconocido como el mejor.

—Por favor. No haga nada. No arreste a Miro y Ouanda. Espere una hora y deje que me reúna con alguien más que necesita tomar parte de la decisión.

—¿La decisión de rebelarnos o no? No imagino qué tiene usted que ver con esa decisión, Portavoz.

—Lo comprenderá en la reunión. Por favor, este lugar es demasiado importante para que se pierda la oportunidad.

—¿La oportunidad de qué?

—De deshacer lo que Ender el Genocida hizo hace tres mil años.

Ella le dirigió una aguda mirada.

—Y yo que pensaba que acababa usted de demostrar que no era más que un chismoso.

Tal vez estuviera bromeando. O tal vez no.

—Si piensa que lo que he hecho ha sido sólo un chismorreo, es demasiado estúpida para ser el líder de esta comunidad —sonrió él.

Bosquinha se encogió de hombros.

—*Pois é* —dijo—. Por supuesto. ¿Qué más?

—¿Celebrará la reunión?

—Lo solicitaré. En el despacho del obispo.

Ender dudó.

—El obispo no se reunirá en ningún otro sitio —dijo ella—, y ninguna decisión de rebelarse tendrá valor si él no está de acuerdo. Puede que ni siquiera le deje entrar en la catedral. Usted es el infiel.

—Pero lo intentará usted.

—Lo intentaré por lo que ha hecho esta noche. Sólo un hombre sabio podría ver a mi gente tan claramente en tan poco tiempo. Sólo uno sin escrúpulos lo diría todo en voz alta. Su virtud y su defecto... necesitamos ambas cosas.

Bosquinha se dio la vuelta y se marchó apresuradamente. Ender sabía que, en su fuero interno, no quería obedecer al Congreso Estelar. Había sido demasiado repentino, demasiado severo; la habían despojado de su autoridad como si fuera culpable de un crimen. Y ella sabía que no había hecho nada malo. Quería resistir, encontrar una manera plausible de replicarle al Congreso y decirle que esperaran, que conservaran la calma o, si era necesario, que se pudrieran. Pero no era tonta. No haría nada por resistirles a menos que supiera que funcionaría y que beneficiaría a su pueblo. Era una buena gobernadora, Ender lo sabía. Sacrificaría alegremente su orgullo, su reputación, su futuro, por el bien de su gente.

Ender estaba solo en la *praça*. Todos se habían marchado mientras Bosquinha le hablaba. Ender se sintió como debe sentirse un viejo soldado cuando camina sobre los plácidos campos donde mucho antes se ha celebrado una batalla, oyendo los ecos de la matanza, en la brisa, sobre la hierba susurrante.

—No les dejes cortar la conexión del ansible.

La voz en su oído le sorprendió, pero la reconoció de inmediato.

—Jane.

—Puedo hacerles creer que habéis desconectado el ansible, pero si lo hacéis realmente no podré ayudarte.

—Jane —dijo él—, has hecho esto, ¿no? ¿Cómo, si no, iban a darse cuenta de lo que Libo y Ouanda han estado haciendo, si no hubieras llamado su atención?

Ella no respondió.

—Jane, lamento haberte desconectado, nunca...

Él sabía que Jane sabía lo que iba a decir; nunca tenía que terminar las frases con ella. Pero no contestó.

—Nunca volveré a desconectar...

¿Para qué servía terminar las frases, si sabía que ella comprendía? No le había perdonado aún, eso era todo, o ya le habría respondido, diciéndole que dejara de malgastar el tiempo. Sin embargo, no pudo evitar intentarlo una vez más.

—Te echo de menos, Jane. Realmente te echo de menos.

Ella siguió sin contestar. Había dicho lo que tenía que decir, que mantuviera la conexión del ansible, y eso era todo. Por ahora. A Ender no le importaba esperar. Le bastaba con saber que ella estaba allí, escuchando. No se encontraba solo. Ender se sorprendió al hallar lágrimas en sus mejillas. Lágrimas de alivio. Catarsis. Una alocución, una crisis, la vida de la gente en juego, el futuro de la colonia en duda. Y yo lloro de alivio porque un programa de ordenador me habla.

Ela le estaba esperando en la puerta de su casa. Sus ojos estaban rojos por el llanto.

—Hola —dijo.

—¿Hice lo que querías? —preguntó él.

—Nunca había imaginado que no era nuestro padre. Debí haberlo sabido.

—No veo cómo.

—¿Qué he hecho? Llamarte para que Hablaras de la muerte de mi padre... de Marcão —empezó a llorar de nuevo—. Los secretos de Madre... pensaba que sabía cuáles eran. Pensaba que eran sólo sus archivos... pensaba que odiaba a Libo.

—Todo lo que hice fue abrir las ventanas y dejar que entrara el aire.

—Díselo a Miro y Ouanda.

—Piensa un momento, Ela. Lo habrían descubierto tarde o temprano. Lo cruel fue que no lo supieran durante tantos años. Ahora que tienen la verdad, pueden encontrar su propia salida.

—¿Como hizo Madre? ¿Sólo que ahora es algo mucho peor que el adulterio?

Ender le acarició el pelo. Ella aceptó su contacto, su consuelo. Él no podía recordar si su padre o su madre le habían tocado alguna vez con un gesto así. Seguramente. ¿Cómo si no lo habría aprendido?

—Ela, ¿me ayudarás?

—¿Ayudarte a qué? Ya has hecho tu trabajo, ¿no?

—Esto no tiene nada que ver con lo otro. Necesito saber, dentro de una hora, cómo funciona la Descolada.

—Tendrás que preguntárselo a Madre... ella es la que lo sabe.

—No creo que le alegre verme esta noche.

—¿Y se supone que soy yo quien tiene que pedírselo? Buenas noches, *Mamãe*, acabas de ser descubierta ante todo Milagro como una adúltera que ha estado mintiendo a sus hijos durante toda su vida, así que, si no te importa, me gustaría hacerte un par de preguntas científicas.

—Ela, está en juego la supervivencia de Lusitania. Por no mencionar a tu hermano Miro —se dio la vuelta y conectó el terminal—. Identifícate.

Ella estaba sorprendida, pero lo hizo. El ordenador no reconocía su nombre.

—Me han borrado —le miró alarmada—. ¿Por qué?

—No eres tú sola. Es todo el mundo.

—No es una avería. Alguien ha borrado el fichero de usuarios.

—El Congreso Estelar ha borrado toda la memoria local. Todo se ha perdido. Consideran que estamos en estado de rebelión. Miro y Ouanda van a ser arrestados y enviados a Trondheim para que les juzguen allí. A menos que yo pueda persuadir al obispo y a Bosquinha para que encabecen una rebelión real. ¿Comprendes? Si tu madre no te dice lo que necesito saber, Miro y Ouanda serán enviados a veintidós años-luz de distancia. La pena por traición es la muerte. Pero sólo acudir a juicio es ya como una cadena perpetua. Todos estaremos muertos o seremos muy viejos para cuando regresen.

Ela miró a la pared sin apenas comprender.

—¿Qué necesitas saber?

—Lo que encontrará el Comité cuando abra sus archivos. Cómo funciona la Descolada.

—Sí. Lo hará por el bien de Miro —le miró desafiante—. Nos quiere, ¿sabes? Por uno de sus hijos, hablará.

—Bien. Sería mejor si viniera en persona. Al despacho del obispo, dentro de una hora.

—Sí —dijo Ela.

Por un momento permaneció inmóvil. Entonces algo pareció conectarse en algún lugar de su mente, se incorporó y corrió hacia la puerta. Se detuvo. Volvió sobre sus pasos, le abrazó, le besó en la mejilla.

—Me alegra que lo dijeras todo. Me alegra saberlo.

Él la besó en la frente y cuando la puerta se cerró tras ella, se tendió en la cama y miró al techo. Pensó en Novinha y trató de imaginar lo que estaría sintiendo ahora. No importa lo terrible que sea, Novinha, tu hija corre a casa, segura de que a pesar del dolor y la humillación que estás atravesando, te olvidarás completamente de ti y harás lo que sea necesario para salvar a tu hijo. Cambiaría todo tu sufrimiento, Novinha, sólo porque un niño confiara en mí de esa manera.

16

LA VERJA

Un gran predicador está enseñando en la plaza del mercado. Y resulta que un marido encuentra pruebas esa mañana del adulterio de su esposa, y la muchedumbre la lleva a la plaza para lapidarla hasta la muerte. (Hay una versión familiar de esta historia, pero un amigo mío, un Portavoz de los Muertos, me ha hablado de otros dos predicadores que se encontraron en la misma situación. De éstos es de quienes voy a hablaros).

El predicador se adelanta y se coloca junto a la mujer. Por respeto a él la muchedumbre se detiene y espera con las piedras en la mano. «¿Hay alguien aquí que no haya deseado a la esposa de otro hombre, al marido de otra mujer?», les dice.

Ellos murmuran y dicen: «Todos conocemos el deseo. Pero, Maestro, ninguno de nosotros ha cometido el acto.»

El predicador dice: «Entonces arrodillaos y dad gracias a Dios porque os hizo fuertes.» Toma a la mujer de la mano y la saca del mercado, y justo antes de que ella se marche, le susurra: «Dile al señor magistrado quién fue el que salvó a su amante. Dile que soy su siervo leal.»

Así que la mujer vive, porque la comunidad está demasiado corrupta para protegerse del desorden.

Otro predicador, otra ciudad. Se acerca a la mujer y detiene a la multitud, como en la otra historia, y dice: «¿Quién de vosotros está libre de pecado? El que lo esté, que tire la primera piedra.»

La gente se avergüenza y olvidan la unidad de su propósito al recordar sus pecados individuales. «Algún día —piensan—, puedo ser como esta mujer, y esperaré el perdón y otra oportunidad. Debo de tratarla como me gustaría que me tratasen.»

Y cuando abren las manos y dejan que las piedras caigan al suelo, el predicador recoge una de ellas, la alza sobre la cabeza de la mujer y golpea con todas sus fuerzas. Aplasta su cráneo y esparce sus sesos por el suelo.

—Yo tampoco estoy libre de pecado —le dice a la multitud—. Pero si dejamos que sólo la gente perfecta cumpla la ley, pronto la ley morirá, y nuestra ciudad con ella.

Así que la mujer muere porque su comunidad era demasiado rígida para soportar su desviación.

La versión más famosa de esa historia es notable porque es rara en nuestra experiencia. La mayoría de las comunidades se encuentran a caballo entre la podredumbre y el rigor mortis, y cuando se desvían demasiado, mueren. Sólo un predicador se atrevió a esperar de nosotros un equilibrio tan perfecto que pudiéramos cumplir la ley y perdonar la desviación. Por eso, naturalmente, le matamos.

San Ángelo, Cartas a un Hereje Incipiente, *trad. Amai a Tudomundo Para Que Deus Vos Ame Cristão. 103:72:54:2.*

Minha irmã. Mi hermana. Las palabras resonaban aún en la cabeza de Miro aunque ya no las oía. *A Ouanda é minha irmã.* Sus pies le llevaban, por hábito, de la *praça* a los campos de juegos y a la cima de la colina.

La cima del pico más alto albergaba la catedral y el monasterio, que siempre se alzaban sobre la Estación Zenador, como si fueran una fortaleza vigilando la verja.

¿Recorría Libo este camino cuando iba a reunirse con mi madre?

¿Se encontraban en la Estación Xenobiológica? ¿O lo hacían más discretamente, yaciendo en la hierba como los cerdos de las *fazendas*?

Se detuvo ante la puerta de la Estación Zenador y trató de encontrar alguna razón para entrar. No tenía nada que hacer allí.

No había escrito un informe sobre lo que había sucedido hoy pero, de todas formas, no sabía cómo escribirlo.

Poderes mágicos, eso es lo que era. Los cerdis les cantaban a los árboles y los árboles se partían y formaban herramientas.

Mucho mejor que la carpintería. Los aborígenes eran mucho más sofisticados de lo que se suponía previamente.

Múltiples usos para todo. Cada árbol es a la vez un tótem, una lápida y un pequeño aserradero. Hermana. Hay algo que tengo que hacer, pero no lo recuerdo.

Los cerdis son los más sensatos. Viven sólo como hermanos, y no se preocupan por las mujeres. Habría sido mejor para ti, Libo, y ésa es la verdad... No, debo llamarte Papai, no Libo. Lástima que Madre no te lo dijera nunca o me habrías acunado en tus rodillas. Tus dos hijos mayores, Ouanda en una rodilla y Miro en la otra, ¿no estamos orgullosos de nuestros dos hijos? Nacidos el mismo año, con sólo dos meses de diferencia. Qué ocupado estaba Papai entonces, recorriendo la verja para encontrarse con Mamãe en su propio patio trasero. Todo el mundo sentía lástima por ti porque no tenías más que hijas. No quedará nadie para preservar el apellido de la familia, decían. Su simpatía no merecía la pena. Tenías hijos de sobra. Y yo tengo más hermanas de lo que pensaba. Una hermana más de lo que querría.

Se detuvo en la puerta de la verja, mirando hacia los árboles que coronaban la colina de los cerdis. No hay ningún propósito científico al que servir viniendo de noche. Así que supongo que servirá un despropósito nada científico y veré si tienen espacio para otro hermano en la tribu. Probablemente soy demasiado grande para encontrar sitio en la casa de troncos, así que dormiré fuera, y aunque no sea muy bueno escalando árboles, sé una o dos cosas sobre tecnología, y ahora no siento ninguna inhibición particular para contaros todo lo que queráis saber.

Colocó la mano derecha en la placa de identificación y extendió la izquierda para empujar la puerta. Durante una décima de segundo no advirtió lo que pasaba. Entonces notó como si la mano le ardiera, como si se la cortaran con una sierra oxidada, y gritó y apartó la mano de la puerta. Nunca desde que había sido construida había permanecido caliente después de que la placa fuera tocada por la mano del Zenador.

—Marcos Vladimir Ribeira von Hesse, su permiso para atravesar la verja ha sido revocado por orden del Comité de Evacuación Lusitano.

Nunca la voz había desafiado a un Zenador.

A Miro le llevó un instante comprender lo que estaba diciendo.

—Junto con Ouanda Quenhatta Figueira Mucumbi se presentarán al Comisario Jefe de Policía Faria Lima Maria do Bosque, quien les arrestará en nombre del Congreso Estelar y les enviará a Trondheim para juicio.

Por un momento sintió que la cabeza le daba vueltas y que tenía el estómago pesado y enfermo.

«Lo saben. Esta noche precisamente. Todo se acabó. Pierdo a Ouanda, pierdo a los cerdis, pierdo mi trabajo, todo perdido. Todo. Arrestado. Trondheim. De donde vino el Portavoz, veintidós años de viaje, todo el mundo desaparece excepto Ouanda, la única que queda y es mi hermana.»

Intentó empujar la puerta de nuevo; una vez más el dolor recorrió su brazo, alterando todos sus nervios, encendiéndolos a la vez.

«No puedo desaparecer. Cerrarán la verja para todo el mundo. Nadie visitará a los cerdis, nadie les dirá nada, los cerdis esperarán a que vayamos y nadie volverá a atravesar la cerca. Ni yo, ni Ouanda, ni el Portavoz, nadie, y sin explicación.

»Comité de Evacuación. Nos evacuarán y borrarán todo rastro de nuestra estancia aquí. Son las reglas, ¿no? ¿Pero qué vieron? ¿Cómo lo averiguaron? ¿Se lo dijo el Portavoz? Está tan apegado a la verdad. Tengo que explicarle a los cerdis por qué no volveremos, tengo que decírselo.»

Un cerdi siempre les vigilaba, les seguía desde el momento en que entraban en el bosque. ¿Estaría observando ahora? Miro hizo señas con la mano. Estaba demasiado oscuro. Posiblemente no podrían verle. O tal vez sí; nadie sabía cómo era la visión nocturna de los cerdis. Le hubieran visto o no, no vinieron.

Y pronto sería demasiado tarde; si los framlings estaban vigilando la verja, sin duda ya lo habrían notificado a Bosquinha, y ella estaría de camino, surcando la hierba con su vehículo. Ella lamentaría arrestarle, pero haría su trabajo, y no merecía la pena discutir con ella el hecho de si mantener esta loca separación era bueno para los cerdis o para los humanos. Ella no era quién para cuestionar la ley, sólo hacía lo que le decían. Y él se entregaría, no habría razón para luchar, ¿dónde podría esconderse dentro de la verja, entre los rebaños de cabras? Pero antes de rendirse, hablaría con los cerdis, tenía que decírselo.

Caminó a lo largo de la verja, lejos de la puerta, hacia el terreno abierto que había directamente bajando la colina desde la catedral, donde no vivía nadie cerca que pudiera oír su voz. Mientras andaba, llamaba. No palabras, sino un sonido alto y ululante, el grito que él y Ouanda solían usar para llamar su atención, cuando estaban separados entre los cerdis. Ellos le oirían, tenían que oírle, tenían que acudir a él porque no podía atravesar la verja. «Así que venid, Humano, Mandachuva, Flecha, Cuencos, Calendario, cualquiera, todos, venid y dejadme que os diga que ya no puedo deciros nada más.»

Quim estaba sentado tristemente en el despacho del obispo.

—Estevão —dijo el obispo suavemente—, dentro de unos pocos minutos habrá una reunión aquí, pero quiero hablar contigo primero.

—No hay nada de qué hablar —dijo Quim—. Usted nos avisó y sucedió. Es el diablo.

—Estevão, hablemos un minuto y luego vete a casa y duerme.

—Nunca volveré a ese lugar.

—El Señor comió con peores pecadoras que tu madre, y las perdonó. ¿Eres mejor que Él?

—¡Ninguna de las adúlteras que perdonó era Su madre!

—Ni la madre de nadie puede ser la Santa Virgen.

—¿Está usted de su lado, entonces? ¿Ha dejado aquí la Iglesia sitio para los Portavoces de los Muertos? ¿Debemos derribar la catedral y usar las piedras para hacer un anfiteatro donde todos nuestros muertos puedan ser criticados antes de enterrarlos en el suelo?

—Soy tu obispo, Estevão, el vicario de Cristo en este planeta, y me hablarás con el respeto que debes a mi oficio —dijo Peregrino en un susurro.

Quim permaneció en su sitio, furioso, sin hablar.

—Creo que habría sido mejor que el Portavoz no hubiera contado estas historias públicamente. Algunas cosas se comprenden mejor en la intimidad, en el sosiego, para no encontrarnos con sorpresas mientras una audiencia nos observa. Para eso usamos el confesionario, para escudarnos de la vergüenza pública mientras nos debatimos con nuestros pecados privados. Pero sé justo, Estevão. El Portavoz ha contado esas historias, pero todas eran verdad. *Né?*

—*É.*

—Ahora, Estevão, vamos a pensar. Antes de hoy, ¿amabas a tu madre?

—Sí.

—Y esta madre a la que amabas, ¿había cometido ya adulterio?

—Diez mil veces.

—Sospecho que no fue tan libidinosa como para eso. Pero me has dicho que la amabas, aunque era una adúltera. ¿No es la misma persona esta noche? ¿Ha cambiado entre ayer y hoy? ¿O eres tú quien ha cambiado?

—Lo que ella era ayer era mentira.

—¿Quieres decir que porque sentía vergüenza de decirle a sus hijos que era una adúltera, también os estaba mintiendo, mintiendo cuando se preocupaba por vosotros todos estos años en que crecíais, en que confiaba en ti, en que te enseñaba...»

—No ha sido exactamente una madre modelo.

—Si hubiera acudido al confesionario y ganado el perdón por su adulterio, entonces nunca habría tenido que decírtelo. Habrías muerto sin saberlo. No habría sido una mentira, porque habría sido perdonada, no habría sido una adúltera. Admite la verdad, Estevão. Estás furioso porque te sentiste cohibido delante de toda la ciudad al intentar defenderla.

—Hace usted que me sienta como un idiota.

—Nadie cree que lo seas. Todo el mundo piensa que eres un hijo leal. Pero si eres un auténtico seguidor del Maestro, la perdonarás y dejarás que sepa que la amas más que nunca, porque ahora comprendes su sufrimiento —el obispo miró hacia la puerta—. Tengo una reunión ahora, Estevão. Por favor, ve a mi habitación privada y reza a la Magdalena para que te perdone.

Más triste que furioso, Quim atravesó la cortina situada detrás del escritorio del obispo.

El secretario abrió la puerta y dejó que el Portavoz de los Muertos entrara en la habitación. El obispo no se levantó. Para su sorpresa, el Portavoz se arrodilló e inclinó la cabeza. Era un acto que los católicos hacían solamente en una presentación pública ante el obispo, y Peregrino no pudo imaginar lo que el Portavoz pretendía con esto. Sin embargo estaba allí, arrodillado, esperando, y por tanto el obispo se levantó de su silla, se acercó a él y le tendió el anillo para que lo besase. Incluso entonces el Portavoz esperó, hasta que finalmente Peregrino dijo:

—Le bendigo, hijo mío, aunque no estoy seguro de si se está burlando de mí.

—No hay burla en mí —dijo el Portavoz, con la cabeza aún inclinada. Entonces miró a Peregrino—. Mi padre era católico. Hacía como que no lo era, por conveniencia, pero nunca se perdonó por su falta de fe.

—¿Está bautizado?

—Mi hermana me dijo que sí. Mi padre me bautizó poco después de que naciera. Mi madre era una protestante de una fe que deploraba el bautismo infantil, así que tuvieron una discusión sobre el tema —el obispo tendió una mano para ayudarle a levantarse—. Imagine. Un católico encubierto y una mormona remisa discutiendo sobre procedimientos religiosos en los que decían no creer.

Peregrino se mostró escéptico. Era un gesto demasiado elegante que el Portavoz resultara ser católico.

—Pensé que los Portavoces de los Muertos renunciaban a todas las religiones antes de iniciar su... digamos, vocación.

No sé lo que hacen los otros. No creo que exista ninguna regla al respecto... ciertamente no las había cuando yo me convertí en Portavoz.

El obispo Peregrino sabía que se decía que los Portavoces no mentían, pero éste desde luego parecía evasivo.

—Portavoz Andrew, no hay lugar en todos los Cien Mundos donde un católico tenga que ocultar su fe, y no lo ha habido en los últimos tres mil años.

Ésa ha sido la mayor bendición del viaje espacial, acabar con las terribles restricciones demográficas en la Tierra superpoblada. ¿Me está diciendo que su padre vivió en la Tierra hace tres mil años?

—Le estoy diciendo que mi padre se encargó de bautizarme dentro de la fe católica, y que hice por mi padre lo que él nunca pudo hacer en su vida: arrodillarme ante un obispo y recibir su bendición.

—Pero ha sido a usted a quien he bendecido... Y sigues eludiendo mi pregunta. Lo que implica que mi suposición sobre la época de tu padre es cierta. Dom Cristão dice que hay más en ti de lo que aparentas.

—Bien —dijo el Portavoz—. Necesito la bendición más que mi padre, ya que está muerto, y tengo más problemas con los que enfrentarme.

—Siéntese, por favor.

El Portavoz eligió una banqueta al otro lado de la habitación. El obispo se sentó en su enorme sillón tras la mesa.

—Ojalá no hubiera hablado hoy. Es un mal momento.

—No sabía que el Congreso fuera a hacer esto.

—Pero sabía que Miro y Ouanda habían violado la ley. Bosquinha me lo dijo.

—Lo descubrí sólo unas horas antes de la alocución. Gracias por no haberles arrestado aún.

—Es un asunto civil —el obispo descartó la importancia del tema, pero los dos sabían que, si hubiera insistido, Bosquinha habría tenido que obedecer sus órdenes y arrestarles a pesar del requerimiento del Portavoz—. Su alocución ha causado mucha incomodidad.

—Me temo que más que de costumbre.

—Entonces... ¿su responsabilidad ha terminado? ¿Infringe las heridas y deja que otros las curen?

—No son heridas, obispo Peregrino. Es cirugía. Y si puedo ayudar a aliviar el dolor, me quedo y ayudo. No tengo anestesia, pero busco antisépticos.

—Debería haber sido sacerdote.

—Los hijos menores sólo tenían dos opciones. El sacerdocio o el ejército. Mis padres escogieron lo segundo.

—Un hijo menor. Y sin embargo tuvo una hermana. Y vivió en la época en que los controles de población prohibían a los padres tener más de dos hijos a menos que el gobierno les diera un permiso especial. A ese hijo le llamaban Tercero, ¿verdad?

—Sabe usted de historia.

—¿Nació en la Tierra, antes de los vuelos interestelares?

—Lo que nos concierne, obispo Peregrino, es el futuro de Lusitania, no la biografía de un Portavoz de los Muertos que tiene solamente treinta y cinco años.

—El futuro de Lusitania es asunto mío, Portavoz Andrew, no suyo.

—El futuro de los humanos de Lusitania es asunto suyo, obispo. Yo también me preocupo por los cerdis.

—No compitamos por ver quién siente mayor preocupación.

El secretario volvió a abrir la puerta y Bosquinha, Dom Cristão y Dona Cristã entraron. Bosquinha observó el espacio entre el Portavoz y el obispo.

—No hay sangre en el suelo, si eso es lo que busca —dijo el obispo.

—Sólo estaba calculando la temperatura.

—El calor del respeto mutuo, creo —dijo el Portavoz—. No la brasa de la furia o el hielo del odio.

—El Portavoz es católico por bautismo, si no por

creencia —dijo el obispo—. Le he bendecido y eso parece haberle amansado.

—Siempre he respetado a la autoridad.

—Fue usted quien nos amenazó con un Inquisidor —le recordó el obispo. Con una sonrisa.

La sonrisa del Portavoz fue igual de gélida.

—Y usted es el que le dijo a la gente que yo era Satán y que no debería hablarme.

Mientras el Portavoz y el obispo se sonreían mutuamente, los otros se rieron nerviosamente, se sentaron y esperaron.

—Es una reunión, Portavoz —dijo Bosquinha.

—Discúlpenme —dijo el Portavoz—. He invitado a alguien más. Será mucho más sencillo si la esperamos unos cuantos minutos más.

Ela encontró a su madre fuera de la casa, no lejos de la verja. Una tenue brisa, que agitaba ligeramente el capim, apenas hacía ondear su cabello. A Ela le llevó un momento advertir por qué esto era tan sorprendente. Su madre no se había arreglado el pelo en muchos años. Parecía extrañamente libre, tanto más porque Ela podía ver cómo se ondulaba y agitaba cuando, durante tantos años, había estado recogido en un moño. Fue entonces cuando supo que el Portavoz tenía razón. Madre atendería su invitación. Por mucha vergüenza o dolor que la alocución de hoy le hubiera causado, le permitía salir al aire libre, poco antes del anochecer, y mirar hacia la colina de los cerdis. O tal vez miraba a la verja. Quizá recordaba a un hombre con quien se reunía allí, o en algún otro lugar del capim, para amarse sin que les observara nadie. Siempre escondida. «Madre está contenta —pensó Ela—, de que se sepa que

Libo fue su marido auténtico, que Libo es mi verdadero padre. Madre está contenta, y yo también.»

Madre no se volvió a mirarla, aunque seguramente la había oído acercarse a través de la ruidosa hierba. Ela se detuvo a unos pocos pasos de distancia.

—Madre —dijo.

—Entonces no es un rebaño de cabras. Eres muy ruidosa, Ela.

—El Portavoz. Quiere tu ayuda.

—Sin duda.

Ela explicó lo que el Portavoz le había dicho. Madre no se volvió. Cuando terminó, esperó un momento y luego se giró para caminar por el recodo de la colina. Ela corrió detrás.

—Madre, Madre, ¿vas a contarle lo de la Descolada?

—Sí.

—¿Por qué ahora? ¿Por qué después de todos estos años? ¿Por qué no quisiste decírmelo?

—Porque trabajabas mejor por tu cuenta, sin ayuda.

—¿Sabías lo que estaba haciendo?

—Eres mi aprendiz. Tengo completo acceso a tus ficheros sin dejar ninguna huella. ¿Qué clase de maestro sería si no observara tu trabajo?

—Pero...

—También leí los archivos que escondiste bajo el nombre de Quara. Nunca has sido madre, así que no sabes que todas las actividades de los hijos menores de doce años se envían a los padres cada semana. Quara estaba haciendo una investigación notable. Me alegra que vengas conmigo. Cuando se lo cuente al Portavoz, te lo contaré a ti también.

—Has tomado el camino equivocado.

Madre se detuvo.

—¿No está la casa del Portavoz cerca de la *praça*?

—La reunión es en el despacho del obispo.

Por primera vez, Madre la miró a la cara directamente.

—¿Qué es lo que estáis intentando hacerme el Portavoz y tú?

—Estamos intentando salvar a Miro. Y a Lusitania, si podemos.

—Llevándome al cubil de la araña...

—El obispo tiene que estar de nuestra parte o...

—¡De nuestra parte! Quieres decir tú y el Portavoz, ¿no? ¿Crees que no me he dado cuenta? Todos mis hijos, uno a uno, han sido seducidos por...

—¡Él no ha seducido a nadie!

—Os ha seducido con esa forma que tiene de saber lo que queréis oír, de...

—No es ningún adulador. No nos dice lo que queremos. Nos dice lo que sabemos que es verdad. No ha ganado nuestro afecto, Madre, sino nuestra confianza.

—Sea lo que sea lo que obtiene de vosotros, nunca me lo habéis dado.

—Quisimos dártelo.

Esta vez, Ela no apartó los ojos de la exigente mirada de su madre. Fue Novinha, en cambio, quien cedió, y cuando volvió a mirarla tenía lágrimas en los ojos.

—Quise decíroslo —Madre no estaba hablando de sus ficheros—. Cuando vi cómo le odiabais, quise deciros que no era vuestro padre, que vuestro padre era un hombre bueno y amable...

—Que no tuvo el valor de decírnoslo.

La furia asomó en los ojos de Madre.

—Quiso hacerlo. Yo no le dejé.

—Te diré algo, Madre. Yo amaba a Libo, de la

manera en que todo el mundo en Milagro le amaba. Pero él estuvo dispuesto a ser un hipócrita, igual que tú, y sin que nadie se diera cuenta el veneno de vuestras mentiras nos lastimó a todos. No te echo la culpa, Madre, ni a él. Pero doy gracias a Dios por el Portavoz. Él estuvo dispuesto a decirnos la verdad, y a liberarnos.

—Es fácil decir la verdad cuando no amas a nadie —dijo Madre suavemente.

—¿Es eso lo que crees? Creo que sé algo, Madre. Creo que no puedes saber la verdad sobre nadie a menos que le ames. Creo que el Portavoz amaba a Padre. Me refiero a Marcão. Creo que le comprendió y le amó antes de Hablar.

Madre no respondió, porque sabía con certeza que era verdad.

—Y sé que ama a Grego, a Quara, y a Olhado. Y a Miro, e incluso a Quim. Y a mí. Sé que me ama. Y cuando demuestra que me ama, sé que es verdad porque nunca le miente a nadie.

Las lágrimas recorrían las mejillas de Novinha.

—Te he mentido a ti y a todo el mundo —dijo. Su voz sonaba débil y forzada—. Pero tienes que creerme cuando te digo que te amo.

Ela la abrazó, y por primera vez en años sintió calor en la respuesta de su madre. Porque ahora las mentiras entre ellas habían desaparecido. El Portavoz había destruido la barrera, y nunca más habría motivo para ser cautelosa.

—Incluso ahora estás pensando en ese maldito Portavoz, ¿verdad? —susurró su madre.

—Tú también —contestó Ela.

Madre se echó a reír.

—Sí —entonces dejó de hacerlo, se separó de Ela y le miró a los ojos—. ¿Estará siempre entre nosotros?

—Sí —dijo Ela—. Pero como un puente, no como un muro.

Miro vio a los cerdis cuando estaban a medio camino de la verja. Eran muy silenciosos en el bosque, pero no tenían mucha habilidad moviéndose a través del capim, pues éste crujía mientras corrían. O, tal vez, como acudían a la llamada de Miro no sentían necesidad de ocultarse. A medida que se acercaban, Miro les reconoció. Flecha, Humano, Mandachuva, Come-hojas, Cuencos. No les llamó en voz alta, ni ellos hablaron cuando llegaron. En cambio, se situaron tras la verja frente a él y le observaron en silencio. Hasta entonces, ningún Zenador había llamado nunca a los cerdis a la verja. Con su quietud demostraban su ansiedad.

—No puedo ir a veros más —dijo Miro.

Ellos esperaron a que se explicara.

—Los framlings nos descubrieron quebrantando la ley. Han cerrado la verja.

Come-hojas se frotó la barbilla.

—¿Sabes qué es lo que vieron los framlings?

Miro se rió amargamente.

—¿Qué es lo que no vieron? Sólo un framling ha venido con nosotros.

—No —dijo Humano—. La reina colmena dice que no fue el Portavoz. La reina colmena dice que lo vieron desde el cielo.

¿Los satélites?

—¿Y qué pudieron ver?

—Tal vez la caza —dijo Flecha.

—Tal vez el pastoreo de la cabra —dijo Come-hojas.

—Tal vez los campos de amaranto —dijo Cuencos.

—Todo eso —dijo Humano—. Y tal vez vieron que las esposas han hecho nacer a trescientos veinte niños desde la primera cosecha de amaranto.

—¡Trescientos!

—Y veinte más —dijo Mandachuva.

—Vieron que habría comida en abundancia —dijo Flecha—. Ahora estamos seguros de ganar nuestra próxima guerra. Nuestros enemigos serán plantados en grandes bosques nuevos por toda la llanura, y las esposas pondrán sus árboles madre en cada uno de ellos.

Miro se sintió enfermo. ¿Para esto había servido todo su trabajo y sacrificio, para dar ventaja a una tribu de cerdis? Libo no murió para que pudierais conquistar el mundo, estuvo a punto de decir. Pero su entrenamiento fue más fuerte, e hizo una pregunta neutral.

—¿Dónde están todos esos niños nuevos?

—Ninguno de los hermanitos viene a nosotros —explicó Humano—. Tenemos demasiado que hacer aprendiendo de vosotros y enseñando a los otros hermanos-casas. No podemos entrenar a los hermanitos.

Entonces, orgullosamente, añadió:

—De los trescientos, más de la mitad son hijos de mi padre, Raíz.

Mandachuva asintió gravemente.

—Las esposas sienten gran respeto por lo que nos has enseñado. Y tienen grandes esperanzas respecto al Portavoz de los Muertos. Pero lo que ahora nos dices es muy malo. Si los framlings nos odian, ¿qué haremos?

—No lo sé —dijo Miro. Por el momento, su mente intentaba asimilar toda la información que le acababan de suministrar. Trescientos veinte nuevos bebés. Una explosión demográfica. Y Raíz, de alguna manera, el padre de la mitad de ellos. Antes, Miro habría despreciado el anuncio como parte del sistema de creencias totémicas de los cerdis. Pero tras haber visto a un árbol desarraigarse y caer en respuesta a una canción, estaba preparado para cuestionarse todas sus viejas presunciones.

Sin embargo, ¿de que le valía aprender nada ahora? Nunca le dejarían que volviera a informar, no podría continuar con su trabajo, estaría a bordo de una nave espacial durante el próximo cuarto de siglo mientras alguien más hacía su trabajo. O peor aún, el trabajo ya no lo haría nadie.

—No estés triste —dijo Humano—. Verás cómo el Portavoz de los Muertos hace que todo salga bien.

—El Portavoz. Sí. Él hará que todo salga bien... como hizo conmigo y con Ouanda. Mi hermana.

—La reina colmena dice que él les enseñará a los framlings a amarnos.

—Entonces será mejor que lo haga rápido —dijo Miro—. Ya es demasiado tarde para que pueda salvarnos a Ouanda y a mí. Nos han arrestado y nos van a expulsar del planeta.

—¿A las estrellas? —preguntó Humano lleno de esperanza.

—¡Sí, a las estrellas, para que nos juzguen! ¡Para que nos castiguen por ayudaros! Tardaremos veintidós años en llegar, y nunca nos dejarán regresar.

Los cerdis tardaron un instante en comprender la información. «Magnífico —pensó Miro—. Que se pregunten cómo va a resolverles el problema el Portavoz. Yo también confiaba en él y no hizo mucho por mí.»

Los cerdis se reunieron. Humano se separó del grupo y se acercó a la verja.

—Te esconderemos.

—Nunca te encontrarán en el bosque —dijo Mandachuva.

—Tienen máquinas que pueden seguirme la pista por mi olor —dijo Miro.

—Ah. Pero ¿no les prohíbe la ley mostrarnos máquinas? —preguntó Humano.

Miro sacudió la cabeza.

—No importa. La puerta está cerrada para mí. No puedo cruzar la verja.

Los cerdis se miraron mutuamente.

—Pero tienes capim ahí mismo —dijo Flecha.

Miro contempló estúpidamente la hierba.

—¿Y qué?

—Mastícala —dijo Humano.

—¿Por qué?

—Hemos visto a los humanos masticando capim —dijo Come-hojas—. La otra noche, en la colina, vimos al Portavoz y a algunos humanos masticando capim.

—Y muchas otras veces —añadió Mandachuva.

Su impaciencia con él era frustrante.

—¿Qué tiene eso que ver con la verja?

Una vez más los cerdis se miraron. Finalmente, Mandachuva arrancó una hoja de capim del suelo, la dobló cuidadosamente y se la metió en la boca para masticarla. Se sentó después. Los otros empezaron a empujarle, a golpearle con los dedos, a pellizcarle. Él no parecía notarlo. Finalmente, Humano le dio un pellizco particularmente malicioso y cuando Mandachuva no respondió, empezaron a decir, en el lenguaje de los machos: «¡Preparado! ¡Es el momento de ir! ¡Ahora! ¡Ya!»

Mandachuva se levantó, un poco confundido por un instante. Entonces corrió hasta la verja y se encaramó a lo alto, la atravesó y aterrizó a cuatro patas al lado de Miro. Éste se puso en pie de un salto en el momento en que Mandachuva alcanzaba la cima; cuando terminó de gritar, Mandachuva estaba incorporándose y sacudiéndose el polvo.

—No se puede hacer eso —dijo Miro—. Estimula todos los puntos dolorosos del cuerpo. No se puede cruzar la verja.

—¡Oh! —dijo Mandachuva.

Desde el otro lado de la verja, Humano se frotaba los muslos.

—No lo sabía. Los humanos no lo saben.

—Es un anestésico —dijo Miro—. Evita sentir el dolor.

—No —dijo Mandachuva—. Siento el dolor. Un dolor muy malo. El peor del mundo.

—Raíz dice que la verja es aún peor que morir —explicó Humano—. Dolor en todas partes.

—Pero a vosotros no os importa.

—Le pasa a tu otro yo —dijo Mandachuva—. Le sucede a tu yo animal. Pero a tu yo-árbol no le importa. Te hace ser tu yo-árbol.

Entonces Miro recordó un detalle que se había perdido en lo grotesco de la muerte de Libo. La boca del muerto había sido llenada de capim. Igual que la boca de todos los cerdis que habían muerto. Anestésico. La muerte parecía una tortura horrible, pero el dolor no era el motivo. Usaban un anestésico. No tenía nada que ver con el dolor.

—Mastica la hierba —dijo Mandachuva—, y ven con nosotros. Te esconderemos.

—Ouanda...

—Oh, iré a por ella.

—No sabes dónde vive.

—Sí que lo sé.

—Hacemos esto muchas veces —explicó Humano—. Sabemos dónde vive todo el mundo.

Miro imaginó docenas de cerdis deambulando por Milagro en mitad de la noche. No se montaba guardia. Sólo unas cuantas personas tenían negocios que les ocupaban por la noche. Y los cerdis eran pequeños, lo suficiente para escabullirse en el capim y desaparecer por completo. No era extraño que supieran de metales y máquinas, a pesar de todas las reglas diseñadas para mantenerles al margen. Sin duda habían visto las minas, habían visto aterrizar la lanzadera, habían visto los morteros fabricando los ladrillos, habían visto los *fanzedeiros* arando y plantando el amaranto especial para los humanos. No era extraño que supieran lo que tenían que pedir.

Qué estúpido por nuestra parte pensar que podríamos mantenerlos aislados de nuestra cultura. Han sabido conservar mejor sus secretos ocultos que nosotros. Ahí lo tienes: superioridad cultural.

Miro arrancó una hoja de capim.

—No —dijo Mandachuva, quitándosela de las manos—. No partas la raíz, o no te servirá de nada —arrojó la hoja de Miro y cortó otra, a unos diez centímetros de la base. Luego la dobló y se la tendió a Miro, que empezó a masticarla.

Mandachuva le pellizcó y le sacudió.

—No te preocupes por mí —dijo Miro—. Ve y trae a Ouanda. Podrían arrestarla en cualquier momento. Ve. Ahora. Ve.

Mandachuva miró a los otros y, al notar alguna señal invisible de consentimiento, echó a correr hacia las laderas de *Vila Alta*, donde vivía Ouanda.

Miro masticó un poco más. Se pellizcó. Como decían los cerdis, sentía el dolor, pero no le importaba. Todo lo que le importaba era que esto era una salida, una manera de quedarse en Lusitania. De quedarse con Ouanda, tal vez. Olvida las leyes. Todas las leyes. No tendrían poder sobre él una vez dejara a los humanos y se internara en el bosque de los cerdis. Se convertiría en un renegado, algo de lo que ya le habían acusado, y él y Ouanda podrían vivir, abandonando todas las leyes de conducta humana. Vivir como quisieran, y formar una familia de humanos que tuvieran valores completamente nuevos, aprendidos de los cerdis, de la vida en el bosque; algo nuevo en los Cien Mundos. Y el Congreso no podría detenerles.

Corrió hacia la verja y la agarró con las dos manos. El dolor no remitió, pero no le importaba. Se encaramó a lo alto. Pero cada vez que apoyaba una mano el dolor se volvía más intenso, y empezó a preocuparse, empezó a preocuparse mucho, empezó a darse cuenta que el capim no tenía sobre él ningún efecto anestésico. Pero ya estaba casi en lo alto de la verja. El dolor era enloquecedor, no podía pensar. El impulso le llevó hacia arriba y, mientras se balanceaba allí, su cabeza atravesó el campo vertical de la verja. Todo el dolor imaginable de su cuerpo acudió a su cerebro, como si todo él estuviera ardiendo.

Los Pequeños observaron con horror cómo su amigo colgaba de la verja, la cabeza y el torso en un lado, sus caderas y piernas en el otro. De inmediato corrieron a ayudarle y trataron de tirar de él. Como no habían masticado capim, no se atrevían a tocar la verja.

Al oír sus gritos, Mandachuva regresó sobre sus pasos. Quedaba aún en su cuerpo el suficiente anestésico para que pudiera escalar la verja y empujar el pesado cuerpo humano. Miro aterrizó bruscamente en el suelo, con los brazos aún asidos a la verja. Los cerdis le retiraron de allí. Su cara estaba petrificada en un rictus de agonía.

—¡Rápido! —gritó Come-hojas—. ¡Tenemos que plantarlo antes de que muera!

—¡No! —respondió Humano, apartándole del cuerpo inmóvil de Miro—. ¡No sabemos si está muriendo! El dolor es sólo una ilusión, y ya que no tiene ninguna herida, debe cesar.

—No cesa —dijo Flecha—. Mírale.

Los puños de Miro estaban crispados, sus piernas dobladas, y su espina dorsal y cuello arqueados hacia atrás. Aunque respiraba a duras penas, su cara parecía tensa de dolor.

—Tenemos que darle raíces antes de que muera —dijo Come-hojas.

Humano se volvió hacia Mandachuva.

—Ve y trae a Ouanda. ¡Vamos! Ve y dile que Miro está muriéndose. Dile que la puerta está cerrada y que Miro está en este lado y que se muere.

Mandachuva salió corriendo.

El secretario abrió la puerta, pero hasta que vio a Novinha, Ender no sintió alivio. Cuando envió a Ela a buscarla, estaba seguro de que acudiría, pero a medida que transcurrían los minutos de espera, empezó a sentir dudas. Tal vez no la había comprendido. Pero no había por qué dudar. Era la mujer que él pensaba. Advirtió que se había arreglado el pelo y, por primera vez desde su llegada a Lusitania, Ender vio en su cara una clara imagen de la muchacha que en su angustia le había llamado hacía menos de dos semanas, más de veinte años.

Parecía tensa, preocupada, pero Ender sabía que

su ansiedad se debía a su situación presente, al hecho de acudir al despacho del obispo cuando había pasado tan poco tiempo desde el descubrimiento de sus pecados. Y si Ela le había hablado del peligro que corría Miro, aquello también contribuiría a aumentar su tensión. Todo esto era transitorio; Ender pudo ver por su cara, por la relajación de sus movimientos, en la fijeza de su mirada, que el final de su larga agonía era realmente el regalo que él había esperado, lo que él había creído. «No he venido a lastimarte, Novinha, y me alegra ver que mi alocución te ha proporcionado cosas mejores que la simple vergüenza.»

Novinha se quedó quieta un instante mirando al obispo. No desafiante, sino amablemente, con dignidad. Él respondió de la misma manera, ofreciéndole asiento. Dom Cristão empezó a ponerse en pie, pero ella sacudió la cabeza y ocupó otra silla junto a la pared. Cerca de Ender. Ela se colocó entre ellos. Como una hija entre sus padres, pensó Ender, aunque apartó rápidamente aquel pensamiento. Había cosas mucho más importantes en juego.

—Veo que pretende que esta reunión sea interesante —dijo Bosquinha.

—Creo que el Congreso ya lo ha decidido —repuso Dona Cristã.

—Tu hijo ha sido acusado de crímenes contra... —empezó a decir el obispo Peregrino.

—Sé de qué le han acusado. No lo he sabido hasta esta misma noche, cuando Ela me lo dijo, pero no me sorprende. Mi hija Elanora también ha estado desafiando algunas reglas que su maestra le había establecido. Los dos obedecen más a su propia conciencia que a las leyes que otros les imponen. Efectivamente, es un defecto si se pretende mantener el orden, pero es una virtud si lo que se pretende es aprender y adaptarse.

—No se juzga a Miro aquí —dijo Dom Cristão.

—Les pedí que se reunieran porque hay que tomar una decisión —dijo Ender—: Si acatamos o no las órdenes que nos ha dado el Congreso Estelar.

—No tenemos mucha elección —dijo el obispo.

—Hay muchas elecciones, y muchas razones para elegir. Ya han tomado una: cuando descubrieron que estaban despojando los archivos, decidieron intentar salvarlos, y decidieron confiar en mí, un extraño. Su confianza no estaba equivocada. Les devolveré los archivos cuando los pidan, sin leerlos ni alterarlos.

—Gracias —dijo Dona Cristã—. Pero lo hicimos antes de conocer la gravedad del cargo.

—Van a evacuarnos —dijo Dom Cristão.

—Lo controlan todo —añadió el obispo Peregrino.

—Ya se lo he dicho —anunció Bosquinha.

—No lo controlan todo —dijo Ender—. Sólo les controlan a través de la conexión del ansible.

—No podemos desconectar el ansible —dijo el obispo—. Es nuestra única conexión con el Vaticano.

—No sugiero que hagamos eso. Sólo estoy diciendo lo que podemos hacer. Y cuando lo digo, confío en ustedes de la misma forma en que ustedes confiaron en mí. Porque si le repiten esto a alguien, el coste para mí, y para alguien más, a quien amo y de quien dependo, sería inconmensurable.

Les miró uno a uno, y ellos asintieron.

—Tengo una amiga cuyo control sobre las comunicaciones por ansible entre los Cien Mundos es completa... y completamente insospechada. Soy el único que sabe lo que puede hacer. Y me ha dicho, cuando se lo pregunté, que puede hacer creer a todos los framlings que aquí en Lusitania hemos cortado nuestra conexión con el ansible. Y sin embargo podremos enviar mensajes si queremos... al Vaticano, a las oficinas de vuestra orden. Podemos leer registros distantes, interceptar comunicaciones distantes. En resumen, tendremos ojos y ellos estarán ciegos.

—Desconectar el ansible, o hacerlo creer, sería un acto de rebelión. De guerra —dijo Bosquinha rudamente, pero Ender pudo ver que la idea le atraía, aunque se resistiera a ella con todas sus fuerzas—. Diría, sin embargo, que si fuéramos lo bastante locos para decidir ir a la guerra, lo que el Portavoz nos ofrece es una clara ventaja. Necesitaríamos todas las ventajas posibles... si estuviéramos tan locos como para rebelarnos.

—No tenemos nada que ganar con la rebelión —dijo el obispo—, y todo que perder. Lamento la tragedia que sería enviar a Miro y Ouanda para que los juzguen en otro mundo, especialmente porque son muy jóvenes. Pero la corte sin duda lo tendrá en cuenta y les tratará con piedad. Y accediendo a las órdenes del comité, evitaremos muchos sufrimientos a la comunidad.

—¿No cree que tener que evacuar este mundo les causará también sufrimiento? —preguntó Ender.

—Sí. Pero se quebrantó una ley, y debe cumplirse el castigo.

—¿Y si la ley está basada en un absurdo y el castigo está en desproporción con el pecado?

—No podemos ser jueces de eso.

—Somos los jueces de eso. Si acatamos las órdenes del Congreso, estaremos diciendo que la ley es buena y que el castigo es justo. Y puede que al final de esta reunión se decida exactamente eso. Pero hay otras cosas que deben saber antes de tomar una decisión. Yo puedo decirles algunas, y sólo Ela y Novinha pueden decir otras. No deberían decidir hasta que supieran todo lo que sabemos.

—Me alegra saber todo lo posible —dijo el obispo—. Por supuesto, la decisión final es de Bosquinha, no mía...

—La decisión final les pertenece a todos ustedes, los líderes civiles, religiosos e intelectuales de Lusitania. Si alguno de ustedes vota en contra de la rebelión, entonces la rebelión es imposible. Sin el apoyo de la Iglesia, Bosquinha no puede gobernar. Sin el apoyo civil, la Iglesia no tiene poder.

—Nosotros no tenemos poder —dijo Dom Cristão—. Sólo opiniones.

—Todos los adultos de Lusitania acuden a vosotros en busca de sabiduría y consejo.

—Olvida un cuarto poder —dijo el obispo—. Usted mismo.

—Soy un framling aquí.

—Un framling extraordinario. En cuatro días ha capturado el alma de esta gente de una manera que temía y anuncié. Ahora nos aconseja una rebelión que podría costarnos todo cuanto somos y tenemos. Es tan peligroso como Satán. Y sin embargo aquí está, recurriendo a nuestra autoridad como si no fuera libre de coger su lanzadera y marcharse cuando la nave regrese a Trondheim con nuestros dos jóvenes criminales a bordo.

—Recurro a su autoridad porque no quiero ser un framling aquí. Quiero ser su ciudadano, su estudiante, su feligrés.

—¿Como Portavoz de los Muertos? —preguntó el obispo.

—Como Andrew Wiggin. Tengo algunas habilidades que podrían ser útiles. Particularmente si se rebelan. Y tengo otro trabajo que hacer que no podrá hacerse si los humanos se retiran de Lusitania.

—No dudamos de su sinceridad, pero debe perdonarnos si dudamos en compartirla con un ciudadano que es un recién llegado.

Ender asintió. El obispo no podía decir más hasta que supiera más.

—Déjeme decirles lo que sé. Hoy, esta tarde, fui al bosque con Miro y Ouanda.

—¡Usted! ¡También quebrantó la ley! —el obispo casi se levantó de la silla.

Bosquinha se adelantó, haciendo gestos para calmar la ira del obispo.

—La intrusión en nuestros ficheros comenzó antes. La Orden del Congreso posiblemente no puede estar referida a su infracción.

—Quebranté la ley porque los cerdis me estaban llamando. En realidad, deseaban verme. Habían visto aterrizar la lanzadera. Sabían que estaba aquí. Y, para bien o para mal, habían leído la *Reina Colmena* y el *Hegemón*.

—¿Le dieron a los cerdis ese libro? —preguntó el obispo.

—También les dieron el Nuevo Testamento. Pero seguro que no se sorprenderá si le digo que los cerdis descubrieron que tienen mucho en común con la reina colmena. Déjenme contarles lo que dijeron. Me suplicaron que convenza a los Cien Mundos de que acaben con la ley que les mantiene aislados. Verán, los cerdis no piensan en la verja en los mismos términos que nosotros. Nosotros la vemos como un medio de proteger su cultura de la influencia humana y la corrupción. Ellos la ven como un medio de apartarles de todos los secretos maravillosos que conocemos. Imaginan que nuestras naves van de estrella en estrella, colonizándolas, ocupándolas. Y dentro de cinco o diez mil años, cuando por fin aprendan lo que rehusamos enseñarles, saldrán al espacio para descubrir que todos los mundos están ocupados. No habrá lugar para ellos en ninguno. Piensan que nuestra verja es una forma de asesinar especies. Les hacemos estar en Lusitania como animales en un zoo, mientras que nosotros salimos y tomamos el resto del universo.

—Eso es una tontería —dijo Dom Cristão—. No es nuestra intención...

—¿No? —replicó Ender—. ¿Por qué nos mostramos tan ansiosos de que no reciban ninguna influencia de nuestra cultura? No es sólo en interés de la ciencia. No es sólo un buen procedimiento xenológico. Recuerden, por favor, que nuestro descubrimiento del ansible, del vuelo interestelar, del control parcial de la gravedad, incluso del arma que usamos para destruir a los insectores... todo fue el resultado directo de nuestro contacto con los insectores. Aprendimos la mayor parte de la tecnología gracias a las máquinas que dejaron después de su primera incursión en el sistema solar terrestre. Empezamos a usar esas máquinas mucho antes de entenderlas. Alguna de ellas, como el impulso filótico, ni siquiera las entendemos ahora. Estamos en el espacio precisamente por causa del impacto recibido a través de una cultura devastadoramente superior. Y, sin embargo, en sólo unas cuantas generaciones, tomamos las máquinas de los insectores, les sobrepasamos y les destruimos. Eso es lo que significa nuestra verja... tememos que los cerdis nos hagan lo mismo. Y ellos saben lo que significa. Lo saben y lo odian.

—No les tenemos miedo —dijo el obispo—. Son... salvajes, por el amor de Dios...

—Es así cómo también veíamos a los insectores —dijo Ender—. Pero para Pipo, Libo, Ouanda y Miro nunca han sido salvajes. Son diferentes de nosotros, sí, mucho más diferentes que los framlings. Pero siguen siendo personas. Son ramen, no varelse. Así que cuando Libo vio que los cerdis corrían peligro de morir de hambre, que se preparaban para ir a la guerra a fin de reducir la población, no actuó como científico. No se dedicó a observar su guerra y a tomar notas de la muerte y del sufrimiento. Actuó como cristiano. Cogió el amaranto experimental que Novinha había rehusado para el uso humano, porque se había adaptado demasiado a la bioquímica lusitana, y enseñó a los cerdis a plantarlo, a recolectarlo y a prepararlo como alimento. No tengo ninguna duda de que el incremento en la población cerdi y los campos de amaranto son lo que ha visto el Congreso Estelar. No una violación premeditada de la ley, sino un acto de compasión y amor.

—¿Cómo puede llamar a una desobediencia semejante un acto cristiano? —preguntó el obispo.

—¿Quién de entre vosotros, cuando su hijo le pide pan le ofrecerá una piedra?

—El diablo puede citar las escrituras para servir a su propio propósito.

—No soy el diablo, ni lo son los cerdis. Sus bebés morían de hambre, y Libo les dio comida y les salvó la vida.

—¡Y mire lo que le hicieron!

—Sí, miremos lo que le hicieron. Le mataron. Exactamente como matan a sus ciudadanos más honorables. ¿No les dice eso nada?

—Nos dice que son peligrosos y no tienen conciencia.

—Nos dice que la muerte significa algo completamente diferente para ellos. Si de verdad creyera que alguien es perfecto de corazón, obispo, tan digno, que vivir otro día sólo podría hacer que fuera menos perfecto, ¿no sería entonces bueno que muriera y le llevaran directamente al cielo?

—Se burla de nosotros. Usted no cree en el cielo.

—¡Pero ustedes sí! ¿Qué hay de los mártires, obispo Peregrino? ¿No se marcharon alegremente al cielo?

—Por supuesto. Pero los hombres que les mataron eran bestias. Matar a los santos no les santificó. Condenó sus almas al infierno para toda la eternidad.

—Pero ¿y si los muertos no van al cielo? ¿Y si los muertos adquieren una nueva vida delante de tus ojos? ¿Y si cuando muere un cerdi y dejan que su cuerpo yazca allí donde murió, echa raíces y se convierte en algo más? ¿Y si se convierte en un árbol que vive cincuenta o cien o quinientos años más?

—¿De qué está hablando? —preguntó el obispo.

—¿Nos está diciendo que los cerdis se metamorfosean de alguna manera de animal a planta? —preguntó Dom Cristão—. La biología básica nos dice que eso es improbable.

—Es prácticamente imposible —dijo Ender—. Por eso hay sólo unas pocas especies en Lusitania que sobrevivieron a la Descolada. Porque sólo unas pocas pudieron hacer la transformación. Cuando los cerdis matan a uno de los suyos, se transforma en un árbol. Y el árbol conserva al menos parte de su inteligencia, porque hoy he visto a los cerdis cantarle a un árbol y, sin que una sola herramienta lo tocara, el árbol se desarraigó, cayó y se partió hasta formar exactamente las cosas que los cerdis necesitaban. No fue un sueño. Miro, Ouanda y yo lo vimos con nuestros propios ojos, y oímos la canción, y tocamos la madera y rezamos por el alma del muerto.

—¿Qué tiene esto que ver con nuestra decisión? —demandó Bosquinha—. Así que los bosques están compuestos de cerdis muertos. Eso es asunto de científicos.

—Les estoy diciendo que cuando los cerdis mataron a Pipo y a Libo pensaban que les estaban ayudando a transformarse en el próximo estado de su existencia. No eran bestias, sino ramen, dando el mayor honor a los hombres que les habían servido tan bien.

—Otra transformación moral, ¿no es eso? —preguntó el obispo—. Lo mismo que hizo en su alocución, haciéndonos ver a Marcos Ribeira una y otra vez, cada vez bajo una nueva luz. ¿Ahora quiere hacernos pensar que los cerdis son nobles? Muy bien, lo son. Pero no me rebelaré contra el Congreso, con todo el dolor que una cosa así causaría, sólo para que nuestros científicos puedan enseñar a los cerdis cómo construir frigoríficos.

—Por favor —dijo Novinha.

La miraron expectantes.

—¿Dijo usted que han leído todos nuestros ficheros?

—Sí —respondió Bosquinha.

—Entonces saben todo lo que tengo en mis archivos. Sobre la Descolada.

—Sí.

Novinha se cruzó de brazos.

—No habrá ninguna evacuación.

—Eso pensaba yo —dijo Ender—. Por eso le pedí a Ela que te trajera aquí.

—¿Por qué no habrá evacuación? —preguntó Bosquinha.

—Por la Descolada.

—Tonterías —dijo el obispo—. Tus padres encontraron una cura.

—No la curaron —dijo Novinha—. La controlaron. Impidieron que se volviera activa.

—Eso es —dijo Bosquinha—. Por eso ponemos el aditivo en el agua. El Colador.

—Todos los seres humanos de Lusitania, excepto tal vez el Portavoz, que quizá no la haya contraído, es portador de la Descolada.

—El aditivo no es caro —dijo el obispo—. Pero quizá puedan aislarnos. Pueden hacerlo.

—No hay ningún sitio suficientemente aislado —dijo Novinha—. La Descolada es infinitamente variable. Ataca cualquier clase de material genético. Se puede suministrar aditivo a los humanos. Pero ¿pueden dárselo a cada hoja de hierba? ¿A cada pájaro? ¿A cada pez? ¿A cada pedazo de plancton?

—¿Todos pueden contraerla? —preguntó Bosquinha—. No lo sabía.

—No se lo dije a nadie. Pero protegí a cada una de las plantas que he ido desarrollando. El amaranto, las patatas... todo. El desafío no estaba en hacer las proteínas utilizables, sino en que los organismos produjeran por ellos mismos sus propias defensas.

Bosquinha estaba anonadada.

—Entonces allá donde vayamos...

—Podemos disparar la completa destrucción de la biosfera.

—¿Y mantuviste esto en secreto? —preguntó Dom Cristão.

—No había necesidad de contarlo —Novinha se miró las manos—. Algo en la información había hecho que los cerdis mataran a Pipo. Lo mantuve en secreto para que nadie más lo supiera. Pero ahora, con lo que Ela ha aprendido en los últimos años, y con lo que el Portavoz ha dicho esta noche... ahora sé qué fue lo que vio Pipo. La Descolada no separa las moléculas genéticas y evita que se reformen o se dupliquen. También las incita a unirse con moléculas genéticas completamente extrañas. Ela hizo el trabajo contra mi voluntad. Todas las formas de vida nativas de Lusitania anidan en pares animal-planta. La cabra con el capim. Las culebras de agua con el grama. Las moscas con los juncos. La xingadora con las lianas de *tropeço*. Y los cerdis con los árboles del bosque.

—¿Quieres decir que unos se convierten en otros? —Dom Cristão sentía a la vez fascinación y repulsión.

—Tal vez los cerdis sean los únicos en transformarse en árboles a partir de un cadáver. Pero tal vez las cabras son fecundadas por el polen del capim. Tal vez las moscas lo hacen por los juncos. Tendría que haberlo estudiado todos estos años.

—¿Y ahora en el Congreso saben todo esto? —preguntó Dom Cristão—. ¿De tus archivos?

—No exactamente. Pero lo sabrán dentro de los próximos veinte o treinta años. Antes de que otros framlings lleguen aquí lo sabrán.

—No soy científico —dijo el obispo—. Todos los demás parecen comprenderlo excepto yo. ¿Qué tiene esto que ver con la evacuación?

Bosquinha jugueteó con sus manos.

—No pueden evacuarnos de Lusitania. Allá donde vayamos llevaremos a la Descolada con nosotros, y ésta acabaría con todo. No hay suficientes xenobiólogos en los Cien Mundos que puedan salvar un solo planeta de la devastación. Cuando lleguemos allí, sabrán que no podemos marcharnos.

—Entonces, bien —dijo el obispo—. Eso resuelve nuestro problema. Si se lo decimos ahora, no se atreverán a enviar una flota para evacuarnos.

—No —dijo Ender—. Obispo, en cuanto sepan lo que pasaría con la Descolada, harán todo lo posible para que nadie abandone este planeta, nunca.

El obispo dio un paso atrás.

—¿Qué? ¿Piensa que harán estallar el planeta? Vamos, Portavoz, ya no quedan Enders en la raza humana. Lo peor que podrían hacer es mantenernos en cuarentena....

—En ese caso, ¿por qué tenemos que admitir su control? —dijo Dom Cristão—. Podríamos enviarles un mensaje informándoles de que no dejaremos el planeta por culpa de la Descolada y que no deben venir aquí, y eso es todo.

Bosquinha sacudió la cabeza.

—¿Cree que nadie dirá: «Los lusitanos, sólo con visitar un planeta pueden destruirlo. Tienen una nave, tienen una conocida propensión a la rebeldía, tienen a los cerdis asesinos. Su existencia es una amenaza»?

—¿Quién diría eso? —preguntó el obispo.

—En el Vaticano, nadie —respondió Ender—. Pero al Congreso no le interesa salvar almas.

—Y tal vez tengan razón —dijo el obispo—. Usted mismo ha dicho que los cerdis ansían poder volar. Y allá donde vayan, sin embargo, tendremos este mismo efecto. Incluso en los mundos no habitados, ¿no es verdad? ¿Qué harán, duplicar infinitamente este paisaje... bosques de una sola especie de árboles, praderas de una única hierba, con sólo una cabra para pastar y sólo la xingadora para surcar el aire?

—Tal vez algún día podamos encontrar un medio de controlar a la Descolada —dijo Ela.

—No podemos arriesgar nuestro futuro por una posibilidad tan pequeña.

—Por eso tenemos que rebelarnos —dijo Ender—. Porque el Congreso pensará exactamente eso. Lo mismo que hicieron hace tres mil años, en el Genocidio. Todo el mundo condena al Genocida porque destruyó una especie alienígena cuyas intenciones resultaron ser inofensivas. Pero cuando parecía que los insectores estaban determinados a destruir a la raza humana, los líderes de la humanidad no tuvieron más alternativa que pelear con todas sus fuerzas. Les estamos presentando el mismo dilema. Ya temen a los cerdis. Y en cuanto comprendan lo que es la Descolada, todo intento de proteger a los cerdis acabará. Por bien de la supervivencia de la humanidad, nos destruirán. Probablemente no a todo el planeta. Como usted ha dicho, ya no quedan Enders hoy en día. Pero ciertamente aniquilarán Milagro y destruirán todo rastro del contacto humano. Incluidos los cerdis que nos conocen. Entonces vigilarán el planeta para evitar que los cerdis salgan de su estado primitivo. Si supieran lo que ellos saben, ¿no harían ustedes lo mismo?

—¿Un Portavoz de los Muertos dice esto? —preguntó Dom Cristão.

—Estaba usted allí —dijo el obispo—. Estaba usted allí la primera vez, ¿verdad? Cuando los insectores fueron destruidos.

—La última vez no teníamos forma de hablar con los insectores, ningún medio de saber que eran ramen y no varelse. Esta vez estamos aquí. Sabemos que no saldremos a destruir otros mundos. Sabemos que nos quedaremos aquí en Lusitania hasta que podamos salir con seguridad, cuando la Descolada esté neutralizada. Esta vez, podemos conservar la vida de los ramen, para que quien escriba la historia de los cerdis no tenga que ser un Portavoz de los Muertos.

El secretario abrió la puerta y Ouanda entró corriendo. —Obispo —dijo—. Alcaldesa. Tienen que venir. Novinha...

—¿Qué pasa? —preguntó el obispo.

—Ouanda, tengo que arrestarte —dijo Bosquinha.

—Arrésteme más tarde. Es Miro. Ha saltado la verja.

—No puede hacer eso —dijo Novinha—. Podría matarle... —entonces, llena de horror, advirtió lo que había dicho—. Llévame con él.

—Buscad a Navio —dijo Dona Cristã.

—No comprenden —continuó Ouanda—. No podemos llegar hasta él. Está al otro lado de la verja.

—¿Entonces qué podemos hacer? —preguntó Bosquinha.

—Desconectarla.

Bosquinha miró a los otros, indefensa.

—No puedo hacer eso. El Comité la controla ahora. Por ansible. Nunca la desconectarán.

—Entonces Miro ya está muerto —dijo Ouanda.

—No —dijo Novinha.

Tras ella, otra figura entró en la habitación. Pequeña, cubierta de pelo. Ninguno de ellos, excepto Ender, había visto antes a un cerdi en carne y hueso, pero supieron de inmediato qué era la criatura.

—Discúlpenme —dijo el cerdi—. ¿Significa esto que tenemos que plantarle ahora?

Nadie se molestó en preguntar cómo había cruzado la verja. Estaban demasiado atareados comprendiendo lo que quería decir con aquello de plantar a Miro.

—¡No! —gritó Novinha.

Mandachuva la miró sorprendido.

—¿No?

—Creo que no deberíais de plantar a ningún humano más —dijo Ender.

Mandachuva se quedó absolutamente quieto.

—¿Qué quiere decir? —dijo Ouanda—. Le está trastornando.

—Espero que se trastorne aún más antes de que acabe el día —dijo Ender—. Vamos, Ouanda, llévanos con Miro.

—¿Para qué, si no podemos cruzar la verja? —preguntó Bosquinha.

—Llamen a Navio —dijo Ender.

—Iré a por él —se ofreció Dona Cristã—. Olvidas que nadie puede llamar a nadie.

—He preguntado para qué servirá —insistió Bosquinha.

—Ya lo dije antes —respondió Ender—. Si deciden rebelarse, podemos cortar la conexión del ansible. Y entonces podremos desconectar la verja.

—¿Intenta usar la situación de Miro para forzar mi mano? —preguntó el obispo.

—Sí. Es una de sus ovejas, ¿no? Así que deje a las otras noventa y nueve, pastor, y venga con nosotros a salvar a la que se ha perdido.

—¿Qué sucede? —preguntó Mandachuva.

—Llévanos a la cerca —le dijo Ender—. Rápido, por favor.

Bajaron corriendo las escaleras hacia la catedral. Ender podía oír al obispo tras él, gruñendo algo acerca de cómo pervertir las escrituras para servir fines privados.

Atravesaron el pasillo central de la catedral siguiendo a Mandachuva. Ender advirtió que el obispo se detuvo junto al altar y observó a la pequeña criatura peluda. Fuera, alcanzó su paso.

—Dígame una cosa, Portavoz. Si la verja se viene abajo, si nos rebelamos contra el Congreso Estelar, ¿acabarían todas las reglas referidas al contacto con los cerdis?

—Eso espero, que no haya más barreras innaturales entre ellos y nosotros.

—Entonces —dijo el obispo—, podríamos predicarles el Evangelio a los Pequeños, ¿no? Ya no habría ninguna regla en contra.

—Eso es. Puede que no se conviertan, pero ya no habría ninguna regla en contra.

—Tengo que pensar en esto —dijo el obispo—. Pero tal vez, mi querido infiel, su rebelión abra la puerta de la conversión a una gran nación. Tal vez, después de todo, Dios le haya guiado hasta aquí.

Cuando el obispo, Dom Cristão y Ender llegaron a la verja, Mandachuva y las mujeres ya llevaban allí un rato. Ender pudo ver por la manera en que Ela se interponía entre su madre y la verja, y por la forma en que Novinha se cubría la cara con las manos, que ya había intentado escalar la verja para llegar junto a su hijo. Estaba llorando y le gritaba.

—¡Miro! Miro, ¿cómo has podido hacer esto, cómo has podido escalar...?

Ela, mientras tanto, trataba de hablarle, de calmarla.

Al otro lado de la verja, cuatro cerdis observaban, sorprendidos.

Ouanda temblaba de miedo por la vida de Miro,

pero tuvo suficiente presencia de ánimo para decirle a Ender lo que sabía que él no podría ver por sí mismo.

—Ése es Cuencos, y los otros son Flecha, Humano y Come-hojas. Come-hojas está intentando convencer a los otros para que le planten. Creo que sé lo que significa, pero no hay problema. Humano y Mandachuva les han convencido de que no lo hagan.

—Pero eso no nos ayuda en nada —dijo Ender—. ¿Por qué hizo Miro algo tan estúpido?

—Mandachuva me lo explicó por el camino. Los cerdis mastican capim, que tiene efecto anestésico. Pueden escalar la verja cuando quieren. Aparentemente lo han estado haciendo durante años. Pensaban que los humanos no lo hacíamos por obediencia a la ley. Ahora saben que el capim no tiene el mismo efecto sobre nosotros.

Ender se acercó a la verja.

—Humano —llamó.

El cerdi dio un paso adelante.

—Hay una posibilidad de que podamos desconectar la verja. Pero si lo hacemos, estaremos en guerra con todos los humanos de los demás mundos. ¿Lo comprendes? Los humanos de Lusitania y los cerdis, juntos, en guerra contra todos los demás humanos.

—Oh —dijo Humano.

—¿Ganaremos? —preguntó Flecha.

—Puede que sí —contestó Ender—. O puede que no.

—¿Nos entregarás a la reina colmena? —preguntó Humano.

—Primero tengo que ver a las esposas.

Los cerdis se envararon.

—¿De qué están hablando? —preguntó el obispo.

—Tengo que ver a las esposas porque tenemos que hacer un tratado. Un acuerdo. Un grupo de leyes entre nosotros. ¿Me comprendes? Los humanos no pueden vivir según vuestras leyes, y vosotros no podéis vivir según las nuestras, pero si queremos vivir en paz, sin verja entre nosotros, y si voy a dejar a la reina colmena viviendo con vosotros para ayudaros y enseñaros, entonces tenéis que hacer algunas promesas, y mantenerlas. ¿Comprendes?

—Comprendo —dijo Humano—. Pero no sabes lo que pides, tratar con las esposas. No son listas de la forma en que lo son los hermanos.

—Ellas toman todas las decisiones, ¿no?

—Claro. Son las guardianas de las madres, ¿no? Pero te advierto, es peligroso hablar con las esposas. Especialmente para ti, porque te honran tanto.

—Si se derriba la verja, tendré que hablar con las esposas. Si no puedo hablar con ellas, entonces la verja permanece en pie, y Miro morirá, y tendremos que obedecer la orden del Congreso que dice que todos los humanos de Lusitania tendrán que marcharse.

Ender no dijo que los humanos bien podrían acabar muertos. Decía siempre la verdad, pero no tenía por qué decirla siempre toda.

—Te llevaré con las esposas —dijo Humano.

Come-hojas se acercó a él y pasó su mano sobre el vientre de Humano.

—Te pusieron un nombre adecuado —dijo—. Eres humano, no uno de nosotros.

Come-hojas hizo ademán de echar a correr, pero Flecha y Cuencos le detuvieron.

—Te llevaré —dijo Humano—. Ahora, detén la verja y salva la vida de Miro.

Ender se volvió hacia el obispo.

—No es mi decisión —dijo éste—. Es de Bosquinha.

—He jurado fidelidad al Congreso Estelar, pero cometeré perjurio ahora mismo por salvar la vida de mi gente. Digo que es hora de derribar la verja y de intentar conseguir lo mejor de nuestra rebelión.

—Si podemos predicar a los cerdis... —dijo el obispo.

—Se lo preguntaré cuando me reúna con las esposas —dijo Ender—. No puedo prometer más.

—¡Obispo! —exclamó Novinha—. ¡Pipo y Libo ya han muerto al otro lado de esa verja!

—Derribadla —dijo el obispo—. No quiero ver cómo esta colonia termina sin haber iniciado siquiera el trabajo de Dios —sonrió sombríamente—. Pero será mejor que santifiquen a Os Venerados pronto. Nos hará falta su ayuda.

—Jane —murmuró Ender.

—Por eso te amo —dijo Jane—. Puedes hacer cualquier cosa siempre y cuando yo lo revuelva todo del modo adecuado.

—Corta el ansible y desconecta la verja, por favor.

—Hecho.

Ender corrió hacia la cerca y se encaramó a ella. Con la ayuda de los cerdis subió a Miro y dejó que su cuerpo rígido cayera en brazos del obispo, la alcaldesa, Dom Cristão y Novinha. Navio venía corriendo por la colina detrás de Dona Cristã. Harían todo lo posible por ayudar a Miro.

Ouanda escaló también la cerca.

—Vuélvete —le dijo Ender—. Ya le tenemos.

—Si va a ver a las esposas, voy con usted. Necesita mi ayuda.

Ender no tenía respuesta para eso. Ella se dejó caer y corrió a su lado.

Navio se arrodilló junto al cuerpo de Miro.

—¿Escaló la verja? —dijo—. No hay nada en los libros al respecto. No es posible. Nadie puede soportar tanto dolor para hacer pasar la cabeza a través del campo.

—¿Vivirá? —demandó Bosquinha.

—¿Cómo puedo saberlo? —respondió Navio. Impacientemente, le arrancó las ropas a Miro y empezó a conectarle sensores—. Nadie cubría esta especialidad en la facultad de medicina.

Ender advirtió que la verja se sacudía de nuevo. Ela estaba escalándola.

—No necesito tu ayuda —le dijo Ender.

—Ya es hora de que alguien que sepa algo de xenobiología vaya a ver qué es lo que pasa —replicó ella.

—Quédate y cuida a tu hermano —dijo Ouanda.

Ela la miró desafiante.

—También es hermano tuyo. Ahora vayamos a asegurarnos de que, si muere, no sea en vano.

Los tres siguieron al bosque a Humano y a los otros cerdis.

Bosquinha y el obispo les observaron partir.

—Cuando me desperté esta mañana —comentó Bosquinha—, no esperaba convertirme en una rebelde antes de acostarme.

—Ni yo había imaginado que el Portavoz sería nuestro embajador ante los cerdis —dijo el obispo.

—La cuestión es si alguna vez seremos perdonados por esto —dijo Dom Cristão.

—¿Cree que hemos cometido un error?

—En absoluto. Creo que hemos dado un paso

hacia algo realmente grandioso. Pero la humanidad casi nunca perdona la grandeza auténtica.

—Afortunadamente —dijo el obispo—, la humanidad no es el juez que cuenta. Y ahora recemos por este muchacho, ya que la ciencia médica ha alcanzado obviamente los límites de su competencia.

17

LAS ESPOSAS

Descubre cómo se ha corrido la voz de que la Flota de Evacuación va armada con el Pequeño Doctor. Esto es MÁXIMA PRIORIDAD. Luego, averigua quién es ése que se hace llamar Demóstenes. Llamar a la Flota de Evacuación un Segundo Genocidio es definitivamente y de acuerdo con el Código una violación de las leyes de traición, y si la ASC no puede encontrar esta voz y ponerle freno, no imagino ningún buen motivo para que la ASC continúe existiendo.

Mientras tanto, continúa tu evaluación de los archivos conseguidos en Lusitania. Es completamente irracional que se rebelen sólo porque queremos arrestar a dos xenólogos errantes. No había nada en los antecedentes de la alcaldesa que sugiriera esta reacción. Si hay alguna posibilidad de que estalle una revolución, quiero averiguar quiénes podrían ser sus líderes.

Pyotr, sé que lo estás haciendo lo mejor que puedes. Yo también. Y todo el mundo. También, probablemente, los habitantes de Lusitania. Pero mi responsabilidad es la seguridad e integridad de los Cien Mundos. Tengo cien veces la responsabilidad de

Peter el Hegemón y una décima parte de su poder. Por no mencionar el hecho de que estoy lejos de ser el genio que él fue. No hay duda de que tú y todos los demás seríais más felices si Peter estuviera aún disponible. Me temo que para cuando todo esto acabe, necesitemos otro Ender. Nadie quiere el Genocidio, pero si sucede, quiero asegurarme de que son los otros los que desaparecen. Cuando se llega a la guerra, el humano es humano y el alienígena es alienígena. Toda la historia de los ramen se convierte en humo cuando hablamos de supervivencia.

¿Te satisface eso? ¿Me crees cuando te digo que no estoy siendo blanda? Procura no serlo tú tampoco. Procura ofrecerme resultados, rápido. Ahora. Besos, Bawa.

Gobawa Ekimbo, Pres. Com. Sup. Xen. a Pyotr Martinov, Dir. Agc Seg. Con, nota 44:1970:5:4:2, cit. en El Segundo Genocidio, *Demóstenes, 87:1972:1:1:1*.

Humano abría camino a través del bosque. Los cerdis pasaban fácilmente por entre los senderos, por los arroyos, a través de gruesos matorrales. Humano, sin embargo, parecía hacer un baile de su avance, pues escalaba parcialmente algunos árboles determinados, tocaba y hablaba a otros. Los demás cerdis eran mucho más restringidos en sus movimientos, y sólo ocasionalmente se unían a él en sus cabriolas. Solamente Mandachuva se quedaba con los tres humanos.

—¿Por qué hace eso? —le preguntó Ender.

Mandachuva se quedó sorprendido por un instante. Ouanda le explicó lo que Ender quería decir.

—¿Por qué escala Humano los árboles, o los toca y canta?

—Les canta cosas de la tercera vida —dijo Mandachuva—. Está mal que lo haga. Siempre ha sido egoísta y estúpido.

Ouanda miró a Ender con sorpresa, y luego se volvió hacia Mandachuva.

—Pensé que a todos os gustaba Humano.

—Sin duda. Es sabio. —Entonces dio un codazo a Ender en la cadera—. Pero es un necio en una cosa. Piensa que le honrarás. Piensa que le darás la tercera vida.

—¿Qué es la tercera vida? —preguntó Ender.

—El don que Pipo se guardó —respondió Mandachuva. Entonces apretó el paso y alcanzó a los otros cerdis.

—¿Tiene algo de todo esto sentido para ti, Ouanda?

—Aún no puedo acostumbrarme a la forma en que les hacen preguntas directas...

—Tampoco consigo mucha cosa con las respuestas, ¿no?

—Mandachuva está enfadado, eso es algo. Y está enfadado con Pipo. La tercera vida... un regalo que Pipo se quedó. Todo tendrá sentido.

—¿Cuándo?

—Dentro de veinte años. O de veinte minutos. Por eso la xenología es tan divertida.

Ela también tocaba los árboles y de vez en cuando miraba los matojos.

—Todos los árboles son de la misma especie. Y también los matojos. Y esa enredadera que cuelga de la mayoría de los árboles. ¿Has visto alguna vez otra especie en el bosque, Ouanda?

—No que yo advirtiera. Nunca las he buscado.

La enredadera se llama merdona. Los macios parecen alimentarse de ella, y los cerdis se comen a los macios. Nosotros les enseñamos a hacer comestible la raíz. Antes el amaranto. Así que ahora se están alimentando de un punto más bajo de la cadena alimenticia.

—Mirad —dijo Ender.

Los cerdis se habían detenido, dando la espalda a los humanos, de cara a un claro. En un momento Ender, Ouanda y Ela se pusieron a su altura y miraron al calvero iluminado por la Luna. Era un lugar bastante grande, y el suelo estaba pelado. Había varias casas de troncos alineadas en los bordes del claro, pero el centro estaba vacío a excepción de un único árbol, un árbol muy grande, el más grande que habían visto en el bosque.

El árbol parecía moverse.

—Está lleno de macios —comentó Ouanda.

—No de macios —corrigió Humano.

—Trescientos veinte —dijo Mandachuva.

—Hermanitos —dijo Flecha.

—Y pequeñas madres —añadió Cuencos.

—Y si les hacéis daño —advirtió Come-hojas—, os mataremos sin plantaros y derribaremos vuestro árbol.

—No les haremos daño —dijo Ender.

Los cerdis no dieron un solo paso para entrar en el claro. Esperaron y esperaron, hasta que finalmente algo se movió cerca de la casa de troncos más grande, casi directamente frente a ellos. Era un cerdi. Pero más grande que ninguno de los que hubieran visto antes.

—Una esposa —murmuró Mandachuva.

—¿Cómo se llama? —preguntó Ender.

Los cerdis se volvieron hacia él, sorprendidos.

—Ellas no nos dicen sus nombres —anunció Come-hojas.

—Si es que tienen nombres —añadió Cuencos.

Humano extendió una mano e hizo agacharse a Ender para poderle susurrar al oído:

—Siempre la llamamos Gritona. Pero nunca lo hacemos cuando pueda oírnos una esposa.

La hembra les miró y entonces cantó —no había otra manera de describir el torrente melifluo de su voz—, una o dos frases en el Lenguaje de las Esposas.

—Dice que vayas —tradujo Mandachuva—. Tú, Portavoz.

—¿Solo? Preferiría que Ouanda y Ela vinieran conmigo.

Mandachuva habló en voz alta en el Lenguaje de las Esposas; parecía un gorgoteo comparado con la belleza de la voz de la hembra. Gritona respondió, cantando de nuevo brevemente.

—Dice que por supuesto que pueden ir —informó Mandachuva—. Dice que son hembras, ¿no? No es muy sofisticada respecto a las diferencias entre humanos y Pequeños.

—Una cosa más —dijo Ender—. Que venga al menos uno de vosotros como intérprete. ¿O es que sabe hablar stark?

Mandachuva tradujo la pregunta de Ender. La respuesta fue breve, y a Mandachuva no le gustó. Rehusó traducirla. Fue Humano quien explicó.

—Dice que puedes llevar el intérprete que quieras, siempre y cuando sea yo.

—Entonces nos gustaría tenerte como intérprete.

—Tú debes entrar el primero en el lugar de los nacimientos —dijo Humano—. Eres el invitado.

Ender dio un paso al frente, bajo la luz de la Luna.

Pudo oír a Ela y Ouanda siguiéndole, y a Humano detrás. Ahora advirtió que Gritona no era la única hembra. Había varias caras asomadas a las puertas.

—¿Cuántas son?

Humano no respondió. Ender se volvió a mirarle.

—¿Cuántas esposas hay? —repitió.

Humano siguió sin responder. No lo hizo hasta que Gritona cantó de nuevo, más fuerte y con tono de mando.

—En el lugar de los nacimientos, Portavoz —dijo Humano—, sólo se habla cuando una esposa te pregunta.

Ender asintió gravemente, entonces se dio la vuelta y regresó al borde del claro, donde los otros machos esperaban. Ouanda y Ela le siguieron. Pudo oír a Gritona cantando tras él, y ahora comprendió por qué los machos la llamaban así: su voz podía hacer temblar a los árboles. Humano alcanzó a Ender y le tiró de la ropa.

—Dice que por qué te vas, que no se te ha dado permiso para marcharte. Portavoz, esto es muy malo, está muy enfadada.

—Dile que no he venido a dar órdenes ni a recibirlas. Si no me trata como a un igual, no la trataré como a una igual.

—No puedo decirle eso.

—Entonces se preguntará siempre por qué me marché, ¿no?

—¡Es un gran honor ser llamado entre las esposas!

—También es un gran honor para el Portavoz de los Muertos venir a visitarlas.

Humano se quedó quieto unos momentos, rígido por la ansiedad. Entonces se giró y le habló a Gritona.

Ella permaneció callada. No se produjo un sonido en el calvero.

—Espero que sepa lo que hace, Portavoz —murmuró Ouanda.

—Estoy improvisando. ¿Cómo crees que va la cosa?

Ella no respondió.

Gritona entró en la gran casa de troncos. Ender se dio la vuelta y de nuevo se encaminó al bosque. Casi inmediatamente, la voz de Gritona volvió a cantar.

—Te ordena que esperes —dijo Humano.

Ender no redujo el paso y en un momento llegó junto a los otros machos cerdis.

—Si me pide que vuelva, tal vez lo haga. Pero debes decirle, Humano, que no vine a mandar ni a ser mandado.

—No puedo decir eso.

—¿Por qué no?

—Déjame a mí —dijo Ouanda—. Humano, ¿quieres decir que no puedes porque tienes miedo o porque no hay palabras para expresarlo?

—No hay palabras. No hay forma posible de que un hermano pueda hablarle a una esposa dándole órdenes, ni de que ella pueda formular un ruego, esas palabras no pueden decirse así.

Ouanda le sonrió a Ender.

—No es la costumbre, Portavoz. Es el lenguaje.

—¿No comprenden vuestro lenguaje, Humano? —preguntó Ender.

—El Lenguaje de los Machos no puede hablarse en el lugar de los nacimientos.

—Dile que mis palabras no pueden ser dichas en el Lenguaje de las Esposas, sino sólo en el de los Machos, y que yo le... pido, que te permita traducir mis palabras al Lenguaje de los Machos.

—Causas muchos problemas, Portavoz —dijo Humano. Se giró y volvió a hablar a Gritona.

De repente el calvero se llenó del sonido del Lenguaje de las Esposas, una docena de canciones diferentes, como un coro.

—Portavoz —dijo Ouanda—, acaba de violar prácticamente todas las leyes de la buena práctica antropológica.

—¿Cuáles me faltan?

—La única que se me ocurre es que aún no ha matado a nadie.

—Lo que olvidas es que no estoy aquí como científico para estudiarles. Estoy aquí como embajador para hacer un tratado con ellos.

Con la misma rapidez con que empezaron, las esposas se callaron. Gritona salió de la casa y caminó hasta la mitad del claro hasta detenerse muy cerca del gran árbol central. Cantó.

Humano le respondió... en el Lenguaje de los Machos. Ouanda murmuró una traducción.

—Le está diciendo lo que ha dicho, lo de venir como iguales.

Una vez más las esposas estallaron en una canción llena de cacofonía.

—¿Cómo crees que responderán? —le preguntó Ela.

—¿Cómo puedo saberlo? —respondió Ouanda—. He venido aquí tantas veces como tú.

—Creo que lo comprenderán y me aceptarán en esos términos —dijo Ender.

—¿Por qué piensa eso?

—Porque he venido del cielo. Porque soy el Portavoz de los Muertos.

—No empiece a pensar que es el gran dios blanco. A menudo no sale bien.

—No soy Pizarro.

Jane empezó a murmurar en su oído.

—Estoy empezando a encontrar sentido al Lenguaje de las Esposas. Los fundamentos del Lenguaje de los Machos estaban en las notas de Pipo y Libo. Las traducciones de Humano son muy útiles. El Lenguaje de las Esposas está estrechamente relacionado con el de los Machos, excepto que parece más arcaico, más cercano a las raíces, con formas más antiguas. Todas las formas hembra-a-macho son en modo imperativo, mientras que las de macho-a-hembra son suplicativas. La palabra que las hembras usan para los hermanos parece estar relacionada con la palabra que los machos usan para el macio, el gusano de los árboles. Si éste es el lenguaje del amor, es una maravilla que se las arreglen para reproducirse.

Ender sonrió. Era bueno oír a Jane hablándole de nuevo, saber que tendría su ayuda.

Advirtió que Mandachuva le había estado preguntando algo a Ouanda, pues ella ahora le susurraba su respuesta.

—Está escuchando a la joya que lleva en el oído.

—¿Es la reina colmena? —preguntó Mandachuva.

—No. Es... —se esforzó por encontrar la palabra—. Es un ordenador. Una máquina con voz.

—¿Puedo tener una?

—Algún día —respondió Ender, ahorrando a Ouanda el problema de intentar imaginar cómo contestarle.

Las esposas se callaron, y una vez más la voz de Gritona quedó sola. Inmediatamente, los machos se agitaron, empinándose y agachándose sobre sus talones.

Jane le susurró al oído.

—La hembra está hablando el Lenguaje de los Machos.

—Un gran día —dijo Flecha suavemente—. Las esposas hablan el Lenguaje de los Machos en este lugar. Nunca había sucedido antes.

—Te invita a entrar —dijo Humano—. Te invita como una hermana a un hermano.

De inmediato, Ender entró en el claro y se acercó directamente a ella. A pesar de que era más alta que los machos, seguía siendo al menos medio metro más baja que Ender, así que él se arrodilló. Se miraron cara a cara.

—Agradezco tu amabilidad conmigo —dijo Ender.

—Eso podía haberlo dicho en el Lenguaje de las Esposas —protestó Humano.

—Dilo en tu idioma de todas formas.

Así lo hizo. Gritona alargó una mano y tocó la suave piel de la frente de Ender y la áspera barba de su mentón; apretó un dedo contra sus labios y él cerró los ojos, pero no reaccionó cuando ella pasó delicadamente un dedo por sus párpados.

Ella habló.

—¿Eres el santo Portavoz? —tradujo Humano.

Jane aclaró la traducción.

—Ha añadido la palabra santo.

Ender miró a Humano a los ojos.

—No soy santo.

Humano se quedó rígido.

—Díselo.

Permaneció indeciso un momento; luego aparentemente decidió que Ender era el menos peligroso de los dos.

—Ella no ha dicho santo.

—Dime lo que está diciendo, tan exactamente como puedas.

—Si no eres santo, ¿cómo sabes lo que dijo realmente?

—Por favor, sé fidedigno entre nosotros.

—A ti te soy fiel —dijo Humano—. Pero cuando le hablo a ella, es mi voz la que oye diciendo tus palabras. Tengo que decirlas... con cuidado.

—Sé fidedigno. No tengas miedo. Es importante que sepa exactamente lo que digo. Dile esto. Dile que le pido que nos perdone por hablarle con rudeza, pero soy un rudo framling y tú debes decir exactamente lo que digo.

Humano cerró los ojos, pero se volvió hacia Gritona y habló.

Ella contestó brevemente. Humano tradujo.

—Dice que su cabeza no está hecha de raíz de merdona. Por supuesto que entiende eso.

—Dile que los humanos nunca hemos visto un árbol tan grande antes. Pídele que nos explique qué es lo que ella y las otras esposas hacen con este árbol.

Ouanda estaba sorprendida.

—Va directamente al grano, ¿no?

Pero cuando Humano tradujo las palabras de Ender, Gritona inmediatamente se dirigió al árbol, lo tocó, y empezó a cantar.

Ahora, más cerca del árbol, pudieron ver la masa de criaturas de la corteza. La mayoría no tenían más de cuatro o cinco centímetros de largo. Parecían vagamente fetales, aunque una fina mata de pelo oscuro cubría sus cuerpos rosáceos. Tenían los ojos abiertos. Se apiñaban unos sobre otros, intentando ganar un puesto en una de las extensiones de pasta seca que cubrían la corteza.

—Masa de amaranto —dijo Ouanda.

—Bebés —dijo Ela.

—No, bebés no —corrigió Humano—. Ya casi pueden andar.

Ender avanzó hacia el árbol y extendió la mano. Gritona detuvo bruscamente su canción. Pero Ender no interrumpió su movimiento. Tocó la corteza de un joven cerdi. En su ascenso, la mano le tocó, éste saltó sobre ella y se colgó de la misma.

—¿Le conocéis por su nombre? —preguntó Ender.

Asustado, Humano tradujo apresuradamente. Y dio la respuesta de Gritona.

—Éste es uno de mis hermanos. No tendrá nombre hasta que pueda caminar sobre sus dos piernas. Su padre es Raíz.

—¿Y su madre?

—Oh, las pequeñas madres nunca tienen un nombre.

—Pregúntaselo.

Humano así lo hizo. Ella respondió.

—Dice que su madre era muy fuerte y muy valiente. Engordó mucho para tener cinco hijos —Humano se tocó la frente—. Cinco hijos es un número muy bueno. Y engordó lo suficiente para alimentarles a todos.

—¿Su madre trae la masa que le alimenta?

Humano se aterrorizó.

—Portavoz, no puedo decir eso. En ningún lenguaje.

—¿Por qué no?

—Te lo he dicho. Ella engordó lo suficiente para alimentar a sus cinco pequeños. Suelta a ese hermanito y deja que la esposa le cante al árbol.

Ender colocó de nuevo la mano sobre el tronco

y el pequeño hermano se escurrió. Gritona reemprendió su canción. Ouanda miró a Ender, reprimiéndole por su impetuosidad. Pero Ela parecía excitada.

—¿No lo veis? Los recién nacidos se alimentan del cuerpo de sus madres.

Ender retiró la mano, con repulsión.

—¿Cómo puedes decir eso? —preguntó Ouanda.

—Míralos, moviéndose sobre los árboles, igual que los pequeños macios. Ellos y los macios deben haber sido competidores —Ela señaló una parte del árbol que no mostraba moho de amaranto—. El árbol destila savia. Aquí, en las grietas. Mucho antes de la Descolada, debe haber habido insectos que se alimentaban de la savia, y los macios y los cerdis competían para comérsela. Por eso los cerdis pudieron mezclar sus genes con estos árboles. No sólo los bebés vivían aquí, los adultos tenían que escalar los árboles constantemente para mantener apartados a los macios. Incluso cuando había muchas otras fuentes de alimento, seguían estando atados a estos árboles a través de sus ciclos vitales. Mucho antes de que se convirtieran en árboles.

—Estamos estudiando la sociedad cerdi —dijo Ouanda impacientemente—. No las evoluciones que experimentaron en el pasado.

—Estoy llevando a término unas negociaciones muy delicadas —intervino Ender—. Así que por favor callaos y aprended lo que podáis sin montar una mesa redonda.

La canción alcanzó su clímax. Una grieta apareció en el árbol.

—No irán a derribar este árbol para nosotros, ¿no? —preguntó Ouanda, horrorizada.

—Le está pidiendo al árbol que abra su corazón

—Humano se tocó la frente—. Éste es el árbol madre, y es el único de nuestro bosque. No se puede hacer ningún daño a este árbol, o todos nuestros hijos vendrán de otros árboles, y todos nuestros padres morirán.

Ahora, las voces de todas las demás esposas se unieron a la de Gritona, y pronto un amplio agujero se abrió en el tronco del árbol madre. Inmediatamente, Ender se adelantó. El interior estaba demasiado oscuro para que pudiera ver.

Ela sacó su bastón iluminador del cinturón y, temblándole las manos, se lo tendió. Ouanda la agarró rápidamente por la mano.

—¡Una máquina! ¡No se puede traer eso aquí!

Ender cogió gentilmente el bastón de la mano de Ela.

—La verja está desconectada y todos podemos ejecutar ahora Actividades Cuestionables.

Apuntó al suelo con el cañón del bastón y lo conectó, entonces deslizó su dedo rápidamente para reducir la intensidad de la luz y lo desplegó. Las esposas murmuraron, y Gritona tocó a Humano en el vientre.

—Les dije que de noche podíais hacer pequeñas lunas —anunció éste—. Les dije que las llevabais con vosotros.

—¿Causará algún daño si introduzco esta luz en el corazón del árbol madre?

Humano le preguntó a Gritona, y ésta extendió la mano hacia el bastón. Entonces, sosteniéndolo con manos temblorosas, cantó suavemente y lo inclinó lentamente para que una brizna de luz atravesara el agujero. Casi inmediatamente retrocedió y apuntó con el bastón en otra dirección.

—El brillo las ciega —dijo Humano.

Jane susurró en el oído de Ender.

—El sonido de su voz repite el del interior del árbol. Cuando la luz entró, el eco se moduló, produciendo un tono alto y moldeando el sonido. El árbol respondía, usando el sonido de la propia voz de Gritona.

—¿Puedes ver? —dijo Ender suavemente.

—Arródíllate y acércame lo suficiente y luego muéveme por delante de la abertura.

Ender obedeció y dejó que su cabeza se moviera lentamente delante del agujero, permitiendo a la joya de su oído un claro ángulo del interior. Jane describió lo que veía. Ender permaneció arrodillado largo rato, sin moverse. Luego se volvió hacia los otros.

—Las pequeñas madres están ahí dentro, embarazadas. No miden más de cuatro centímetros. Una de ellas está dando a luz.

—¿Ves con la joya? —preguntó Ela.

Ouanda se arrodilló junto a él, intentando ver el interior, pero sin conseguirlo.

—Increíble dimorfismo sexual. Las hembras llegan a su madurez sexual en la infancia, dan a luz y mueren. Humano, ¿todos esos pequeños que hay fuera del árbol son hermanos?

Humano repitió la pregunta a Gritona. La esposa extendió la mano hacia un lugar cercano a la apertura en el tronco y tomó a uno bastante grande. Cantó unas palabras de explicación.

—Ésa es una joven esposa —tradujo Humano—. Se unirá a las otras esposas en el cuidado de los niños cuando sea lo bastante mayor.

—¿Es la única? —preguntó Ela.

Ender tembló y se puso en pie.

—Ésa es estéril, o bien nunca la han dejado aparearse. No habría podido tener hijos.

—¿Por qué no? —preguntó Ouanda.

—No hay canal para dar a luz —dijo Ender—. Los bebés se abren camino mordiendo.

Ouanda musitó una plegaria.

Ela, sin embargo, sentía más curiosidad que nunca.

—Fascinante. Pero si son tan pequeñas, ¿cómo se aparean?

—Las llevamos con los padres, naturalmente —dijo Humano—. ¿Cómo si no? Los padres no pueden venir aquí, ¿no?

—Los padres —dijo Ouanda—. Así es cómo llaman a los árboles más reverenciados.

Eso es. Los padres maduran en la corteza. Ponen su simiente en la corteza, en la savia. Llevamos a la pequeña madre al padre que las esposas han escogido. Ella se arrastra sobre la corteza, y la semilla de la savia entra en su vientre y lo llena de pequeños.

Ouanda señaló sin hablar las pequeñas protuberancias en el vientre de Humano.

—Sí —dijo Humano—. Aquí las llevamos. El hermano honrado pone a la pequeña madre en una de sus bolsas, y ella se agarra con fuerza mientras la lleva al padre —se tocó el vientre—. Es el mayor placer que tenemos en nuestra segunda vida. Llevaríamos a las pequeñas madres todas las noches si pudiéramos.

Gritona cantó, más y más alto, y el agujero en el árbol madre empezó a cerrarse de nuevo.

—Todas esas hembras, las pequeñas madres —preguntó Ela—. ¿Son conscientes?

Humano no comprendía la palabra.

—¿Están despiertas? —preguntó Ender.

—Por supuesto.

—Lo que quiere decir —intervino Ouanda— es

si las pequeñas madres pueden pensar. ¿Comprenden el lenguaje?

—¿Ellas? —preguntó Humano—. No, no son más listas que las cabras. Y sólo un poco más que los macios. Sólo hacen tres cosas. Comer, arrastrarse y colgarse de la bolsa. Los hermanos que están ahora fuera del árbol están empezando a pensar. Recuerdo haber escalado a la superficie del árbol madre. O sea que ya tenía memoria. Pero soy uno de los pocos que recuerda hasta tan lejos.

Las lágrimas acudieron a los ojos de Ouanda.

—Todas las madres nacen, se aparean, dan a luz y mueren en su infancia. Ni siquiera saben que están vivas.

—Es un dimorfismo sexual llevado a un extremo ridículo —dijo Ela—. Las hembras alcanzan pronto la madurez sexual, mientras que los machos lo hacen tarde. Es irónico que las hembras adultas dominantes sean todas estériles. Gobiernan toda la tribu, y sin embargo sus propios genes no pueden ser transmitidos...

—Ela —propuso Ouanda—, ¿y si pudiéramos desarrollar un medio para que las pequeñas madres tuvieran a sus hijos sin tener que ser devoradas? Una operación de cesárea. Con un nutriente rico en proteínas para sustituir el cadáver de la pequeña madre. ¿Podrían las hembras sobrevivir hasta la edad adulta?

Ela no tuvo oportunidad de contestar. Ender las tomó a ambas por el brazo y las apartó.

—¿Cómo os atrevéis? —susurró—. ¿Y si ellos pudieran concebir un modo de hacer que las niñas humanas concibieran y tuvieran hijos que se alimentaran del cadáver de la madre?

—¿De qué está hablando? —preguntó Ouanda.

—Eso es repugnante —dijo Ela.

—No hemos venido a atacarles en la misma raíz de sus vidas. Hemos venido para encontrar la manera de compartir un mundo con ellos. Dentro de cien o quinientos años, cuando hayan aprendido lo suficiente para hacer los cambios ellos mismos, entonces ellos podrán decidir si alteran o no la forma en que sus hijos son concebidos y su nacimiento. Pero no podemos ni imaginar lo que les pasaría si de repente llegaran a la madurez tantas hembras como machos. ¿Para hacer qué? No pueden tener más hijos, ¿no? No pueden competir con los machos para convertirse en padres, ¿no? ¿Para qué?

—Pero se están muriendo sin ni siquiera estar vivas...

—Son lo que son —dijo Ender—. Ellos, no vosotras, decidirán qué cambios querrán hacer, no desde vuestra ciega perspectiva humana, ni de vuestros intentos de hacer que vivan felices, como nosotros.

—Tienes razón —dijo Ela—. Naturalmente, tienes razón. Lo siento.

Para Ela, los cerdis no eran personas, sino una extraña fauna alienígena, y estaba acostumbrada a descubrir que otros animales tenían modos de vida inhumanos. Pero Ender pudo ver que Ouanda estaba aún trastornada. Había hecho la transición ramen: Pensaba en los cerdis en términos de nosotros en vez de ellos. Aceptaba la extraña conducta que conocía, incluso el asesinato de su padre, como parte de un marco aceptable de diferencias. Esto significaba que era más tolerante y aceptaba a los cerdis más que Ela; sin embargo, aquello la hacía aún más vulnerable al descubrimiento de conductas bestiales y crueles entre sus amigos.

Ender advirtió también que, después de años de

asociación con los cerdis, Ouanda había adquirido uno de sus hábitos: en aquel momento de extrema ansiedad, su cuerpo se puso rígido. Así que él le recordó su humanidad, tomándola por el hombro en un gesto paternal.

Con su contacto, Ouanda se relajó un poco y se rió nerviosamente.

—¿Sabe lo que no dejo de pensar? —dijo en voz baja—. En que las pequeñas madres tienen a sus hijos y mueren sin ser bautizadas.

—Si el obispo Peregrino les convierte, tal vez nos dejen meter un hisopo en el árbol madre y decir las palabras.

—No se burle de mí.

—No lo hago. Por ahora, sin embargo, les pediremos que cambien lo suficiente para que podamos vivir con ellos, no más. Nosotros cambiaremos para que puedan soportar nuestra convivencia. Acceded a eso o la verja se alzará de nuevo, porque entonces seríamos verdaderamente una amenaza para su supervivencia.

Ela asintió, pero Ouanda se puso rígida de nuevo. Los dedos de Ender, súbitamente, la apretaron en el hombro. Asustada, ella asintió también. Él relajó su tenaza.

—Lo siento —dijo—, pero son lo que son. Si te parece mejor, son como Dios les hizo. Así que no intentes rehacerles a tu propia imagen.

Regresó junto al árbol madre. Gritona y Humano estaban esperando.

—Por favor, disculpad la interrupción.

—Está bien —dijo Humano—. Le he dicho lo que estabais haciendo.

Ender notó que se hundía por dentro.

—¿Qué le dijiste?

—Que ellas querían hacer algo a las pequeñas madres que nos haría más parecidos a los humanos, pero tú dijiste que no lo hicieran nunca o levantarías otra vez la cerca. Le dije que dijiste que debíamos continuar siendo Pequeños, y vosotros debéis continuar siendo humanos.

Ender sonrió. Su traducción era estrictamente verdadera, pero tenía el buen sentido de no entrar en los detalles específicos. Era de suponer que las esposas pudieran desear que las pequeñas madres sobrevivieran a la infancia, sin comprender cuán vastas podrían ser las consecuencias de un cambio aparentemente tan simple. Humano era un diplomático excelente; decía la verdad y a la vez evitaba todo el asunto.

—Bien —dijo Ender—. Ahora que ya nos hemos conocido, es hora de empezar a hablar en serio.

Ender se sentó sobre la tierra desnuda. Gritona lo hizo frente a él. Cantó unas pocas palabras.

—Dice que tenéis que enseñarnos todo lo que sabéis, llevarnos a las estrellas, traernos a la reina colmena y darle el palo de luz que esta nueva humana ha traído consigo, o en la oscuridad de la noche enviará a todos los hermanos de este bosque para que maten a los humanos mientras dormís y os colgará bien alto, lejos del suelo, para que no tengáis tercera vida.

Viendo la alarma de los humanos, el cerdi extendió la mano y tocó el pecho de Ender.

—No, no, tenéis que comprender. Eso no significa nada. Ésa es la manera en que siempre empezamos a hablar con otra tribu. ¿Creéis que estamos locos? ¡Nunca os mataríamos! Nos disteis amaranto, cuencos y la *Reina Colmena* y el *Hegemón*.

—Dile que retire su amenaza o no le daremos nada más.

—Te lo he dicho, Portavoz, no significa...

—Ella dijo esas palabras, y no le hablaré mientras las palabras permanezcan.

Humano le habló.

Gritona se puso en pie de un salto y empezó a dar vueltas en torno al árbol madre, con las manos alzadas, cantando en voz alta.

Humano se inclinó hacia Ender.

—Se está quejando a la gran madre y a todas las esposas de que eres un hermano que no conoce su puesto. Dice que eres rudo e imposible de tratar.

Ender asintió.

—Sí, exactamente eso. Ahora estamos consiguiendo algo.

Una vez más, Gritona se sentó frente a Ender. Habló en el Lenguaje de los Machos.

—Dice que nunca matará a ningún humano ni dejará que ninguno de los hermanos o las esposas mate a ninguno de vosotros. Dice que recuerdes que eres el doble de alto que cualquiera de nosotros, y que lo sabes todo y nosotros no sabemos nada. ¿Se ha humillado ya lo bastante para que le hables?

Gritona le observó, esperando malhumorada su respuesta.

—Sí —dijo Ender—. Ahora podemos empezar.

Novinha se arrodilló en el suelo junto a la cama de Miro. Quim y Olhado estaban de pie tras ella. Dom Cristão acostaba a Quara y Grego en su habitación. El sonido de su nana apenas era audible por la torturada respiración de Miro.

Los ojos de Miro se abrieron.

—Miro —dijo Novinha.

Miro gruñó.

—Miro, estás en casa. Atravesaste la verja cuando estaba conectada. El doctor Navio dice que tu cerebro ha sido dañado. No sabemos si el daño será permanente o no. Puedes quedar paralizado parcialmente. Pero estás vivo, Miro, y Navio dice que puede hacer muchas cosas para ayudarte a compensar lo que puedas haber perdido. ¿Comprendes? Te estoy diciendo la verdad. Puede que sea malo durante un tiempo, pero merece la pena intentarlo.

Él gimió suavemente. Pero no era un sonido de dolor. Era como si intentara hablar y no pudiera.

—¿Puedes mover la mandíbula, Miro? —preguntó Quim.

Lentamente, la boca de Miro se abrió y se cerró.

Olhado colocó la mano un metro por encima de su cabeza y la movió.

—¿Puedes hacer que tus ojos sigan el movimiento de mi mano?

Miro gimió de nuevo.

—Cierra la boca para decir no, y ábrela para decir que sí —sugirió Quim.

Miro cerró la boca y pronunció un murmullo.

Novinha no pudo dejar de sentir, a pesar de sus palabras de ánimo, que aquello era lo más terrible que le había ocurrido a uno de sus hijos. Cuando Lauro perdió los ojos y se convirtió en Olhado (odiaba el mote, pero ahora ella misma lo usaba), pensó que nada peor podría suceder. Pero Miro, tan paralizado e indefenso, que ni siquiera notaba el contacto de su mano... no podía soportarlo. Había sentido un tipo de pena cuando Pipo murió, y otro cuando murió Libo, y un pesar terrible por la muerte de Marcão. Incluso recordaba el doloroso vacío que sintió mientras contemplaba cómo enterraban a su padre y a su madre. Pero no había dolor peor que ver sufrir a un hijo sin poderle ayudar.

Se levantó para marcharse. Por su bien, lloraría en silencio, y en otra habitación.

—Mm. Mm. Mm.

—No quiere que te vayas —dijo Quim.

—Me quedaré si quieres, pero deberías dormir. Navio dice que cuanto más duermas...

—Mm. Mm. Mm.

—Tampoco quiere dormir —dijo Quim.

Novinha reprimió su respuesta inmediata, replicarle a Quim que podía oír sus respuestas perfectamente bien ella sola. Pero no era momento para pelearse. Además, era Quim quien había ideado el sistema que Miro usaba para comunicarse. Tenía derecho a sentirse orgulloso, de pretender que era la voz de Miro. Era su modo de afirmar que era parte de la familia. Que no renunciaba a ella por lo que había aprendido en la *praça* hoy. Era su forma de perdonarla, así que se calló.

—Tal vez quiera decirnos algo —sugirió Olhado.

—Mm.

—¿O hacernos una pregunta?

—Ma. Aa.

—Magnífico —dijo Quim—. Si no puede mover las manos, no puede escribir.

—*Sem problema* —dijo Olhado—. Puede ver. Si le llevamos junto al terminal, puedo hacer que vea las letras y que diga solamente sí cuando vea la letra que quiere.

—Eso nos llevará una eternidad —dijo Quim.

—¿Quieres intentarlo, Miro? —preguntó Novinha.

Quería. Entre los tres le llevaron a la habitación principal y le acostaron en la cama que había allí. Olhado orientó el terminal para que Miro pudiera ver todas las letras del alfabeto cuando las mostrara en la pantalla. Escribió un corto programa que hacía que cada letra se encendiera por turnos durante una fracción de segundo. Tuvo que hacer algunos intentos para ajustar la velocidad y hacer que fuera lo suficientemente lenta para que Miro pudiera emitir un sonido que significara esta letra, antes de que la luz se moviera hacia la siguiente.

Miro, a su vez, consiguió que las cosas fueran más rápidas abreviando deliberadamente sus palabras.

C-E-R.

—Los cerdis —dijo Olhado.

—Sí —intervino Novinha—. ¿Por qué cruzabas la verja para ir con los cerdis?

—¡Mmmmm!

—Está preguntando él, Madre —dijo Quim—. No quiere contestar ninguna pregunta.

—Aa.

—¿Quieres saber qué ha pasado con los cerdis que estaban contigo cuando cruzaste la verja? Han regresado al bosque. Con Ouanda, Ela y el Portavoz de los Muertos.

Le refirió rápidamente la reunión en las habitaciones del obispo, lo que habían sabido de los cerdis y todo lo que habían decidido hacer.

—Desconectar la verja para salvarte, Miro, fue una decisión que significa rebelarse contra el Congreso. ¿Comprendes? Las reglas del Comité se han acabado. La verja no es más que un puñado de alambres inútiles. La puerta permanecerá abierta.

Los ojos de Miro se llenaron de lágrimas.

—¿Eso es lo que querías saber? —preguntó Novinha—. Deberías dormir.

No, dijo. No, no, no, no.

—Espera a que sus ojos se aclaren —dijo Quim—. Y busquemos más palabras.

D-I-G-A-F-A-L.

—*Diga ao Falante pelos Mortos* —dijo Olhado.

—¿Qué tenemos que decir al Portavoz? —preguntó Quim.

—Mejor que duermas ahora y nos lo digas más tarde. No volverá hasta dentro de unas horas. Está negociando una serie de normas para gobernar las relaciones entre los cerdis y nosotros. Para evitar que maten más humanos de la forma en que mataron a Pipo y a Li... a tu padre.

Pero Miro se negó a dormir. Continuó deletreando el mensaje a medida que el terminal iba mostrando letras. Los tres juntos consiguieron dilucidar lo que quería que le dijeran al Portavoz. Y comprendieron que quería que lo hicieran ahora, antes de que las negociaciones terminaran.

Así que Novinha dejó a Dom Cristão y Dona Cristã a cargo de la casa y los niños. Cuando salía, se detuvo junto a su hijo mayor. El esfuerzo le había agotado; tenía los ojos cerrados y su respiración era acompasada. Le tocó la mano, la apretó; sabía que él no podía sentir su contacto, pero era a sí misma a quien consolaba, no a él.

Miro abrió los ojos. Y ella sintió que sus dedos, muy tenuemente, apretaban los suyos.

—Lo he sentido —le susurró—. Te pondrás bien.

Él cerró los ojos anegados de lágrimas. Ella se levantó y caminó a ciegas hacia la puerta.

—Tengo algo en un ojo —le dijo a Olhado—. Guíame unos cuantos minutos hasta que pueda ver.

Quim estaba ya en la verja.

—¡La puerta está demasiado lejos! —gritó—. ¿Sabes escalar, Madre?

Pudo hacerlo, aunque no fue fácil.

—No hay duda —dijo—. Bosquinha va a tener que dejarnos instalar otra puerta aquí.

Era tarde, pasada la medianoche, y tanto Ouanda como Ela comenzaban a sentir sueño. Ender, no. Había estado negociando con Gritona durante horas, y la química de su cuerpo había respondido. Incluso si pudiera irse ahora a casa, tardaría horas antes de poder conciliar el sueño.

Ahora sabía mucho más sobre lo que los cerdis querían y necesitaban. El bosque era su hogar, su nación; era toda la definición de propiedad que habían necesitado durante toda su existencia. Ahora, sin embargo, los campos de amaranto habían hecho que vieran la pradera como tierra útil que necesitaban controlar. Sin embargo, tenían pocos conocimientos de cómo medir la tierra. ¿Cuántas hectáreas necesitaban para cultivar? ¿Cuánta tierra podían usar los humanos? Ya que los propios cerdis apenas comprendían sus necesidades, a Ender le costaba trabajo averiguarlo.

Aún más difícil que el concepto de ley y gobierno. Las esposas mandaban; para los cerdis, eso era simple. Pero Ender, por fin, había conseguido hacerles comprender que los humanos hacían sus leyes de forma distinta, y que las leyes humanas se aplicaban a problemas humanos. Para hacerles comprender esto, Ender tuvo que explicarles las pautas de apareamiento de los humanos. Le hizo gracia ver la forma en que Gritona se escandalizaba ante el concepto de que los adultos se apareaban, y de que los hombres tuvieran la misma voz que las mujeres en la creación de las leyes. La idea de familia y amistades separados de la tribu era «ceguera ante los hermanos» para ella. Estaba bien que Humano se sintiera orgulloso de las muchas veces que su padre se había apareado, pero en lo que concernía a las esposas, elegían a los padres únicamente sobre la base de lo que era bueno para la tribu. La tribu el individuo... ésas eran las únicas entidades que las esposas respetaban.

Finalmente, comprendieron que las leyes humanas debían aplicarse dentro de los límites de los asentamientos humanos, y que las leyes cerdis debían regir dentro de las tribus cerdis. Dónde tenían que colocarse esos límites era un asunto completamente diferente. Ahora, después de tres horas, finalmente habían accedido a una sola cosa: la ley cerdi se aplicaba en el bosque, y todos los humanos que entraran al bosque estaban sujetos a ella. La ley humana se aplicaba dentro de la verja, y todos los cerdis que fueran allí quedarían sujetos al gobierno humano. Todo el resto del planeta se dividiría más tarde. Era un triunfo muy pequeño, pero al menos era un principio de acuerdo.

—Debes comprender —le dijo Ender— que los humanos necesitarán gran cantidad de tierra. Pero esto es sólo el principio del problema. Queréis que la reina colmena os enseñe a extraer minerales, a fundir metales y a hacer herramientas. Pero ella también necesitará tierras. En muy poco tiempo será mucho más fuerte que los humanos o los Pequeños.

Cada uno de sus insectores, explicó, era completamente obediente e infinitamente trabajador. Rápidamente sobrepasarían a los humanos en su poder y productividad. Una vez fuera restaurada a la vida habría que tenerla en cuenta.

—Raíz dice que se puede confiar en ella —dijo Humano y, traduciendo a Gritona, añadió—: El árbol madre también le concede su confianza.

—¿Le daréis vuestra tierra? —insistió Ender.

—El mundo es grande. Puede usar los bosques de otras tribus. Igual que vosotros. Os los damos libremente.

Ender miró a Ouanda y Ela.

—Eso está muy bien —dijo Ela—, ¿pero son vuestros esos bosques?

—Definitivamente no —contestó Ouanda—. Incluso tienen guerras con las otras tribus.

—Les mataremos por vosotros si os crean problemas —ofreció Humano—. Ahora somos muy fuertes. Trescientos veinte bebés. Dentro de diez años ninguna tribu podrá enfrentarse a nosotros.

—Humano —dijo Ender—, dile a Gritona que estamos tratando con esta tribu ahora. Trataremos con las demás tribus más tarde.

Humano tradujo rápidamente, y pronto obtuvo la respuesta de Gritona.

—No, no, no, no y no.

—¿A qué se opone?

—No trataréis con nuestros enemigos. Habéis venido a nosotros. Si tratáis con ellos, entonces también vosotros sois enemigos.

En ese momento aparecieron las luces en el bosque tras ellos, y Flecha y Come-hojas condujeron a Novinha, Quim y Olhado al calvero de las esposas.

—Miro nos envió —explicó Olhado.

—¿Cómo está? —preguntó Ouanda.

—Paralizado —se apresuró a decir Quim evitando a Novinha el esfuerzo de explicarlo.

—*Nossa Senhora* —susurró Ouanda.

—Pero es temporal en gran parte —dijo Novinha—. Antes de que me marchara, le apreté la mano. La sintió y me devolvió el apretón. Sólo un poco, pero las conexiones nerviosas no están muertas. No todas, al menos.

—Disculpadme, pero podréis tener esa conversación en Milagro —dijo Ender—. Tengo otro asunto que atender aquí.

—Lo siento —se excusó Novinha—. Miro nos dio un mensaje. No puede hablar, pero nos lo dio letra a letra, y nosotros rellenamos los huecos. Los cerdis están planeando una guerra, aprovechándose de los conocimientos que han aprendido de nosotros. Con flechas y su superioridad numérica... serían irresistibles. Tal como yo lo entendí, Miro cree que su interés bélico no se centra sólo en un deseo de conquistar territorio. Es una oportunidad para mezclar genes. Exogamia masculina. La tribu ganadora consigue el uso de los árboles que crecen de los cuerpos de los guerreros muertos.

Ender miró a Humano, Come-hojas y Flecha.

—Es cierto —dijo Flecha—. Naturalmente que es cierto. Ahora somos la tribu más sabia. Todos nosotros seremos mejores padres que ninguno de los otros cerdis.

—Ya veo.

—Por eso Miro quiso que viniéramos ahora, esta noche —dijo Novinha—. Cuando las negociaciones aún no han acabado. Eso tiene que terminar.

Humano se puso en pie y comenzó a dar saltos arriba y abajo como si quisiera echar a volar.

—No traduciré eso —dijo.

—Yo lo haré —dijo Come-hojas.

—¡Alto! —gritó Ender. Su voz sonó más fuerte

de lo que la había oído nunca. Inmediatamente todo el mundo guardó silencio; el eco de su grito pareció extenderse entre los árboles—. Come-hojas, no tendré más intérprete que Humano.

—¿Quién eres para decirme que no hable a las esposas? Soy un cerdi, mientras que tú no eres nada.

—Humano, dile a Gritona que si deja que traduzca las palabras que los humanos hemos dicho entre nosotros, entonces será un espía. Y si deja que nos espíe, nos iremos a casa inmediatamente y no conseguiréis nada de nosotros. Me llevaré a la reina colmena a otro mundo donde restaurarla. ¿Me comprendes?

Por supuesto que comprendía. Ender también sabía que Humano estaba complacido. Come-hojas estaba intentando usurpar el papel de Humano y desacreditarle... junto con Ender. Cuando Humano terminó de traducir, Gritona le cantó a Come-hojas. Azorado, éste se retiró rápidamente al bosque para observar junto a los demás cerdis.

Pero Humano no era ni mucho menos una marioneta. No mostró ningún signo de agradecimiento. Miró a Ender a los ojos.

—Dijiste que no intentarías cambiarnos.

—Dije que no intentaría cambiaros más de lo necesario.

—¿Por qué es necesario esto? Es un asunto entre nosotros y los otros cerdis.

—Cuidado —advirtió Ouanda—. Está muy trastornado.

Antes de convencer a Gritona, Ender sabía que tenía que convencer a Humano.

—Sois nuestros amigos entre los cerdis. Tenéis nuestra confianza y nuestro amor. Nunca haremos nada para dañaros, o para que otros cerdis tengan ventaja sobre vosotros. Pero no hemos venido sólo a vosotros. Representamos a toda la humanidad, y hemos venido a enseñar todo lo que podamos a todos los cerdis. No importa de qué tribu.

—No representáis a toda la humanidad. Estáis a punto de pelear contra todos los demás humanos. ¿Cómo puedes decir que nuestras guerras son malas y las vuestras son buenas?

Seguramente Pizarro, con su escasez de recursos, tuvo menos problemas con Atahualpa.

—Estamos intentando no pelear con los otros humanos. Y si llega el caso, no será nuestra guerra, ni intentaremos conseguir ventaja sobre ellos. Será vuestra guerra, y trataremos de conseguiros el derecho de viajar entre las estrellas —Ender extendió su mano abierta—. Hemos renunciado a nuestra humanidad para convertirnos en ramen con vosotros —cerró la mano y la convirtió en un puño—. Humano, cerdi y reina colmena serán uno en Lusitania. Todos los humanos. Todos los insectores. Todos los cerdis.

Humano se quedó sentado, en silencio, digiriendo esto.

—Portavoz —dijo finalmente—. Esto es muy duro. Hasta que los humanos llegasteis, los otros cerdis tenían que morir, y su tercera vida era ser esclavos nuestros en los bosques que mantenemos. Este bosque fue una vez un campo de batalla. Nuestros padres más antiguos son los héroes de esa batalla, y nuestras casas están hechas de los cobardes. Toda la vida nos preparamos para ganar batallas a nuestros enemigos, para que nuestras esposas puedan hacer un árbol madre en un nuevo bosque y seamos grandes y poderosos. En estos últimos diez años hemos aprendido a usar flechas para matar desde lejos.

A usar cuencos y pieles de cabra para llevar el agua a las tierras secas. A usar amaranto y raíz de merdona para que podamos ser muchos y fuertes y llevemos comida lejos de los macios de nuestro bosque natal. Nos alegramos de esto porque significaba que seríamos siempre victoriosos en la guerra. Llevaríamos a nuestras esposas, nuestras pequeñas madres, nuestros héroes a cada rincón del gran mundo, y finalmente, algún día, a las estrellas. Éste es nuestro sueño, Portavoz, y ahora me dices que quieres que lo perdamos como el viento se pierde en el cielo.

Fue un discurso apasionado. Ninguno de los otros humanos ofreció a Ender ninguna sugerencia sobre lo que tenía que responder. Humano casi les había convencido.

—Vuestro sueño es bueno —dijo Ender—. Es el sueño de todas las criaturas vivientes. El deseo que está en la raíz de la vida misma: crecer hasta que todo el espacio que podáis ver sea vuestro y esté bajo vuestro control. El deseo de grandeza. Sin embargo, hay dos formas de cumplirlo. Una es matando a todo lo que sea extraño a nosotros mismos, devorándolo o destruyéndolo, hasta que no quede nada que se os oponga. Pero ese camino es malo. Le decís a todo el universo: «Sólo yo seré grande y, para que yo me abra espacio, el resto de vosotros tenéis que renunciar incluso a lo que ya tenéis, y convertiros en nada.» Comprende, Humano, que si nosotros sintiéramos de esta forma y actuáramos de esta forma, podríamos matar a todos los cerdis de Lusitania y hacer de este sitio nuestro hogar. ¿Qué quedaría de vuestro sueño si fuéramos malos?

Humano se esforzaba por comprender.

—Veo que nos habéis dado grandes regalos,

cuando podríais haber tomado de nosotros incluso lo poco que tenemos. Pero ¿por qué nos disteis los regalos si no podemos usarlos para hacernos grandes?

—Queremos que crezcáis y viajéis entre las estrellas. Queremos que seáis fuertes y poderosos, con cientos y miles de hermanos y esposas. Queremos enseñaros a cultivar muchas especies de plantas y a criar muchos animales diferentes. Ela y Novinha, estas dos mujeres, trabajarán todos los días de su vida para desarrollar más plantas que puedan vivir aquí, en Lusitania, y todas las cosas buenas que consigan os las darán. Para que podáis crecer. Pero ¿por qué tiene que morir un solo cerdi de los demás bosques para que podáis tener esos regalos? ¿Y por qué os lastimaría si también le diéramos a ellos los mismos regalos?

—Si se vuelven tan fuertes como nosotros, ¿qué habremos ganado entonces?

«¿Qué esperabas que hiciera este hermano? —pensó Ender—. Su gente siempre se había medido contra las otras tribus. Su bosque no tiene cien o quinientas hectáreas: es más grande o más pequeño que el bosque de la tribu del este o del sur. Lo que tengo que hacer ahora es el trabajo de una generación. Tengo que enseñarle un nuevo modo de concebir la grandeza de su propio pueblo.»

—¿Es grande Raíz? —preguntó Ender.

—Claro que sí. Es mi padre. Su árbol no es el más antiguo ni el más grueso, pero ningún padre ha tenido nunca tantos hijos tan rápidamente después de ser plantado.

—Así que en cierto sentido, todos los hijos que ha tenido son aún parte de él. Cuantos más hijos tiene, más grande es —Humano asintió lentamente—. Y cuanto más consigas tú en tu vida, más grande harás a tu padre, ¿no es cierto?

—Si sus hijos hacen bien, entonces sí; es un gran honor para el padre árbol.

—¿Tienes que matar a todos los otros grandes árboles para que tu padre sea grande?

—Eso es distinto. Todos los otros grandes árboles son padres de la tribu, y los más pequeños son aún hermanos.

Sin embargo, Ender pudo ver que Humano estaba ahora inseguro. Se resistía a las ideas de Ender porque eran extrañas, no porque fueran erróneas o incomprensibles. Estaba empezando a comprender.

—Mira a las esposas. No tienen hijos. Nunca podrán ser grandes como es grande tu padre.

—Portavoz, sabes que son las más grandes de todas. La tribu entera les obedece. Cuando nos gobiernan bien, la tribu prospera; cuando la tribu se multiplica, entonces las esposas son también fuertes...

—Aunque ninguno de vosotros sea hijo suyo.

—¿Cómo podríamos serlo?

—Y sin embargo aumentáis su grandeza. A pesar de que no son vuestra madre ni vuestro padre, crecen cuando vosotros crecéis.

—Todos somos la misma tribu...

—Pero, ¿por qué sois la misma tribu? Tenéis diferentes padres, diferentes madres...

—¡Porque somos la tribu! Vivimos aquí en el bosque, y...

—Si viniera otro cerdi de otra tribu y os pidiera que le dejarais quedarse y ser un hermano....

—¡Nunca le permitiríamos ser un árbol padre!

—Pero intentasteis que Pipo y Libo lo fueran.

Humano respiraba ansiosamente.

—Eran parte de la tribu. Del cielo, pero les hicimos hermanos e intentamos hacerles padres. La tribu es lo que nosotros creemos que es. Si decimos que la tribu son todos los Pequeños del bosque, y todos los árboles, eso es lo que es la tribu. Incluso algunos de los árboles más antiguos provienen de guerreros de otras tribus, caídos en batalla. Nos convertimos en una tribu porque decimos que lo somos.

Ender se maravilló por la mente de este pequeños ramen. Cuán pocos humanos eras capaces de comprender esta idea, o dejar que se extendiera más allá de los estrechos confines de su tribu, su familia, su nación.

Humano dio la vuelta a su alrededor y se apoyó contra él. El peso del joven cerdi presionó contra su espalda. Ender sintió su respiración en la mejilla, y entonces Humano hizo que las mejillas de ambos se juntaran y miraran en la misma dirección. Comprendió de inmediato.

—Ves lo que yo veo.

—Los humanos crecéis al hacer que seamos parte de vosotros, humanos y cerdis e insectores, ramen juntos. Entonces somos una tribu, y nuestra grandeza es vuestra grandeza, y lo vuestro es nuestro.

Ender pudo sentir el cuerpo de Humano temblando con la fuerza de la idea.

—Nos dices que tenemos que ver a las otras tribus de la misma manera. Como una sola tribu, nuestra tribu, para que creciendo nosotros les hagamos crecer a ellos.

—Podéis enviar maestros a las otras tribus —dijo Ender—. Hermanos que pasen a su tercera vida en los otros bosques y tengan hijos allí.

—Es difícil pedir a las esposas una cosa tan extraña y difícil. Tal vez imposible. Sus mentes no funcionan igual que la de los hermanos. Un hermano puede pensar en muchas cosas diferentes. Pero una esposa sólo piensa en una cosa: en lo que es bueno para la tribu, en lo que es bueno para los niños y las pequeñas madres.

—¿Puedes hacerles comprender esto?

—Mejor que tú, sí. Pero probablemente fallaré.

—No lo creo.

—Has venido esta noche para hacer una alianza entre nosotros, los cerdis de esta tribu, y vosotros, los humanos que vivís en este mundo. Los humanos de fuera de Lusitania no se preocuparán por nuestra alianza, y los cerdis de fuera de este bosque tampoco.

—Queremos hacer la misma alianza con todos.

—Y en esta alianza, los humanos prometéis enseñárnoslo todo.

—Tan rápido como podáis comprenderlo.

—Todas las preguntas que hagamos.

—Si sabemos las respuestas.

—¡Cuándo! ¡Sí! ¡Ésas no son palabras para una alianza! Dame respuestas directas, Portavoz de los Muertos —Humano se levantó, se separó de Ender, dio la vuelta a su alrededor y se inclinó un poco para mirarle desde arriba—. ¡Prometed que nos enseñaréis todo lo que sabéis!

—Lo prometemos.

—Y que devolverás a la vida a la reina colmena para que nos ayude.

—La devolveré. Tendréis que hacer con ella vuestra propia alianza. No obedece la ley humana.

—Promete restaurar a la reina colmena, nos ayude o no.

—Sí.

—Promete que obedeceréis nuestra ley cuando

vengáis a nuestro bosque. Y que accedéis a que la tierra de la pradera que necesitemos también estará bajo nuestra ley.

—Sí.

—¿E iréis a la guerra contra todos los otros humanos de todas las estrellas del cielo para protegernos y dejar que viajemos también a las estrellas?

—Ya lo hemos hecho.

Humano se relajó, dio un paso atrás, se sentó en su antigua posición. Dibujó con el dedo en el suelo.

—Ahora, lo que queréis de nosotros. Obedeceremos la ley humana en vuestra ciudad, y también en la tierra de la pradera que necesitéis.

—Sí.

—Y no queréis que vayamos a la guerra.

—Eso es.

—¿Y eso es todo?

—Una cosa más.

—Lo que pides es ya imposible. Bien puedes pedir más.

—¿Cuando empieza la tercera vida? Cuando matáis a un cerdi y se convierte en un árbol, ¿verdad?

—La primera vida es dentro del árbol madre, donde nunca vemos la luz, y donde comemos a ciegas la carne del cuerpo de nuestra madre y la savia del árbol. La segunda vida es cuando vivimos a la sombra del bosque, en la media luz, corriendo, saltando y escalando; viendo, cantando y hablando, haciendo cosas con nuestras manos. La tercera vida es cuando nos estiramos y bebemos del sol, por fin bajo la luz total, no moviéndonos nunca excepto con el viento; sólo pensando y, cuando los hermanos tocan el tambor sobre tu tronco, hablándoles. Sí, ésa es la tercera vida.

—Los humanos no tienen tercera vida.

Humano le miró, sorprendido.

—Cuando morimos, aunque nos plantéis, no crece nada. No hay árbol. Nunca bebemos del Sol. Cuando morimos, estamos muertos.

Humano miró a Ouanda.

—Pero el otro libro que nos disteis... hablaba todo el rato de vivir después de la muerte y volver a nacer.

—No como árbol. No como nada que podáis tocar o sentir. O hablar. O escuchar.

—No te creo. Si eso es cierto, ¿por qué Pipo y Libo nos hicieron plantarles?

Novinha se arrodilló junto a Ender, rozándole casi aunque sin apoyarse en él, para poder oír con más claridad.

—¿Cómo hicieron eso? —preguntó Ender.

—Nos dieron el gran regalo, ganaron el gran honor. El humano y el cerdi juntos. Pipo y Mandachuva. Libo y Come-hojas. Mandachuva y Come-hojas pensaron que ganarían la tercera vida, pero ni Pipo ni Libo quisieron concedérsela. Se quedaron el regalo para sí. ¿Por qué hicieron eso, si los humanos no tienen tercera vida?

—¿Qué tenían que hacer para darle la tercera vida a Mandachuva o Come-hojas? —irrumpió la voz de Novinha, brusca y emotiva.

—Plantarles, por supuesto. Lo mismo que hoy.

—¿Lo mismo que hoy? —preguntó Ender.

—Tú y yo. Humano y el Portavoz de los Muertos. Si hacemos esta alianza para que las esposas y los humanos estén de acuerdo, entonces éste es un día grande y noble. Así que o tú me das la tercera vida o yo te la doy a ti.

—¿Con mi propia mano?

—Naturalmente. Si no me das el honor, entonces yo debo dártelo.

Ender recordó la foto que había visto hacía sólo dos semanas. Pipo desmembrado y destripado, con las partes de su cuerpo separadas. Plantado.

—Humano, el peor crimen que un ser humano puede cometer es el asesinato. Y una de las peores maneras de hacerlo es coger a una persona viva y cortarla y herirla hasta que muera.

Una vez más Humano reflexionó un momento, intentando captar el sentido de esto.

—Portavoz —dijo por fin—, mi mente sigue viendo esto de dos formas. Si los humanos no tienen tercera vida, entonces plantarles es un crimen, siempre. A nuestros ojos, Pipo y Libo se estaban quedando el honor para sí, dejando a Mandachuva y Come-hojas como les veis, para que mueran sin honor por sus logros. Los humanos vinisteis del otro lado de la verja y os los llevasteis del terreno antes de que sus raíces pudieran crecer. A nuestros ojos, fuisteis vosotros quienes cometisteis un asesinato. Pero ahora lo veo de otra forma. Pipo y Libo no quisieron llevar a Mandachuva y Come-hojas a la tercera vida porque para ellos sería asesinato. Así que accedieron a morir para no tener que matar a ningún cerdi.

—Sí —dijo Novinha.

—Si es así, ¿entonces por qué cuando los humanos les encontrasteis no vinisteis al bosque y nos matasteis a todos? ¿Por qué no hicisteis un gran fuego que consumiera a todos nuestros padres y a la propia madre árbol?

En el borde del bosque, Come-hojas emitió un chillido terrible, lleno de pena insoportable.

—Si hubierais cortado uno de los árboles —dijo Humano—, si hubierais asesinado a uno solo de ellos, os habríamos visitado por la noche y os habríamos matado a todos. Y aunque alguno de vosotros sobreviviera, nuestros mensajeros habrían contado la historia a todas las otras tribus, y ninguno de vosotros dejaría esta tierra vivo. ¿Por qué no nos matasteis por haber asesinado a Pipo y Libo?

Mandachuva apareció de repente tras Humano, jadeando pesadamente. Se arrojó al suelo y tendió las manos hacia Ender.

—¡Le corté con estas manos! —gimió—. ¡Intenté honrarle, y maté su árbol para siempre!

—No —dijo Ender. Tomó las manos de Mandachuva y las sostuvo—. Los dos pensabais que estabais salvando la vida del otro. Él te hirió y tú... le heriste, sí, le mataste, pero los dos creíais que estabais haciendo bien. Eso es suficiente por ahora. Ahora sabes la verdad, igual que nosotros. Sabemos que vuestra intención no era el asesinato. Y ahora vosotros sabéis que cuando introducís un cuchillo en un ser humano, morimos para siempre. Ése es el último punto de la alianza, Humano. No llevar a ningún ser humano a la tercera vida, porque no sabemos ir.

—Cuando le cuente esta historia a las esposas, oiréis una pena tan terrible que parecerá que los árboles se rompen bajo una tormenta.

Se dio la vuelta y se plantó ante Gritona, y le habló unos instantes. Entonces regresó junto a Ender.

—Vete ahora —dijo.

—Aún no tenemos la alianza.

—Tengo que hablar a todas las esposas. Nunca lo harán mientras estéis aquí, a la sombra del árbol madre, sin nadie que proteja a los Pequeños. Flecha os guiará. Esperadme en la colina donde Raíz monta guardia. Dormid si podéis. Le presentaré la alianza a las esposas e intentaré que comprendan que debemos tratar a las otras tribus con tanta amabilidad como nos habéis tratado vosotros.

Impulsivamente, Humano extendió una mano y tocó con firmeza a Ender en el vientre.

—Hago mi propia alianza —le dijo—. Te honraré siempre, pero nunca te mataré.

Ender apoyó la palma de su mano contra el cálido abdomen de Humano. Notó las protuberancias calientes bajo su contacto.

—Yo también te honraré siempre.

—Y si hacemos esta alianza entre tu tribu y las nuestras —dijo Humano—, ¿me darás el honor de la tercera vida? ¿Me dejarás estirarme y beber la luz?

—¿Podemos hacerlo con rapidez? No de la forma lenta y terrible en que...

—¿Y convertirme en uno de los árboles silenciosos? ¿Sin ser nunca padre? ¿Sin más honor que alimentar con mi savia a los apestosos macios y dar mi madera a los hermanos cuando me canten?

—¿Hay alguien más que pueda hacerlo? ¿Uno de los hermanos que conozca vuestro camino de vida y muerte?

—No comprendes. Así es cómo toda la tribu sabrá que se ha dicho la verdad. O tú me llevas a la tercera vida o yo debo llevarte a ti. De otro modo, no habrá alianza. Yo no te mataré, Portavoz, y los dos queremos el tratado.

—Lo haré —dijo Ender.

Humano asintió, retiró la mano y regresó con Gritona.

—*O Deus* —susurró Ouanda—. ¿Cómo tendrá valor para hacerlo?

Ender no respondió. No tenía respuesta. Simplemente siguió a Flecha en silencio mientras les conducía a la salida del bosque. Novinha le dio su linterna para que encontrara el camino; Flecha jugaba con ella como un chiquillo, regulando su intensidad, haciendo que revoloteara entre los árboles y los arbustos como una mariposa. Estaba más alegre y juguetón de lo que Ender había visto nunca a ninguno de ellos.

Pero tras ellos pudieron oír las voces de las esposas entonando una canción terrible y cacofónica. Humano les había dicho la verdad sobre Pipo y Libo, que habían muerto definitivamente, y con dolor, para no tener que asesinar a Mandachuva y Come-hojas, según pensaban. Sólo cuando se alejaron lo suficiente y el sonido del lamento de las esposas fue ya más leve que el ruido de sus propias pisadas y el viento en los árboles, volvieron a hablar.

—Ésa ha sido la misa por el alma de mi padre —dijo Ouanda suavemente.

—Y por el mío —añadió Novinha; todos supieron que hablaba de Pipo; no de Gusto, el Venerado.

Pero Ender no escuchaba su conversación; no había conocido a Pipo y Libo, y no participaba del recuerdo de su pena. En todo lo que podía pensar era en los árboles del bosque. Cada uno de ellos había sido una vez un cerdi vivo. Los cerdis podían cantarles, hablarles, incluso a veces comprenderles. Pero Ender, no. Para Ender los árboles no eran personas, nunca podrían serlo. Si usaba el cuchillo contra Humano, no sería un asesinato a los ojos de los cerdis, pero para Ender sería acabar con la única parte de la vida de Humano que comprendía. Como cerdi, Humano era un auténtico ramen, un hermano. Como árbol, sería poco más que una lápida. Eso era todo lo que Ender podía comprender, todo lo que podía creer.

«Una vez más debo matar —pensó—, aunque prometí que nunca volvería a hacerlo.»

Sintió que la mano de Novinha le tomaba por el brazo y se apoyaba en él.

—Ayúdame —dijo ella—. Apenas puedo ver con esta oscuridad.

—Tengo buena visión nocturna —se ofreció Olhado.

—Calla esa boca, estúpido —susurró Ela con furia—. Madre quiere hablar con él.

Pero Novinha y Ender la oyeron claramente, y pudieron sentir la risa silenciosa de cada uno. Novinha se acercó más a él mientras caminaban.

—Pienso que serás capaz de hacerlo —dijo suavemente, para que sólo él pudiera oírla.

—¿Fríamente y sin escrúpulos? —preguntó él. Su voz tenía un cierto tinte humorístico, pero en su boca las palabras le parecieron amargas y verdaderas.

—Con la compasión suficiente como para poner el hierro candente en la herida, cuando es el único medio de curarla.

Ella tenía derecho a hablar, pues había sentido su hierro ardiente cauterizar sus heridas más profundas; él la creyó y aquello tranquilizó su corazón.

Sabiendo lo que le esperaba, Ender pensaba que no sería capaz de dormir. Pero se despertó al oír la suave voz de Novinha que le hablaba. Advirtió que estaba al aire libre, sobre el capim, con la cabeza apoyada en el regazo de Novinha. Aún estaba oscuro.

—Ahí vienen —dijo Novinha.

Ender se sentó en el suelo. Antes, cuando niño, se habría despertado por completo al instante; pero entonces era un soldado adiestrado. Ahora necesitó unos momentos para orientarse. Ouanda y Ela estaban despiertas y observando, Olhado estaba dormido y Quim cabeceaba. El alto árbol de la tercera vida de Raíz se encontraba a sólo unos metros de distancia. Y en la distancia aunque no demasiado lejos, más allá de la verja y al fondo del pequeño valle, las primeras casas de Milagro en las laderas con la catedral y el monasterio en las colinas más altas y cercanas.

En la otra dirección, el bosque, y bajando de los árboles, aparecieron Humano, Mandachuva, Comehojas, Cuencos, Calendario, Gusano, Danza-corteza y varios otros hermanos cuyos nombres Ouanda desconocía.

—No les he visto nunca —dijo—. Deben de venir de las otras casas de hermanos.

«¿Tenemos ya la alianza? —se preguntó Ender—. Eso es todo lo que me preocupa. ¿Ha conseguido Humano que las esposas comprendan una nueva manera de concebir el mundo?»

Humano llevaba algo envuelto en hojas. Los cerdis lo colocaron ante Ender sin decir palabra; Humano lo destapó con cuidado. Era un libro impreso por ordenador.

—La *Reina Colmena* y el *Hegemón* —dijo Ouanda suavemente—. La copia que Miro les dio.

—La alianza —dijo Humano.

Sólo entonces advirtieron que el libro estaba boca abajo, por la cara blanca del papel. Y allí, a la luz de una linterna, vieron una serie de letras escritas a mano. Eran largas y extrañamente formadas. Ouanda se sorprendió.

—Nunca les enseñamos a hacer tinta —dijo—. Nunca les enseñamos a escribir.

—Calendario aprendió a hacer las letras —explicó Humano—. Escribiendo con palos en el suelo. Y Gusano hizo la tinta de jugo de cabra y macios secos. Es así cómo hacéis los tratados, ¿no?

—Sí —dijo Ender.

—Si no lo escribiéramos sobre el papel, entonces lo recordaríamos de forma diferente.

—Eso es —dijo Ender—. Habéis hecho bien al escribirlo.

—Hemos introducido algunos cambios. Las esposas querían algunos cambios, y pensé que los aceptaríais —Humano los señaló—. Los humanos podéis hacer esta alianza con otros cerdis, pero no podéis hacer una alianza diferente. No podéis enseñar a otros cerdis cosas que no nos hayáis enseñado a nosotros. ¿Lo aceptas?

—Por supuesto.

—Ésa fue la parte fácil. ¿Y si no estamos de acuerdo en las reglas? ¿Y si no estamos de acuerdo en dónde termina vuestra pradera y empieza la nuestra? Así que Gritona dijo: Que la reina colmena juzgue entre humanos y Pequeños. Que los humanos juzguen entre los Pequeños y la reina colmena. Y que los Pequeños juzguen entre la reina colmena y los humanos.

Ender se preguntó cómo resultaría aquello. Recordó, como no podía hacerlo ningún otro ser humano, lo temidos que habían sido los insectores tres mil años antes. Sus cuerpos de insecto eran la pesadilla de los niños humanos. ¿Cómo aceptarían los habitantes de Milagro su veredicto?

«Es difícil. Pero no más de lo que le hemos pedido a los cerdis.»

—Sí —dijo—. Podemos aceptar eso también. Es un buen plan.

—Y otro cambio —dijo Humano. Miró a Ender y sonrió. Parecía extraño, ya que las caras de los cerdis no habían sido diseñadas para aquella expresión humana—. Por eso llevó tanto tiempo. Por todos estos cambios.

Ender le devolvió la sonrisa.

—Si una tribu de cerdis no quiere firmar la alianza con los humanos, y si esa tribu ataca a una de las tribus que sí ha firmado la alianza, entonces podemos ir a la guerra contra ellos.

—¿Qué entendéis por atacar? —le preguntó Ender.

Si consideraban un ataque un simple insulto, aquella cláusula reduciría a la nada la prohibición de la guerra.

—Atacar es venir a nuestras tierras y matar a los hermanos o las esposas. No es atacar cuando se presentan para la guerra, u ofrecen un acuerdo para empezar una guerra. Atacar es cuando se empieza una guerra sin avisar. Ya que nunca iremos a la guerra, un ataque hecho por otra tribu es la única manera en que la guerra puede empezar. Sabía que lo preguntarías.

Señaló las palabras de la alianza. Ciertamente, el tratado definía claramente lo que constituía un ataque.

—Eso también es aceptable —dijo Ender.

Significaba que la posibilidad de guerra no desaparecería durante muchas generaciones, tal vez durante siglos, ya que se tardaría mucho tiempo en llevar esta alianza a todas las tribus de cerdis. Pero antes de que la última tribu se uniera a la alianza, los beneficios de una convivencia pacífica estarían claros, y pocos querrían ser guerreros.

—Ahora, el último cambio —dijo Humano—. Las esposas lo pusieron con la intención de castigarte por hacer esta alianza tan difícil. Pero creo que no lo considerarás un castigo. Ya que nos está prohibido llevaros a la tercera vida, una vez la alianza entre en vigor, los humanos también tendrán prohibido llevar a los hermanos a la tercera vida.

Por un momento, Ender pensó que aquello era su liberación; ya no tendría que hacer lo que Pipo y Libo habían rehusado.

—Después de la alianza —dijo Humano—. Serás el primer y último humano en dar el regalo.

—Desearía...

—Sé lo que desearías, mi amigo Portavoz. Para ti es un asesinato. Pero para mí... cuando a un hermano se le da el derecho de pasar a la tercera vida y convertirse en padre, elige a su mayor rival o a su mejor amigo para que le dé el tránsito. Tú, Portavoz. Desde que aprendí stark y leí por primera vez la *Reina Colmena* y el *Hegemón* te he esperado. Le dije muchas veces a Raíz, mi padre, de todos los humanos, éste es el que nos comprenderá. Entonces, cuando tu nave vino, Raíz me dijo que tú y la reina colmena veníais a bordo, y supe que tú tenías que darme el tránsito si lo hacía bien.

—Lo has hecho bien, Humano.

—Aquí —dijo—. ¿Ves? Hemos firmado la alianza a la manera humana.

Al pie de la última página de la alianza había dos palabras formadas ruda y laboriosamente.

—Humano —leyó Ender en voz alta, aunque no pudo hacer lo mismo con la otra palabra.

—Es el verdadero nombre de Gritona. Mira-estrellas. No es muy buena con el palo de escribir. Las esposas no usan herramientas a menudo, ya que los hermanos hacen ese tipo de trabajo. Así que quiso que te dijera cuál es su nombre. Y que te dijera que la llamaron así porque siempre estaba mirando las estrellas. Dice que entonces no lo sabía, pero que miraba para ver tu venida.

«Tanta gente deposita su confianza en mí —pensó Ender—. Al final, sin embargo, todo depende de ellos. De Novinha y Miro. De Ela, que me llamó. De Humano y Mira-estrellas. Y también de los que temían mi llegada.»

Gusano trajo el cuenco con la tinta, Calendario la pluma. Ésta era una fina barra de madera con una hendidura y un hueco que albergaba un poco de tinta cuando se mojaba en el cuenco. Tuvo que mojarla cinco veces para poder firmar con su nombre.

—Cinco —dijo Flecha.

Entonces Ender recordó que el número cinco era portentoso para los cerdis. Había sido una casualidad, pero si ellos querían verlo como un buen presagio, tanto mejor.

—Llevaré la alianza a nuestra gobernadora y al obispo —dijo Ender.

—De todos los documentos atesorados en la historia de la humanidad... —dijo Ouanda.

Nadie necesitó que terminara la frase. Humano, Come-hojas y Mandachuva envolvieron cuidadosamente el libro y lo tendieron, no a Ender sino a Ouanda. Ender supo inmediatamente, con terrible certeza, lo que aquello significaba. Los cerdis aún tenían un trabajo para él, un trabajo que requeriría que tuviera las manos libres.

—Ahora la alianza se ha hecho al modo humano —dijo Humano—. Debes hacerla también al de los Pequeños.

—¿No basta con la firma? —preguntó Ender.

—De ahora en adelante la firma bastará. Pero sólo porque la misma mano que firmó en nombre de los humanos también hizo la alianza a nuestro modo.

—Entonces lo haré, como te prometí.

Humano alargó la mano y la pasó desde la garganta al vientre de Ender.

—La palabra del hermano no está sólo en su boca. La palabra del hermano está en su vida.

Se volvió hacia los otros cerdis.

—Dejadme que hable con mi padre por última vez antes de que me alce junto a él.

Dos de los extraños hermanos se adelantaron con los bastones en la mano. Caminaron con Humano hasta el árbol de Raíz y empezaron a golpear sobre él y a cantar en la Lengua de los Padres. Casi de inmediato el tronco se abrió. El árbol era aún bastante joven, y no mucho más grueso que el cuerpo de Humano, por lo que le costó trabajo entrar en él. Pero lo consiguió, y el tronco se cerró detrás. El tamborileo cambió de ritmo, pero no cesó ni un momento.

Jane susurró al oído de Ender.

—Puedo ver la resonancia del tamborileo cambiar dentro del árbol. El árbol está moldeando lentamente el sonido para convertir el tambor en lenguaje.

Los otros cerdis empezaron a aclarar el terreno para el árbol de Humano. Ender notó que lo plantarían de forma que, visto desde la puerta, Raíz estaría a la izquierda y Humano a la derecha. Arrancar el capim por la raíz era un trabajo duro para los cerdis; pronto Quim empezó a ayudarles, y luego Olhado hizo lo mismo, y después Ouanda y Ela.

Ouanda le dio la alianza a Novinha para que la sostuviera mientras ayudaba a arrancar el capim. Novinha, en cambio, se la llevó a Ender, se plantó ante él y le miró fijamente.

—Firmaste como Ender Wiggin —dijo—. Ender.

El nombre sonaba feo incluso a sus propios oídos. Demasiado frecuentemente lo había escuchado como epíteto.

—Soy más viejo de lo que aparento. Ése era el nombre con el que me conocían cuando aniquilé el mundo natal de los insectores. Tal vez la presencia de ese nombre en el primer tratado firmado entre humanos y ramen haga algo para cambiar su significado.

—Ender... —susurró ella. Se acercó a él, con el tratado envuelto en las manos, y lo sostuvo contra su pecho; era pesado, ya que contenía todas las páginas de la *Reina Colmena* y el *Hegemón* en la otra cara de las hojas donde se había escrito la alianza—. Nunca acudí a confesarme a los sacerdotes, porque sabía que me despreciarían por mi pecado. Sin embargo, hoy has nombrado todos mis pecados y pude soportarlo porque supe que no me despreciabas. No pude entender por qué, hasta ahora.

—No soy quién para despreciar a otras personas por sus pecados. No he encontrado aún a nadie que haya pecado más que yo.

—Durante todos estos años has llevado la carga del pecado de la humanidad.

—Sí, bien, pero no es algo místico. Creo que es como llevar la marca de Caín. No haces muchos amigos, pero nadie te hace tampoco mucho daño.

El terreno se había aclarado. Mandachuva habló en el Lenguaje de los Árboles a los cerdis que golpeaban el tronco; su ritmo cambió y otra vez el tronco formó la apertura. Humano salió de él como si fuera un recién nacido. Entonces caminó hasta el centro del terreno desbrozado. Come-hojas y Mandachuva le tendieron un par de cuchillos. Al cogerlos, Humano les habló en portugués, para que los humanos pudieran entenderle y así sus palabras tuvieran mayor fuerza.

—Le dije a Gritona que pedisteis vuestro pase a

la tercera vida por causa de un gran malentendido con Pipo y Libo. Dijo que antes de que pasara otra mano de manos de días, los dos creceríais hacia la luz.

Come-hojas y Mandachuva soltaron sus cuchillos, tocaron suavemente a Humano en el vientre y dieron un paso atrás.

Humano tendió los cuchillos a Ender. Los dos estaban hechos de madera delgada. Ender no pudo imaginar ninguna herramienta que pudiera pulir la madera para convertirla al mismo tiempo en algo tan fino y agudo y a la vez tan fuerte. Pero, por supuesto, ninguna herramienta había pulido aquellos cuchillos. Habían salido perfectamente formados del corazón de un árbol viviente, dados como regalo para ayudar a un hermano a pasar a la tercera vida.

Una cosa era saber que Humano no moriría realmente y otra muy distinta creerlo. Al principio, Ender no cogió los cuchillos, sino que agarró a Humano por las muñecas.

—A ti no te parecerá la muerte, pero para mí... te conocí ayer, y hoy eres mi hermano con tanta seguridad como si Raíz también fuera mi padre. Y, sin embargo, cuando el sol salga por la mañana, no podré hablarte nunca más. Para mí es la muerte, Humano, lo sientas tú como lo sientas.

—Ven y siéntate a mi sombra —dijo Humano—, y contempla la luz del sol a través de mis hojas, y descansa tu espalda en mi tronco. Y haz también esto: añade otra historia a la *Reina Colmena* y el *Hegemón*. Llámala la *Vida de Humano*. Cuéntale a todos los humanos cómo fui concebido en la corteza del árbol de mi padre, y nací en la oscuridad, comiendo la carne de mi madre. Cuéntales cómo dejé detrás la vida de oscuridad y entré en la media luz de mi segunda vida, para aprender el lenguaje de las esposas y esforzarme luego para aprender todos los milagros que Libo, Miro y Ouanda vinieron a enseñarnos. Diles cómo el último día de mi segunda vida vino mi verdadero hermano del cielo y juntos hicimos la alianza para que los humanos y los cerdis sean sólo una tribu, no una tribu humana y una tribu cerdi, sino una tribu de ramen. Y luego cómo mi amigo me dio el tránsito a la tercera vida, a la plena luz, para que pudiera elevarme al cielo y dar vida a diez mil hijos antes de morir.

—Contaré tu historia.

—Entonces, verdaderamente, viviré para siempre.

Ender tomó los cuchillos. Humano se tumbó en el suelo.

—Olhado —dijo Novinha—. Quim. Volved a la puerta. Ela, tú también.

—Voy a ver esto, Madre —dijo Ela—. Soy una científica.

—Olvidas mis ojos —contestó Olhado—. Lo estoy grabando todo. Podremos mostrar a los humanos de todas partes que el tratado se firmó. Y podremos mostrar a los cerdis que el Portavoz firmó la alianza también a su manera.

—Yo tampoco me voy —dijo Quim—. Hasta la Santa Virgen se quedó al pie de la cruz.

—Podéis quedaros —dijo suavemente Novinha. Y también se quedó.

La boca de Humano estaba llena de capim, pero no masticó mucho.

—Mastica más —dijo Ender—, para que no sientas nada.

—Eso no está bien —intervino Mandachuva—. Éstos son los últimos momentos de su segunda vida. Es bueno sentir algunos de los dolores del cuerpo, para recordarlos cuando estés en la tercera vida, más allá del dolor.

Mandachuva y Come-hojas le enseñaron a Ender dónde y cómo cortar. Tenía que hacerse rápidamente, le dijeron, y sus manos señalaron los órganos que debían ir aquí o allá. Las manos de Ender eran rápidas y seguras, su cuerpo tranquilo, pero, a pesar de que apenas podía apartar los ojos de su sangriento trabajo, sabía que los ojos de Humano le observaban, llenos de gratitud y amor, de agonía y muerte.

Sucedió bajo sus manos, tan rápidamente que durante los primeros instantes pudieron verlo crecer. Varios órganos grandes se encogieron cuando las raíces surgieron de ellos; los tendones se extendieron de un lugar a otro dentro del cuerpo; los ojos de Humano se ensancharon con la agonía final, y de su espina dorsal un tallo germinó hacia arriba, dos hojas, cuatro hojas...

Y entonces se detuvo. El cuerpo estaba muerto; su último espasmo de fuerza había ido dirigido a crear el árbol surgido de su espina dorsal. Ender había visto las raicillas y tendones atravesando el cuerpo. Los recuerdos, el alma de Humano había sido transferida a las células del árbol recién nacido. Estaba hecho. Su tercera vida había empezado. Y cuando el sol saliera por la mañana, dentro de poco ya, las hojas saborearían la luz por primera vez.

Los otros cerdis danzaban, contentos. Come-hojas y Mandachuva cogieron los cuchillos de las manos de Ender y los enterraron en el suelo a ambos lados de la cabeza de Humano. Ender no podía unirse a su celebración. Estaba cubierto de sangre y apestaba por el olor del cuerpo que había masacrado. Se arrastró, apartándose del cuerpo, hasta la cima de la colina, donde no tuviera que verle. Novinha le siguió. Todos estaban exhaustos, agotados por el trabajo y las emociones del día. No dijeron nada, no hicieron nada, sólo se tumbaron sobre el grueso capim, buscando alivio en el sueño, mientras los cerdis continuaban su danza y se internaban en el bosque.

Bosquinha y el obispo Peregrino se dirigieron a la puerta, poco antes de que saliera el sol, para ver regresar al Portavoz del bosque. Permanecieron allí diez minutos antes de ver movimiento cerca. Era un niño, que orinaba medio dormido sobre un matojo.

—¡Olhado! —llamó la alcaldesa.

El niño se dio la vuelta, saludó y luego se abrochó rápidamente los pantalones y empezó a despertar a los demás, que dormían entre la alta hierba. Bosquinha y el obispo abrieron la puerta y se acercaron a ellos.

—Es una tontería, pero éste es el momento en que nuestra rebelión parece más real —dijo Bosquinha—. Cuando atravieso por primera vez la verja.

—¿Por qué han pasado la noche a la intemperie? —se preguntó el obispo en voz alta—. La puerta estaba abierta, podrían haber vuelto a casa.

Bosquinha identificó rápidamente al grupo. Ouanda y Ela, tomadas del brazo como hermanas. Olhado y Quim. Novinha. Y allí, claro, el Portavoz, sentado, con Novinha detrás de él. Todos esperaron expectantes, sin decir nada. Hasta que Ender se levantó.

—Tenemos el tratado —dijo—. Es bueno.

Novinha mostró un paquete envuelto en hojas.

—Lo escribieron. Para que lo firmen ustedes.

Bosquinha tomó el bulto.

—Todos los ficheros fueron restaurados antes de la medianoche —dijo—. No sólo los que salvamos en su receptor de mensajes. Quienquiera que sea su amigo, Portavoz, es muy bueno.

—Amiga. Se llama Jane.

El obispo y Bosquinha pudieron ver ahora lo que había en el suelo, al pie de la colina donde el Portavoz había dormido. Ahora comprendieron las manchas oscuras de sus manos y brazos, y los salpicones en su cara.

—Preferiría no tener tratado a matar para conseguirlo —dijo Bosquinha.

—Espere antes de juzgar —repuso el obispo—. Creo que el trabajo de esta noche fue más de lo que ahora vemos ante nosotros.

—Muy sabio, padre Peregrino —dijo suavemente el Portavoz.

—Se lo explicaré si quieren —se ofreció Ouanda—. Ela y yo lo comprendimos tan bien como cualquiera.

—Fue como un sacramento —dijo Olhado.

Bosquinha miró a Novinha, sin comprender.

—¿Le dejaste mirar?

Olhado se palpó los ojos.

—Algún día, todos los cerdis lo verán a través de mis ojos.

—No fue muerte —dijo Quim—, sino resurrección.

El obispo se acercó al cadáver torturado y tocó la semilla de árbol que crecía de la cavidad pectoral.

—Su nombre es Humano —dijo el Portavoz.

—Y también el suyo —dijo el obispo suavemente. Se dio la vuelta y miró a aquellos miembros de su pequeño rebaño que habían llevado a la humanidad un paso adelante.

«¿Soy el pastor —se preguntó Peregrino—, o la más confusa e indefensa de las ovejas?»

—Venid todos. Venid conmigo a la catedral. Las campanas llamarán pronto a misa.

Los niños se reunieron y se prepararon para ir. Novinha, también, dio un paso adelante. Entonces se volvió y miró al Portavoz con una invitación muda en los ojos.

—Pronto —dijo él—. Un momento más.

Ella siguió también al obispo y subió la colina y entró en la catedral.

La misa apenas acababa de empezar cuando Peregrino vio que el Portavoz, al fondo de la catedral, se detenía un momento y buscaba con la mirada a Novinha y su familia. Dio unos pocos pasos y se colocó junto a ella, donde Marcão se había sentado en aquellas raras ocasiones en que toda la familia venía junta.

Los deberes del servicio recabaron su atención. Cuando, unos pocos segundos más tarde, Peregrino pudo volver a mirar de nuevo, vio que Grego estaba sentado junto al Portavoz. Pensó en los términos del tratado tal como las muchachas se lo habían explicado, en el significado de la muerte del cerdi llamado Humano, y antes de él, de las muertes de Pipo y Libo. Todo se aclaraba, todo se unía. El joven, Miro, paralizado en la cama, con su hermana Ouanda atendiéndole. Novinha, la oveja perdida, ahora encontrada. La verja, con su negra sombra proyectándose sobre la mente de todos los que habían vivido dentro de sus límites y ahora inofensiva, invisible, insustancial.

Era el milagro del pan convertido en carne de

Cristo en sus manos. ¡Qué repentinamente encontramos la carne de Cristo en nuestro interior, después de todo, cuando pensamos que sólo estamos hechos de barro!

18

LA REINA COLMENA

La evolución no le dio a su madre canal para dar a luz, ni pechos. Por tanto, la pequeña criatura que un día se llamaría Humano no tuvo otro medio para salir del vientre que sus propios dientes. Él y sus hermanos devoraron el cuerpo de su madre. Como Humano era el más fuerte y vigoroso, comió más, y se hizo aún más fuerte.

Humano vivió en completa oscuridad. Cuando su madre se acabó, no le quedó otra cosa que comer sino el dulce líquido que fluía en la superficie de su mundo. No sabía aún que la superficie vertical era el interior de un gran árbol hueco, y que el líquido que comía era la savia del árbol. No sabía tampoco que las criaturas cálidas, más grandes que él, eran cerdis mayores, casi dispuestos para abandonar la oscuridad del árbol, y que las criaturas más pequeñas eran cerdis más jóvenes, nacidos después de él.

Todo lo que realmente le importaba era comer, moverse, ver la luz. De vez en cuando, con frecuencias que no podía comprender, una luz repentina inundaba la oscuridad. Empezaba siempre con un sonido cuya fuente no podía entender. Luego el árbol tiritaba un poco, dejaba de fluir la savia y toda la energía del árbol se concentraba en cambiar la forma del tronco y hacer una apertura que dejara entrar la luz. Cuando aparecía la luz, Humano se movía hacia ella. Cuando la luz desaparecía, Humano perdía el sentido de la dirección y vagaba errante en busca de líquido que comer.

Hasta que un día, cuando casi todas las demás criaturas eran más pequeñas que él, llegó la luz y él fue tan fuerte y rápido que alcanzó la apertura antes de que se cerrara. Arqueó su cuerpo sobre la curva de la madera del árbol y, por primera vez, sintió la rugosidad de la corteza exterior bajo su suave vientre. Apenas advirtió este nuevo dolor, porque la luz le deslumbraba. No estaba sólo en un lugar, sino en todas partes, y no era gris, sino de vivas tonalidades amarillas y verdes. Su éxtasis duró muchos segundos. Entonces volvió a sentir hambre y aquí, en el exterior del árbol, la savia sólo fluía en las fisuras de la corteza, donde era difícil de alcanzar, y todas las criaturas que había eran más grandes que él, así que no las podía apartar para abrirse camino, sino que eran ellas quienes le hacían a un lado y le alejaban de los sitios donde era fácil comer. Esto era algo nuevo, un mundo nuevo, una vida nueva, y tuvo miedo.

Más tarde, cuando aprendió el lenguaje, recordaría el viaje de la oscuridad a la luz, y lo llamaría el tránsito de la primera vida a la segunda, de la vida de oscuridad a la vida de la media luz.

Portavoz de los Muertos. *La Vida de Humano, 1:1-5.*

Miro decidió irse de Lusitania, tomar la nave del Portavoz y marcharse a Trondheim después de todo. Tal vez durante su juicio pudiera persuadir a los Cien Mundos de no ir a la guerra contra Lusitania. En el peor de los casos podría convertirse en un mártir, sacudir el corazón de la gente, ser recordado, contar para algo. Lo que le pasara sería mejor que quedarse aquí.

Se recuperó rápidamente durante los primeros días. Ganó control y sensación en los brazos y en las piernas. Lo suficiente para dar algunos pasos vacilantes, como un viejo. Lo suficiente para mover brazos y piernas. Lo suficiente para acabar con la humillación de que su madre tuviera que lavarle. Pero luego sus progresos se detuvieron.

—Ya está —dijo Navio—. Hemos alcanzado el nivel de daño permanente. Tienes suerte, Miro, puedes andar, puedes hablar, eres un hombre completo. No estás más limitado que, digamos, un hombre sano que tenga cien años. Preferiría decirte que tu cuerpo volverá a ser como antes de escalar la verja, que tendrás el vigor y el control de un hombre de veinte años. Pero me alegro de no tener que decirte que tendrás que permanecer postrado toda la vida, lleno de sondas y pañales, incapaz de hacer nada más que escuchar música suave y preguntarte dónde ha ido a parar tu cuerpo.

«Así que estoy agradecido —pensó Miro—. Mientras mis dedos se conviertan en muñones inservibles, y oiga mi propia voz pastosa e ininteligible, incapaz de modular adecuadamente, me alegraré de ser como un hombre de cien años, de que pueda esperar ansiosamente vivir otros ochenta años como centenario.»

En cuanto estuvo claro que no necesitaba atención constante, la familia se dispersó y volvió a sus negocios. Vivían una época demasiado excitante para que se quedaran en casa con su hermano, hijo o amigo impedido. Él lo comprendía perfectamente. No quería que se quedaran con él. Quería ir con ellos. Su trabajo no había terminado. Ahora, por fin, todas las verjas, todas las reglas habían desaparecido. Ahora podía formular a los cerdis todas las preguntas que le habían dejado perplejo durante tanto tiempo.

Al principio, intentó trabajar a través de Ouanda. Ella iba a verle cada mañana y cada tarde y hacía sus informes en el terminal de la casa de los Ribeira. Él leía sus informes, le preguntaba, escuchaba sus historias. Y ella memorizaba seriamente todas las preguntas que él quería que les hiciera a los cerdis. Después de unos pocos días, sin embargo, él advirtió que por la tarde ella tenía las respuestas a las preguntas de Miro. Pero no había continuación, ninguna exploración del significado. La atención real de ella estaba centrada en su propio trabajo. Y Miro dejó de encargarle preguntas. Se quedaba tumbado y le decía que estaba más interesado en lo que ella hacía, que sus exploraciones eran las más importantes.

La verdad era que odiaba ver a Ouanda. Para él, la revelación de que ella era su hermana fue dolorosa, terrible, pero sabía que si la decisión fuera sólo suya, no tendría en cuenta el tabú del incesto y se casaría con ella y viviría en el bosque con los cerdis si hiciera falta. Ouanda, sin embargo, era creyente. No podría violar la única ley humana universal. Sintió pena cuando descubrió que Miro era su hermano, pero inmediatamente después empezó a separarse de él, a olvidar los contactos, los besos, los susurros, las promesas, las peleas, las risas...

Sería preferible que él también olvidara. Pero no podía. Cada vez que la veía, le dolía comprobar lo reservada que era, lo amable y cortés que se había vuelto. Él era su hermano, estaba impedido, luego sería buena con él. Pero el amor había desaparecido.

Sin caridad ninguna, comparaba a Ouanda con su propia madre, que había querido a su amante a pesar de todas las barreras que había entre ellos. Pero el amante de Madre era un hombre completo, capaz, no aquella carcasa inútil a que él estaba reducido.

Así que Miro se quedó en casa y estudió los informes de trabajo de todos los demás. Era una tortura saber lo que hacían sin que él pudiera tomar parte, pero era mejor que no hacer nada o que limitarse a mirar los tediosos vids en el terminal o a escuchar música. Podía teclear, lentamente, haciendo que el más rígido de sus dedos, el índice, tocara una por una las teclas. No era lo bastante rápido para introducir ningún dato importante, o para escribir notas, pero podía llamar a los ficheros públicos de otras personas y leer lo que hacían. Podía mantener alguna conexión con la labor vital que de repente, al abrir la verja, había surgido en Lusitania.

Ouanda estaba trabajando con los cerdis en un léxico de los lenguajes de los machos y las hembras, completado con un sistema de deletreo fonológico para que pudieran escribirlo. Quim la ayudaba, pero Miro sabía que éste tenía su propio objetivo: intentaba ser misionero ante los cerdis de las otras tribus para llevarles el Evangelio antes de que conocieran a la *Reina Colmena* y el *Hegemón*; pretendía traducir al menos parte de las escrituras y hablarles a los cerdis en su propio idioma. Todo este trabajo con el lenguaje y la cultura cerdi era muy bueno, muy importante —se trataba de conservar el pasado, de prepararse para comunicar con las otras tribus—, pero Miro sabía que eso podía hacerse fácilmente con los eruditos de Dom Cristão, que ahora se presentaban con sus hábitos de monje y tranquilamente preguntaban a los cerdis y respondían a sus preguntas de forma capaz y rotunda. Miro pensaba que Ouanda estaba de más.

El trabajo real con los cerdis, según veía Miro, lo hacían Ender y unos pocos técnicos clave del departamento de servicios de Bosquinha. Estaban construyendo un sistema de tuberías desde el río hasta el claro del árbol madre para llevarles agua. Estaban instalando electricidad y enseñando a los hermanos cómo usar un terminal de ordenador. Mientras tanto, les enseñaban medios muy primitivos de agricultura y trataban de domesticar cabras para que tiraran de los arados. Los diferentes niveles de tecnología que se ofrecían simultáneamente a los cerdis eran confusos, pero Ender lo había discutido con Miro, y le había explicado que los cerdis tenían que ver resultados rápidos, dramáticos e inmediatos de su tratado. Agua corriente, la conexión con un terminal holográfico que les permitiera leer todo lo que había en la biblioteca, luz eléctrica por la noche. Pero todo esto era aún magia, algo que dependía por completo de la sociedad humana. Al mismo tiempo, Ender intentaba hacer que fueran autosuficientes, creativos, llenos de recursos. El destello de la luz eléctrica crearía mitos que correrían de tribu en tribu, pero no sería más que un rumor durante muchos, muchos años. Era el arado, la guadaña, la trilla, la semilla de amaranto lo que haría los cambios reales, lo que permitiría que la población cerdi se incrementara allá donde llegaran. Y todo esto podía ser transmitido de un lugar a otro con sólo un puñado de semillas en una bolsa hecha de piel de cabra y el conocimiento de cómo se había hecho el trabajo.

Éste era el trabajo del que Miro ansiaba formar parte. Pero, ¿para qué servirían sus manos engarfiadas y sus pasos vacilantes en los campos de amaranto? ¿De qué podía servir en un telar, hilando lana de cabra? Ni siquiera podía hablar con la claridad suficiente como para poder enseñar.

Ela trabajaba intentando desarrollar nuevas modalidades de plantas nacidas en la Tierra e incluso animales pequeños e insectos, nuevas especies que pudieran resistir a la Descolada, incluso neutralizarla. Madre le ayudaba con sus consejos, pero poco más, pues se dedicaba al proyecto más vital y secreto de todos. Una vez más, fue Ender quien visitó a Miro y le dijo lo que sólo su familia y Ouanda sabían: que la reina colmena vivía e iba a ser devuelta a la vida en cuanto Novinha encontrara un medio de volverla resistente a la Descolada, a ella y a todos los insectores que nacerían de ella. En cuanto esto se hubiera conseguido, la reina colmena sería revivida.

Y Miro tampoco podría ser parte de eso. Por primera vez, los humanos y dos razas de alienígenas vivirían juntos como ramen en el mismo mundo, y Miro tampoco formaría parte de aquello. Era menos humano que los cerdis. No podía hablar o usar las manos tan bien como ellos. Había dejado de ser un animal capaz de hablar y usar herramientas. Ahora era un varelse. Sólo una mascota.

Quería marcharse. Más aún, quería desaparecer, alejarse incluso de sí mismo.

Pero no inmediatamente. Había un nuevo enigma que sólo él conocía, y que solamente él podía resolver. Su terminal se estaba comportando de un modo muy extraño.

Lo advirtió la semana después de recuperarse de la parálisis. Estaba leyendo algunos ficheros de Ouanda y se dio cuenta de que, sin hacer nada especial, tenía acceso a archivos confidenciales. Estaban protegidos, no tenía idea de cuáles eran las palabras de acceso y, sin embargo, una simple petición de rutina sirvió para que apareciera la información. Eran las especulaciones de Ouanda sobre la evolución cerdi y sus modos de vida antes de la Descolada. El tipo de cosa que dos semanas antes ella le habría contado, aunque ahora las conservaba para sí y nunca discutía nada con él.

Miro no le dijo que había visto los ficheros, pero sí se las arregló para sacar el tema en sus conversaciones. Una vez Miro mostró su interés, ella le refirió sus ideas de bastante buena gana. A veces era casi como en los viejos tiempos. Excepto que él oía el sonido de su propia voz farfullante y se guardaba las opiniones para sí, la escuchaba sin discutir. Sin embargo, ver sus ficheros confidenciales le permitió penetrar en aquello que realmente le interesaba a ella.

Pero, ¿cómo lo había visto?

Sucedía una y otra vez. Ficheros de Ela, de Madre, de Dom Cristão. Cuando los cerdis empezaron a jugar con su nuevo terminal, Miro pudo verlos gracias al sistema eco que su terminal no había tenido nunca antes. Aquello le permitió ver todas sus operaciones y luego hacer algunas sugerencias y cambiar un poco algunas cosas. Sentía un particular placer en suponer qué era lo que los cerdis intentaban hacer realmente y les ayudaba, subrepticiamente, a hacerlo. Pero ¿cómo había conseguido aquel acceso tan poderoso y tan poco ortodoxo a la máquina?

El terminal también estaba aprendiendo a acomodarse a él. En vez de largas secuencias en código, sólo tenía que iniciar una secuencia y la máquina obedecía sus instrucciones. Finalmente, ni siquiera tuvo que conectar. Tocaba el teclado y el terminal presentaba una lista de todas las actividades que él normalmente llevaba a cabo. Sólo tenía que tocar una tecla e ir directamente a la actividad que quería realizar, saltándose docenas de rutinas preliminares, ahorrándose muchos dolorosos minutos de teclear un carácter cada vez.

Al principio pensó que Olhado había creado el nuevo programa para él, o tal vez alguien en la oficina de la alcaldesa. Pero Olhado sólo miró ensimismado a lo que el terminal hacía y dijo:

—*Bacãna* —Grandioso.

La alcaldesa nunca recibió el mensaje que le envió. En cambio, el Portavoz de los Muertos vino a visitarle.

—Así que el terminal te está ayudando —dijo Ender.

Miro no respondió. Estaba demasiado ocupado intentando pensar por qué la alcaldesa había enviado al Portavoz a responder a su nota.

—La alcaldesa no recibió tu mensaje. Lo hice yo. Y es mejor que no le menciones a nadie lo que está haciendo tu terminal.

—¿Por qué? —preguntó Miro. Era una palabra que podía decir sin farfullar demasiado.

—Porque no es un programa nuevo lo que te ayuda. Es una persona.

Miro se rió. Ningún ser humano podía ser tan rápido como el programa que le ayudaba. En realidad era más rápido que la mayoría de los programas con los que había trabajado antes. Estaba lleno de recursos y era intuitivo. Más rápido que un humano y más listo que un programa.

—Creo que es una vieja amiga mía. Al menos, fue ella quien me habló de tu mensaje y me sugirió que te hiciera saber que la discreción es una buena idea. Verás, es un poco tímida. No tiene muchos amigos.

—¿Cuántos?

—En este momento, exactamente dos. Durante unos pocos miles de años, sólo uno.

—No es humana —dijo Miro.

—Ramen. Más humana que la mayoría de los humanos. Nos hemos amado durante mucho tiempo, ayudado mutuamente, dependido uno de otro. Pero en las últimas semanas, desde que llegué aquí, nos hemos ido separando. Estoy más... relacionado con las vidas de la gente que me rodea. Con tu familia.

—Mi madre.

—Sí. Tu madre, tus hermanos y hermanas, el trabajo con los cerdis, el trabajo con la reina colmena. Mi amiga y yo solíamos hablar constantemente. Ahora no tengo apenas tiempo. A veces hemos herido mutuamente nuestros sentimientos. Ella está sola, y por eso pienso que ha elegido otra compañía.

—*Não quero.*

—Sí quieres. Ya te ha ayudado. Ahora que sabes que existe, descubrirás que es... una buena amiga. No la hay mejor, más leal, más servicial.

—¿Perrito faldero?

—No seas tonto. Te estoy presentando la cuarta especie alienígena. Se supone que eres xenólogo, ¿no? Te conoce, Miro. Tus problemas físicos no son nada para ella. No tiene cuerpo. Existe entre las perturbaciones filóticas en las comunicaciones por ansible entre los Cien Mundos. Es la criatura viva más inteligente, y tú eres el segundo ser humano que ha elegido para revelarse.

—¿Cómo? ¿Cómo cobró vida? ¿Cómo llegó a conocerme? ¿Por qué me eligió?

—Pregúntale tú mismo —Ender tocó la joya en su oído—. Sólo te advierto una cosa. En cuanto confíe en ti, mantenla siempre contigo. No le ocultes secretos. Una vez tuvo un amante que la desconectó. Fue solamente una hora, pero las cosas ya nunca volvieron a ser igual entre ellos. Se convirtieron simplemente en amigos. Buenos amigos, amigos leales, hasta que él muera. Pero él lamentará durante toda su vida aquel acto insensato de deslealtad.

Los ojos de Ender brillaron y Miro comprendió que, fuera lo que fuese aquella criatura que vivía en el ordenador, no era un fantasma, era parte de la vida de este hombre. Y le estaba transmitiendo a Miro, como el padre a su hijo, el derecho a conocer a su amiga.

Ender se marchó sin decir nada más, y Miro se volvió hacia el terminal. En él aparecía el holograma de una mujer. Era pequeña, y estaba sentada sobre un taburete y se apoyaba contra la pared holográfica. No era hermosa, aunque tampoco era fea. Su cara tenía carisma. Sus ojos eran obsesionantes, inocentes, tristes. Su boca era delicada, a punto de sonreír, o de llorar. Sus vestidos parecían de gasa, insustanciales, pero en vez de resultar provocativos, revelaban una especie de inocencia, de niñez. Podía haber estado sentada en el columpio de un parque infantil, o en el borde de la cama de su amante.

—*Bom dia* —dijo Miro suavemente.

—Hola —dijo ella—. Le pedí que nos presentase.

Era tranquila, reservada, pero fue Miro quien se sintió cohibido. Durante mucho tiempo Ouanda había sido la única mujer de su vida, aparte de las de su familia, y tenía poca confianza en los dones sociales. Al mismo tiempo, era consciente de que le estaba hablando a un holograma. Era completamente convincente, pero no dejaba de ser una proyección láser.

Ella alargó una mano y se la colocó suavemente en el pecho.

—No siento nada —le dijo ella—. No tengo nervios.

Los ojos de Miro se llenaron de lágrimas. Autocompasión, por supuesto. Posiblemente nunca tendría una mujer más sustancial que ésta. Si intentaba tocar a una, sus caricias serían como zarpazos. A veces, cuando no tenía cuidado, su masculinidad reaccionaba y él apenas si podía sentirlo. ¡Vaya un amante!

—Pero tengo ojos —añadió—. Y oídos. Veo todo lo que pasa en los Cien Mundos. Contemplo el cielo a través de mil telescopios. Escucho un billón de conversaciones cada día —se rió—. Soy la mayor chismosa del universo.

Entonces, de repente, se puso en pie, se hizo más grande, y él sólo pudo verla de cintura para arriba, como si se hubiera acercado a una cámara invisible. Sus ojos ardían de intensidad.

—Y tú eres un escolar paranoico que no ha visto nada más que una ciudad y un bosque en toda su vida.

—No he tenido muchas oportunidades para viajar.

—Ya arreglaremos eso. Veamos. ¿Qué quieres hacer hoy?

—¿Cuál es tu nombre? —preguntó él.

—No te hace falta mi nombre.

—¿Cómo te llamo?

—Estaré aquí cada vez que quieras.

—Pero quiero saberlo.

Ella se tocó la oreja.

—Cuando te guste lo bastante para que me lleves contigo allá donde vayas, entonces te diré mi nombre.

Impulsivamente, le dijo lo que no le había dicho a nadie más.

—Quiero marcharme de este lugar. ¿Puedes sacarme de Lusitania?

De inmediato, ella se volvió coqueta y burlona.

—¡Y sólo acabamos de conocernos! Realmente, señor Ribeira, no soy de esa clase de chicas.

—Tal vez cuando nos conozcamos mejor —respondió Miro, riéndose.

Ella hizo una sutil transición y la mujer de la pantalla se convirtió en un largo felino, que se recostaba sensualmente en un tocón. Ronroneó, estiró una pata, rugió.

—Puedo partirle el cuello con un simple golpe —susurró, el tono de su voz era seductor, sus garras prometían muerte—. Cuando estés solo, puedo destrozarte la garganta de un mordisco.

Él se rió. Entonces advirtió que en toda su conversación había olvidado lo confusa que era su voz. Ella comprendía todas sus palabras y nunca decía: «¿Qué? No entendí eso último», ni ninguna de aquellas frases, amables pero molestas, que la gente decía. Ella le entendía sin hacer ningún esfuerzo especial.

—Quiero comprenderlo todo —dijo Miro—. Quiero saberlo todo y unirlo para ver lo que significa.

—Excelente proyecto —dijo ella—. Quedará muy bien en tu expediente.

Ender descubrió que Olhado era mucho mejor piloto que él. La percepción del niño era mejor, y cuando enchufaba su ojo directamente al ordenador de a bordo, navegaba prácticamente sin esfuerzo. Ender podía dedicar sus energías a mirar.

El paisaje parecía monótono cuando empezaron sus vuelos exploratorios. Praderas interminables, grandes rebaños de cabras, algunos bosques en la distancia... nunca se acercaban demasiado, naturalmente, porque no querían atraer la atención de los cerdis que vivían allí. Además, estaban buscando un hogar para la reina colmena, y no quería que estuviera demasiado cerca de ninguna tribu.

Hoy se dirigieron al oeste, al otro lado del Bosque de Raíz, y siguieron el curso de un riachuelo hasta su desembocadura. Se detuvieron en la playa, donde las olas rompían suavemente en la orilla. Ender probó el agua. Sal. El mar.

Olhado hizo que el ordenador de a bordo mostrara un mapa de esta región de Lusitania y señalara su localización. El Bosque de Raíz y los otros asentamientos cerdis estaban cerca. Era un buen lugar, y en el fondo de su mente Ender pudo sentir la aprobación de la reina colmena. Cerca del mar, agua abundante, sol.

Siguieron bordeando el agua, viajando corriente arriba unos pocos centenares de metros hasta donde la ribera derecha se elevaba para formar un pequeño acantilado.

—¿Hay algún lugar para detenernos por aquí? —preguntó Ender.

Olhado encontró un sitio a cincuenta metros de la cima de la colina. Caminaron por la orilla del río, donde los juncos daban paso a la grama. Todos los ríos de Lusitania tenían este aspecto, naturalmente. Ela había documentado fácilmente las pautas genéticas en cuanto tuvo acceso a los ficheros de Novinha y permiso para seguir adelante con el tema. Juncos que se correproducían con las moscas. Grama que se apareaba con culebras de agua. Y luego el capim interminable, que frotaba sus bordes ricos en polen en los vientres de las cabras fértiles para germinar la siguiente generación de animales. Emparejados en las raíces y tallos del capim estaban los *tropeços*, las largas enredaderas que Ela había demostrado que tenían los mismos genes que la *xingadora*, el pájaro que usaba las plantas vivientes como niños. El mismo tipo de pareja continuaba en el bosque: Gusanos macios que se apareaban con las semillas de merdona y luego daban a luz semillas de merdona. Puladores, pequeños insectos que se apareaban con los brillantes matojos del bosque. Y, por encima de todo, los cerdis y los árboles, ambos en la cima de sus reinados, planta y animal fundiéndose en una larga vida.

Ésa era la lista completa de los animales y las plantas de la superficie de Lusitania. Bajo el agua había muchos, muchos más. Pero la Descolada había convertido a Lusitania en un mundo monótono.

Y sin embargo incluso la monotonía tenía una belleza peculiar. La geografía era tan variada como en cualquier otro mundo: ríos, colinas, montañas, desiertos, océanos, islas. La alfombra de capim y los bosques eran la música de fondo a la sinfonía de las formas de tierra. Los ojos se sensibilizaban a las ondulaciones, a los macizos montañosos, a los acantilados, a los pozos y, sobre todo, al rumor y al centelleo del agua a la luz del sol. Lusitania, como Trondheim, era uno de los raros mundos dominados por un solo motivo en vez de desplegar toda la sinfonía de posibilidades. El caso de Trondheim, sin embargo, se debía a que el planeta estaba en el límite de la habitabilidad, y su clima apenas era capaz de soportar la vida. El clima y el suelo de Lusitania gritaban dando la bienvenida al arado, la excavadora, la allanadora. Llevadme a la vida, decía.

Ender no comprendía que amaba este lugar porque estaba tan devastado y árido como su propia vida, que había sido rota y retorcida en su infancia por sucesos tan terribles, a pequeña escala, como lo que la Descolada había hecho con este mundo. Y, sin embargo, había sobrevivido, había encontrado unas pocas hebras lo suficientemente fuertes para sobrevivir y continuar creciendo. Del desafío de la Descolada habían surgido las tres vidas de los Pequeños. De la Escuela de Batalla, después de años de aislamiento, había surgido Ender Wiggin. Encajaba en este lugar como si lo hubiera planeado. El niño que caminaba junto a él era como su propio hijo, como si le hubiera conocido desde la infancia. «Sé lo que es tener una pared de metal entre el mundo y yo, Olhado. Pero aquí he derribado la pared, y la carne toca la tierra, bebe agua, ofrece consuelo, toma amor.»

La ribera se elevaba en una serie de escalones hasta alcanzar una docena de metros. El suelo era lo bastante húmedo para que se pudiera cavar en él sin provocar derrumbamientos. La reina colmena era horadadora. Ender sintió el deseo de cavar, y lo hizo, con Olhado junto a él. El terreno cedía con facilidad y, sin embargo, el techo de su excavación permanecía firme.

«Sí. Aquí.»

Y así se decidió.

—Aquí es —dijo Ender en voz alta.

Olhado sonrió. Pero era realmente a Jane a quien hablaba Ender, y fue su respuesta lo que oyó.

—Novinha cree que lo han conseguido. Todos los tests han dado resultado negativo. La Descolada permaneció inactiva con el nuevo Colador presente en las células insectoras clonadas. Ela piensa que las margaritas con las que ha estado trabajando pueden ser adaptadas para producir el Colador de modo natural. Si funciona, sólo tendrás que plantarlas aquí y allá y los insectores podrán mantener a la Descolada a raya con sólo chupar de las flores.

Su tono era vivo, pero no había diversión en él, sólo algo profesional.

—Bien —dijo Ender. Sintió una punzada de celos. Jane sin duda hablaba más fácilmente con Miro, pinchándole, tanteándole como había hecho antes con él.

Pero resultó bastante fácil apartar los celos. Apoyó una mano en el hombro de Olhado, le acercó hacia él y los dos juntos regresaron a la nave que esperaba. Olhado marcó el lugar en el mapa y lo archivó. Durante todo el camino de vuelta, se rió e hizo chistes, y Ender le amaba, y sabía que le necesitaba, y eso era lo que un millón de años de evolución habían decidido que era lo que Ender más necesitaba. Era el ansia que había anidado en su interior todos aquellos años que había pasado con Valentine, en que había viajado de mundo en mundo. Este niño con los ojos de metal. Su brillante y destructivo hermano Grego. La penetrante sabiduría y la inocencia de Quara; el completo autocontrol, el ascetismo y la fe de Quim; la seguridad de Ela, que era firme como una roca y, sin embargo, sabía cuándo moverse y actuar, y Miro...

»Miro, no tengo consuelo para Miro, no en este mundo, no en este tiempo. Le han quitado el trabajo de su vida, su cuerpo, su esperanza por el futuro, y nada de lo que yo pueda decir o hacer le dará un trabajo vital que afrontar. Vive lleno de dolor; su amante se ha convertido en su hermana; su vida entre los cerdis es imposible ahora, cuando buscan a otros humanos para que les ofrezcan su amistad y sus conocimientos...»

—Miro necesita... —dijo Ender suavemente.

—Miro necesita marcharse de Lusitania —dijo Olhado.

—Mmm...

—Tienes una nave, ¿no? Recuerdo que una vez leí una historia. O tal vez fuera un vid. Era sobre un viejo héroe de las Guerras Insectoras, Mazer Rackham. Salvó una vez a la Tierra de la destrucción, pero sabían que llevaría siglos muerto antes de que se diera la siguiente batalla. Así que le enviaron al espacio en una nave a velocidad relativista. Pasaron cien años para la Tierra, pero sólo dos para él.

—¿Crees que Miro necesita algo tan drástico?

—Se aproxima una batalla. Hay que tomar decisiones. Miro es la persona más lista de Lusitania, y la mejor. Nunca se pone nervioso, ¿sabes? Ni siquiera en los peores momentos con Padre. Con Marcão. Lo siento. Aún le llamo Padre.

—Está bien. En muchos sentidos, lo fue.

—Miro pensaba y luego decidía qué era lo mejor que se podía hacer, y siempre acertaba. Madre dependía de él. Tal como yo lo veo, necesitaremos a Miro cuando el Congreso Estelar envíe su flota contra nosotros. Él estudiará toda la información, todo lo que hayamos aprendido durante los años en que haya estado ausente, lo integrará todo y nos dirá qué hacer.

Ender no pudo evitarlo. Se echó a reír.

—Así que es una idea tonta —dijo Olhado.

—Ves mejor que ninguna otra de las personas que conozco. Tengo que pensarlo, pero puede que tengas razón.

Guardaron silencio durante un rato.

—Sólo hablaba cuando dije eso sobre Miro. Fue algo que pensé y lo enlacé con esa vieja historia. Probablemente ni siquiera es cierta.

—Lo es —dijo Ender.

—¿Cómo lo sabes?

—Conocí a Mazer Rackham.

Olhado silbó.

—Eres viejo. Eres más viejo que los árboles.

—Soy más viejo que las colonias humanas. Desgraciadamente, eso no me ha vuelto sabio.

—¿Eres de verdad Ender? ¿El auténtico Ender?

—Por eso era mi palabra clave.

—Es gracioso. Antes de que llegaras, el obispo nos dijo que eras Satán. Quim es el único de la familia que le tomó en serio. Pero si el obispo nos hubiera dicho que eras Ender, te habríamos lapidado a muerte en la *praça* el día que llegaste.

—¿Por qué no lo hacéis ahora?

—Ahora te conocemos. Ésa es la diferencia, ¿no? Ni siquiera Quim te odia ahora. Cuando conoces de verdad a alguien, no puedes odiarle.

—Tal vez sea que no puedes conocer a nadie de verdad hasta que dejas de odiar.

—¿Es una paradoja circular? Dom Cristão dice que las mayores verdades sólo pueden ser expresadas en paradojas circulares.

—No creo que tenga nada que ver con la verdad, Olhado. Es sólo causa y efecto. Nunca podemos evitarlo. La ciencia rehúsa admitir ninguna causa excepto la primera: derriba una pieza del dominó y la siguiente también cae. Pero cuando se refiere a los seres humanos, el único tipo de causa que cuenta es la final, el propósito. Lo que una persona tenía en mente. Una vez que comprendes lo que las personas realmente quieren, ya no puedes odiarlas. Puedes temerlas, pero no odiarlas. Porque siempre puedes encontrar idénticos deseos en tu corazón.

—A Madre no le gusta que seas Ender.

—Lo sé.

—Pero te ama de todas formas.

—Lo sé.

—Y Quim... Es realmente gracioso, pero ahora que sabe que eres Ender, ahora le gustas más.

—Eso es porque es un cruzado y tengo mala reputación por haber ganado una cruzada.

—Y a mí —dijo Olhado.

—Sí, a ti.

—Mataste a más gente que nadie en la historia.

—Sé el mejor en lo que hagas, eso es lo que siempre me decía mi madre.

—Pero cuando Hablaste por Padre, me hiciste sentir pena por él. Haces que la gente se ame y se perdone. ¿Cómo pudiste matar a todos esos millones de personas en el Genocidio?

—Creí que estaba jugando. No sabía que era de verdad. Pero eso no es ninguna excusa, Olhado. Si hubiera sabido que la batalla era real, habría hecho lo mismo. Pensábamos que querían matarnos. Estábamos equivocados, pero no teníamos forma de saberlo —Ender sacudió la cabeza—. Sólo que yo les conocía mejor. Conocía a mi enemigo. Por eso logré derrotar a la reina colmena. La conocía tan bien que la amé, o tal vez la amé tanto que la conocí. No quise luchar más con ella. Quise renunciar. Quise irme a casa. Por eso destruí su planeta.

—Y hoy hemos encontrado el lugar donde devolverla a la vida —Olhado estaba muy serio—. ¿Estás seguro de que no intentará vengarse? ¿Estás seguro de que no intentará exterminar a la humanidad, empezando por ti?

—Tan seguro como pueda estarlo.

—No absolutamente.

—Lo bastante para devolverla a la vida. Ésa es toda la seguridad que llegamos a tener. Creemos lo suficiente para actuar como si fuera verdad. Cuando estamos así de seguros, lo llamamos conocimientos. Hechos. Apostamos nuestras vidas.

—Supongo que eso es lo que estás haciendo. Apostar tu vida a que es lo que crees que es.

—Soy más arrogante que eso. También estoy apostando tu vida, y la de todo el mundo, y ni siquiera he consultado la opinión de los demás.

—Es gracioso. Si le preguntara a cualquiera si confiaría en Ender respecto a algo que podría afectar al futuro de la raza humana, diría que no. Pero si le preguntara si sería capaz de confiar en el Portavoz de los Muertos diría que sí. La mayoría diría que sí. Y ni siquiera sospecharían que son la misma persona.

—Sí —dijo Ender—. Es gracioso.

Ninguno de los dos se rió. Luego, después de largo rato, Olhado volvió a hablar. Sus pensamientos se habían centrado en un tema que le importaba más.

—No quiero que Miro se marche durante treinta años.

—Digamos veinte.

—Dentro de veinte años yo tendré treinta y dos. Pero él vendrá con la misma edad que tiene ahora. Veinte. Doce años más joven que yo. Si existe alguna chica que quiera casarse con un tipo que tiene los ojos postizos, puede que incluso esté casado y tenga hijos para entonces. Ni siquiera me conocerá. Ya no seré su hermano pequeño —Olhado tragó saliva—. Será como si muriera.

—No —dijo Ender—. Como si pasara de su segunda vida a la tercera.

—Eso es como morir también.

—Y como nacer —dijo Ender—. Siempre que sigas naciendo, está bien morir a veces.

Valentine llamó al día siguiente. Los dedos de Ender temblaban mientras tecleaba las instrucciones. No era sólo un mensaje. Era una llamada, una comunicación por ansible. Increíblemente cara, pero éste no era el problema. Lo era el hecho de que las comunicaciones por ansible con los Cien Mundos estaban supuestamente desconectadas. El que Jane la permitiera significaba que era urgente. Ender pensó que tal vez Valentine estuviera en peligro. Tal vez el Congreso Estelar había decidido que Ender estaba relacionado con la rebelión y había seguido la pista de su conexión con ella.

Valentine era más vieja. El holograma de su rostro mostraba las señales de muchos días de viento en las islas, glaciares y barcos de Trondheim. Pero su sonrisa era la misma, y en sus ojos brillaba la misma luz. Ender guardó silencio al principio ante los cambios que los años habían sembrado en su hermana. Ella también guardó silencio por el hecho de que Ender parecía una visión que volvía a ella desde el pasado.

—Ah, Ender —suspiró—. ¿Fui alguna vez así de joven?

—¿Y envejeceré yo con tanta hermosura?

Ella se rió. Luego se echó a llorar. Ender, no. ¿Cómo podría hacerlo? La había echado de menos solamente un par de meses. Ella le había añorado durante veintidós años.

—Supongo que te has enterado de nuestro pequeño problema con el Congreso —dijo él.

—Imagino que tuviste algo que ver.

—La verdad es que me vi envuelto en la situación. Pero me alegro de haber estado aquí. Voy a quedarme.

Ella asintió y se secó los ojos.

—Sí, eso pensé. Pero tenía que llamar y asegurarme. No quería pasar un par de décadas volando a tu encuentro y ver, cuando llegase, que te habías marchado.

—¿A mi encuentro?

—Estoy demasiado excitada con tu revolución, Ender. Después de veinte años de criar una familia, enseñar a mis estudiantes, amar a mi esposo, vivir en paz conmigo misma, pensé que nunca tendría que resucitar a Demóstenes. Pero entonces llegó la historia del contacto ilegal con los cerdis, e inmediatamente la noticia de la revuelta en Lusitania. De repente, la gente empezó a decir las cosas más ridículas, y vi que era el principio del mismo viejo odio. ¿Recuerdas los vídeos sobre los insectores? ¿Lo horribles y temibles que eran? De repente empezamos a ver vídeos de los cuerpos que encontraron, de los xenólogos, no recuerdo sus nombres... sórdidas imágenes, miraras donde miraras, incitándonos a la fiebre de la guerra. Y luego las historias sobre la Descolada, como si alguien fuera a otro mundo desde Lusitania lo destruiría todo... la plaga más terrible imaginable...

—Es cierto —dijo Ender—, pero estamos trabajando en ello. Intentamos encontrar medios de evitar que la Descolada se esparza cuando vayamos a otros mundos.

—Cierto o no, Ender, nos conduce a una guerra. Recuerdo la guerra... nadie más lo hace. Así que reviví a Demóstenes. Encontré algunas notas e informes. Su flota lleva al Pequeño Doctor, Ender. Si lo deciden, puede aniquilar Lusitania. Igual que...

—Igual que yo hice antes. ¿Crees que es justicia poética el que yo acabe del mismo modo? El que vive por la espada...

—¡No te burles de mí, Ender! Soy una matrona de mediana edad y no tengo ya paciencia para aguantar tonterías. Al menos por ahora. Escribí algunas verdades muy feas sobre lo que el Congreso Estelar está haciendo y las publiqué como Demóstenes. Me están buscando. Lo llaman traición.

—¿Por eso te vienes para acá?

—No sólo yo. Mi querido Jakt ha dejado la flota a sus hermanos y hermanas. Ya hemos comprado una nave. Aparentemente, hay una especie de movimiento de resistencia que nos ha ayudado... Alguien llamado Jane ha interceptado los ordenadores para cubrir nuestro rastro.

—Conozco a Jane.

—¡Así que tiene una organización y todo! Me quedé sorprendida cuando recibí un mensaje diciendo que podía llamarte. Se supone que vuestro ansible ha sido desconectado.

—Tenemos amigos poderosos.

—Ender, Jakt y yo vamos a partir hoy mismo. Vamos a llevar a nuestros tres hijos.

—La primera...

—Sí, Syfte, tiene casi veintidós años ahora. Una

muchacha encantadora. Y una buena amiga, la tutora de los niños, llamada Plikt.

—Tengo un estudiante que se llama así —dijo Ender, pensando en las conversaciones que había mantenido sólo un par de meses antes.

—Oh, sí, bueno, eso fue hace veinte años, Ender. Y también llevamos a algunos de los mejores hombres de Jakt y sus familias. Es una especie de arca. No es una emergencia... tienes veintidós años para prepararte. En realidad más de treinta años. Vamos a hacer el viaje dando una serie de saltos, los primeros en dirección opuesta, para que nadie sepa que vamos a Lusitania.

«Va a venir aquí. Dentro de treinta años. Seré más viejo de lo que es ahora. Para entonces yo también tendré mi familia. Los hijos de Novinha y míos, si los tenemos, todos crecidos, como los suyos.»

Y entonces, al pensar en Novinha, recordó a Miro, recordó lo que le había sugerido Olhado varios días antes, el día en que encontraron el lugar para la reina colmena.

—¿Os importaría mucho si envío a alguien a reunirse con vosotros por el camino?

—¿Reunirse con nosotros? ¿En pleno espacio? No, no envíes a nadie, Ender. Es un sacrificio demasiado terrible, venir hasta tan lejos cuando los ordenadores pueden guiarnos...

—No es realmente por ti, aunque quiero que te conozca. Es uno de los xenólogos. Resultó malherido en un accidente. Sufre daños cerebrales, como un colapso. Es... es la persona más inteligente de Lusitania, según dice alguien en cuyo juicio confío, pero ha perdido todas sus conexiones con nuestra vida aquí. Sin embargo, le necesitaremos más tarde. Cuando lleguéis. Es un hombre muy bueno, Val.

Puede hacer que nuestra última semana de viaje sea muy instructiva.

—¿Puede tu amiga darnos el rumbo adecuado para ese encuentro? Somos navegantes, pero sólo en el mar.

—Jane introducirá la información en el ordenador de vuestra nave cuando zarpéis.

—Ender... para ti serán treinta años, pero para mí... te veré sólo dentro de pocas semanas.

Empezó a llorar.

—Puede que vaya con Miro a daros el encuentro.

—¡No! Quiero que seas todo lo viejo y arrugado posible cuando llegue allí. No podría tratar contigo siendo el chaval de treinta años que veo en mi terminal.

—Treinta y cinco.

—¡Será mejor que estés allí cuando llegue! —le exigió.

—Estaré. Respecto a Miro, el muchacho que te envío... Piensa en él como en mi hijo.

Ella asintió gravemente.

—Son tiempos peligrosos, Ender. Me gustaría que tuviéramos a Peter con nosotros.

—A mí, no. Si él dirigiera nuestra pequeña rebelión, terminaría siendo Hegemón de los Cien Mundos. Sólo queremos que nos dejen solos.

—Tal vez no sea posible conseguir una cosa sin la otra. Pero ya discutiremos sobre eso más tarde. Adiós, querido hermano.

Él no respondió. Se quedó mirándola hasta que ella sonrió y cortó la conexión.

Ender no tuvo que pedirle a Miro que fuera; Jane ya se lo había contado todo.

—¿Tu hermana es Demóstenes? —preguntó Miro.

Ahora Ender estaba ya acostumbrado a su hablar farfullante. O tal vez se aclaraba un poco. De todas maneras, no resultaba difícil de entenderle.

—Somos una familia llena de talentos. Espero que te guste.

—Espero gustarle a ella —Miro sonrió asustado.

—Le dije que pensara que eres hijo mío.

Miro asintió.

—Lo sé —dijo. Y añadió, casi desafiante—: Ella me mostró tu conversación.

Ender sintió frío por dentro.

—Debería haberte pedido permiso —dijo la voz de Jane en su oído—. Pero sabía que habrías dicho que sí.

No era la invasión de la intimidad lo que a Ender le importaba. Era el hecho de que Jane estuviera tan apegada a Miro. «Acostúmbrate —se dijo—. Ahora está cuidando de él.»

—Te echaremos de menos —dijo.

—Los que me echarán de menos lo hacen ya —dijo Miro—, porque ya piensan que soy un muerto.

—Te necesitamos vivo.

—Cuando regrese, seguiré teniendo sólo diecinueve años. Y continuaré con el cerebro lesionado.

—Aún serás Miro, y seguirás siendo brillante, y digno de confianza, y amado. Tú empezaste esta rebelión, Miro. La verja se derribó por ti. No por ninguna gran causa, sino por ti. No nos abandones.

Miro sonrió, pero Ender no pudo decir si la mueca era debida a su parálisis o a que su sonrisa resultaba amarga.

—Dime una cosa.

—Si no lo hago yo, lo hará ella —contestó Ender.

—No es difícil. Sólo quiero saber por qué murieron Pipo y Libo. Por qué les honraron los cerdis.

Ender comprendió perfectamente por qué el muchacho se preocupaba tanto por la cuestión. Miro había sabido que era realmente el hijo de Libo sólo unas horas antes de cruzar la verja y perder su futuro. Pipo, luego Libo, luego Miro. Padre, hijo, nieto. Los tres xenólogos habían perdido su futuro por el bien de los cerdis. Miro esperaba que, al comprender por qué sus antecesores habían muerto, pudiera encontrar más sentido a su propio sacrificio.

El problema era que la verdad podía hacer que Miro sintiera que ninguno de los tres sacrificios significaba absolutamente nada. Así que Ender respondió con una pregunta.

—¿No sabes ya por qué?

Miro habló despacio y con cuidado, para que Ender pudiera entender su habla confusa.

—Sé que los cerdis pensaban que les estaban haciendo un gran honor. Sé que Mandachuva y Comehojas podrían haber muerto en su lugar. En el caso de Libo conozco incluso la ocasión. Fue cuando llegó la primera cosecha de amaranto y tuvieron comida de sobra. Le estaban recompensando por eso. Pero, ¿por qué no lo hicieron antes? ¿Por qué no cuando les enseñó a usar la raíz de merdona? ¿Por qué no cuando les enseñó a hacer cuencos, o a disparar flechas?

—¿Quieres saber la verdad?

Miro supo, por el tono de voz de Ender, que la verdad no sería agradable.

—Sí.

—Ni Pipo ni Libo merecieron realmente tal honor. No fue el amaranto lo que recompensaron las esposas. Fue el hecho de que Come-hojas las había persuadido de que dejaran concebir y nacer una generación de niños aunque no hubiera comida suficiente una vez abandonaran el árbol madre. Era un riesgo terrible, y si hubiera estado equivocado, una generación entera de cerdis habría muerto. Libo trajo la cosecha, pero fue Come-hojas quien, en cierto sentido, llevó a la población a un punto en que necesitaron el grano.

Miro asintió.

—¿Y Pipo?

—Pipo les contó a los cerdis su descubrimiento. Que la Descolada, que mataba a los humanos, era parte de su fisiología normal. Que sus cuerpos podían manejar transformaciones que nos mataban. Mandachuva le dijo a las esposas que esto significaba que los humanos no eran dioses todopoderosos. Que, en ciertos aspectos, eran incluso más débiles que los Pequeños. Que lo que hacía a los humanos más fuertes que los cerdis no era algo inherente a nosotros —nuestro tamaño, nuestro cerebro, nuestro lenguaje—, sino el simple accidente de que les llevábamos unos miles de años de adelanto. Si pudieran adquirir nuestro conocimiento, entonces los humanos no tendrían ningún poder sobre ellos. El descubrimiento de Mandachuva de que los cerdis eran potencialmente iguales a los humanos... eso era lo que recompensaban, no la información, por otra parte necesaria, que Pipo dio para llegar a ese descubrimiento.

—Entonces los dos...

—Los cerdis no querían matar ni a Pipo ni a Libo. En ambos casos, el hecho crucial perteneció a un cerdi. La única razón por la que Pipo y Libo murieron fue porque no quisieron afrontar el asesinato de un amigo.

Miro tuvo que haber visto el dolor en la cara de Ender, a pesar de sus esfuerzos por ocultarlo, porque fue a la amargura de Ender a lo que contestó.

—Tú puedes matar a cualquiera.

—Es una habilidad con la que nací —dijo Ender.

—Mataste a Humano porque sabías que eso le haría vivir una vida nueva y mejor.

—Sí.

—Y a mí.

—Sí. Enviarte lejos es muy parecido a matarte.

—¿Pero viviré una vida nueva y mejor?

—No lo sé. Al menos te mueves mejor que un árbol.

Miro se echó a reír.

—Al menos tengo una ventaja sobre el viejo Humano, ¿no? Al menos soy ambulante. Y nadie tiene que golpearme con un palo para que pueda hablar —entonces la expresión de Miro se volvió de nuevo seria—. Por supuesto, ahora él puede tener un millar de hijos.

—No esperes ser célibe toda la vida —dijo Ender—. Podrías equivocarte.

—Eso espero.

Y luego, tras un silencio, Miro preguntó:

—¿Portavoz?

—Llámame Ender.

—Ender, ¿entonces Pipo y Libo murieron por nada?

Ender comprendió la verdadera pregunta: ¿Yo también estoy soportando esto por nada?

—Hay peores razones para morir —respondió Ender— que hacerlo porque no puedes matar.

—¿Y si alguien no puede matar, ni morir, ni vivir?

—No te engañes. Harás las tres cosas algún día.

Miro se marchó a la mañana siguiente. La despedida fue triste. Durante semanas, a Novinha le costó trabajo estar en su propia casa, porque la ausencia de Miro le resultaba terriblemente dolorosa. Aunque coincidió por completo con Ender en que aquello era lo mejor para Miro, seguía siendo insoportable perder a su hijo. Ender se preguntó si sus propios padres habrían sentido un dolor semejante cuando le apartaron de su lado. Sospechaba que no. Y tampoco habían esperado su regreso. Él ya amaba a los hijos de otro hombre más de lo que sus padres habían amado a su propio hijo. Bien, ahora podría vengar aquella negligencia que habían tenido hacia él. Les enseñaría, tres mil años más tarde, cómo debía comportarse un padre. El obispo Peregrino les casó en sus habitaciones. Según los cálculos de Novinha, era aún suficientemente joven para tener otros seis hijos, si se daban prisa. Se pusieron rápidamente manos a la obra.

Antes del matrimonio, sin embargo, hubo dos días importantes. Un día de verano, Ela, Ouanda y Novinha le presentaron los resultados de su investigación, tan completamente como fue posible. Le presentaron el ciclo vital y la estructura comunal de los cerdis, macho y hembra, y una reconstrucción de sus pautas de vida antes de que la Descolada les uniera para siempre a los árboles que, hasta entonces, no habían sido más que un hábitat. Ender había comprendido quiénes eran los cerdis, y especialmente quién era Humano antes de su paso a la vida de la luz.

Vivió una semana con los cerdis mientras escribía la *Vida de Humano*. Mandachuva y Come-hojas la leyeron cuidadosamente y la discutieron con él; él la revisó y rehízo, hasta que, finalmente, estuvo terminada. Ese día invitó a todos los que estaban trabajando con los cerdis (toda la familia Ribeira, Ouanda y sus hermanas, los trabajadores que habían llevado a los cerdis los milagros tecnológicos, los monjes eruditos de los Hijos de la Mente, el obispo Peregrino, la alcaldesa Bosquinha), y les leyó el libro. No era largo, así que tardó menos de una hora en hacerlo. Todos se habían congregado en la colina cerca de donde crecía el árbol de Humano, que ahora tenía más de tres metros de altura, y donde la sombra de Raíz les cobijaba de la luz de la tarde.

—Portavoz —dijo el obispo—, casi me has persuadido para que me convierta en un humanista.

Otros, menos entrenados en el arte de la elocuencia, no encontraron palabras que decir, ni entonces ni nunca. Pero desde ese día en adelante supieron quiénes eran los cerdis, igual que los lectores de la *Reina Colmena* habían comprendido a los insectores y los lectores del *Hegemón* habían comprendido a la humanidad en su busca interminable de la grandeza en un mundo de separaciones y recelos.

—Para esto te llamé —dijo Novinha—. Una vez soñé con escribir este libro. Pero eras tú quien tenía que hacerlo.

—He jugado en esta historia un papel más grande de lo que me hubiera gustado —dijo Ender—. Pero has cumplido tu sueño, Ivanova. Fue tu trabajo el que condujo a ese libro. Y tú y tus hijos quienes me hicisteis capaz de escribirlo.

Lo firmó como había firmado los otros: Portavoz de los Muertos.

Jane tomó el libro y lo transmitió por ansible a los Cien Mundos. Con él, incluyó el texto de la Alianza y las imágenes que Olhado había captado de su firma y del paso de Humano a la luz. Lo situó aquí y allá, en una docena de lugares en cada uno de los Cien Mundos, dándoselo a la gente que pudiera leerlo y comprender lo que significaba. Las copias se enviaron como mensajes de ordenador en ordenador. Cuando el Congreso Estelar supo de su existencia, ya había sido distribuido demasiado ampliamente como para suprimirlo.

Intentaron desacreditarlo como una falsificación. Las imágenes eran una cruda simulación. Análisis del texto revelaron que no era posible que el autor fuera el mismo de los otros dos libros. Los registros del ansible demostraron que no era posible que hubiera venido de Lusitania, puesto que no tenía ansible. Algunos les creyeron. A la mayoría no le importó. Muchos que no se atrevieron a leer la *Vida de Humano* no tuvieron valor para aceptar a los cerdis como ramen.

Algunos les aceptaron, leyeron la acusación que Demóstenes había escrito unos pocos meses antes y empezaron a llamar a la flota que ya iba de camino a Lusitania «El Segundo Genocidio». Era un nombre deleznable. No hubo cárceles suficientes en los Cien Mundos donde encerrar a todos los que lo usaron. El Congreso Estelar había pensado que la guerra empezaría cuando las naves llegaran a Lusitania dentro de cuarenta años. Pero la guerra ya había empezado, y sería fiera. Mucha gente creyó lo que el Portavoz de los Muertos había escrito. Y muchos estaban dispuestos a aceptar a los cerdis como ramen, y a pensar en los que querían sus muertes como asesinos.

Luego, un día de otoño, Ender cogió la crisálida cuidadosamente envuelta y junto con Novinha, Olhado, Quim y Ela recorrieron kilómetros de capim hasta que llegaron a la colina junto al río. Las margaritas que habían plantado allí habían florecido, el invierno sería suave y la reina colmena estaría a salvo de la Descolada.

Ender llevó a la reina colmena cautelosamente a la ribera del río, y la dejó en la cámara que él y Olhado habían preparado. Dejaron el cadáver de una cabra recién sacrificada en el suelo, ante la cámara.

Y luego Olhado se retiró. Ender lloró con el éxtasis vasto, incontrolable, que la reina colmena depositó en su mente, pues su regocijo era demasiado fuerte para que un corazón humano lo soportara. Novinha le sostuvo, Quim rezó en silencio y Ela cantó una canción que una vez había oído en las colinas de Minas Gèrais, entre los *caipiras* y *mineiros* del antiguo Brasil. Era un buen momento, un buen lugar, mejor de lo que Ender había soñado para sí mismo en los estériles corredores de la Escuela de Batalla, cuando luchaba por su vida.

—Ahora ya puedo morir —dijo Ender—. El trabajo de mi vida está hecho.

—El mío también —dijo Novinha—. Pero creo que eso significa que ahora es el momento de empezar a vivir.

Tras ellos, en el aire húmedo de una caverna excavada junto al río, unas fuertes mandíbulas rasgaron el capullo, y un miembro y un cuerpo empezaron a salir. Sus alas se desplegaron gradualmente y se secaron a la luz; se arrastró débilmente al lecho del río y roció de humedad y fuerza su cuerpo reseco. Se alimentó de la carne de la cabra. Los huevos que llevaba con ella gritaban deseando ser liberados. Puso la primera docena en el cadáver de la cabra y luego comió las margaritas más cercanas, intentando sentir los cambios en su cuerpo mientras por fin recobraba la vida.

Sentía la luz del sol a la espalda, la brisa contra sus alas, el agua fría bajo sus pies, los huevos calentándose y madurando en la carne de la cabra: sentía la vida, tan largamente esperada. Y ahora pudo estar segura de que sería, no la última de su tribu, sino la primera.

ÍNDICE

OTROS TÍTULOS DE LA COLECCIÓN

Los viajes de Tuf

GEORGE R. R. MARTIN

Haviland Tuf es un ser curioso: un mercader independiente de gran tamaño, calvo y con la piel blanca como el hueso. Es vegetariano, bebe montones de cerveza, come demasiado y le encantan los gatos. Además, es honesto. Tuf logra poseer una enorme nave espacial, el Arca, la única superviviente del antiguo Cuerpo de Ingeniería de la Vieja Tierra. El Arca es un artilugio desaparecido hace más de mil años, pero que revive gracias a Tuf y a sus gatos. A lo largo de los siete relatos que forman este libro, Tuf consigue la nave, la repara y resuelve un sinfín de problemas espaciales con la ayuda de la ingeniería ecológica, una profesión que él recupera y a la que añade la impronta de su personalidad, astucia e ironía.

Una obra imprescindible en la trayectoria del autor de *Canción de Hielo y Fuego*.

Maestro Cantor

ORSON SCOTT CARD

Secuestrado a temprana edad, el joven Ansset ha sido educado en el aislamiento de la Casa del Canto. Su vida es la música y la canción. Su voz tiene calidades que nunca antes habían sido oídas. Su arte puede reflejar todas las esperanzas y miedos que siente su audiencia y, amplificando las emociones de su público, puede usar la voz para sanar... o para destruir. Por ello, será el esperado Pájaro Cantor de Mikal el Terrible, el emperador de la galaxia, y sus canciones serán puestas a prueba para calmar la preocupada consciencia del temido gobernante.

Una sobrecogedora historia de poder y de amor. La saga de formación de un artista y su educación sentimental y política. Una vida trágica y gloriosa, narrada con la mano experta en el tratamiento de sentimientos y emociones que le han valido a su autor los premios Hugo y Nebula por *El juego de Ender* y *La voz de los muertos*.

La nave de un millón de años

POUL ANDERSON

Desde las primitivas tribus escandinavas; desde la antigua China y la Grecia clásica, hasta nuestros días y todavía más allá, hacia un futuro de miles y miles de años, pasando por el Japón Imperial, la Francia de Richelieu, la América indígena y la Rusia estalinista... La nave de un millón de años atraviesa la historia entera de la humanidad, y sus protagonistas —viajeros en el tiempo— han vivido en todos los rincones del planeta. Tienen un secreto: son inmortales y, aunque perseguidos a través de los siglos por el satanismo y la brujería, han ido aprendiendo poco a poco a reconocerse entre ellos.

Olympo I. La guerra

DAN SIMMONS

La historia del asedio de Troya (Ilión), reconstruida en un lejano futuro con elementos de ciencia ficción: los dioses son posthumanos que disponen de una «divina» tecnología cuántica, el Monte Olimpo está en Marte y los nuevos robots «moravecs» de más allá del cinturón de asteroides se interesan por la inusitada actividad que se observa en el planeta rojo. Mientras tanto, los últimos humanos de la Tierra viven una insulsa vida de «eloi» bajo la atenta vigilancia y supervisión de unos misteriosos Voynix de origen desconocido. Los elementos para la más inteligente revisión de la más clásica aventura épica están servidos.

Aunque todo pudiera haber ocurrido como Homero cuenta en la *Ilíada*, lo cierto es que, en Marte, a los pies del Monte Olimpo, la guerra de Troya toma derroteros inesperados. Una obra única e irrepetible.

Olympo II. La caída

DAN SIMMONS

La historia del asedio de Troya (Ilión), reconstruida en un lejano futuro con elementos de ciencia ficción. Aunque todo pudo haber ocurrido como Homero cuenta en la *Ilíada*, lo cierto es que, en Marte, a los pies del Monte Olimpo, la guerra de Troya toma otros derroteros. Resucitado para comprobar si el asedio de Troya se ajusta a lo narrado por Homero, el erudito Thomas Hockenberry sugiere a aqueos y troyanos la idea de una rebelión frente a los post-humanos, que actúan como los dioses del Olimpo. Mientras tanto, los «moravecs» construyen en Phobos una nave espacial para viajar a la Tierra, en un intento por descubrir el origen de las modificaciones genéticas de las que han surgido los nuevos dioses y, también, la causa de las manipulaciones del espacio-tiempo que amenazan con provocar la destrucción del sistema solar.

Una novela absorbente, fruto de la maestría del autor de la saga de *Hyperion*.